ハヤカワ文庫 SF
〈SF2434〉

三　体

劉 慈欣
大森 望、光吉さくら、ワン・チャイ訳
立原透耶・監修

早川書房
9031

THE THREE-BODY PROBLEM

by

Cixin Liu

Translated by
Nozomi Ohmori, Toya Tachihara, Sakura Mitsuyoshi and Wan Zai
Japanese translation rights authorized by FT Culture (Beijing) Co., Ltd.
Originally published in 2008 as 三体 by
Chongqing Publishing & Media Co., Ltd. in Chongqing, China.

重慶出版集団
CHONGQING PUBLISHING GROUP CO.,LTD.

Published 2024 in Japan by
HAYAKAWA PUBLISHING, INC.
This book is published in Japan by
arrangement with
FT CULTURE (BEIJING) CO., LTD.
through TUTTLE-MORI AGENCY, INC., TOKYO.

目次

第一部　沈黙の春

第二部　三体

第三部　人類の落日

三体

登場人物

【葉一家】

葉哲泰（イエ・ジョータイ／よう・てつたい）　理論物理学者、大学教授

紹琳（シャオ・リン／しょう・りん）　物理学者、葉哲泰の妻

葉文潔（イエ・ウェンジエ／よう・ぶんけつ）　天体物理学者、葉哲泰の娘

葉文雪（イエ・ウェンシュエ／よう・ぶんせつ）　文潔の妹

【紅岸基地】

雷志成（レイ・ジーチョン／らい・しせい）　紅岸基地の政治委員

楊衛寧（ヤン・ウェイニン／よう・えいねい）　紅岸基地の最高技術責任者、葉哲泰のかつての教え子

【現在】

楊冬（ヤン・ドン／よう・とう）　理論物理学者、葉文潔の娘

丁儀（ディン・イー／てい・ぎ）　理論物理学者、楊冬の恋人
汪淼（ワン・ミャオ／おう・びょう）　ナノマテリアル研究者
史強（シー・チアン／し・きょう）　警察官、作戦司令センター所属、通称・大史《ダーシー》
常偉思（チャン・ウェイスー／じょう・いし）　作戦司令センターの陸軍少将
申玉菲（シェン・ユーフェイ／しん・ぎょくひ）　中国系日本人の物理学者、〈科学フロンティア〉会員
魏成（ウェイ・チョン／ぎ・せい）　数学の天才にして引きこもり、申玉菲の夫
潘寒（パン・ハン／はん・かん）　生物学者、申玉菲と魏成の友人、〈科学フロンティア〉会員
沙瑞山（シャー・ルイシャン／しゃ・ずいさん）　天文学者、葉文潔の教え子
徐冰冰（シュー・ビンビン／じょ・ひょうひょう）　情報保安課の女性警官。コンピュータの専門家
マイク・エヴァンズ　多国籍石油企業ＣＥＯの御曹司
スタントン大佐　アメリカ海兵隊所属、特殊作戦の専門家

第一部

沈黙の春

1　狂乱の時代　一九六七年、中国

四・二八兵団総本部棟に対する紅色連合の攻撃は、すでに二日めに入っていた。建物の周囲で揺れる紅色連合の旗は、燃やすべき敵の出現をいまかいまかと待つ火種のようだった。

　紅色連合の指揮官は不安を抱えていた。といっても、総本部棟を守る敵を恐れているわけではない。一九六六年初頭に結成され、大検閲（毛沢東による謁見集会）も大串連《だいかんれん》（学生による革命のための全国的経験交流）も体験してきた彼ら紅色連合に比べれば、敵側の四・二八兵団に属する兵士たち二百余名ははるかに未熟だ。指揮官が恐れているのは、敵陣の建物の十数カ所に設置されている大型の鉄製ストーブだった。中には強力な爆薬が詰められ、電気雷管を連結されている。外からは見えないが、指揮官はその存在を磁力のように感知していた。破壊力は相当に強く、もし起爆スイッチが押されれば、敵味方もろともに吹きとばされてしまうだろう。

未熟とはいえ、四・二八兵団の若い紅衛兵（毛沢東を支持し、反革命分子を攻撃する学生たちのグループ。北京の精華大学付属中学で始まり、各地に広がった）たちも、同じような破壊力を秘めている。苦難に耐えて鍛えられてきた第一世代の多くの紅衛兵と比べても、四・二八兵団の新たな造反者たちの狂乱ぶりは、燃えさかる火の中で踊り狂う、正気を失った狼の群れのようだった。

総本部棟の屋上に、美しい少女が現れた。四・二八兵団の赤い大旗を翻《ひるがえ》している。少女の小さな姿は、たちまち紅色連合のありとあらゆる銃の弾丸を呼び寄せた。まさに、ありとあらゆる銃だった。古いアメリカ式のカービン銃、チェコ式機関銃、三八歩兵銃などの旧式もあれば、八月の社説（一九六七年八月、雑誌《紅旗》に発表された〝軍内部のとある悪人を暴露する〟という社説は、軍区への攻撃、軍隊の所持する銃や弾薬に対する強奪事件をますます過激化させた）発表後に軍内部から盗み出した真新しい制式自動小銃やサブマシンガンもある。それらは、梭鏢《ひひょう》（刀具の一種。投擲武器）や大刀などの刀剣ともども、兵器の近現代史の縮図をなしていた。

四・二八兵団の多くの兵士たちが、こうやって旗を振るような危険なゲームにあえて何度も挑戦してきた。旗を振る以外にも、メガホンでスローガンを叫んだり、宣伝ビラをばらまいたり。弾丸が飛びかうなか、身を危険にさらして任務を遂行することで、崇高な栄誉を勝ちとることができる。屋上の少女もまた、自分は当然この任務をまっとうできると信じて疑わないように見えた。戦旗を振ることで、少女は青春の炎を燃やし、その炎の中で敵が灰と化すことを信じている。わが身のたぎりたつ熱い血の中で、あすにも理想世界が誕生する……鮮やかに赤く輝くこの夢に酔いしれている少女の胸を、一発の銃弾が貫いた。

十五歳の少女の胸は、なんと柔らかいことか。小銃の銃弾はほとんど減速もせずに貫通し、少女の背中でかん高い音を発した。うら若き紅衛兵は、旗とともに屋上から転落した。少女の軽い体は、空にとどまろうとする小鳥さながら、旗よりもゆっくりと、はらはら落ちていった。

紅色連合の兵士たちが歓声をあげた。そのうち何名かが本部棟の近くまで突進する。四・二八兵団の旗をめくり、その下にある少女の小さな遺体を持ち上げると、戦利品として誇らしげに高々と掲げたあと、敷地の鉄門に向かって思いきり投げ上げた。鉄門の剣先フェンスは、闘争の初期、武器にするために盗まれて、先の尖った鉄棒のほとんどがなくなっていたが、残った二本に少女の遺体がちょうど引っかかった。その瞬間、柔らかな体にふたたび生命が宿ったかに見えた。

紅色連合の兵士たちは鉄門から離れていったん距離をとり、てっぺんの遺体を標的にして、射撃練習をはじめた。集中して浴びせられた銃弾は、少女にとっては柔らかな雨みたいなもので、なんの痛みもない。降り注ぐ雨のしずくを払うように、少女の体はときおり、春の藤のようなかぼそい腕を軽く動かす。銃弾を浴びてその顔の半分が破壊されるまで、美しい目はなおも一九六七年の青空をじっと見つめつづけていた。その瞳に苦痛の色はなく、ただ激情と渇望だけがあった。

じつのところ、この少女はほかの者たちよりもまだ幸運なほうだった。少なくとも、理想のために身を捧げ、激情の中で壮麗な死を遂げることができたのだから。

恐怖と化したこういう戦場が、分散処理する無数のコンピュータさながら、北京各地に広がっていた。その演算のアウトプットが文化大革命だった。狂気は洪水となって北京を呑み込み、この大都市の小さな片隅やあらゆる隙間にまで浸透していった。

中心部からはずれたある大学のグラウンドでは、数千名が参加する批判闘争大会がはじまってから、すでに二時間ほどが経過していた。派閥が乱立したこの時代、あらゆるところで派閥同士の関係が錯綜し、複雑に対立し合っていた。学内では紅衛兵、文革業務組、工宣隊や軍宣隊（毛沢東思想を宣伝する管理組織・部隊）の関係が一触即発の状態にあり、それぞれの派閥内部でも、ときおり新たな対立グループが誕生し、それらがさまざまな背景と固持すべき綱領を抱えて、さらに残酷な争いを引き起こしていった。もっとも、今回の集会の批判対象は、反動的学術権威だった。どの派閥にとっても、彼ら反動的学術権威は攻撃すべき格好の標的だったから、対象者は、すべての派閥からいっせいに与えられる残酷な仕打ちを甘んじて受けるほかなかった（文化大革命当時、知識人は反動的学術権威と呼ばれ、反革命分子として糾弾・迫害された）。

反動的学術権威には、他の牛鬼蛇神（妖怪変化。文革時、批判対象をこう呼んだ）と区別される独特の特徴がある。すなわち、批判されても、彼らの反応は往々にして高慢かつ頑固なのである。そのため、批判を受けた最初の段階で、彼らの死亡率はたちまちピークに達した。北京では四十日間に千七百名あまりの対象者が批判闘争大会で吊るし上げられて打ち殺され、さらに多くが、狂気に支配された批判を避ける近道としてみずから死を選んだ。老舎《ラオ・ショー》、呉晗《ウー・ハン》、翦伯《チェン・ポー》賛《ツァン》、傅雷《フー・レイ》、趙九章《ジャオ・ジウジャン》、葉以群《イエ・イーチュン》、聞捷《ウェン・ヂエ》、張海默《ジャン・ハイモー》ら（いずれも実在の知識人）、かつて尊敬されていた人々が、みずからの手でその生涯にピリオドを打った。

また、運よくこの第一段階を切り抜けたとしても、続けざまに浴びせられる残酷な批判によって、対象者の心は次第に無感覚になっていく。最終的な精神崩壊を避けるべく、自分を守るための精神的な殻をつくるからだ。批判闘争大会では、ほとんどの者が半睡眠状態に陥り、名指しで恫喝《どうかつ》されてようやくはっと目を覚まし、もう何度となくくりかえしてきた免罪符を機械的に復唱するようになる。

一部の対象者は、そのあと、さらに先の第三段階へと進む。時間の無駄としか思えない批判は、彼らの意識の中に政治的イメージを水銀のように注入し、知識と理性で構築された彼らの思想の城を徹底的に破壊する。すると対象者は、ほんとうに自分が有罪だと信じ込み、偉大な事業を妨害していると感じて、苦痛の涙さえ流す。彼らの後悔の念は、知識分子以外の牛鬼蛇神の場合よりはるかに深く、その誠意も、より真実味がある。

しかし、紅衛兵にとって、あとの二つの段階はどうしようもなくつまらないもので、楽しみの対象となるのは第一段階にある反動的学術権威だけだった。興奮状態さえ通り越してしまった紅衛兵たちの神経に、いくらかましな刺激を与えてくれるからだ。闘牛士が持つ赤布《ムレータ》のようなものと言ってもいいだろう。しかし、そういう批判対象はどんどん減ってしまい、この大学にいま残されているのは、おそらくたったひとりだけ。その人物は、みずからの持つ希少価値ゆえに、批判大会の最後に登場することが予定されていた。

問題の人物、葉哲泰《イエ・ジョータイ》は、運動がはじまってから現在までしぶとく生き残り、しかも、ずっと第一段階にとどまっている。罪を認めず、自殺もせず、心が無感覚にもならなかった。壇上に引きずり出されたこの物理学教授は、もっと重い十字架を負わせてみろとでも言いたげな表情をしていた。

紅衛兵たちが彼に負わせているものは、たしかにかなりの重さがあったが、それは十字架ではなかった。ほかの批判対象がかぶっている三角帽がすべて竹製の骨組みでできていたのに対し、葉哲泰は太い鉄筋を溶接してつくったものをかぶらされていた。さらに、首からぶら下げて胸の前に掛けてあるプラカードも、ほかの者のような木板ではなく、実験室のオーブンからとりはずした重い鉄扉で、上部には黒字ででかでかと葉哲泰の名が書かれ、対角線上に赤で大きく×印が描かれている。

葉哲泰を壇上に連行した紅衛兵の数は、ほかの批判対象のときの二倍だった。男が二人、女が四人の合計六人。男の紅衛兵二人の歩調は穏やかながらも力強く、成熟した青年ボリシェヴィキの姿だった。二人とも、理学部物理学科理論物理学専攻の大学四年生で、葉哲泰はかつて、彼らの指導教授だった。四人の少女のほうはずっと若く、全員、大学付属中学の二年生だ。緑の軍服をまとう若き武装戦士たちにみなぎる思春期の活力は、葉哲泰を包囲する四つの緑色の火炎のようだった。葉哲泰の登場により、壇の下にいる人々は興奮し、さっきまで静まっていたスローガンを叫ぶ声が、ふたたび潮が高まるように大きくなり、グラウンド全体を埋めつくした。

シュプレヒコールがおさまるのを待って、壇上に立つ男の紅衛兵の片方が批判対象をふりかえって言った。

「葉哲泰、おまえは力学の専門家だ。自分がどれほど大きな合力に抵抗しているか、わかっているだろう。そうやっていつまでも意地を張りつづければ、命を落とすだけだぞ！

きょうは、前回の大会のつづきだ。くだらない話はもういい。つぎの質問に真面目に答えろ。六二年度から六五年度の基礎科目に、おまえは独断で相対性理論を入れたな？」

「相対性理論は物理学の古典理論だ。基礎科目でとりあげないわけにはいかないだろう」と葉哲泰《イエ・ジョータイ》。

「嘘をつけ！」そばにいた女の紅衛兵のひとりが荒々しい声で叫んだ。「アインシュタインは反動的学術権威だ。欲が深く、倫理に欠ける。アメリカ帝国主義のために原子爆弾をつくった男だ！　革命を起こす科学を築くためには、相対性理論に代表される資産階級理論の黒旗（反動の象徴）を打倒しなければならない！」

葉哲泰はじっと黙って、頭上の鉄の三角帽と首から下げた鉄のプラカードがもたらす苦痛に耐え、返答に値しない問いには沈黙を守った。そのうしろで、彼の教え子たちもわずかに眉をひそめた。話している少女は、四人の中学生紅衛兵の中ではもっとも聡明で、もちろん、次の作戦も用意していないはずはなかった。さきほど、壇上に立つ前に、批判原稿を暗記している姿も見えたが、葉哲泰を吊るし上げるには、ただスローガンを叫ぶだけでは足りなかったようだ。彼女たちはきょう、葉教授のために準備した新たな武器を披露することに決めた。四人のひとりが、壇の下に向かって大きく手を振って合図した。

前のほうの列に座っていたひとりの女性がすっくと立ち上がり、壇上に上がってきた。

葉哲泰の妻であり、同じ物理学科の教授でもある紹琳《シャオ・リン》だった。紹琳は、サイズの合わない黄緑色の服を着ていた。紅衛兵の軍服になるべく近いものをと選んだ服装だろうが、紹琳を知る人はみな、以前の彼女がいつも美しいチャイナドレスを着て教壇に立っていたことを思い出し、いたたまれない気持ちになった。

「葉哲泰！」紹琳は夫を指して叫んだ。こういう場所に不慣れなのは明らかで、必死に大きな声を出そうとしたものの、かえって声の震えが目立つ結果になった。

「まさかわたしがここに立ってあなたの正体を暴き、批判するなんて思いもしなかったでしょう。そう、わたしはあなたに騙されていた。あなたはその反動的世界観と科学観でわたしを惑わせていたのよ！　いまやっと、それがわかった。革命の若い闘士たちのおかげで、わたしはようやく革命の側に立つことができた――人民の側に！」

紹琳はグラウンドのほうを向いて、

「同志たち、革命の若い闘士たち、革命の教職員たち。われわれはアインシュタイン相対性理論の反動的な本質をしっかり見極めねばなりません。その本質は、一般相対性理論にもっともはっきりと現れています。反動的相対性理論が提案する静止宇宙モデルは、物質の運動の本性を否定し、弁証法に反するものです！　それは、宇宙に限界があると見なす、完全なる反動的唯心論なのです……」

妻が滔々と演説するのを聞きながら、葉哲泰《イエ・ジョータイ》は心の中で苦笑いした。琳《リン》、わたしはおまえを惑わせたのか？　ほんとうのことを言うと、おまえのことがずっと不思議だった。一度、お義父さんの前で、おまえの並はずれた天分を称賛したことがあるが（思えば、義父はじつに幸運だった、早死にしたおかげでこの災難から逃れられたのだから）、お義父さんは首を振って、自分の娘が学術面でなにかを生み出せるはずがないと言った。それからお義父さんは、わたしの後半生にとって、たいへん重要なことを言ってくれた。琳琳はとても聡明な子だ、だが、莫迦《ばか》じゃない人間が基礎理論をやるのはよくない、と。それからの歳月で、わたしはこの言葉に込められた含意を何度となく思い知ることになった。琳、おまえはほんとうに聡明すぎた。早くも数年前から、学界の政治的な風向きが変わったことを察知して、行動を先どりしていた。たとえば、授業で使う物理法則や定数の名前を変えた。オームの法則を抵抗法則、マクスウェルの方程式を電磁方程式と呼び変え、プランク定数を量子定数と呼んだ……。おまえは学生たちにこう説明した。すべての科学的成果はすべての労働者大衆の知恵の結晶であり、資産階級の学術権威は、そうした知恵を盗んだだけだ、と。

だが、そこまでやっても、おまえはいまだに、運動の主流派には受け入れられていない。いまの自分を見てみろ。〝革命教職員〟がつけている赤い腕章さえ、つけることを許されていないし、『毛語録』一冊手にする資格もない……旧中国では立派すぎる家庭に生まれ落ちたことが、この時代のおまえにとって不運だった。おまえの両親はともに有名な学者だからな。

　アインシュタインといえば、おまえはわたしよりも多くのことを白状しないといけないだろう。一九二二年の冬、アインシュタインが上海を訪れた際、お義父さんはドイツ語が堪能だからという理由で、接待の随行員のひとりに選ばれた。おまえは何度も言ったよな。父はアインシュタインから直接教えを受けて物理学の道を歩んだ。その父の影響でわたしは物理を専攻した。だからアインシュタインは自分にとっても間接的な先生にあたるんだ、と。おまえはそのことをこのうえなく誇りにしていたし、このうえない幸運だと思っていたはずだ。

　これはのちのち知ったことだが、お義父さんがおまえに言ったことは罪のない嘘だ。お義父さんとアインシュタインは、たった一度きり、それも、これ以上短くはできないほど短い交流を持ったにすぎなかった。あれは一九二二年十一月十三日の朝のこと。お義父さんはアインシュタインと連れだって南京路を散歩していた。ほかに同行していたのはたぶん、上海大学の学長だった于右任《ユー・ヨーレン》と、《大公報》編集主幹の曹谷冰《ツァオ・グービン》たちだろう。路盤の修繕箇所を過ぎたあたりで、アインシュタインはある砕石労働者のかたわらに立ち止まり、寒空の下、ぼろ服を着て、手も顔も真っ黒に汚れた少年を黙って見ながら、お義父さんにこうたずねた。「この少年は、一日いくら稼ぐのですか」と。お義父さんは、その労働者に同じことをたずねてから、「五分銭です」とアインシュタインに答えた。これが、世界を変えた大科学者とお義父さんとの、ただ一度きりのやりとりだ。物理学ではない、相対性理論でもない、ただの冷酷な現実についての会話だ。お義父さんはこう言っていた。アインシュタインはお義父さんの答えを聞いたあと、また黙ってしばらくそこに立っていた。そして労働者ののろい動作をじっと見つめたまま、手にしていた煙草の火が燃えつきるまで、一度も吸おうとしなかった、と。お義父さんはこのことを回想してから、わたしにこう嘆いた。中国では、どんなにすばらしい超越的な思想もぽとりと地に落ちてしまう。現実という重力が強すぎるんだ、と。

「頭を下げろ!」男の紅衛兵のひとりが大声で命令した。もしかするとそれは、自分の恩師に対する一抹の同情の表れだったかもしれない。批判を受ける者は頭を下げる決まりだが、葉哲泰《イエ・ジョータイ》が頭を下げたら、重い鉄の三角帽はたちまち落ちてしまうだろう。もういちど帽子をかぶらせる決まりはなく、あとは言われたとおり頭を下げているだけで済むのだから。しかし、葉哲泰はなおも頭を上げたまま、弱った首の筋肉で重い鋼鉄を支えつづけた。

「頭を下げろ！　反動的頑固分子！」そばにいた女の紅衛兵のひとりが、腰のベルトを外して、葉哲泰を打ち据えた。真鍮のバックルが葉哲泰のひたいにぶつかり、そこにバックルのかたちがくっきりと赤く残されたあと、たちまち鬱血して黒紫色になった。葉哲泰はふらついたが、また昂然と顔を上げ、姿勢を正した。

　男の紅衛兵のひとりが口を開き、「量子力学の授業で、おまえは大量の反動的言論を撒き散らしたな！」と葉哲泰を指弾し、紹琳《シャオ・リン》にうなずきかけて先を促した。

　紹琳はそくざにしゃべりだした。ぐらついていまにも崩れそうな精神が完全に崩壊するのを避けるには、ひたすらしゃべりつづけるしかなかった。

「葉哲泰、これは言い逃れできないはずよ！　あなたは何度も学生に反動的なコペンハーゲン解釈を撒き散らした！」

「それが実験結果にもっとも符合する解釈であることは厳然たる事実だ」これだけ厳しい攻撃にさらされても、葉哲泰の口調は落ちつき払っていた。紹琳はそれに驚き、畏れを抱いた。

「この解釈は、外部の観測者によって波動関数の収縮が引き起こされるというもの。これもまた反動的唯心論の表れであって、その中でも実際もっとも厚顔無恥な表現よ！」

「思想が実験を導くべきか、それとも実験が思想を導くべきか？」葉哲泰がたずねた。突然の反撃に、批判者たちは一瞬、言葉をなくした。

「正しいマルクス主義思想が科学実験を導くのが当然だ！」男の紅衛兵のひとりが言った。

「それは、正しい思想が天から降ってきたと言うに等しい」葉哲泰《イエ・ジョータイ》が反論した。「真実は実験によって見出されるという原理を否定し、マルクス主義思想が自然界を理解する原則に反している」

紹琳《シャオ・リン》と二人の大学生の紅衛兵は、無言で同意するほかなかった。中学生や労働者出身の紅衛兵とは違って、彼らは論理を否定することができなかった。しかし、付属中学の若き闘士たち四人は、反動分子を確実に攻め落とすための革命的手段を実行した。先の少女がまたベルトで葉哲泰を打ったのにつづき、ほかの三人の少女たちもそれぞれベルトを振りまわして、さんざんに打ち据えたのである。仲間とともに革命を実行するとき、彼女たちは、仲間よりももっと革命的に――最低でも同程度に――革命を実践しなければならない。男の紅衛兵二人は、それ以上問うことはなかった。だれかが革命を実践している最中にうかつに口をはさめば、革命を実践していないという嫌疑をかけられることになる。

「おまえは授業中にビッグバン理論を撒き散らした。それは、すべての科学理論のうちでもっとも反動的なものだ！」男の紅衛兵のひとりが新たな罪状を持ち出した。

「ビッグバン理論は、もしかしたらこの先いつかくつがえされるかもしれない」と葉哲泰は言った。「しかし、今世紀の宇宙論においては、ハッブルによる赤方偏移の発見と、ガモフが予測した3K宇宙背景放射の存在、この二つの大きな発見により、ビッグバン理論こそが、宇宙の起源を説明する仮説として、現在もっとも信頼されている」

「嘘よ！」紹琳が叫び声をあげ、ビッグバンについて長々と講義しはじめたが、その反動的本質を深く分析することも忘れなかった。だが、四人の少女のうちのもっとも聡明なひとりは、この理論に強く惹かれ、思わずこうたずねた。

「すべての時間はその特異点から始まったの？　その特異点の前にはなにがあったの？」

「なにもない」葉哲泰は、どの少女の質問に対してもそうしていたとおり、そちらに首をまわし、慈愛のまなざしで相手を見ながら答えた。鉄の三角帽をかぶせられ、体に重傷を負った葉哲泰にとっては、大きな苦痛をともなう動作だった。

「まさか……なにもないだと？　反動的だ！　とてつもなく反動的だ！」少女が怯えたように紹琳のほうを向くと、紹琳は喜んで救いの手をさしのべた。

「つまり、ビッグバン理論には、神が介在する大きな余地があるのよ」と少女にうなずきかける。

紅衛兵の少女はしばらく茫然としていたが、ようやく立脚点を見つけ出し、ベルトをぎゅっと握りしめた手を葉哲泰に向けた。

「おまえは——おまえは神が存在すると主張するのか？」

「わからない」

「なんだと！」

「わからないと言ったんだよ。きみの言う神が、この宇宙の外部に存在する超意識のことだとすれば、わたしにはそれが存在するかどうかわからない。科学はそれを肯定する証拠も否定する証拠も見出していないからね」じつのところ、この悪夢のような時間のおかげで、葉哲泰《イエ・ジョータイ》はすでに、神が存在しないことを信じる方向に傾きかけていた。

このすさまじく反動的な主張にグラウンド全体が騒然となり、壇上の紅衛兵のひとりが先導して、またもスローガンを叫ぶ声が爆発した。

「反動的学術権威、葉哲泰を打倒せよ！」

「すべての反動的学術権威を打倒せよ！」

「すべての反動的学説を打倒せよ！」

シュプレヒコールが静まってから、少女は大声で言った。「神など存在しない。あらゆる宗教は、民衆の精神を麻痺させるために支配階級が捏造した道具なのだ！」

「その考えは偏見にすぎない」葉哲泰が静かに言う。

恥をかかされ、怒りに燃える若い紅衛兵は、この危険な敵に対して、言葉でなにを言っても無駄だと判断したらしく、ベルトを振りまわして葉哲泰に襲いかかり、残る三人の少女もすぐにそれにつづいた。葉哲泰はかなりの身長があるため、十四歳の少女たちが闇雲に振りまわすだけでは、ベルトの先がかろうじて頭に届く程度だった。しかし、頭を守っていた鉄の三角帽が最初の数回の攻撃で落下し、真鍮のバックルつきのベルトが雨つぶてのように頭や体を打ち据えると、葉哲泰はやがてついに、膝から崩れ落ちた。それに勢いを得て、紅衛兵の少女たちは崇高な闘いをさらに激しくくりひろげた。歴史が与えてくれたこの光り輝く使命に酔いしれ、信念のために、理想のために闘いつづけた。みずからの勇敢さにも大きな誇りを抱いて……。

「最高指示。これは文化闘争だ、武力闘争ではない！」葉哲泰の二人の教え子の片方が意を決してそう叫び、二人は同時に飛び出して、半狂乱の少女たちと葉哲泰とのあいだに割って入った。

だが、時すでに遅かった。物理学者は壇上にじっと静かに横たわり、半開きの両目は、頭から流れ出る血をうつろに眺めているだけだった。狂乱の会場は一瞬で静寂に包まれた。動くものと言えば血の流れだけ。ゆっくりくねくねと這う赤い蛇のように壇上を進んでゆく血は、壇のへりまで達すると、下に置かれていた空の箱へと一滴ずつ滴り落ちた。ぽたぽたとリズミカルに響くその音は、次第に遠ざかってゆく足音のように響いた。

そのときとつぜん、奇妙な笑い声が静寂を破った。ついに精神の箍《たが》がはずれてしまった紹琳《シャオ・リン》の声だった。その声が呼び覚ました恐怖が伝染し、人々はわれ先にとその場を離れはじめ、やがては大混乱に陥った。だれもがこの場所からできるだけ早く逃げ出したいと思っているようだった。あっというまにグラウンドはもぬけの殻となり、演壇の下には、ひとりの少女が残された。

彼女の名は葉文潔《イエ・ウェンジエ》。葉哲泰《イエ・ジョータイ》の娘だった。

四人の紅衛兵の少女たちによって父親の生命が奪われかけていたとき、文潔はいてもたってもいられず演壇に上がろうとしたが、そばにいた二人の職員が彼女を必死に押さえつけ、「自分の命まで捨てる気か」と低い声で耳もとにささやいた。群衆が狂乱に支配されていたそのとき、文潔が登壇すれば、いたずらに暴徒を増やすだけだっただろう。文潔は声が嗄《か》れるまで、力いっぱい泣き叫んだ。だがその声は、群衆が叫ぶスローガンと声援の渦に呑まれた。

すべてが静まりかえったとき、文潔ののどは嗄れ果てて、ひとことも声が出せなくなっていた。ことききれた父親の亡骸《なきがら》を無言で見つめるほかなく、声に出せない無念の思いは文潔の血に溶け込んで、それから一生ついてまわることになる。群衆が散ったあとも、文潔は石像のようにただじっとそこに立ちつくしていた。体と手足は、二人の職員にがっちり押さえつけられていたときのまま、一ミリも動いていなかった。

しばらくしてようやく、宙に浮いたようにかたまっていた両腕を下ろし、のろのろと壇に上がると、父親の遺体のそばに座り込んで、冷たくなった手を握りしめ、ただぼんやりと遠くを見つめていた。遺体が運ばれるころになって、文潔はポケットから出したものを父親の手に握らせた。それは、父親のパイプだった。

文潔は、群衆が残したゴミ以外なにもなくなったグラウンドを静かにあとにした。教員宿舎の入口に着いたとき、二階のわが家の窓辺から奇妙な笑い声が聞こえてきた。文潔がかつてお母さんと呼んでいた女性の声だった。

文潔は静かにきびすを返し、足の向くままに歩き出した。

しばらくしてようやく、文潔は阮雯《ルアン・ウェン》の家の前まで来ていたことに気づいた。阮先生は大学の四年間、文潔のクラス担任であると同時に、もっとも親しい友人だった。文潔が天体物理を専攻していた大学院の二年間と、その後、授業停止になってから現在までつづく文化大革命の混乱を通して、阮先生は文潔にとって、父親以外でもっとも親しい人物でありつづけた。

阮雯はかつてケンブリッジ大学に留学していたこともあり、彼女の家は文潔にとって、じゅうぶんすぎるほど魅力的だった。阮雯の家には、ヨーロッパから持ち帰ったさまざまなすばらしい書物、油絵やレコード、それにピアノがあった。また、手の込んだ細工が施された木製の小さなラックには、ヨーロッパ式のパイプが整然と並んでいた。文潔《ウェンジエ》の父親が愛用していたパイプも、もともとは阮雯《ルアン・ウェン》からのプレゼントだった。ラックに並ぶパイプは、地中海のブライヤーやトルコの海泡石など、いくつか種類があり、かつてそれらをくわえて沈思黙考していた男性の叡智が染みついているように思えたが、阮雯がその男の名を口にしたことは一度もなかった。

この上品で温かい小さな世界は、文潔にとって、世間の荒波を逃れて身を寄せられる港だった。しかしそれも、阮雯の家が紅衛兵に荒らされる前のこと。阮雯は文革のさなか、文潔の父親と同じように、ひどい攻撃を受けた。批判闘争大会で、紅衛兵は紐で結んだハイヒールを彼女の首から吊るし、顔に口紅で落書きすることで、阮雯が腐敗した資本主義者の生活を送っているとさらしものにした。

文潔が阮雯の家の玄関ドアを開け、中に入ると、無惨に荒らされていた部屋がすっかりきれいになっているのが見てとれた。破り捨てられていた油絵は糊で修復してもとどおり壁に掛けてあり、倒されたピアノもきちんともとの位置に戻されている。ピアノは壊れて、もう弾くことはできないが、それでもきれいに拭いてある。投げ出された書物はすべて書棚に戻されている。

阮雯はデスクの前の回転椅子に背すじを伸ばして座り、静かに目を閉じていた。文潔は阮雯のかたわらに歩み寄り、ひたいや顔や手を撫でた。どこも、氷のように冷たかった。実のところ、文潔はこの家に入ってすぐ、からっぽになった睡眠薬の瓶が、デスクの上に転がっていることに気づいていた。

文潔はしばらくじっとそこに立っていたが、やがてきびすを返し、その場を離れた。悲しみは、もはや感じられなかった。ガイガーカウンターは、一定以上の放射線にさらされると、なんの反応も示さず、目盛りはゼロを示したままになる。いまの文潔は、まさにそのガイガーカウンターだった。

文潔は阮雯の家を出るところで、最後にもう一度うしろをふりかえり、そのときはじめて気がついた。阮先生は、唇に薄く紅をさし、きれいに化粧して、ハイヒールを履いていた。

2 沈黙の春

二年後、大興安嶺《だいこうあんれい》

「倒れるぞ――」

大きな警告の声とともに、パルテノン神殿の柱さながらの巨大なカラマツが地響きをたてて倒れ、葉文潔《イエ・ウェンジエ》は大地が揺れるのを感じた。

斧と短い鋸《のこぎり》を持つと、葉文潔は巨木の上に乗り、枝を落としはじめた。こうしているといつも、自分が巨人の遺体を処理しているような気分になる。しかも、その巨人が自分の父親であるようにさえ思えてくる。二年前のあの惨劇の日の夜、死体安置所で父親の死に装束を整えたときの感覚がまざまざと甦《よみがえ》る。巨大なカラマツの樹皮のひび割れは、まるで父親の遺体についていた無数の傷跡のようだった。

内モンゴルの生産建設兵団に属する六師団、総計四十一団に属する十数万人が、果てしなくつづくこの広大な森と草原に散らばっていた。都市部を離れ、なじみのないこの土地に来たばかりのころ、兵団に配属された知識階級の若者たちの多くは、あるロマンティックな期待を抱いていた。すなわち、もしもソビエト社会帝国主義の戦車が集結して中国―モンゴル国境を越えてきたら、われわれはすばやく武装し、みずからの血肉をもって、共和国防衛の第一の壁となろうではないか、と。実際それは、兵団を組織する目的のひとつになった、戦略的な可能性だった。

だがいまや、彼らが渇望する戦争は、草原のはるか向こうに見える山のようなものだ。前方にはっきり見えているのに、いつまでたっても目の前に現れない。その山に向かって走る馬たちは、最後には走り疲れて死んでしまう。彼らがこの地でやることといえば、開墾と放牧と伐採だけだった。

かつて大串連《だいかんれん》で青春のエネルギーを燃やしていた若者たちは、ここに来て早々、内モンゴルの果てしない大地に比べたら、中国大陸最大の都市など羊の囲いのようなものだと思い知らされた。凍てつく寒さと、どこまでも広がる草原と森林の中では、青春のエネルギーを燃やすなど無意味だった。ほとばしる熱い血潮も、牛糞の山よりはるかに早く凍りついてしまう。いや、牛糞のほうがよっぽど利用価値があるだろう。だが、青春の暴走は彼らの宿命だったし、彼らはエネルギーを燃やす世代だった。だから彼らのエネルギーは、広大な樹林の山をチェーンソーで禿げ山に変え、トラクターとコンバインで広大な草原を耕して畑に変え、さらには砂漠へと変貌させた。

文潔《ウェンジエ》が目のあたりにしてきた伐採は、ただ狂気と呼ぶしかないものだった。高々とそびえる大興安嶺山脈のカラマツ、四季を通じて青々としているモンゴリマツ、すらりとした白樺、天高くそそり立つポプラ、シベリアモミ、ヤエガワカンバ、クスドイゲ、ハルニレ、ヤチダモ、ケショウヤナギ、そしてミズナラ。目に入るものはなんでも伐採した。何百台ものチェーンソーは鋼鉄のバッタの群れさながらで、文潔の連隊が通り過ぎたあとには、ただ一面の切り株だけが残された。

切り倒され、枝を落とされたカラマツが、キャタピラ式のトラクターにひっぱられていく。文潔は木の幹の真新しい断面を軽く撫でた。この断面が大きな傷口のように思えて、いつも無意識に撫でてしまう。巨木のつらい痛みが伝わってくる気がした。ふいに、さほど遠くない場所で切り株の表面を軽く撫でている手が見えた。その手から伝わる魂の震えに、文潔の心も共鳴した。白い手だったが、男性のものであることはわかった。顔を上げると、切り株を撫でている白沐霖《バイ・ムーリン》の姿が見えた。ほっそりしたこの眼鏡の青年は、兵団の機関紙《大生産報》の記者で、連隊の取材におとといやってきたばかりだった。文潔は彼の書いた記事を読んだことがあった。そのすばらしい文体には、この粗野な環境に似合わない繊細さがあり、忘れがたい印象を残した。

「馬鋼《マー・ガン》、ちょっと来てくれ」白沐霖が近くにいる若者に呼びかけた。切り倒されたばかりのカラマツのようにたくましい体つきの若者だった。駆け寄ってきた彼に、白記者がたずねた。

「ねえ、この木の樹齢はわかるかい？」

「数えればいいべ」馬鋼は切り株の年輪を指して言った。

「もう数えた。三百三十歳以上だよ。きみがこれを切り倒すのにどのくらいかかった？」

「十分もかかってねえよ。おれはこの連隊一のチェーンソー使いだからな。どの連隊に行っても、名誉の赤旗がついてくる」馬鋼はすっかり興奮しているようだった。白記者に注目されると、だれでもこうなる。《大生産報》の記事にちょっと顔が載るだけでも、しごく名誉なことなのだ。

「三百年以上、十何世代だろう。この芽が出たのは明《みん》の時代だね。悠久の時だ。どれだけの風雪に耐え、なにを見てきたのか。それをたった数分で切り倒してしまったわけだけど、きみはなにも感じないかい？」

「なにを感じろって？」馬鋼には意味がわからなかった。「ただの木だべ。ここらにはいっぱいある。これより年寄りの木だっていっぱいあるべ」

「邪魔したね。もう行っていいよ」白沐霖は首を振り、切り株に腰をかけ軽くため息をついた。

失望させた。

馬鋼《マー・ガン》もまた首を振る。記者は彼のことを記事にする気がないようだ。それが彼をいたく失望させた。

「知識階級のやつらは、ほんとにわけわがんね」そうぼやきながら、馬鋼はそばにいる文《ウェン》潔《ジェ》を一瞥した。この言葉には、当然、文潔も含まれている。

大木がひっぱられていく。地面の石ころと切り株が巨体の皮を剝ぎ、肉をえぐる。大木がひきずられたあとの地面には、落ち葉のぶあつい腐植層がひっかかれてできた、ひとすじの長い溝が残っていた。溝から染み出た水が、長年積もった落ち葉を濡らし、血のようにどす黒い赤に染まっている。

「葉《イエ》さん、こっちに来て休んだら」白沐霖《バイ・ムーリン》が大きな切り株の端を指さすと、文潔に向かって言った。文潔はたしかに疲れていた。工具を置き、白記者と背中合わせに座った。

沈黙が続き、白沐霖がふと口を開いた。

「気持ちはわかるよ。そんな気持ちを抱いているのは、ここではぼくら二人だけだから」

文潔はなおも沈黙していたが、白沐霖はそれを予想していた。文潔は日ごろから無口で、他人とほとんど交わらなかった。ここへ来たばかりの人間には、口がきけないのかと勘違いされるくらいだった。

白沐霖はひとり、話をつづけた。

「一年前、ぼくは前線基地をつくるためにここに来た。到着したのはちょうど昼どきだった。接待担当は魚をごちそうするって言ってくれたけれど、小さな樹皮小屋の中では水を入れた鍋を火にかけているだけで、魚なんてどこにも見当たらない。お湯が沸くと、調理担当が麺棒を持って外に出て、小屋の前を流れている小川の岸に行くと、麺棒でパンパンと何度か水面を叩いた。それから、大きな鮭を何匹か、素手で捕まえたんだ。なんて自然豊かなところだろうと思ったよ。だけど、いまのあの小川を見てごらんよ。魚なんか一匹も泳いでない。ただ濁った水が流れてるだけ。いま兵団全体でやっている開発は、生産なのか、それとも破壊なのか、実際、ぼくにはわからない」

「どうしてそんなふうに思うの？」文潔が小さな声でたずねた。文潔は賛成か反対か、自分の意見は述べなかったが、それでも、文潔が話せるということだけで、白沐霖はいたく感激した。

「いま、ある本を読んでるんだけど、とても内容が深いんだ。きみは英語ができるんだろ？」文潔がうなずくのを見て、白沐霖は鞄から一冊の青い表紙の本をとると、まわりのようすをうかがいながら文潔にさしだした。

「六二年に出版された本で、西側では大きな反響を呼んでる」

文潔は一瞬だけうしろを向いて本を受けとった。題名は *Silent Spring*（沈黙の春）、著者名はレイチェル・カーソン。

「どこで手に入れたの？」文潔《ウェンジエ》は小声でたずねた。

「上はこの本をとても重視していて、内部的な参考資料にしたいと考えている。ぼくは森林に関する部分の翻訳を担当することになったんだ」

ページをめくるうち、文潔はたちまち引き込まれた。短い序章の中で、著者は殺虫剤の毒によって死にゆく沈黙の村を描いている。ごく平凡な表現の背後に、深い憂慮がありありと感じられる。

「ぼくは中央政府に手紙を書くつもりだ。建設兵団のこの無責任な行動について再考を訴えたい」

文潔は本を読むのをやめて顔を上げた。しばらくして、やっと彼の言う意味がわかったが、なにも言わずまた本を読みはじめた。

「読みたいなら持っていっていい。ただし、ほかの人に見られちゃいけない。わかってるよね」白沐霖《バイ・ムーリン》はまた周囲のようすをうかがいながらそう言って、立ち去った。

四十数年後、文潔は人生最期のとき、『沈黙の春』が自分の人生に与えた影響を振り返ることになる。この本に出会う前から、若い文潔の心には、一生治ることのない大きく深い傷が、人類の悪によって刻まれていた。しかし、この本に出会ってはじめて、文潔は人類の悪に対して理性的に考えるようになった。

『沈黙の春』は一般読者向けのノンフィクションだ。それほど大きなテーマを扱っているわけでもなく、殺虫剤が自然環境に及ぼす悪影響をシンプルに描写したにすぎない。しかし作者の持つ視点は、文潔に大きなショックを与えた。レイチェル・カーソンが描く人類の行為——殺虫剤の使用は、文潔からすればしごくノーマルで正当なもの、少なくとも善悪どちらでもない、中立的なものだった。しかし、大自然という観点に立てば、その行為の邪悪さは文化大革命となんら変わりがなく、同じように大きな害をこの世界に与えている。『沈黙の春』は、その事実を文潔にはっきりと示した。

ならば、自分がノーマルだと思っている行為や、正義だと思っている仕組みの中にも、邪悪なものが存在するのだろうか？　さらなる熟慮の末に至ったひとつの推論は、ぞっとするような深い恐怖の底に彼女を突き落とした。もしかすると、人類と悪との関係は、大海原とその上に浮かぶ氷山の関係かもしれない。海も氷山も、同じ物質でできている。氷山が海とべつのものに見えるのは、違うかたちをしているからにすぎない。実際には、氷山は広大な海の一部なのではないか……。

文潔は、多数派が正しく、偉大であるとする文革の邪悪さに気づいていたが、文潔がノーマルで正当だと考えていた殺虫剤の使用も実は悪だということに、レイチェル・カーソンによって気づかされた。つまり、人類のすべての行為は悪であり、悪こそが人類の本質であって、悪だと気づく部分が人によって違うだけなのではないか。人類がみずから道徳に目覚めることなどありえない。自分で自分の髪の毛をひっぱって地面から浮かぶことができないのと同じことだ。もし人類が道徳に目覚めるとしたら、それは、人類以外の力を借りる必要がある。この考えは、文潔《ウェンジエ》の一生を決定づけるものとなる。

四日後、文潔は本を返しにいった。白沐霖《バイ・ムーリン》は連隊で唯一のゲストルームに宿泊していた。ドアを開けると、疲れきってベッドに倒れている、泥と木くずだらけの白沐霖が見えた。文潔に気づいて、白沐霖はすぐに起き上がった。

「きょうは労働に参加したの？」文潔がたずねた。

「連隊に来てからもうずいぶんになる。いつまでもなんにもせずにぶらぶらしているわけにもいかないからね。労働には参加しないと。それが三結合（革命的大衆、革命的幹部、人民解放軍代表の三者が協力して革命を遂行すること）だろ。そう、きょうはレーダー峰で働いたよ。あそこの森は木が密生してて、朽ちた落ち葉の地面は膝まで沈むし、瘴気《しょうき》にやられて病気になりそうだった」

「レーダー峰？」文潔はその名前を聞いて驚いた。

「そう。連隊の緊急任務なんだ。頂上の周囲全体を伐採して、警戒ゾーンをつくる必要があった」

レーダー峰は謎に包まれた場所だった。もともと、その険しい峰に名はなかったが、頂上に巨大なパラボラアンテナが建設されたことからそう呼ばれるようになった。とはいえ、多少なりとも知識のある人ならだれでも、それがレーダーアンテナではないことを知っていた。アンテナの向きは毎日変わったが、いまだに連続的に回転したことはない。アンテナは風に吹かれると低く沈んだウォンウォンという音を発し、その音ははるか遠くでも聞こえた。

連隊の人間は、そこが軍事基地だということしか知らなかった。地元の人の話では、三年前に建設工事が行われ、膨大な人数が動員されたという。峰の頂上まで一本の高圧線が引かれ、山を切り開いてそこまでの道路を通し、大量の物資をこの公道を通じて運び上げたのだそうだ。だが、基地が完成すると、その公道は破壊され、人ひとりやっと通れるかどうかの山道を残しただけで、通常はヘリコプターで頂上まで移動している。

アンテナも、つねに見えるわけではなく、風が強いときは建物内部に格納される。

しかし、アンテナが展開されているときには、不思議なことがよく起きた。たとえば、森に棲む動物が異常な行動を見せたり、大群の鳥が驚いて飛び立ったり、人間もめまいや気分が悪くなったりと、原因不明の現象が起こる。また、レーダー峰の近くに住んでいる人々は、髪の毛が抜けやすい。地元の人の話では、こういうことはすべて、アンテナが建設されてからはじまったという。

レーダー峰にまつわる奇妙な話はたくさんある。ある大雪の日、アンテナが展開された。すると、半径数キロメートルの範囲内で、雪がたちまち雨に変わってしまったという。しかし、地上は氷点下の寒さだったから、雨水は木の上で凍りついた。自然と、どの木からも大きな氷柱《つらら》が下がり、森は水晶の宮殿のような景色になったらしい。氷柱の重みで枝がバキバキ折れる音と、氷柱が落下するガラガラという音が途切れることなくつづいたそうだ。またあるときは、アンテナが展開すると、青空に稲妻が閃き、夜空に怪光が現れたとか……。

レーダー峰は警備がたいへん厳しく、建設兵団の連隊が駐留するにあたって、連隊長はまず最初に、レーダー峰にはみだりに近寄るなと全員に厳命し、もし近づいた場合には、基地の哨兵《しょうへい》が警告なしに撃つと警告した。

先週、連隊の隊員二名が狩りで鹿を追っていて、知らぬ間にレーダー峰に迷い込んでしまったことがあった。するとすぐに、山の中腹の哨舎から、銃弾が次々に浴びせられた。さいわい木々が密集していたおかげで、二人とも無事に逃げ帰ることができた——ただ、恐怖のあまり、ひとりは失禁してしまっていたが。翌日、連隊内で会議が開かれ、二人とも警告処分をくらった。この事案が原因で、基地周囲の森林を伐採し、円形の警戒ゾーンを設けることが決まったのだろう。建設兵団からこんなふうにあっさりと労働力が動員されたところをみると、基地の政治的な力がいかに強いかがわかる。

白沐霖《バイ・ムーリン》は本を受けとると、注意深く枕の下にしまった。同時に、細かい字で書かれた数枚の原稿を枕の下からとりだし、文潔《ウェンジエ》に手渡した。

「例の手紙の下書きだ。見てくれない？」

「手紙って？」

「こないだ話した、中央政府への手紙だよ」

紙に書かれた字は殴り書きで、文潔は苦労して読み進んだ。しかし、内容は説得力があり、議論も多岐にわたっていた。太行山脈の植生の破壊により、はるかむかしからずっと緑豊かだった山が、今日の荒れ果てた禿げ山に変わってしまったという指摘にはじまり、現代の黄河の砂泥含有量が急激に増加している事実が記され、それは内モンゴル建設兵団の大開墾が招いた重大な結果であると結論づけていた。文体は『沈黙の春』によく似ている。シンプルかつ正確でありながら、詩心に富み、理系の文潔が読んでも、とても心地よく感じられた。

「うまく書けてる」文潔《ウェンジエ》は心から言った。

白沐霖《バイ・ムーリン》はうなずいた。「じゃあ、これで出すことにするよ」

そう言うと、白沐霖は新しい紙をとって清書しはじめた。だが、手が震えて一字も書けない。はじめてチェーンソーを扱った人間はみんなこうだ。手が震えて、茶碗すら持てなくなる。字を書くなど問題外だった。

「かわりに書いてあげる」文潔はそう言うと、白沐霖からペンを受けとって手紙を写しはじめた。

「きれいな字だね」白沐霖は清書された一行目を見て言った。そして、文潔のためにコップに水を注いだが、まだ手の震えが止まらず、水をだいぶこぼしてしまった。文潔はあわてて紙をずらした。

「専攻は物理学だったんだよね」白沐霖がたずねた。

「天体物理。でも、そんなもの、いまはなんの役にも立たない」文潔は顔も上げずに答えた。

「恒星の研究だろう。役に立たないわけないのに。大学は授業を再開したけど、大学院生は受け入れてないんだってさ。きみのような優秀な人材が、こんな地方で埋もれているなんて」

文潔はなにも答えず、黙々と清書しつづけた。白沐霖になにも話したくなかった。自分が建設兵団に入れたのは、かなりの幸運だったのだ。現実に対してなにも言いたくなかったし、言うべきこともなかった。

部屋は静まりかえり、聞こえるのはただ、ペン先が紙をこする音だけだった。文潔は、記者の体についている松の木のおがくずのにおいを嗅いだ。父親の壮絶な死のあと、はじめて味わう温かな感覚だった。身も心もはじめてリラックスし、つかのま、まわりの環境に対する警戒をゆるめた。

一時間以上かかって、手紙の清書が終わった。白沐霖の言う住所と受取人を封筒に書き終えると、文潔は立ち上がってドアまで行ったが、そこでふりかえった。

「コートを持ってきて。洗ってあげる」そう言ってから、文潔は自分の言動に自分で驚いた。

「だめだよ。それはいけない」白沐霖は手を振って言った。「きみたち建設兵団の女性戦士は、昼間は男性の同志と同じ仕事をしているんだから、早く帰って休んだほうがいい。あすの朝六時には山に登らないといけないだろう。葉《イエ》さん、ぼくはあさって師団部に帰る。きみの状況は上に伝えておくよ。なにか力になれるかもしれないからね」

「ありがとう。だけどわたしはここでいいの。とっても静かだし」月光に照らされてぼんやり浮かぶ、大興安嶺《だいこうあんれい》の樹海を見ながら文潔《ウェンジエ》は言った。

「なにかから逃げてるのかい？」

「それじゃ、行くわね」と言って、文潔は帰っていった。

白沐霖《バイ・ムーリン》は、月光の下、文潔のほっそりとした姿がしだいに小さくなるのを見送った。頭を上げ、さっき文潔が見ていた樹海を眺め、遠くのレーダー峰に目をやった。巨大なアンテナがまたゆっくりと展開し、金属の冷ややかな光を輝かせていた。


三週間後の午後、伐採現場にいた文潔は連隊本部から緊急呼び出しを受けた。事務所に入るとすぐ、文潔は不穏な空気を感じた。連隊長や指導員のほかに、もうひとり、冷たい表情をした見知らぬ男がいた。男の前のデスクには黒いアタッシェケースが置いてあり、その横には、明らかにそのケースからとりだしたとおぼしき封筒と本があった。封筒は開封されている。本は、文潔が読んだ『沈黙の春』だった。

この時代の人間ならだれでも、みずからの政治的立場に関して、ある種の特殊な感覚を持っている。文潔はその感覚がことのほか強く、一瞬にして、まわりの世界がポケットほどのサイズに縮んだように感じた。すべてが彼女を押しつぶそうとしている。

「葉文潔《イエ・ウェンジエ》、こちらは師団政治部から調査に来られた張《ジャン》主任だ」指導員が、見知らぬ男を指して言った。「きみには協力的に真実を話してもらいたい」

「この手紙はきみが書いたのか？」張主任がそうたずねながら、封筒から手紙をとりだした。文潔は手を伸ばして受けとろうとしたが、張主任は渡さず、自分の手で一枚ずつめくってみせた。とうとう気になっていた最後の一枚まで来たが、そこに署名はなく、ただ「革命群衆」の四文字のみが書かれていた。

「違います。わたしが書いたものではありません」文潔は身を震わせて首を振った。

「しかしこれは、きみの筆跡だね」

「はい。ですがわたしは、ある人を手伝って清書しただけです」

「だれを手伝ったんだ？」

ふだんは連隊でなにかが起こっても、文潔はほとんど自分のために主張することはなく、すべてを黙って飲み込んだ。すべての苦しみを黙って背負い、他人を巻き込むことなどありえなかった。しかし、今回はわけが違う。文潔は、これがなにを意味するかはっきりわかっていた。

「何週間か前、取材で来ていた《大生産報》の記者を手伝って写しました。名前は……」

「葉文潔」張主任は二つの目を、真っ黒な銃口のように彼女に向けた。「警告しておく。人を陥れると、きみの問題はもっと重大なものになるぞ。われわれはすでに白沐霖同志を調査した。彼はただ、きみに頼まれて、フフホトまで手紙を持っていって投函しただけで、内容はまったく関知していない」

「彼が……白沐霖《バイ・ムーリン》がそう言ったのですか？」文潔《ウェンジエ》の目の前が真っ暗になった。

張《ジャン》主任はなにも答えず、本を手にとると、

「きみがこの手紙を書いたのは、これに啓発されたからだろう」と言いながら、連隊長と指導員に本を見せた。「この本は、『沈黙の春』という。一九六二年にアメリカで出版され、資本主義社会に大きな影響を与えている」つづいて、アタッシェケースからべつの本をとりだした。革張りの白い表紙に黒い題字が印刷されている。

「これは、この本の中国語版だ。関連の部署が内部参考資料として出したものだ。批判のために使っている。現在、上級部門はこの本に対し、明確な判断を下している。これは有害な反動的プロパガンダだ。この本は史的観念論から出発し、終末論を宣伝している。環境問題の名を借りて、資本主義社会最後の腐敗没落を正当化しようとしている。その本質は、激しい反動だ」

「ですがその本も……わたしのものではありません」文潔は力なく言った。

「白沐霖同志は上級部門がこの本の翻訳にあたって指名した翻訳者のひとりだ。彼がこの本を所持するのはまったくもって適法だ。もちろん彼には保管義務がある。労働の最中、きみに盗まれて読まれるなど、あってはならないことだった。きみはこの本から、社会主義を攻撃する思想的武器を手に入れたんだな」

文潔は黙った。自分が罠にはめられたことに、すでに気づいていた。どんな抵抗も無駄だ。

後世の人々が熟知している歴史上の記述とは違って、白沐霖にははじめ、文潔を陥れる気など毛頭なかった。彼が中央政府に送った例の手紙も、純粋に責任感から書かれたものだったのだろう。当時、さまざまな目的で中央政府へ投書する者は大勢いた。大部分の手紙は大海に沈む石のように消えていったが、少数の人々はひと晩で立身出世し、ある者は身を滅ぼす災難に見舞われた。当時の中国の政治的神経系は、極度に錯綜した、複雑なものだった。記者としての白沐霖は、この神経系の働きや敏感な部位を理解しているつもりだったが、彼は自分の判断力を過信していた。彼の手紙は、未知の地雷を踏んでしまったのである。知らせを受けてから、白沐霖は恐怖に押しつぶされ、文潔を犠牲にして自分を守ろうと決断したのだった。

それから半世紀を経て、歴史学者たちの意見が一致しているのは、一九六九年に起きたこの事件が、それ以降の人類の歴史におけるターニングポイントになったということである。

白沐霖《バイ・ムーリン》は、はからずも歴史を動かすキーパーソンとなった。しかし、彼自身にそのことを知る機会はなかった。彼の平凡な残りの人生について、歴史学者は失望を込めてこう記している。白沐霖は《大生産報》で一九七五年まで働いたが、その年、内モンゴル建設兵団は解散し、彼は東北地方の都市で一九八〇年代はじめまで研究に従事することとなった。その後、カナダに出国し、オタワの中国語学校で教師をつとめ、一九九一年に肺がんを患って世を去った。白沐霖は、その余生で、文潔《ウェンジエ》のことはだれにも語らなかった。自責と後悔の念があったかどうかさえ、いまや知る由もない。

「葉《イエ》さんよ。連隊はいままできみに、ずいぶんよくしてきたよな」連隊長は莫合煙草《マホルカ》のいがらっぽい煙を吐き出しながら、地面に目を落としたまま言った。

「きみは、出身も家庭背景も、政治的に問題がある。だがわれわれは、きみを受け入れてきた。きみが仲間と交わろうとせず、積極的に進歩を追求しようともしないことについて、わたしと王《ワン》指導員は何度もきみと話し合い、注意したじゃないか。なのにこんな重大なまちがいを犯すとは！」

「わたしにはもっと前からわかっていましたよ。文化大革命に対する彼女の抵抗ぶりは、なみたいていのものではなかったから」指導員がつづけて言った。

「きょうの午後、だれか二名つけて、これらの罪の証拠といっしょに彼女を師団本部まで護送するように」張《ジャン》主任は部下に向かって無表情に言った。

　同房の三名の女囚が次々に連れていかれ、拘置所には文潔ひとりが残された。部屋の隅に置かれた炭の小山はすでになくなっていたが、だれも足しに来てくれなかった。ストーブの火はいまにも燃えつきそうになっている。拘置所は冷え込んで、文潔はやむなく布団を体に巻きつけた。

　空が暗くなる前に、二人組がやって来た。ひとりはやや年配の女性幹部で、随行者の紹介によれば、中級裁判所軍管会の軍代表だということだった（原注　文革のこの期間、中・高級の公安、検察及び裁判所機構は大部分が軍の管轄下にあり、司法においても軍代表が最終決定権を有していた）。

「程麗華《チェン・リーファ》です」女性幹部は名を告げた。年齢は見たところ四十代、ミリタリー・コートを着て、リムの太い眼鏡をかけ、ふっくらした柔らかな顔つきだった。若いころはさぞ美人だっただろう。話すときは微笑を浮かべ、どことなく親しみが持てる雰囲気がある。こんな上級の人間が拘置所に来て、審判を待つ人間にわざわざ面会するなど、ふつうではない。文潔にも、それはわかっていた。文潔は程麗華に向かって用心深くうなずき、立ち上がって、せまいベッドに程《チェン》幹部が座れる場所をつくった。

「こんなに寒くて、ストーブは?」程麗華《チェン・リーファ》は入口に立つ拘置所の所長に不満げに目をやったが、ふたたび文潔《ウェンジエ》のほうを向くと、

「うん、若い。想像以上に若いわね」と言いながら、ベッドの文潔のすぐ近くに座った。アタッシェケースの中を探しながら、まるで年寄りのひとりごとのように、

「葉《イエ》さん、あなた莫迦ね。勉強しすぎると莫迦になるのよ。みんなそう」探していたものが見つかり、程麗華はそれを胸の前に抱えて文潔を見た。瞳には慈愛が満ちあふれている。「だけど、若いからね。だれだってまちがいは犯すものよ。わたしだってまちがえたことがある。そのとき、わたしは第四野戦軍の文工団に所属していた。ソビエト連邦の歌を歌うのがうまかったのよ。政治学習会の席で、こう言ってしまったの。われわれはソビエト連邦に編入して社会主義連盟の新しい共和国になるべきだ、そうすれば国際的に共産主義の力はもっと強大になるはずだ、って。幼稚でしょう。だけど、だれしも幼稚だったときがある。済んだことは済んだこと。もしまちがったときは、まちがいだったと認識して、訂正することが重要。そうすれば、革命を継続することができる」

程麗華のこの話は、文潔との距離を近づけた。だが文潔は、災難に遭った経験から用心深さを身につけている。この贅沢な善意を不用意に受け入れるわけにはいかなかった。

程麗華はそのぶあつい書類を文潔の前のベッドの上に置いて、ペンを渡そうとした。

「先にここにサインして。それからもっとよく話しましょう。あなたの思想のもつれを解きほぐさないとね」程麗華は乳飲み子をあやすような口調で言った。

文潔は黙ってその書類を見ただけで、すこしも動かず、ペンも受けとらなかった。

程麗華は寛容に笑った。

「わたしを信じていいのよ。全人格をもって保証する。この文書はあなたの件とは関係ない。さあ、サインして」

そばに立っていた随行員が言う。

「葉文潔、程代表はおまえを助けたいとお考えだ。この数日間、ずっとおまえのことで心を砕かれていたんだぞ」

程麗華は手を振って随行員を黙らせた。

「気持ちはわかる。驚かせちゃったわね。いまの一部の人間は、やりかたが乱暴だし、ほんとうにレベルが低くて。建設兵団やこういう裁判所の人間は、言葉遣いも態度も、粗野で無骨で、どうしようもない。いいわ、葉さん。書類をくわしく見てちょうだい」

文潔は拘置所の薄暗い黄色の電灯のもとへ書類を持っていって読んでみた。程代表は文潔を騙してなどいなかった。この書類は、たしかに文潔の件とは関係なく、文潔の亡くなった父親に関するものだった。書類には、父親の交友関係の一部と会話の内容が記載されていた。文書の提供者は、文潔《ウェンジエ》の妹の葉文雪《イエ・ウェンシュエ》だ。もっともラディカルな紅衛兵として、文雪は積極的にみずから父親の罪を暴いた。大量の告発文を書いたこともある。そのうちのひとつが、父親の悲惨な死の、直接的なひきがねを引くことになった。だが文潔は、この文書が妹の書いたものではないとひとめで気づいた。文雪の父親に対する告発文は、文章がもっと激烈で、一行一行が、長く吊り下げた破裂寸前の爆竹のようだった。しかし、こちらの書類は記述が冷静で、経験の深さが感じとれる。内容も詳細かつ正確で、だれが何年何月何日にどこでだれと会ってなにを話したかが記されている。ふつうの人が見れば退屈な仕訳帳のようなものだが、そこには隠された殺意がある。文雪のような未熟な人間が書いたものとは明らかに段違いだ。

この書類になにを示唆する意図があるのか、文潔にもはっきりとは理解できなかったが、国防と深い関係があることはうっすら感じられた。物理学者の娘として、文潔はこの文書が、一九六四年と一九六七年の世界を震撼させた中国の〝二発の爆弾〟プロジェクト（二度の核実験を指す）に関するものだろうと見当がついた。

文化大革命のこの時期、高い地位にある者を失脚させるには、その人物が監督するさまざまな分野で無能だという証拠を集める必要があった。しかし、そういう陰謀をめぐらせている人間にとっても、二発の爆弾プロジェクトは非常に手ごわい相手だった。このプロジェクトは、中央政府高官の重点保護のもと、文革による混乱から守られると同時に、悪意をもって穿鑿《せんさく》しようとする人間にとっても、内情を知ることが困難だった。

文潔の父は、家族の背景に問題があるという理由で政治審査をパスしなかったため、二発の爆弾プロジェクトの研究に直接には関われず、周辺分野の理論研究に従事していたにすぎない。しかしその分、プロジェクトの中心メンバーよりもたやすく近づけたのだろう。書類のその内容が真実なのかどうか、文潔にはわからなかったが、書類の中の句読点ひとつでさえ、命に関わる政治的打撃を与えうることはたしかだった。攻撃の最終目標以外にも、この書類によって悲惨な転落を遂げる人間は複数いるだろう。書類の最後には、大きな字で妹の署名があった。ほかにも三人の証人が署名している。文潔自身も証人として署名することを求められているらしい。

「ここに記されている会話がなされたかどうか、わたしはまったく知りません」文潔は書類をもとの場所に戻すと低い声で言った。

「知らないなんてありえない。会話の大部分は、あなたの家で交わされたものよ。妹さんは知っていたのに、あなたは知らないと？」

「ほんとうに知らないんです」

「だけどこの話の内容は真実なのよ、組織を信じなさい」

「正しくないと言っているわけではありません。ほんとうに知らないだけなんです。ですから署名できません」

「葉文潔《イエ・ウェンジエ》」随行員が一歩前に出たが、ふたたび程《チェン》代表に制止された。程麗華《チェン・リーファ》は文潔を見やり、もっと近くににじり寄ると、文潔の凍えた手をとって言った。

「葉さん。ほんとうのことを言うとね、あなた自身の案件は柔軟に対処できる性質のものなのよ。もしことを大きくしたくないなら、知識青年が反動本に騙されたってことにすれば、とくにたいした問題じゃない。司法手続きさえ必要ない。学習班で一度だけ自己反省文を書けば、あなたは兵団に戻される。だけど、ことを大きくするならね。葉さん、あなたもよくわかってるでしょ。反革命行為として起訴することも可能なのよ。いまの司法システムだと、あなたのケースのような政治案件では、甘すぎるより厳しすぎるほうが選ばれる。厳しすぎるのは方法上の誤りだけど、甘すぎるのは政治的な誤りだから。最終的な方針は軍管理委員会が決めることになる。もちろんこれは内密の話ね」

随行員が口をはさみ、

「程代表はほんとうにおまえのためを思って言ってるんだぞ。おまえだって、あと三人の証人が署名しているのはわかるよな。おまえが署名するかどうかなんて、どれほどの意味があると思ってるんだ？　おい、葉文潔、とぼけるなよ」

「そうよ、葉さん。こんなに頭のいいあなたが、こうやってつぶされていくのを見るのはほんとうに心が痛む。わたしは心からあなたを救いたいの。わたしを見て。あなたに害を与えるような人間だと思う？」

文潔は程代表を見なかった。そのかわり、文潔の目に浮かんだのは、父親の血だった。

「程代表、わたしはこの書類に書かれていることを知りません。ですから、署名はできません」

程麗華は沈黙した。そして文潔をじっと見つめつづけた。空気が凍りついた。程麗華は、やがてゆっくりと書類を鞄にしまい、立ち上がった。慈愛に満ちた表情はまだ顔に張りついているが、凝固した石膏のマスクのようだった。そして、慈愛の表情のまま部屋の隅に行って、そこに置いてあった洗面用のバケツを持ち上げると、入っていた水の半分を文潔に浴びせ、残りの半分を布団の上にぶちまけた。平然と落ち着き払ってそれだけのことを済ませると、程麗華はバケツを床に投げつけ、ドアから出ていった。ついでに「頑固な小娘め！」という捨て台詞も投げつけながら。

最後に残った看守長は、全身ずぶ濡れの文潔を一瞥してから、ドアを勢いよく閉めて鍵をかけた。

内モンゴルの冬は厳しい。ずぶ濡れの衣服を寒さが突き刺した。まるで巨大な手に握りしめられているようだった。自分の歯がガチガチ音を立てているのが聞こえる。しばらくすると、その音すら消えてしまう。骨の髄まで染み渡る寒さが、現実の世界を乳白色に変えた。この宇宙すべてが大きな氷の塊のように感じられた。自分は氷の中の唯一の生命体だ。この凍え死にそうな娘にはマッチ一本なく、あるのは幻覚だけだ。文潔《ウェンジエ》を閉じ込めている氷の塊がじょじょに透明に変わっていく。目の前に現れたのはある建物だった。建物の上では、少女がひとり、大きな旗を振っている。彼女の細さと旗の大きさは、鮮明なコントラストを見せていた。それは文潔の妹、文雪《ウェンシュエ》だった。反動的知識人の家族とみずからたもとを分かち、文潔もその消息を聞いたことがない。つい最近になって、妹が二年前の武力闘争で非業の死を遂げたことを聞いた。朦朧とする中、旗を振る人物が白沐霖《バイ・ムーリン》に変わっていた。彼の眼鏡は建物の下で燃え盛る炎を反射している。次にその人物は程《チェン》代表に変わり、次には母親の紹琳《シャオ・リン》、阮雯《ルアン・ウェン》、父親へと変わっていった。旗手は次々と交替するが、旗は休むことなく振られている。まるで永遠の時計が、文潔の残り少ない生命をカウントダウンしているようだった。旗が少しずつぼやけ、やがてはすべてがぼんやりとしてきた。宇宙に満ちた氷の塊が、まだ彼女をその中心部に捕らえている。ただ、今度の氷の塊は真っ黒だった。

3　紅岸（一）

　どれくらい時間が経ったのだろう、鳴り響く轟音が耳に届いた。音はあちこちから聞こえてくる。ぼんやりした意識の中で、葉文潔《イエ・ウェンジエ》は、自分を閉じ込めている大きな氷塊が巨大な機械でガリガリと削られているように感じた。世界はなおも漆黒の闇に包まれていたが、轟音はだんだん明瞭になり、文潔はついに、この音の出所が天国でも地獄でもないことをさとった。自分がまだ目を閉じているのはわかっていた。重いまぶたを開こうと努力すると、まず電灯が見えた。その電灯は天井の奥深くにはめ込まれ、衝撃防止用フェンスのようなもので覆われて、そのうしろから暗い光を発している。天井は金属製のようだ。

そのとき、彼女の名をささやく男の声がした。

「ひどい熱じゃないか」男は言った。

「ここはどこ？」文潔は力なくたずねた。その声が自分の声のように聞こえなかった。

「輸送ヘリの中だ」

ふいに体の力が抜け、文潔《ウェンジエ》はふたたび眠りについた。朦朧とした意識の中で、轟音だけがずっと耳にまとわりついていた。しばらくしてまた目を覚ますと、痺れた感覚はもう消えていたが、かわりに痛みがあった。頭と四肢の関節がひどく痛み、吐く息が熱い。のども痛く、つばを飲むと、燃える炭を飲み込んだような感じがした。しかしこの感覚は、彼女の体がいままさに回復しようとしていることを示している。

振り向くと、そばに程《チェン》代表と同じミリタリー・コートを着た二人の人物がいるのが見えた。程代表と違い、こちらの二人は赤い星の帽章がついた軍帽をかぶり、前を開けたコートからは軍服の赤い襟章がのぞいている。片方は眼鏡をかけていた。文潔自身もいつのまにかミリタリー・コートを羽織っている。バケツの水を浴びせられた服はもう乾いていて、とても暖かい。

なんとか身を起こすと、もう一方の窓が見えた。窓の外は、ゆっくり移動していく雲の海で、まばゆい太陽の光が目に痛い。すばやく視線を戻すと、せまい機内に積み込まれたミリタリー・グリーンの金属箱が見えた。もう一方の窓からは、上方で旋回するプロペラの影が見える。ここはヘリコプターの機内らしいと、文潔は見当をつけた。

「やっぱりまだ寝ていたほうがいい」眼鏡の軍人が言って、文潔の背中を支えてふたたび横たわらせると、コートをかけてくれた。

「葉文潔《イエ・ウェンジエ》、この論文はきみが書いたものか？」もうひとりの軍人が英字誌を開いて目の前にさしだした。『太陽の放射層内に存在する可能性のあるエネルギー境界面及びその反射特性』というタイトルの論文だった。それから、軍人は雑誌の表紙を文潔に見せた。一九六六年に出た〈天体物理学《アストロフィジカル》ジャーナル〉の一冊だった。

「もちろんそうでしょう。たしかめるまでもない」眼鏡の軍人が雑誌を脇にどけて、こう紹介した。

「こちらは紅岸基地の雷志成《レイ・ジーチョン》政治委員。わたしは紅岸基地の最高技術責任者、楊衛寧《ヤン・ウェイニン》だ。着陸まであと一時間ある。少し休みたまえ」

楊衛寧なの？　文潔は口に出してそう訊き返すことができず、驚きを隠して、ただじっと彼を見つめた。楊衛寧は平静を装っているが、知り合いだということをまわりに知られたくないと思っているのは明らかだ。楊衛寧は、葉哲泰《イエ・ジョータイ》が大学院で教えていた院生のひとりで、彼が卒業するとき、文潔は大学に進学したばかりだった。楊衛寧が初めてわが家に来た日のことはいまもはっきり覚えている。あの日、楊衛寧は大学院に合格した直後で、指導教官である父に研究課題の方向性について相談しにきたのだった。楊衛寧は、実験や応用を研究課題にしたい、基礎理論からはできるだけ離れたいと希望していた。そのときの父の発言も覚えている。「反対はしないよ。ただ、わたしたちの専攻は、どのみち理論物理学だ。きみがそんなふうに希望する理由はなんだね？」それに対して、楊衛寧《ヤン・ウェイニン》は、時代に身を委ねたい、目に見えるかたちで貢献したいと答えた。そこで父は、「理論は応用の基礎だ。自然の法則を発見することこそ、時代に対する最大の貢献じゃないかね」と言った。楊衛寧はとまどったような顔になり、とうとう本音を打ち明けた。「理論の研究は、思想的な過ちを犯しやすいからです」この答えを聞いて、父親は黙り込んでしまった。

楊衛寧はたいへん才能のある学生だった。数学の基礎をしっかり身につけた、鋭い思考力の持ち主だった。短かった大学院生時代、楊衛寧と指導教官との関係はつかず離れずで、二人はたがいを尊重するがゆえに距離を置いていた。その頃、文潔《ウェンジエ》は楊衛寧と大学で何度かすれ違ったが、父親の影響なのかどうか、文潔はとくに話しかけようともしなかった。楊衛寧のほうが自分に関心を持っているかどうかについては、考えたこともなかった。その後、楊衛寧は順調に学業を修め、指導教官との関係はほどなく途絶えたのだった。

文潔がふたたび弱々しく目を閉じると、二人の軍人は彼女のそばから離れ、金属箱の向こう側あたりに行って、低い声で話しはじめた。機内はかなりせまく、エンジンの轟音の中でも二人の声が聞こえた。

「やはりこれは、妥当なやりかたとは思えないな」これは雷志成《レイ・ジーチヨン》の声だ。

「では、わたしが必要とする人材を、正規のルートから集められると？」楊衛寧が訊き返した。

「おいおい、おれもやれるだけのことはやったんだぞ。これだけの専門知識を持つ人間は、軍にはいない。しかし、民間で探すとなれば、さまざまな問題が生じる。きみだって、このプロジェクトの機密保持レベルは重々承知しているだろう。まずは軍に入隊させなければならない。もっと大きな問題は、やはり機密保持条例が要求する、基地での隔離業務の期間だ。家族持ちだったらどうする？　そんなに長いあいだ、家族から離れてひとりで基地に勤務するなど、だれも同意しない。潜在的な候補者は二人見つけたが、どちらも、うちに来るくらいなら五・七幹部学校（幹部の再教育用の農場）のほうがまだましだと思うだろう。もちろん、強制することは可能だが、仕事の性質上、みずから望まない人間を無理やり働かせることはむずかしい」

「だったらやはり、彼女を使うしかないでしょう」

「しかしこれも、慣例に反している」

「このプロジェクトはもともと慣例に反しています。なにかあれば、わたしが責任をとります」

「おいおい、きみに責任がとれるとでも？　きみは技術畑の人間だが、〈紅岸〉はほかの国防重点プロジェクトとはわけが違う。その複雑さは、技術的な問題をはるかに超えている」

「それもそうですが――」

着陸したときには、すでに日が暮れていた。文潔《ウェンジエ》は楊衛寧《ヤン・ウェイニン》と雷志成《レイ・ジーチョン》の手助けを断って、自力でヘリコプターを降りようとしたが、強風にあおられて吹き飛ばされそうになった。まだ回転しているローターがその風を切り裂き、つんざくようなかん高い音を発している。風の中で息づく森林は、文潔にとって懐かしく感じられた。文潔はこの風を知っている。この風も文潔を知っている。これは、大興安嶺《だいこうあんれい》の風だ。

まもなく、文潔の耳にもうひとつの音が入ってきた。低く沈んだ音で、大きくて力強く、全世界のバックグラウンド・ノイズのようだ。それは、すぐ近くのパラボラアンテナに風が吹きつける音だった。その前まで来てようやく、天上にかかるこの網がおそろしく巨大なものだということがうかがい知れた。このひと月の間に、文潔の人生は大きな円を描き、出発地点に戻ってきた。そしていま、文潔はレーダー峰にいる。

なにげなくふりかえって、建設兵団の自分が所属していた連隊のほうを眺めると、夕暮れの中にぼんやりと樹海だけが見えた。

ヘリコプターはやはり、彼女を迎えるためだけに飛び立ったわけではなかった。数名の兵士がやってきて、機内からミリタリー・グリーンの貨物箱を運び出した。文潔のそばを通るときも、だれひとり彼女を見ることはなかった。文潔は、雷志成、楊衛寧といっしょに歩きながら、レーダー峰の頂がこんなにも広大だったことをはじめて知った。アンテナの下には小さな白い建物がいくつもあり、巨大なアンテナと比べると、精密につくられた積み木のように見えた。一行は、二人の歩哨が立ち番をしている基地の入口のほうへと歩き、ゲートの前で立ち止まった。

雷志成は文潔のほうを向き、重々しく告げた。

「葉文潔《イエ・ウェンジエ》、きみの反革命罪の証拠は確たるものだ。まもなく行われる審判でも有罪になるだろう。だがいま、きみは業績をあげて罪を償う機会を得た。きみはこのチャンスを受け入れることも、拒否することもできる」それから、アンテナの方向を指さし、「ここは、国防科学研究の基地だ。この中で現在行われている研究プロジェクトは、きみが持つ専門知識を必要としている。具体的な内容は、最高技術責任者の楊くんから説明してもらうことになる。慎重に考えて決めてくれ」

言い終えると、雷志成は楊衛寧に向かってうなずき、物資を運搬している兵士のあとについて、一緒に基地へ入っていった。

楊衛寧は兵士たちが離れるのを待ってから、文潔に合図して、人けのないほうへと歩き出した。話のつづきを歩哨に聞かれるのを恐れていることは明らかだった。二人きりになると、彼はもう、自分と文潔《ウェンジェ》が知り合いだということを隠さなかった。

「葉文潔《イエ・ウェンジェ》、はっきり言っておくけど、これはチャンスでもなんでもない。裁判所の軍事管制委員会から聞いた話だと、程麗華《チェン・リーファ》はきみに重い刑を科すよう強く訴えたらしいが、具体的な罪状からして、刑期は長くても十年だ。減刑の可能性を考えたら、せいぜい六、七年だろう。でも、ここは……」と、基地のほうにあごをしゃくり、「最高機密レベルの研究プロジェクトだ。きみの身分なら、この道を選んだ場合、おそらく……」

楊衛寧《ヤン・ウェイニン》はちょっと立ち止まると、風に吹かれるアンテナの轟音に力を借りるように、語気を強めて言った。

「一生ここを出られないだろう」

「ここに入る」文潔はあっさり答えた。

楊衛寧は彼女の決断の速さに驚いたようだった。

「そんなにあわてて決める必要はないよ。いったんさっきのヘリコプターに戻ってもいい。離陸は三時間後だ。もし断るなら、そのまま乗って帰ればいい」

「帰りたくない。さあ、中に入りましょう」口調は穏やかだが、文潔の言葉には迷いのない堅い決意がこめられていた。死の先にあるだれも知らない未踏の世界をべつにすれば、文潔がいまいちばんいたい場所は、外界から隔絶されたこの山頂だった。ここでなら、長らく得られなかった心の平安が得られる。

「慎重に考えたほうがいい、それがなにを意味するのか、わかってるのかい？」

「わたしは一生ここにいたって平気よ」

楊衛寧は口をつぐみ、遠くを見やった。そのようすは、文潔にもう一度、無理やりにでも考え直す時間を与えようとしているかのようだった。文潔も、ミリタリー・コートを風にあおられながら、黙って遠くを眺めつづけた。大興安嶺《だいこうあんれい》山脈は深い夜の闇に沈んでいた。この厳寒の中では、いつまでも待ってはいられない。楊衛寧は意を決したように、基地のゲートへと歩を進めた。その歩調は、文潔を振り切ろうとするような速さだったが、文潔はそのあとにぴったりついて、紅岸基地のゲートをくぐった。二人の歩哨は、彼らが通ったあと、二枚の重い鉄の扉を閉じた。

しばらく歩くと、楊衛寧が立ち止まり、アンテナを指して言った。

「これは大規模兵器研究プロジェクトだ。もし成功すれば、その意義は、おそらく原子爆弾や水素爆弾以上だろう」

基地内でいちばん大きな建物までたどりつくと、楊衛寧は『送信管制室』と表示されたドアを開けた。中に入ったとたん、エンジンオイルのにおいを帯びた暖かい空気に包まれた。広いホールの中に、さまざまな計器や設備がぎっしりつまっている。シグナルランプやオシログラフが明滅するなか、軍服を着た十数名のオペレーターが、塹壕にうずくまる兵士さながら、膨大な計器の山に埋もれて座っている。命令と応答がたえまなくつづき、ホール全体が緊張と混乱の坩堝《るつぼ》だった。

「ここのほうがまだ少しは暖かい。ひとまずここで待っていてくれ。きみの住む場所を手配してくる」楊衛寧《ヤン・ウェイニン》は文潔《ウェンジエ》にそう言って、入口近くにあるデスクの横の椅子を指さした。デスクの前には、銃を携えた警備兵が座っていた。

「やっぱり外で待つわ」文潔は足を止めて言った。

　楊衛寧はやさしげな笑みを浮かべた。「きみはもう、この基地の業務スタッフだ。セキュリティ・レベルの高い少数の特定エリアをべつにすれば、どこでも好きなところに行っていい」その顔にふと、落ち着かない表情がよぎった。自分の言葉の裏に、もうひとつの意味があることに気づいたのだ。すなわち――きみはもう二度とここを離れられない。

「やっぱり、外で待つほうがいい」文潔はきっぱりくりかえした。

「そうか、わかった」楊衛寧は、彼らのことなどまったく気にしていない警備兵を見て、文潔の言葉の意味を理解したようだった。それから、文潔を連れて管制室を出ると、

「どこか風のあたらない場所で待っていてくれ。二、三分で戻るよ。だれかに言って、き

みが泊まる部屋に火を入れさせるだけだから。この基地はまだ設備が調《ととの》ってなくて、暖房がないんだ」と言いおいて、そそくさと行ってしまった。

文潔は送信管制室の入口近くに立っていた。巨大なアンテナが文潔のうしろにそびえ、夜空の半分を占領している。ここにいると、中から響く声がはっきり聞きとれた。そのときとつぜん、無秩序な命令と応答の声が消え、管制室が静まりかえった。計器や設備がたまに発するビープ音がかすかに聞こえるだけ。そして、すべてを圧倒するような男性の声が響きわたった。

「中国人民解放軍第二砲兵、紅岸プロジェクト第一四七回定期送信、認証確認完了、カウントダウン三十秒前」

「ターゲット種別A3、座標番号BN20197F、位置チェック及び照合完了、残り二十五秒」

「送出ファイルナンバー22、追加なし、継続送出なし、送出ファイル最終チェック完了、残り二十秒」

「エネルギーユニット報告、全システム正常」

「符号化ユニット報告、全システム正常」

「電力増幅ユニット報告、全システム正常」

「干渉モニタリング報告、許容範囲」

「手順は不可逆、残り十五秒」

すべてがまた静まりかえると、十数秒後、警告音が鳴り、アンテナの上の赤ランプが急に点灯した。

「送信はじめ！　各ユニットとも、注意して監視せよ！」

文潔《ウェンジエ》の顔にチリチリする感覚が走り、巨大な電界が出現したことがわかった。顔を上げて、アンテナが向いているほうを見ると、夜空にたなびく薄い雲を貫いて、ゆらめく青い光が放たれるのが見えた。はじめは幻かと思ったが、雲が風に流されると、そのかすかな青い光は見えなくなり、べつのところから同じ場所に漂ってきた雲が同様に光を放った。

管制室の中でふたたび声が上がり、いくつかの言葉がどうにか聞きとれた。

「電力増幅ユニット故障、三号マグネトロン焼損！」

「バックアップ・ユニット作動、全システム正常！」

「チェックポイント１に到達。送信再開！」

そのとき、ばさばさというべつの音がした。黒い影の群れが山腹の森を飛び立ち、旋回しながら夜空へと上昇していくのが靄《もや》を通して見えた。まさか、こんな厳寒の冬の森に、こんなにたくさんの鳥が潜んでいたとは。それから、文潔は恐ろしい光景を目のあたりにした。アンテナが向けられている夜空の一画、雲がかすかに輝いているあたりに群れのひとつがさしかかったとたん、一羽、また一羽と、空から鳥が落ちてきたのだ。

このプロセスがおよそ十五分間つづいたのち、アンテナの上の赤ランプが消えた。文潔の皮膚のチリチリする感覚もおさまった。送信管制室では、混乱した指示と応答が再開されたが、そのあいだも、あのよく響く男の声はつづいていた。

「紅岸プロジェクト第一四七回送信、完了。送信システム、シャットダウン開始。紅岸は監視状態に入る。ただいまより、システム・コントロールは監視部に引き継がれる。チェックポイント・データをアップロードしてください」

「各ユニットは送信記録を記入し、各ユニット長はデブリーフィング・ルームにて定期送信後の定例会議に参加すること。以上」

すべてが静寂に包まれた。なおも聞こえているのは、アンテナにぶつかる風のうなりだけ。鳥の群れが森へ帰っていく。文潔はふたたびアンテナを見上げた。それは、空に向かって開かれた巨大なてのひらのようだった。世俗を超越した神秘の力を持っているように見える。文潔はそのてのひらに対峙する夜空を仰いだが、座標番号BN20197Fとおぼしきターゲットはどこにも見えなかった。薄くたなびく雲のうしろにはただ、一九六九年の冷たい夜空の星々が輝くばかりだった。

第二部　三体

4　〈科学境界《フロンティア》〉　四十数年後

汪淼《ワン・ミャオ》（おう・びょう）は、自分を訪ねてきた四人組を見て、妙な組み合わせだなと思った。警察と軍人が二人ずつ。軍人のほうが武装警察ならまだしも理解できるが、この二人は陸軍士官だった。

汪淼ははじめ、警官二人に好感が持てなかった。制服を着た若いほうは礼儀正しくふるまっているのでまだましだが、私服警官のほうにはたちまち不快な気分にさせられた。図体がでかく、いかつい顔つきで、薄汚れたレザー・ジャケット姿。全身から煙草のにおいがするうえ、話し方が乱暴で、しかも声が大きい。汪淼がもっとも嫌いなタイプの人間だった。

「汪淼か」とその私服警官がたずねた。名前を呼び捨てにされて汪淼がむっとしたのを気にするどころか、煙草をくわえてライターで着火し、顔を上げようともしない。汪《ワン・ミャオ》淼の返事も待たず、となりの若い警官に指示して警察手帳を提示させた。そして、煙草に火がつくなり、部屋へ入ろうとした。

「うちは禁煙なので」と汪淼は彼をさえぎった。

「申し訳ありません、汪教授。こちらは史《シー・チアン》強隊長です」若いほうの警官が微笑みながら言い、また史強へ目配せした。

「よし、じゃあここで話すか」史強がそう言って深々と息を吸い込むと、くわえた煙草がいっぺんに半分ほど燃えつきたが、そのあと、彼が煙を吐き出すことはなかった。

「おまえが訊け」史強はまた若い警官にあごをしゃくった。

「汪教授、おうかがいしたいのは、先生が最近、〈科学境界《フロンティア》〉の会員と接触したかどうかです。いかがですか」

「〈科学フロンティア〉は世界的に大きな影響力のある学術組織で、会員はみんな、著名な学者ばかりだ。合法的な学術組織に接触してなにが悪い？」

「ほら見ろ」史強が大声で言った。「その会が非合法だとおれらが言ったか？　そこと接触するのが悪いなんて言ってないだろ？」そして、さっき吸い込んだ肺の中の煙を汪淼の顔めがけていっぺんに吐き出した。

「なら、これはプライバシーの問題だ。あなたがたの質問に答える必要はない」

「プライバシーだと？　あんたは高名な学者なんだろ。公共の福祉に責任があるはずだ」

史強は持っていた煙草を投げ捨てると、つぶれてぺちゃんこになったパックから、また一本ひっぱりだした。

「わたしには答えない権利がある。帰ってくれ」汪淼はそう言うなり、背を向けて部屋へ戻ろうとした。

「待て！」史強が怒鳴り声をあげ、同時に、かたわらの若い警官に手を振って、「住所と電話番号を渡しとけ。おい、おまえ、午後に顔を出すんだぞ」と汪淼に向かって言った。

「なにが目的なんだ！」汪淼は怒りの声をあげ、近所の家から人が出てくるほどの押し問答になった。

「史隊長、自分で言ったじゃないですか……」若い警官は史強を脇にひっぱっていって、耳もとでなにかささやいている。史強の態度が気に障ったのは、汪淼だけではなかったらしい。

「汪教授、どうか誤解しないでください」陸軍士官の片方、少佐クラスの軍人があわてて進み出て言った。「きょうの午後、ある重要な会議があって、学者や専門家が何名か出席します。その会議に汪教授をお連れするよう、上から言われているのです」

「午後は予定がある」

「それは承知しています。ナノテクノロジー研究センターの所長には上から連絡が行っています。今回の会議に先生がいらっしゃらないと大問題になる。会議を延期してでも、先生を待つほかないんです」

史強《シー・チアン》とその部下は二度と言葉を発することなく、身を翻《ひるがえ》して下へ降りていった。二人の士官はその背中を見ながら、長いため息をついた。

「あいつはなんなんだ？」少佐が小声で同僚に言った。

「札つきだよ。何年か前の立てこもり事件では、人質の身の危険もかえりみずに勝手な行動を起こし、案の定、一家三人が犯人に惨殺された。しかも、噂によると、裏社会ともつながりがあって、ある組織を使ってべつの組織をつぶしたとか。去年なんか、拷問で容疑者を病院送りにする始末だ。それで停職を食らってる……」

汪淼《ワン・ミャオ》は、二人の士官がこの会話をわざと自分に立ち聞きさせているんじゃないかと疑った。自分たちはあの無礼な警官とは違うというところを見せたいのかもしれない。あるいは、彼らの任務に汪淼が関心を持つように仕向けたいのか。

「そんなやつがどうして作戦司令センターに入れたんだ？」

「少将がじきじきに指名したんだ。なにか特別な才能があるんだろうな。しかし、彼の任務の範囲は厳しく制限されている。公安関係の情報以外は、ほとんどなにも知らされていない」

作戦司令センターとはいったいなんだろう？　汪淼は狐につままれた気分だった。

汪淼を迎えにきた車は、都市近郊の大きな屋敷に入って行った。番地だけで、団体名の表札が出ていないことから、ここが軍の施設で、警察のものではないことがわかった。

会議は大ホールで行われていたが、一歩足を踏み入れるなり、汪淼はその混乱ぶりに驚いた。まわりにはコンピュータ機器が乱雑に散らばっている。机の上にスペースがなくて床にじか置きされたサーバも数台あり、電源コードと接続ケーブルがごちゃごちゃにからまっていた。ラックに収納する手間を惜しんでサーバの上に載せられたルータがいくつもあり、プリンタ用紙もあちこちに散乱している。数台のプロジェクター・スクリーンが部屋の隅に無造作に立てかけられ、まるでサーカスのテントのようなありさまだった。その中で、煙草の煙が朝靄のようにたちこめ、空中に層を成している。

ここがあの士官の言う作戦司令センターなのかどうかはわからないが、ひとつだけはっきりしているのは、ここで業務に従事する人々が、ほかのことをかえりみる余裕がないほど忙しいということだった。

臨時につくられた会議用テーブルの上にも書類やゴミが散らかっている。出席者のほとんどが疲れきった表情を浮かべ、服はしわくちゃで、だらしなくネクタイをゆるめ、どうやらゆうべは徹夜だったらしいことがうかがえた。

議事を進行しているのは常偉思《チャン・ウェイスー》という陸軍少将で、出席者の半数は軍人だった。新顔の汪淼《ワン・ミャオ》のために出席者の簡単な紹介があり、残りのメンバーは、警察側の人間と、汪淼同様にこの会議に招聘《しょうへい》された専門家たちだと判明した。後者の数名は、基礎科学の高名な研究者だった。

意外だったのは、メンバーの中に外国人が四名も含まれていることで、その身分にも驚かされた。四名のうち二名は軍人で、それぞれ米国の空軍大佐と英国の陸軍大佐で、ともにNATO軍の連絡将校だという。残る二名はどちらもCIAの担当官で、どうやらオブザーバーとして参加しているらしい。

テーブルを囲む出席者の表情を見渡して、汪淼は、共通した心の叫びを読みとった。すなわち、もう議論は出つくした。さっさと会議を終わりにしてくれ、と。

出席者の中には、史強《シー・チアン》の姿もあった。きのうの無礼な態度とは反対に、「教授」と呼びかけ、丁重に挨拶してきたが、わざとらしいつくり笑いが癇《かん》に障った。史強のとなりに座りたいとはこんりんざい思わなかったが、その席しか空いていなかったため、汪淼はやむなくそこに腰を下ろした。部屋の中はもともと煙草くさかったが、史強のとなりではそのにおいがさらにきつくなったような気がした。

　書類が配られると、史強は汪淼のほうに顔を近づけて言った。「汪教授、あんたの専門はたしか、一種の……新素材だっけ？」

「ナノ素材《マテリアル》だ」汪淼は簡潔に答えた。

「聞いてるよ。すごい強度なんだろ。犯罪に利用できると思うか？」史強の顔にはまだつくり笑いが浮かんでいて、ジョークのつもりかどうか判別できなかった。

「どういう意味だ？」

「その技術を使えば、髪の毛ぐらいの細いワイヤでも、大きなトラック一台を吊り上げられるんだろ。犯罪者がもしそれを盗み出してナイフでもつくったら、そのナイフ一本で車を真っ二つにできるんじゃないか」

「わざわざナイフをつくる必要もない。ナノマテリアルで毛髪の百分の一の細さのワイヤをつくって道路に仕掛ければ、そこを通る車はナイフでチーズを切るように真っ二つになる——しかし、そもそも犯罪に使えないものなんてあるのか？　魚のうろこをとる包丁だって、殺人の道具になるだろう」

　史強は、目の前の書類を封筒から半分まで出したところで、急に興味をなくしたように、またもとに戻した。「たしかにそうだな。魚だって凶器になるぞ。以前おれが担当した殺人事件では、女房が夫のアレをちょん切ったんだが、なにを使ったと思う？　冷凍庫に入ってたティラピアさ。凍りついた背びれは剃刀《かみそり》みたいに――」

「もういい。この会議に連れてきたのは、こんな話をするためか？」

「魚の話？　ナノマテリアルの話？　いやいや、どっちとも関係ない」史強《シー・チアン》は汪淼《ワン・ミャオ》の耳もとに口を寄せて、「やつらにいい顔をするなよ。向こうはおれたちに偏見を持ってる。情報を引き出すだけ引き出して、こっちにはなにも教えない気だ。おれがいい証拠だよ。ここに来て一カ月になるが、まだなにひとつ知らない。あんたと変わらん」

「同志諸君、では会議をはじめる」常偉思《チャン・ウェイスー》少将が言った。「地球上のあらゆる戦闘地域の中でも、いまはここが焦点となっている。まずは、会議に出席している同志全員のために、最新状況を共有しよう」

〝戦闘地域〟というただならぬ言葉に、汪淼は困惑した。さらに気になったのは、自分のような新参者に対して、将軍がくわしい背景説明をするつもりがなさそうだという点だった。これは、さっきの史強の話を裏づけている。それに常少将は、短い挨拶の中で、二度〝同志〟と言った。汪淼は向かいに座っているNATO軍の軍人二人とCIA二人を見やり、少将は〝紳士諸君〟と呼びかけるつもりだったのだろうと思った。

「彼らも同志だよ」史強は煙草を手にした指で四人の外国人を示しながら、「すくなくとも、ここの人間は全員、たがいに同志と呼び合ってる」と、声を低くして言った。

汪淼はあっさり考えを見抜かれたことに動揺しつつも、史強の持つ鋭い洞察力に感心した。

「大史《ダーシー》、煙草を消してくれ。煙はもうじゅうぶんだ」常偉思が書類をめくりながら、史強にニックネームで呼びかけた（姓に大をつけた呼び名で、史アニキ、史ニィのようなニュアンス）。

史強は火をつけたばかりの煙草を持ってあたりを見まわしたが、灰皿が見当たらず、コップに投げ入れた。そのついでとばかりに挙手して発言を求め、常偉思が許可するより早く口を開いた。「少将、要望があります。以前も提案したとおり、情報は上下の別なく均等に共有させていただきたい」

常偉思は顔を上げた。「情報が等しく共有されるような軍事行動は存在しない。この点は、会議に参加している専門家のみなさんにもご理解いただきたい。もうしわけないが、これ以上の説明資料はお渡しできない」

「学者先生とおれたちをいっしょにしてもらっちゃ困りますよ」史強は言う。「警察は作戦司令センターの設立当初から関わっている。しかし、いったいこれがどういう組織なのか、いまだにわからない。しかもあんたたちは、警察を排除するつもりだ。必要なノウハウを手に入れたら、今度はおれたちをひとりずつ追い出しにかかるんだろ」

会議に出席している警察関係者数名が小声で叱責し、史強《シー・チアン》を黙らせようとした。汪淼《ワン・ミャオ》は、史強が常偉思《チャン・ウェイスー》のような階級の高い相手に対しても乱暴な口調で話しかけたことに驚いたが、少将の返答はさらに驚きだった。

「おい、大史《ダーシー》、軍隊時代の悪い癖がまだ直らんようだな。警察を代表して発言しているつもりか？　悪業の報いで何カ月も停職になって、公安部隊から追放される寸前だったくせに。おまえをここに呼んだのは、都市警備の経験を買ったからだ。このチャンスを無駄にするんじゃない」

史強はぞんざいな口調で、「罪滅ぼしに、ここの仕事に励めってか？　おれのノウハウは邪道だと言ってたじゃないか」

「だが、役に立つ」常偉思は史強に向かってうなずいた。「役に立ちさえすればいい。いまは細かいことを気にしている場合じゃない。戦時だからな」

「選り好みしている余裕はありません」ＣＩＡの担当官が流暢な標準語で言った。「いままでのやりかたにはもう頼れないんです」

イギリス軍の大佐も、どうやら中国語を解するらしい。うなずいて、「To be, or not to be」と言ってから、標準語で、「生か死かの問題ですからね」

「いまの英語はなんだ？」史強が汪淼にたずねた。

「なんでもない」汪淼は機械的に答えた。まるで夢でも見ているようだった。戦時？　どこに戦争がある？　振り向いて、大ホールの大きなピクチャー・ウィンドウに目をやった。窓の向こうには、遠く北京の街並みが見える。春の陽光の下、車の列が川のように道路を流れ、芝生の上で犬を散歩させる人がいれば、遊んでいる子どもたちの姿も……。

内側の世界と、外側の世界。どちらが現実なのか？

常少将が言う。「最近、敵の攻撃は明らかに激しさを増している。目標はあいかわらず、エリート科学者だ。全員、まずは書類の中にあるリストを見てほしい」

汪淼は書類のいちばん上にあった一覧を手にとった。大きなフォントで印刷されているリストは、中国語と英語の両方で姓名が記されていたが、即席でつくられたもののように見えた。

「汪教授。この名簿を見て、なにか気づかれることは？」常偉思は汪淼のほうを向いてたずねた。

「このうち三人の名前には見覚えがあります。三人とも、物理学の最前線で研究している高名な科学者です」汪淼はそう答えたが、半分うわのそらだった。彼の視線は、最後のひとりの名に釘付けになっていた。彼の意識の中では、その二文字は色さえ違って見えた。

どうしてここに彼女の名が？　彼女になにがあった？

「知り合いか？」史強《シー・チアン》はヤニで黄色くなった太い指で、リストの最後にあるその名を指してたずねた。汪淼《ワン・ミャオ》は返事をしなかったが、史強はその顔を見て、「なるほど。よくは知らないが、でも親しくなりたいと思っていた相手ってことか」

この元軍人を常偉思《チャン・ウェイスー》が連れてきた理由が、いまようやく納得できた。態度こそがさつだが、目はナイフのように鋭い。史強はすばらしい警官ではないかもしれない。だが、洞察力はたしかにずば抜けている。

一年前のことだった。汪淼は、高エネルギー粒子加速器プロジェクト〝中華二号〟で、超伝導部門のナノスケール・コンポーネントの責任者をつとめていた。その日の午後、良湘の現場で短い休憩をとっていたとき、眼前に現れた光景に、汪淼は魅了された。風景写真マニアの汪淼は、撮影したときの構図の美しさという観点から現実の風景を見る癖があった。

構図の中心となる要素は、彼らがいままさに建設工事を進めている超伝導コイルだった。そのコイルは二、三階分の高さがあり、工事はまだ半分しか終わっていない。見たところ、巨大な金属の塊と、くねくね曲がる超低温冷媒のパイプラインとでつくられた怪物のようだ。大工業時代のゴミの山さながら、非人間的な技術の冷酷さと鋼鉄の野蛮さを体現している。

　そのとき、この巨大な金属のモンスターの前に、ほっそりした若い女性が現れた。自然光のバランスも完璧だった。工事用のひさしの陰になっているおかげで、超伝導コイルの冷酷で無骨な質感がさらに強調されている。しかし、ひさしの隙間から、夕暮れの金色の光がひとすじ射し込み、それがスポットライトのように彼女の姿を浮かび上がらせた。穏やかで暖かい夕陽が、柔らかそうなストレートの髪を輝かせ、作業着の襟もとにのぞく白く美しい首筋を照らしている。それはまるで、激しい雷雨のあと、巨大な金属の廃墟の上に、一輪の可憐な花が咲いたかのようだった。

「なに見てるんだ、仕事しろ」

　ナノテクノロジー研究センター所長の声に、汪淼はびくっとしたが、所長が注意した相手は汪淼ではなく、若いエンジニアのひとりだった。彼も汪淼と同じく、彼女の姿をぼんやり見つめていたらしい。芸術の世界から現実に戻った汪淼は、その女性が一般の作業員ではないことに気づいた。プロジェクトのチーフ・エンジニアが彼女に随行し、下にも置かぬ態度でなにやら説明している。

「だれです？」汪淼は所長にたずねた。

「知らないはずはない」所長は片手で大きな円を描き、「二百億元を投じたこの加速器が完成したら、いちばん最初に実施されるのは、彼女が提唱する超弦理論モデルの検証実験になる。理論物理学の世界でも年功序列がものを言うから、本来なら、彼女のプランが一番手になるわけがない。しかし、年配の学者たちは先陣を切りたがらない。恥をかくのがいやなんだよ。おかげで彼女がチャンスをつかんだというわけだ」

「なんですって？　楊冬《ヤン・ドン》が……女性？」

「そうとも。われわれも、おととい本人に会って、はじめて知ったんだがね」と所長が言った。

「彼女、メンタルになにか問題でもあるんですか？」若いエンジニアがたずねた。「でなきゃ、どうしてメディアの取材に応じないんです？　一度もテレビに出ないまま世を去った銭鍾書《チエン・チョンシュー》（現代中国の作家・文学研究者。一九一〇年〜一九九八年）みたいなタイプかな」

「でも、銭鍾書の場合、すくなくとも性別ぐらいはみんな知っていた。きっと楊冬は、子どものころになにかトラウマになるようなつらい経験をして、そのせいで自閉的な性格になったんじゃないかな」汪淼《ワン・ミャオ》は、冗談交じりの憶測を自嘲気味に口にした。汪淼自身は、インタビューを断るどころか、メディアに関心を持たれるほどの知名度もなかった。

楊冬とチーフ・エンジニアがこちらに歩いてくる。前を通り過ぎるとき、楊冬はこちらに向かって微笑んだが、なにも言わなかった。だが汪淼は、静かでまっすぐな楊冬の目を忘れなかった。

その日の夜、汪淼は、書斎の椅子に座って、壁に掛けてある、数枚の風景写真を眺めていた。自分ではいちばんよく撮れたと思っている作品だった。彼の視線が、原野の風景にとまった。荒涼とした谷が、雪をいただく山に断ち切られている。谷の手前のほうでは、上半分が枯れた老木が、画面のほぼ三分の一を占めている。想像の中で、汪淼は、記憶に焼きついた彼女の姿を谷の奥に配置した。驚いたことに、そのとたん、画面全体が息づいた。まるで、写真の中の世界が、彼女のちっぽけな姿に気づいて、それに反応したかのようだった。風景すべてが、もともと彼女のために存在していたように見えた。

汪淼は想像の中で、自分が撮ったほかの写真にも彼女の姿を置き、あるときは写真の空に彼女の二つの瞳を重ねてみた。すると、その写真もたちまち命を吹き込まれて、汪淼が想像したこともなかった美を獲得した。

汪淼はこれまでずっと、自分が撮った写真には魂が欠けていると思ってきた。その理由が、いまようやくわかった。欠けていたのは、彼女だったのだ。

「リストにある物理学者たちは、この二カ月足らずのうちに、たてつづけに自殺している」常偉思《チャン・ウェイスー》が言った。

思いがけない知らせに、汪淼《ワン・ミャオ》の頭の中が真っ白になった。それから、その真っ白な頭の中に、すこしずつ、ある画像が浮かんできた。それは、あのモノクロの風景写真だった。写真の大地に彼女の姿はなく、空に重なっていた彼女の瞳は消え、世界は死んでいた。

「いったい……いつ？」汪淼は茫然とした口調でたずねた。

「この二ヵ月足らずのうちにだ」常少将が重ねて言った。

「あんたが訊きたいのは、最後のひとりのことだろ」隣席の史強《シー・チアン》が得意げに言い、それから声をひそめて、「彼女は最後の自殺者だ。おとといの晩、睡眠薬を大量に服用して死んだ。痛みも苦しみもなく、あっさりと」

このときばかりは、汪淼は史強に感謝した。

「どうして？」汪淼はたずねた。命が消えた風景写真が、頭の中でスライドショーのようにつぎつぎ切り替わってゆく。

常偉思が答えた。

「いま確実に言えるのはこれだけだ。彼らは全員、同じひとつの理由から自殺した。しかし、その理由をひとことで説明することはむずかしい。もしかしたら、われわれのような物理学の素人には、そもそも理解しえないことかもしれない。書類の中に、彼らの遺書の一部が入っている。会議終了後に、全員よく読んでおいてほしい」

汪淼は遺書のコピーをめくった。どれも、長い随筆のように見えた。

「丁儀《ディン・イー》博士、楊冬《ヤン・ドン》の遺書を汪教授に見せていただけますか。彼女のがいちばん簡潔で、たぶんいちばん理解しやすい」

　呼びかけられた人物は、それまでと同様、顔を伏せたまま沈黙していたが、しばらくしてようやく反応し、テーブル越しに、白い封筒を汪淼にさしだした。

「あいつは楊冬の恋人だったのさ」と史強が汪淼の耳もとでささやいた。それでようやく思い出した。良湘の高エネルギー粒子加速器建設現場で、丁儀と会ったことがある。彼は理論グループのメンバーだった。この物理学者は、球電の研究過程でマクロ原子を発見し、その名を世界に轟かせた（『三体0　球状閃電』参照）。

　汪淼は封筒から中身をとりだした。紙ではなく、いびつなかたちをしている。かすかな香りがするその書きつけは、驚いたことに、白樺の樹皮だった。その上に、わずか数行、整った文字でこう書かれていた。


　すべての証拠が示す結論はひとつ。これまでも、これからも、物理学は存在しない。

この行動が無責任なのはわかっています。でも、ほかにどうしようもなかった。

署名すら残さず、楊冬《ヤン・ドン》は死んでしまった。

「物理学が……存在しない？」汪　淼《ワン・ミャオ》は茫然とあたりを見まわした。

常《チャン》少将がフォルダーを閉じて口を開いた。

「このファイルには、ある専門的な情報も含まれている。世界に三台しかない、最新の高エネルギー粒子加速器の完成後、実験によって得られた結果に関係するもので、高度に専門的な話になるから、ここでは議論しない。われわれが調査すべき第一の対象は、〈科学境界《フロンティア》〉だ。ユネスコは二〇〇五年を世界物理年に認定した。〈科学フロンティア〉は、その年から、さまざまな学会や物理学者同士の交流を通じて生まれた、物理学の世界のゆるやかな国際的学術組織だ。丁《ディン》博士、あなたは理論物理学がご専門だ。〈科学フロンティア〉の現状について、くわしく説明していただきたい」

丁　儀《ディン・イー》がうなずいて言った。「わたしは〈科学フロンティア〉となんの関係もありませんが、この組織は科学者のあいだでよく知られています。その目標は以下のようなものです。二〇世紀後半以降、現代物理学は、古典物理学のようなわかりやすさと単純さをしだいに失ってきた。理論的なモデルはますます複雑になり、あいまいで不確かなものになっている。実験で検証することも、ますますむずかしくなっている。これは物理学研究の最前線が大きな壁にぶつかっていることの表れです。

そこで、新たな思考のルートを切り開こうとしているのが〈科学フロンティア〉です。簡単に言えば、彼らは科学の方法で科学の限界を見つけようとしている。科学が自然を解明する深さや精度に限界があるかどうか——そこから先へはもう進めないという壁が、科学にあるかどうか。それを確認しようとしている。現代物理学の発展は、すでにこういう境界線に触れたことを示唆しているようですが」

「ありがとう」常偉思《チャン・ウェイスー》が言った。「われわれの理解するところによれば、自殺した学者のほとんどが〈科学フロンティア〉となんらかのつながりを持ち、そのうち数名は実際に会員だった。しかし、新興宗教流のマインドコントロールや、違法薬物の使用などの犯罪的行為は確認できなかった。つまり、〈科学フロンティア〉が彼ら物理学者に影響を与えていたとしても、それは合法的な学術交流によるものだ。汪教授、あなたは最近、彼らからのアプローチを受けている。それに関して、最新の情報を提供していただけるでしょうか」

史《シー・》強《チアン》がたたみかけるように、「担当者の名前、打ち合わせの場所や時間、会話の内容。それに、もし文字資料やメールアドレスを交換していれば——」

「大史《ダーシー》！」常偉思が大きな声で史強を一喝した。

そばにいた警官のひとりが史強《シー・チアン》のほうに身を乗り出し、「しじゅう口をはさまないと、口があることを忘れられてしまうとでも思ってるのか？」とささやき声で言った。

史強はテーブルのコップをとって水を飲もうとしたが、中の吸い殻に気づき、ドンと音を立ててコップを置いた。

さきほどの感謝の念は消え失せ、汪淼《ワン・ミャオ》はまた、史強に不快感を抱いたが、なんとかそれを押さえつけて質問に答えた。

「〈科学フロンティア〉との接触は、申玉菲《シェン・ユーフェイ》（しん・ぎょくひ）と知り合ったのがはじまりです。彼女は、中国系日本人の物理学者で、いまはこの北京にある日本企業に勤めていますが、かつて三菱電機の研究室でナノマテリアルの開発にたずさわっていた。最初に出会ったのは、今年はじめに開かれた学会です。彼女を通じて、国内外問わず、何人かの物理学者とも知り合いましたが、その全員が〈科学フロンティア〉の会員でした。彼らと話すテーマは、なんというか――きわめて根源的でした。つまり、丁《ディン》博士がさっき言った、科学の限界という問題です。

最初のうち、わたしはこのテーマにさほど興味もなかったので、ただの暇つぶしでした。わたしの専門は応用研究なので、理論的な分野の知識レベルはたかが知れている。主に彼らの討論やら論争を聞くだけでした。彼らは全員、考えが深く、新鮮な観点を持っていた。

彼らとの交流で視野が広がるような気がして、だんだん興味が湧いてきました。とはいえ、議論のテーマは純粋に理論的なものです。一度、〈科学フロンティア〉に入らないかと誘われたが、断りました。入会したら、議論に参加することが一種の義務になる。それにわたしには、時間的にも労力的にも余裕がないので」

「汪教授、彼らの誘いを受け入れて、〈科学フロンティア〉に入ってもらえませんか。これも、本日ここに来ていただいた理由のひとつです」常《チャン》少将は言った。「このルートを通じて、内部の情報を得たい」

「つまり、スパイになれと？」汪淼は不安な思いでたずねた。

「スパイと来たか！」史強が声をあげて笑う。

常偉思《チャン・ウェイスー》はとがめるような視線を史強に投げ、それから汪淼に向かって言った。「ただ情報を提供してくれればいい。われわれには、いまのところ、それ以外にルートがない」

汪淼は首を振った。「申し訳ないが、少将、わたしには無理です」

「汪教授、〈科学フロンティア〉は国際的なエリート科学者で構成される組織だ。それを調査するとなれば、きわめて複雑で、注意を要する問題になる。薄氷を踏むようなもので、科学者の助けがなければ一歩も進めない。だからこそ、こんな突拍子もないお願いをしているのです。どうかご理解いただきたい。とはいえ、教授の意思は尊重したい。もし同意されなくても、無理はない」

「さっきも言いましたが……仕事が忙しくて。時間がないんですよ」汪《ワン・ミャオ》淼はそう理由をつけた。

常偉思《チャン・ウェイスー》はうなずいた。「汪教授、わかりました。もう時間はとらせません。会議に参加いただいてありがとうございました」

汪淼は何秒かたってから、ようやく、帰っていいと言われたのだと理解した。

常偉思がじきじきに汪淼を戸口まで送ってくれた。そのとき、史強《シー・チアン》がうしろから大声で言った。「もっけのさいわいだ。おれは最初から、このプランに反対だったからな。自殺した学者先生は、いまでももう、多すぎるくらいたくさんいる。汪先生を送り込んだりしたら、木乃伊《ミイラ》取りが木乃伊になるのがオチだ」

汪淼はくるりときびすを返し、史強に歩み寄ると、怒りを抑えて言った。「いい警察官にあるまじき口のききかただな」

「おれがいい警察官だなんてだれが言った？」

「科学者たちが自殺した原因はまだわかっていないが、死者を冒瀆するような言葉を吐くべきではない。彼らの叡智は、人類社会にはかりしれない貢献をしてきたんだぞ」

「連中のほうがおれよりましだと言いたいのか？」椅子に座った史強は、汪淼を見上げて言った。「すくなくともおれは、くだらねえ話を吹き込まれて自殺したりなんかしないね」

「わたしなら自殺しかねないと？」

「そりゃ、先生の安全には配慮せにゃならんでしょうな」史強は汪淼を見て、またあのつくり笑いを浮かべた。

「同じ状況に置かれても、わたしはきみよりずっと安全だろうよ。真実を見分ける能力は、その人物の知識量と正比例するんだから」

「そいつはどうかな。先生みたいな人間に――」

「大史《ダーシー》、いいかげんにしろ」と常偉思が怒鳴りつけた。「あとひとことでも言ったら、ここからつまみだすぞ」

「かまいませんよ。好きなだけしゃべらせてやってください」汪淼は常少将に向かって言った。「気が変わりました。お望みどおり、〈科学フロンティア〉に入りましょう」

「よっしゃ！」史強が勢いよく言った。「入ったら、ちゃんと目を光らせてろよ。チャンスを見つけて情報を集めるんだ。たとえば、連中のパソコンをちらっと見て、メールアドレスやURLを頭に叩き込んで……」

「もういい」と汪《ワン・》淼《ミャオ》は途中でさえぎった。「誤解してもらっては困る。スパイになるつもりはない。きみの無知と愚かさを証明したいだけだ！」

「あんたが死にさえしなきゃ、そいつは自然と証明されるさ。しかし、あいにくそれは……」

史《シー・》強《チアン》が顔を上げると、つくり笑いが残忍な笑みに変わった。

「もちろんわたしは生きつづける。だが、きみのような人間には二度と会いたくないね」

常《チャン・》偉《ウェイ》思《スー》が汪淼を階下まで送り、帰りの車を呼んでから言った。「史強はあんな気性の男だが、経験豊富な警察官でね。テロ対策のエキスパートだ。二十年前、彼はわたしの中隊の兵士だった」

車の前で常偉思はまた口を開き、「汪教授、きっと訊きたいことが山ほどあると思う」

「会議で話していたことは、軍とどんな関係が？」

「戦争は軍と大いに関係があって当然だろう」

汪淼は面食らって、春の陽射しを浴びる周囲の景色を見渡した。「しかし、その戦争はどこに？　いまはたぶん、歴史上、もっとも平和な時代ですよ」

常偉思は不可解な笑みを浮かべた。

「まもなくわかる。すべての人間が知ることになる。汪教授、これまでに、人生が一変するような経験をしたことは？　その出来事からあと、世界がそれまでとはまったく違う場所になってしまうような経験」

「いいえ」

「では、先生のこれまでの人生は幸運だったわけだ。世界には予測不可能な要素があふれているのに、一度も危機に直面しなかったのだから」

汪淼はしばし考えたが、やはりよくわからなかった。「たいていの人はそうじゃないでしょうか」

「では、たいていの人の人生も幸運だった」

「でも……何世代にもわたって、人間はそんなふうに生きてきた」

「みんな、幸運だった」

汪淼は首をかしげて笑った。「今日のわたしはどうも頭がまわらないらしい。つまりそれは……」

「そう、人類の歴史全体が幸運だった。石器時代から現在まで、本物の危機は一度も訪れなかった。われわれは運がよかった。しかし、幸運にはいつか終わりが来る。はっきり言えば、もう終わってしまったのです。われわれは、覚悟しなければならない」

訊きたいことはまだあったが、常少将が別れの手をさしのべ、それ以上の質問を封じた。

車に乗ってから、運転手に住所を訊かれたので、それを伝えるついでに汪淼《ワン・ミャオ》はたずねた。

「もしかして、わたしをここまで乗せてきてくれた人かな？　同じ車種のようだけど」

「いいえ。わたしは丁《ディン》博士を乗せてきました」

そのとき、汪淼の頭にひとつのアイデアが閃いた。丁儀《ディン・イー》の住所を訊くと、運転手は教えてくれた。その夜、汪淼は丁儀の家を訪ねた。

5 科学を殺す

丁儀が住んでいるのは、新築マンションの3LDKだった。ドアを開けたとたん、汪淼は強烈な酒のにおいに迎えられた。つけっぱなしのテレビの前で、丁儀がソファに寝転び、天井をじっと見上げている。広いリビングを見渡すと、内装はいたってシンプルで、家具も装飾もなく、がらんとしていた。ゆいいつ目を惹くのは、リビングの片隅にあるポケット・ビリヤード台だ。

招かれたわけでもなく勝手に押しかけてきた汪淼に対して、丁儀はべつだん嫌がるようすも見せなかった。彼のほうも、だれかと話をしたかったらしい。

「ここは三カ月前に買ったんだ。なんのために？　彼女が家庭に入るはずもないのに」酔っぱらった丁儀が、笑いながら首を振る。

「きみたちは……」汪淼は楊冬《ヤン・ドン》の生活のすべてを知りたかったが、なんと訊いていいのかわからなかった。

「楊冬《ヤン・ドン》は輝く星のように、遠くからぼくを照らしていた。その光はいつも冷たかったけれど……」丁儀《ディン・イー》は窓際に歩み寄り、夜空を眺めた。その姿は、過ぎ去った星を探しているかのようだった。

汪淼《ワン・ミャオ》も黙り込んだ。いま聞きたいのは、楊冬の声だった。一年前のあの夕暮れ、彼女と目が合ったとき、ひとことも言葉を交わすことはなかったし、その後も結局、彼女の声を一度も聞くことはなかったが。

丁儀はまるでなにかを追い払うように手を振った。

「汪教授、あなたは正しかった。軍や警察と関わってもろくなことはない。あいつらは、なんでもわかってると勘違いしてるただの莫迦だ。物理学者の自殺と〈科学フロンティア〉とは関係ない。そう説明したのに、わかってもらえなかった」

「彼らもいくらか調査したようだけど」

「ええ。それも、海外まで範囲を広げてね。だから彼らも、自殺者のうちの二人は、〈科学フロンティア〉と無関係だとわかっているはず。そのうちのひとりが楊冬だ」丁儀はその名を口にするのもやっとのようだった。

「丁博士、知ってのとおり、わたしはもう、この件に関わっている。だから、楊冬がなぜ……なぜこんな道を選んだのか、その理由が知りたいんだ。きみは……なにか知っているんだろう」汪淼はたずねた。ほんとうに関心のあることを隠そうとして、われながら歯切れの悪い質問になってしまう。

「それを知ったら、もっと深く関わることになる。いまはまだ、うわべだけだ。知ったら最後、心の奥まで呑み込まれてしまう。深刻な事態になる」

「わたしは応用研究が専門だから、きみたち理論物理学者ほどセンシティブじゃないよ」

「よし、わかった。ところで、ビリヤードの心得は？」丁儀はビリヤード台に歩み寄った。

「学生時代は気晴らしに何度か遊んだ」

「ぼくも彼女もビリヤードが大好きでね。加速器の中で衝突する粒子を想像させてくれるからかな」丁儀はそう言いながら、黒と白の二つの球をとり、黒球はコーナーポケットのすぐ横に、白球は黒球からほんの十センチくらいのところに置いた。「黒球を落とせる？」

「こんなに近けりゃ、だれだって落とせる」

「やってみて」

汪淼はキューをとって白球を軽く撞《つ》き、黒球をポケットに落とした。

「オーケー。今度は、台の場所を変えよう」丁儀はとまどう汪淼に声をかけ、二人で重いビリヤード台を持ち上げると、リビングの隅の窓ぎわへと運んだ。リターンボックスからさっきの黒球をとりだすと、またコーナーポケットの近くに置き、白球もまた、黒球から十センチほどのところに置いた。

「今度も落とせる？」

「もちろん」

「やってみて」

汪《ワン・》淼《ミャオ》はまた簡単に黒球をポケットに落とした。

「もう一度、場所を変えよう」丁儀《ディン・イー》が手を振って促し、また二人で台を持ち上げて、リビングの三つ目の角まで運んだ。丁儀は今度もまた、黒球と白球を前と同じ位置に置いた。

「撞いて」

「これはいったい……」

「撞いて」

汪淼は肩をすくめ、三回めも黒球をポケットに落とした。

二人はそれからさらに二度、台を移動させた。一度は玄関ドアに近いリビングの角へ、最後はもとの位置へ。そして丁儀は、二度とも黒球と白球を同じ位置に置き、汪淼は二度とも黒球をポケットに落とした。二人とも、じんわり汗をかいていた。

「これでよし、と。実験は終了した。結果を分析してみよう」丁儀が煙草に火をつけながら言う。「ぼくらは合計五回、実験した。そのうちの四回は、空間座標も時間座標も違っていた。二回は、空間座標は同じだけれど、時間座標が違っていた。実験結果は衝撃的なものだった」彼は大げさに両手を広げてみせた。「五回とも、衝突実験の結果はまったく同じだった！」

「なにが言いたいんだ？」汪淼は息を整えながらたずねた。

「まず、この驚くべき結果を説明してください。物理学の用語を使って」

「つまり……五回の実験では、二つの球の質量は変化していない。置かれた位置も、ビリヤード台を基準座標系とした場合、もちろん変化していない。白球が黒球に衝突する速度ベクトルも基本的に変わりない。したがって、二つの球のあいだで交換される運動量にも変化はない。ゆえに、五回の実験すべてにおいて、黒球は同じようにポケットに落ちた」

丁儀はソファのかたわらの床に置いてあったブランデーの瓶をとって、洗っていない二つのグラスになみなみと注いだ。そのうちの片方をこちらにさしだしたが、汪淼は断った。

「さあ、祝いましょう。われわれは自然界の原理を発見した。すなわち、時と場所が変わっても、物理法則は変わらない。物理法則は、時間と空間を超えて不変だ。アルキメデスの原理からひも理論に至るまで、人類史上すべての物理法則、人類がこれまでになしたあらゆる科学的発見と思想的成果のすべてが、この偉大な原理の副産物だ。われわれに比べれば、アインシュタインやホーキングなど、たんなる応用科学を研究する凡人にすぎない」

「きみがなにを言いたいのか、まだよく呑み込めないんだが」

「違う実験結果を想像してみてください。一回めは白球が黒球をポケットに落とした。二回めは黒球が脇にそれた。三回めは黒球が天井まで飛び上がった。四回めは、黒球がびっくりしたスズメみたいに部屋の中を飛びまわり、最後にあなたの服のポケットに入った。五回めは、アシモフのあの小説（短篇「反重力ビリヤード」）みたいに亜光速ですっ飛んで、ビリヤード台のへりをぶち破り、壁を突き抜け、地球の引力圏を脱出し、ついには太陽系から出てしまった。もしそんなことが起こったら、どう思う？」

丁儀《ディン・イー》は汪淼《ワン・ミャオ》を見つめた。長い沈黙のあと、汪淼が言った。

「それが現実に起こったんだね。そうだろう？」

丁儀は両手に持った二つのグラスの酒を一気に飲み干した。まるで悪魔でも見るかのようにビリヤード台をじっとにらみつけ、

「ええ、そのとおり。ここ数年で、基礎理論を実験でたしかめるために必要な設備が、とうとう完成した。高価なビリヤード台が三台、建設されたんです。一台は北米、一台はヨーロッパ、もう一台は、言うまでもなく中国の良湘。あなたがたのナノテクノロジー研究

センターは、その力を借りてずいぶんな金額を稼いできた。

これらの高エネルギー粒子加速器では、粒子を衝突させるエネルギーの大きさが、従来よりひと桁大きくなった。人類がいまだかつて到達したことがないレベルだ。ところが、これらの新しい加速器で実験したところ、同一の粒子、同一の衝突エネルギー、同一のパラメータだったにもかかわらず、違う結果が出た。異なる加速器のあいだで実験結果が異なるというだけではなく、同じ加速器を使ってべつの時刻に実験しても、やはり異なる結果になる。物理学者たちはパニックを起こし、同じ条件で超高エネルギー衝突実験を何度も何度もくりかえしたが、結果は毎回違っていて、これといった法則性も見つからなかった」

「それはなにを意味する？」汪淼はたずねた。丁儀がこちらを見つめたままなにも言わないので、さらにつけ加えた。「ああ、わたしはナノテクノロジーが専門だから、物質のミクロ構造には通じている。それでも、きみたちが扱っている粒子に比べたら、何桁も大きなものを相手にしてるんだ。だから、教えてくれ」

「物理法則は時間と空間を超えて不変ではないということを意味している」

「で、それはなにを意味する？」

「それは自分で演繹《えんえき》できるはずだ。常《チャン》少将でさえ、そこにたどりついたんだから。ボスはほんとうに頭がいい」

汪淼《ワン・ミャオ》は窓の外を眺めながら考えにふけった。都市の夜景がまばゆく光り、夜空の星々もそれに埋もれている。

「それは、宇宙のどの場所においても適用できる物理法則が存在しないことを意味する。ということはつまり……物理学は存在しない」汪淼は窓の外から視線を戻して言った。

「『この行動が無責任なのはわかっています。でも、ほかにどうしようもなかった』。これは彼女の遺書の後半部分だ。いまあなたが無意識に口にしたのは、遺書の前半部分。『物理学は存在しない』。いまなら彼女のことが多少なりとも理解できるんじゃないかな」

汪淼はビリヤード台から白い手玉をとると、そっと撫でてから、また台に置いた。「物理学の最先端を探究している人間にとっては、たしかに災厄だな」

「理論物理の分野で業績をあげるには、ほとんど宗教的と言ってもいいような信念が必要になる。そこからたやすく深みにはまる」

別れぎわ、丁儀《ディン・イー》は汪淼に、ある住所を伝えた。

「楊冬《ヤン・ドン》の母親はここにいる。もし時間があるようなら、会いにいってみてください。楊冬はずっと母親と一緒に暮らしていた。楊冬の母親にとっては、娘が人生のすべてだったのに、いまはひとりぼっちになってしまった。気の毒で」

「丁儀、きみは明らかに、わたしよりずいぶん多くを知っている。もう少しだけ教えてくれないか？　物理法則は時間と空間を超えて不変ではないと、ほんとうに思っているのか？」

「ぼくはなにも知らない。ただ、想像もつかない力が科学を殺そうとしているような気がする」

「科学を殺す？　だれが？」

丁儀は汪淼の目を長いあいだじっと見つめ、それからようやく言った。「それが問題だ」

彼はあのイギリス軍大佐が引用したシェイクスピアの言葉を引いただけだと、汪淼は気がついた。生きるべきか死ぬべきか、それが問題だ。

6　射撃手と農場主

　翌日は週末だったが、汪　淼《ワン・ミャオ》は早起きすると、カメラを携えて自転車で出かけた。アマチュア写真家として、汪淼がもっとも好む題材は、人跡未踏の荒野だ。とはいえ、中年になると、そんな贅沢を楽しむ時間はなくなる。たいていの場合は、街角の風景を撮ることで我慢するしかない。

　汪淼はしだいに、都会の街角では珍しい、荒野の空気を感じさせる風景——たとえば公園の干上がった池の底、建設現場の掘り起こされたばかりの土、セメントの隙間から伸びている雑草——を選ぶようになった。背景の俗っぽい色彩を消すために、モノクロフィルムだけを使う。思いがけず、彼の作風はいつのまにかまわりに認められて、汪淼はアマチュア写真家の世界でちょっとした有名人になりつつあった。作品は大きな展覧会で二度入選し、写真家協会にも入会した。撮影に出るたび、インスピレーションと構図を求めて、気の向くまま、自転車で北京の街をあちこち走りまわる。ときには一日じゅうそうやって過ごすこともあった。

きょうの汪淼は、なんとなく妙な感じだった。汪淼の作風は古典的な落ち着きが特徴だが、きょうにかぎって、そういう構図を選ぶのに必要な感覚をつかみきれずにいた。眠りから目覚めかけた夜明けの都市が、流砂の上に建っているような気がする。しっかりした現実のように見えるが、じつは幻想でしかないような……。ゆうべはずっと、漆黒の空間を不規則に飛びまわる二つのビリヤード球の夢を見ていた。黒い背景にまぎれて黒球は見えず、たまに白球の前を通過するときだけ、その存在が明らかになる。

物質の根本的な性質には、ほんとうに法則がないのか？　世界の安定と秩序は、ただたんに、宇宙の片隅における動的平衡状態、カオス的な流れの中に生まれた短命な渦巻きにすぎないのか？

科学は殺されるのか？

汪淼はいつのまにか、竣工したばかりの新しい中国中央電視台《CCTV》本部ビルの前に来ていた。自転車を止めて道端に座ると、高々とそびえるA字形の建物を仰ぎ見て、なんとか現実感をとり戻そうとした。朝陽を浴びてきらきら輝くビルの尖った先端を目でなぞりながら、底抜けに深い青空を眺めているうち、脳裏にふと二つの言葉が浮かんだ。

——射撃手《シューター》と農場主《ファーマー》。

〈科学フロンティア〉の学者たちは、議論のさい、しばしばSFという略語を使う。これはSF小説を指すのではなく、この二つの単語の略だ。宇宙の法則の本質を説明する二つの仮説、射撃手仮説と農場主仮説を意味している。

射撃手仮説とはこうだ。あるずば抜けた腕をもつ射撃手が、的に十センチ間隔でひとつずつ穴を空ける。この的の表面には、二次元生物が住んでいる。二次元生物のある科学者が、みずからの宇宙を観察した結果、ひとつの法則を発見する。すなわち、〝宇宙には十センチごとにかならず穴が空いている〟。射撃手の一時的な気まぐれを、彼らは宇宙の不変の法則だと考えたわけだ。

他方、農場主仮説は、ホラーっぽい色合いだ。ある農場に七面鳥の群れがいて、農場主は毎朝十一時に七面鳥に給餌する。七面鳥のある科学者がこの現象を一年近く観察しつづけたところ、一度の例外も見つからなかった。そこで七面鳥の科学者は、宇宙の法則を発見したと確信する。すなわち、〝この宇宙では、毎朝、午前十一時に、食べものが出現する〟。科学者はクリスマスの朝、この法則を七面鳥の世界に発表したが、その日の午前十一時、食べものは現れず、農場主がすべての七面鳥を捕まえて殺してしまった。

汪淼《ワン・ミャオ》は足もとの道路が流砂のように沈んでいくのを感じた。A字形のビルが揺れているように見え、あわてて視線をそらした。

こんな不安を消し去るためだけに、汪淼は無理やりフィルム一本分の写真を撮り終えた。昼食前に家に帰ると、妻は子どもを連れて外に遊びに出かけていた。昼には戻らないつもりらしい。いつもは撮影後すぐにフィルムを現像する汪淼だが、きょうはちっともその気にならなかった。それで、昼食を簡単に済ませると、ゆうべ眠れなかったこともあって、しばらく昼寝をした。目が覚めたのは夕方の五時近くだった。そのときになってようやく、午前中に撮った写真のことを思い出し、物置を改造してつくったせまい暗室に入って現像をはじめた。

現像が終わった。汪淼は引き伸ばすべき写真があるかどうかネガをチェックしはじめたが、最初の一枚で奇妙なことに気づいた。その一枚は、大きなショッピング・センターの脇の小さな草地で撮ったものだが、写真の真ん中に、小さな白いものが一列に並んでいる。よく見ると、それは数字の列だった。

1200:00:00

二枚目の写真にも数字の列がある。

1199:49:33

フィルムのどの写真にも、小さな数字の列がひとつずつある。

三枚目、1199:40:18。四枚目、1199:32:07。五枚目、1199:28:51。六枚目、1199:15:44。七枚目、1199:07:38。八枚目、1198:53:09……三十四枚目、1194:50:49。三十五枚目、最後の一枚は、1194:16:37。

汪淼《ワン・ミャオ》ははじめ、フィルムになにか問題があったのかと思った。いま使っている写真機は一九八八年に購入したライカM2だが、百パーセント手動の機械式カメラなので、フィルムに日付を焼き込むようなことは不可能だ。すばらしいレンズとメカニズムのおかげで、このデジタル時代にあっても、いまだにプロ仕様カメラの王様と崇《あが》められている。

もう一度すべての写真をチェックして、汪淼はすぐ、この数字の奇妙な点に気づいた。背景の色に自動的に対応している。背景が黒ければ白の数字列、背景が白ければ黒の数字列。観察者が判別しやすいように、背景と対照的な明度を使っているらしい。十六枚目の写真を見たとき、心臓がびくんとした。同時に、暗室の冷気が背筋に伝わってきたようなさむけを感じた。この一枚は、古壁をバックにした一本の枯れ木が被写体だ。古壁はまだら模様で、写真でも白と黒が入り混じっている。こんな背景では、数字の列が黒でも白でも、ふつうなら、すべての字がきちんと判読できることはありえない。しかし、数字の列はなんと縦に並び、しかも曲がりくねっている。枯れ木の幹の深い色に合わせたように文字色は白く、まるで枯れ木の上をくねくねと這う細長い蛇のようだ。

汪淼は列に並んだ数字のパターンを調べはじめた。はじめは番号が振られているのかと思ったが、数字と数字の差は一定ではない。それから、コロンで分けられた三つのブロックが、時刻の時、分、秒を表しているのではないかと思い当たった。汪淼は撮影記録用のメモをとりだした。そこにはすべての写真の撮影時間が分単位で書き記してある。両者を照らし合わせてみると、写真それぞれに現れている数字列の時間差と、実際に撮影した時間間隔とが一致しているのがわかった。しかし、フィルムの数字は明らかに、現実の時間の流れとは逆向きに時間を計時している。ということは、答えはひとつしかない。

カウントダウンだ。

カウントダウンは一二〇〇時間からスタートして、現在はまだ、残りが一一九四時間ある。

現在？　フィルムの最後の一枚を撮ったあの時点から、このカウントダウンはまだ継続しているのか？

暗室を出て、新しいモノクロフィルムをライカに装塡した。部屋の中で適当に何度かシャッターを切り、最後にベランダに出て外の景色を撮影し、フィルム一本分を撮り終えると、カメラからとりだし、暗室にこもって現像した。現像されたフィルムには、あの数字のゴーストがどの写真にも現れていた。一枚目は、1187:27:39。前のフィルムの最後の一枚を撮影してからこのフィルムの最初の一枚までの時間間隔はまさにこのくらいだった。それ以後の一枚ごとの時間間隔は三、四秒だ。1187:27:35、1187:27:31、1187:27:27、1187:27:24……写真をつづけて撮影した間隔とぴったり一致している。

ゴースト・カウントダウンはまだ継続している。

もう一度カメラに新しいフィルムを装塡して適当に撮影し、そのうち何枚かはわざとレンズ・キャップをつけたままシャッターを切った。撮り終えたフィルムをとりだしているとき、妻と子どもが帰ってきた。それを現像する前に、汪淼《ワン・ミャオ》は三本目のフィルムを急いでカメラに装塡すると、妻に手渡した。「このフィルムをぜんぶ撮り切ってくれ」

「なにを撮るの？」妻はびっくりして夫を見た。これまで汪淼は、このカメラに、他人には指一本触れさせなかった。もちろん、妻も息子も、そんなものにはまるで関心がない。彼らの目にしてみれば、ライカM2は、一台二万元以上もするくせに、なんの面白味もない骨董品にすぎなかった。

「なんでもいい、好きに撮ってくれ」汪淼はカメラを妻の手に押しつけて、自分は暗室に向かった。

「じゃあ、豆豆《ドウちゃん》、あなたを撮ってあげるわね」妻はレンズを息子に向けた。

汪淼の脳裏にとつぜん不気味なイメージが閃き、ぞくっと身震いした。亡霊のようなカウントダウンの数字が、息子の顔の前に、首吊り用ロープの輪っかのように浮かんでいる……。「だめだ！　豆豆《ドウドウ》は撮るな。ほかのものならなんでもいいから」

カシャッというシャッター音がして、妻が一枚目を撮ったのがわかった。すると、妻が叫んだ。「これ、一枚撮ったら、もうシャッターが押せなくなっちゃったんだけど」

汪淼は妻に巻き上げレバーの引きかたを教え、「こうやって、毎回、自分でフィルムを巻かなきゃいけないんだよ」と言ってから、暗室に入った。

「ほんとにめんどくさいのね」医者をしている妻には、一千万画素のデジタルカメラがすでに普及しているいま、まだこんな時代遅れのバカ高い機械を使っている夫の気が知れなかった。しかも、白黒フィルムだなんて。

二本目のフィルムを現像し、薄暗いセーフライトのもと、汪淼はゴースト・カウントダウンがなおも継続しているのを確認した。レンズ・キャップをつけたままシャッターを切った何枚かも含めて、行きあたりばったりに撮ったでたらめの写真の一枚一枚にはっきりと現れている。1187:19:06、1187:19:03、1187:18:59、1187:18:56……。

妻が暗室のドアをノックし、撮り終えたことを告げた。汪淼は暗室を出てカメラを受けとった。フィルムを巻きとる手がひどく震える。いぶかしげな妻の視線にもかまわず、汪淼はカメラからとりだしたフィルムを持って暗室に戻り、しっかりとドアを閉めたが、動揺のあまり、現像液や定着液を床にこぼしてしまった。フィルムはすぐに現像され、汪《ワン》・淼《ミャオ》は目をつぶって、心の中で祈った。

頼む、現れないでくれ。お願いだ。いまはダメだ、おれの番じゃない……。

ルーペを使って濡れたフィルムをチェックしたが、映っているのは妻が撮った室内のようすだけで、カウントダウンの数字はなかった。シャッタースピードの設定が遅く、手ぶれでぼけている。だが汪淼にとっては、いままでに見た中で最高の写真だった。

汪淼は暗室を出て大きく息を吐き出した。全身、汗びっしょりだった。妻はキッチンで食事のしたくをしていて、息子はどこかべつの部屋で遊んでいる。汪淼はひとりソファに座り、少し冷静になって、論理的に考えはじめた。

まず、この一連の数字列は、異なる撮影間隔を正確に、しかも時間の流れに沿って記録している。まるで知性を備えているような数字列だ。ぜったいに、フィルムの問題ではない。なんらかの力がフィルムを感光させたとしか考えられない。いったいどんな力だ？　カメラの問題か？　なんらかの装置がなんらかの方法でカメラに組み込まれた？　汪淼はレンズを外し、カメラを分解してみた。内部をルーペで観察し、塵ひとつついていないピカピカの部品をすべて点検した。だが、なんの異常もなかった。レンズのキャップをつけたまま撮影した数枚の写真のことを考えれば、もっとも可能性のある感光源は、カメラ外部の、強い透過力を持つ放射線だが、これもやはり、技術的には謎だらけだ。放射線源はどこなのか？　どうやってピントを合わせているのか？

すくなくとも、現代の科学技術の水準に照らすと、この力は超自然的なものとしか思えない。

ゴースト・カウントダウンがすでに消失していることをたしかめるべく、汪淼はまたライカにフィルムを装塡し、一枚ずつでたらめに撮影した。今度は考えながらだったので、非常にゆっくりとしたペースになった。ようやくすこし落ち着きをとり戻していたのに、そのフィルムが現像された瞬間、また狂気の淵へと押しやられた。ゴースト・カウントダウンがまた出現している。写真に表示されている時間からすると、カウントダウンは一度たりとも停止していない。妻が撮ったフィルムには現れなかったというだけだったのだ。

1186:34:13、1186:34:02、1186:33:46、1186:33:35……

汪淼は暗室を出て、家から飛び出すと、隣家のドアを激しく叩いた。ドアが開き、引退した張《ジャン》教授が現れた。

「張先生、お宅にカメラはありますか？　デジタル式のじゃなくて、フィルムを使うやつです！」

「きみみたいな大写真家が、ぼくのような年寄りからカメラを借りるって？　あの二万元もするやつは壊れたのか？　うちにはデジタルカメラしかないよ……どうした、体の具合でも悪いのか、顔色がひどいぞ」

「いいから、貸してください」

張《ジャン》教授は部屋に戻ると、ありふれたコダック製デジタルカメラを持ってすぐに出てきた。

「ほら。データは保存してあるから、本体に残ってるのは消してくれても——」

「ありがとう！」

汪淼《ワン・ミャオ》はカメラをひっつかむと急いで部屋に戻った。実際のところ、家にはほかに、アナログカメラ三台とデジタルカメラ一台があった。だが、よそから借りたカメラのほうが、もっと信頼できる気がした。汪淼はソファに置いてあった二台のカメラと、数本のモノクロフィルムを眺めながら、しばし考えた。そのあと、自分の高価なライカにカラーフィルムを装塡し、食事を運んでいる妻にデジタルカメラを渡した。

「早く、何枚か撮ってくれ。さっきみたいに！」

「なにしてるの？　あなた、顔色が……いったいどうしちゃったの？」妻は怯えたように汪淼を見つめる。

「いいから。撮れ！」

妻は手に持っていた皿を置いて、汪淼のところにやってきた。瞳の中は先ほどの怯えに加えて、心配そうな表情も浮かんでいる。

汪淼は妻に背を向けて歩いていくと、コダック製のデジタルカメラを食事中の六歳の息子に渡した。

「豆豆《ドウドウ》、お父さんのために撮ってくれ、ここを押せばいいんだ。そうだ。これが一枚目、また押してごらん、そうそう、もう一枚だ。こんなふうに撮っていってくれ、なにを撮ってもいいぞ」

豆豆はすぐに操作に慣れた。面白がって、休みなく撮影しまくる。汪淼は身を翻し、ソファから自分のライカをとって、撮影をはじめた。父子二人はパシャパシャと狂ったように写真を撮っていたが、残された妻は次々に光るフラッシュの中、なすすべもなく立ちつくしていた。目には涙がにじんでいる。

「ねえ、最近、仕事のストレスが大きいのは知ってるけど、でもこんなこと……」

汪淼はライカの中に入っていたフィルムを撮り終えると、息子の手からデジタルカメラを奪いとった。ちょっと考えてから、妻に邪魔されないよう、ベッドルームに入ってデジタルカメラで何枚か写真を撮った。撮影するときはファインダーを覗き、液晶画面は見ないようにした。結果を知るのが怖かったからだ——遅かれ早かれ、知ることになるのだが。

汪淼はライカのフィルムを持って暗室に入り、ドアをしっかりと閉じて作業にかかった。

現像が終わり、フィルムをチェックする。手の震えがひどすぎて、ルーペを両手で持たなければならなかった。フィルム上では、やはりゴースト・カウントダウンがつづいていた。

汪淼《ワン・ミャオ》は暗室を飛び出し、次にデジタルカメラの写真を調べはじめた。カメラ本体の液晶画面で再生すると、たったいま撮ったデジタル写真のうち、息子が撮ったものにはカウントダウンが現れていない。それに対し、自分で撮った写真にはカウントダウンがはっきりと映り込み、フィルムの場合と同じように数字が変化している。

違うカメラを使ったのは、カメラもしくはフィルムから問題が生じたという可能性を排除するためだった。あまり考えもしないまま息子に撮影させ、その前には妻にも撮らせたが、それによって、さらに不可思議な結論が得られた。カウントダウンは、汪淼自身が撮った写真にだけ出現している！

汪淼は自棄《やけ》になって、現像したフィルムの山をつかんだ。それはまるで、からみつく蛇か、なかなか首から外せない絞首台のロープのようだった。

この問題を自力で解決できないのはわかっていた。でも、だれを頼ればいい？　大学や研究所の同僚たちはダメだ。彼らも汪淼と同様、技術畑の人間で、テクニカルな思考回路の持ち主だ。今回の件は、技術の範囲を超えている。汪淼は直感的にそうさとっていた。

丁儀《ディン・イー》はどうだろう。だが丁儀は、彼自身も精神的危機に直面している。汪淼が最後に思いついたのは〈科学フロンティア〉だった。彼らの中には、科学技術に凝り固まらない広い心を持ち、ものごとを深くつきつめて考える思索家がいる。汪淼は、申玉菲《シェン・ユーフェイ》に電話をかけることにした。

「申博士、少し相談があって、おたくに伺いたいのですが」汪淼は切羽詰まった口調で頼み込んだ。

「来れば」申玉菲はそれだけ言って電話を切った。

汪淼は驚いた。たしかに申玉菲は、日ごろから必要なこと以外、口にしない。〈科学フロンティア〉の一部の人間は、彼女のことを女へミングウェイと呼んでいるくらいだが、いまの彼女は、なんの用かとさえたずねなかった。そのことでほっとすべきなのか、それとも不安に思うべきなのかさえ、汪淼にはよくわからなかった。

汪淼は現像したフィルムをまとめて鞄に放り込み、デジタルカメラを携え、妻の不安な視線を背中に痛いほど感じながら家を出た。いつもなら自分で車を運転して行くところだが、いまは街の灯がまばゆく輝く都会でも、ひとりにはなりたくなかったので、タクシーを呼んだ。

申玉菲は比較的新しい通勤路線の沿線にある高級別荘地に住んでいる。このあたりは街灯がかなり少ない。別荘は、釣りができるように魚が放流された小さな人工湖を囲むように建ち並び、とりわけ夜になると、田舎のような雰囲気があった。

申玉菲《シェン・ユーフェイ》は見るからに裕福な暮らしをしているが、汪淼《ワン・ミャオ》はその資金源がなんなのか、いまだに知らなかった。以前の研究での地位や、現在の勤め先から考えて、それほど多くの資産があるはずはない。もっとも、彼女の家は、〈科学フロンティア〉の集会場になるだけの広さがあるとはいえ、豪華なところはまるでなく、会議室を備えた小さな図書館のような内装だった。

リビングに入った汪淼は、申玉菲の夫、魏成《ウェイ・チョン》を見かけた。四十歳くらいで、実直な知識人の雰囲気を漂わせている。彼について汪淼が知っているのは、名前くらいだった。申玉菲が紹介してくれたときも、名前しか聞いていない。魏成はどこにも勤めていないらしく、いつも家にいた。〈科学フロンティア〉の議論にも関心がないようで、家を訪ねてくる学者たちに対しても、まったく気にかけるようすがない。しかし、ただのらくらしているというわけでもなく、明らかに家でなにかを研究している。ほとんど一日じゅう考え込んでいて、だれかと顔を合わせるとうわのそらで挨拶し、階上の自室に戻る。魏成は一日の大半をそこで過ごしている。汪淼は一度、たまたま二階の部屋のドアが半開きになっていたとき、無意識に中を覗いたことがあった。魏成の部屋には驚くべきものがあった。ヒューレット・パッカード製のミッドレンジ・サーバだ。このマシンは汪淼の職場のナノテクノロジー研究センターにもあるから、見まちがえるはずがない。深いグレーの筐体《きょうたい》は、数年前に発売されたIntegrity サーバRX8620だ。百万元もする計算設備がなぜ自宅に置いてあるんだろう。魏成はそれを使って、毎日ひとりでなにをしているのか。

「玉菲は上でちょっと用を済ませてから来るので、少しだけお待ちください」魏成はそう言って、こちらが気づまりにならないように配慮してか、汪淼ひとりを残して、上の階へと上がっていった。汪淼は待つつもりだった。だが、いてもたってもいられなくなり、魏成のあとを追って階段を上がると、魏成があのミッドレンジ・サーバが置いてある部屋に入っていくのが見えた。魏成は汪淼がついてきたのを見ても、気にするそぶりすら見せず、向かいの部屋を指して言った。「彼女はそこの部屋です。どうぞ」

汪淼がその部屋のドアをノックすると、施錠されていないドアがすこしだけ内側に開いて、隙間ができた。申玉菲がコンピュータの前でゲームをやっているのが見えた。驚いたのは、彼女がVスーツを装着していることだった。Vスーツは、いまゲームマニアのあいだで大流行しているインターフェイスで、ヘルメット型の全方位ヘッドマウントディスプレイと触覚フィードバック全身スーツで構成されている。全身スーツは、ゲーム中の感覚刺激をプレイヤーに伝える。拳《こぶし》で殴られたり、刀で切られたり、炎に焼かれたり。酷暑や厳寒も体験できるし、肉体が風雪にさらされる感覚までリアルに再現する。

汪《ワン・》淼《ミャオ》は、申《シェン・》玉《ユー》菲《フェイ》の真うしろに立った。ゲーム映像はヘッドマウントディスプレイ上に三六〇度映し出されるので、コンピュータのモニター上にはウェブブラウザが表示されているだけで、とりたてて派手な動きは見られない。そのとき、史《シー・》強《チアン》がURLやメールアドレスを見たら記録しておけと言っていたことを思い出して、汪淼は無意識のうちにアドレスバーを覗いた。ゲームのURLに使われている単語はとても風変わりで、すぐに覚えられた。www.3body.netだった。

申玉菲はヘルメットを外し、VR全身スーツを脱ぐと、細い顔には大きすぎる眼鏡をかけた。無表情にうなずきかけ、ひとことも発することなく、汪淼の言葉を待つ。

汪淼は現像したフィルムをとりだし、不可解な事件について話しはじめた。申玉菲はじっと耳を傾けたが、フィルムに関しては、それを手にとってざっと眺めただけで、くわしく調べようとはしなかった。汪淼にとっては意外だったが、その一方で、申玉菲がこの事件についてまったくの無知ではないという確信がさらに深まった。途中で話をやめようとしても、申玉菲が何度もうなずいて話を促すので、汪淼は最後まで話しきった。申玉菲は、そのときになってやっと、汪淼がここに来てから初めての言葉を発した。

「あなたが率いているナノマテリアル・プロジェクトの状況は？」

とらえどころのないその質問は汪淼を当惑させた。「ナノマテリアル・プロジェクト？　それと今回の事件にどんな関係が？」

申玉菲は無言だった。静かに汪淼を見つめるだけで、汪淼が質問に答えるのを待っている。これが彼女のコミュニケーションの流儀だった。余計なことはひとことたりとも口にしない。

「研究を中止しなさい」申玉菲が言った。

「なんだって？」汪淼は自分の耳が信じられなかった。「いまなんと？」

申玉菲は沈黙している。

「中止する？　国家重点プロジェクトですよ！」

申玉菲はやはりなにも言わない。ただじっと静かに汪淼を見るだけだった。

「理由ぐらい教えてくれ」

「中止しなさい。試してみて」

「なにを知っている？　言ってくれ！」

「言えることは言った」

「プロジェクトは中止できない。不可能だ」

「中止しなさい。試してみて」

ゴースト・カウントダウンに関する短い会話はここで終わった。そのあとは、どんなに促されても、中玉菲《シェン・ユーフェイ》はなにも話さなかった。ただひとことだけ、こう言った。「さもないと、次はもっと面倒なことになる」

「いまわかった。〈科学フロンティア〉はあなたたちが言うような、たんなる基礎理論の討論グループじゃない。〈科学フロンティア〉と現実との関わりは、わたしが思っていたよりずっと複雑だ」と汪淼《ワン・ミャオ》は言った。

「まったく逆。そんな印象を持つのは、〈科学フロンティア〉と現実の関わりが、あなたの思うよりずっと基礎的だからよ」

ほかにどうすることもできず、汪淼はいとまごいもせずに立ち上がった。中玉菲は無言で敷地の門まで汪淼を送ると、タクシーに乗るまで見届けた。ちょうどそのとき、一台の車が走ってきて、門の前で停車した。ひとりの男が車から降りてきた。夜だというのにサングラスをかけている。別荘の明かりのおかげで、彼が何者か、ひと目でわかった。

彼の名は潘寒《パン・ハン》。〈科学フロンティア〉では有名人のひとりで、生物学者だった。長期にわたって遺伝子組み換え農作物を食べつづけると出産異常の確率が高まると予測し、のちにそれが実証された。また、遺伝子組み換え農作物が生態系に災厄を引き起こすだろうとという予測も公表している。空虚で人騒がせな言葉を弄して終末を語るインチキ予言者たちと違って、彼の予測は具体的でくわしく、ひとつひとつがどれも正確で、実際、そのとおりになっていた。予測の的中率があまりに高いので、彼は未来人だという噂まで流れるくらいだった。

彼はまた、中国ではじめての実験コミュニティを建設したことでも有名だった。自然に還れ式の西洋的なユートピアグループと違って、彼の〝中華田園〟コミュニティは、郊外ではなく、中国最大の都市のひとつにつくられている。コミュニティには一銭も財産がなく、食べものを含むすべての生活必需品は、都市のゴミから調達する。当初の予想を大きく裏切り、中華田園は潰れないどころか、あっという間に大きくなり、いまではもう、三千名を超えるメンバーがいる。しかもその人数には、不定期に体験生活をする人の数は入っていない。

この二つの成功をもとに、潘寒の社会思想は日に日に影響力を増していた。科学技術革命は人類社会の一種の病変であり、技術の爆発的な発達は癌細胞の急速な拡散と同じく宿主の体の栄養を枯渇させ、臓器を蝕《むしば》み、ついには宿主を死亡させると、潘寒は主張する。そして、化石燃料や原子力発電などの〝攻撃的〟テクノロジーを捨て去り、太陽光エネルギーや小規模水力発電などの〝融和的〟テクノロジーを残すべきだと言う。都市の規模は少しずつ小さくし、人口分布は自給自足が可能な農村部に重点を置き、融和的テクノロジーを基盤とする〝新農業社会〟を構築することを訴えていた。

「彼はいる？」潘寒《パン・ハン》は建物の二階を指さして、申玉 菲《シェン・ユーフェイ》にたずねた。

申玉菲は答えず、潘寒の前に黙って立ちふさがっている。

「彼に警告しなければならないことがある。もちろんきみにも。いいかげんにしないと、われわれも行動せざるを得なくなる」潘寒はサングラスを外して言った。

申玉菲は潘寒になんの返答もせず、ただタクシーの中の汪 淼《ワン・ミャオ》に向かって、「行って。問題ないから」と言い、運転手に車を出すよう促した。タクシーが動き出し、汪淼にはもう、二人の会話が聞こえなくなった。うしろをふりかえると、遠ざかる家の前で、申玉菲はまだ潘寒と対峙していた。

自宅に帰り着いたときには、もう夜が更けていた。汪淼はマンションの入口でタクシーを降りた。そのとき、一台の黒いフォルクスワーゲン・サンタナが急ブレーキをかけ、タクシーのすぐうしろにくっつくようにして停車した。車のウィンドウが下りると、煙草の煙が漂ってきた。史 強《シー・チアン》だ。たくましい体が、運転席にぎりぎりおさまっている。

「おい。汪教授、汪院士《せんせい》！　この二日間、どうしてた？」

「尾行していたのか？　よほど暇なんだな。ほかにやることはないのか？」

「よしてくれ。まっすぐそのまま通り過ぎりゃあよかったたな。礼を欠いちゃいけないと思って、わざわざ車を停めて声をかけたんだぜ。それをそんなふうに悪くとるなんて」史強は独特のつくり笑いを浮かべ、やくざっぽい表情になった。「で、どうだった？　いい情報はあったか？　情報交換といこうじゃないか」

「言ったはずだ。きみとは関わりたくない。今後はもう近づかないでくれ」

「わかったよ」史強は車のエンジンをかけた。「まるでおれが生活のために夜勤の残業代を稼いでいるみたいな言いぐさだな。こんなことなら、サッカーの試合を見てりゃよかったよ」

漆黒の夜の中へ消えていく史強のサンタナを見送りながら、汪淼は突如、不思議な感覚を覚えた。申玉菲との対話では得られなかった安心感と頼り甲斐が、あの史強にはある。いまこのときを選んで史強が現れてくれたことに対して、汪淼は一瞬、ある種の感動さえ覚えた。

知識階級の人間なら、汪淼が遭遇したような事件に巻き込まれ、未知なるものと遭遇した場合、表面的には冷静さを装ったとしても、実際にはどうしようもない恐怖に襲われるだろう。それに対して、史・強の場合、もしそういうものに直面したとしても、怖がりさえしない。それこそが力だ。無知な者は恐れを知らないということではけっしてない。人類の無知は、進化の上では欠陥なのか、それとも利点なのか。多くの生物は、生まれながらにしてさまざまなことを知っている。先天的本能としての知識で言うと、クモの巣やミツバチの巣は、人類のもっとも優秀な材料科学者や構造学者さえ驚嘆するほどのレベルにある。進化の過程で、自然は人類に知識を与えることもできただろうし、先天的に宇宙の本質を知らしめることも可能だったはずだ。しかし、結局はそうしなかった。それにはなにか理由があるのかもしれない。

宇宙の最後の秘密がすべて明かされたとき、人類はそれでも生存しつづけられるだろうか。自信満々にイエスと言える人間は、実際には浅はかだ。なぜなら、その秘密がなんなのか、まだだれも知らないのだから。だがもし、俗世間に溶け込んで生活する史強のような庶民の精神を、未知への恐怖が押しつぶそうとしても、汪淼《ワン・ミャオ》や楊冬《ヤン・ドン》の場合と同じようにはうまくいかない。彼ら庶民は、未知なるものに対抗するたくましい生命力を有している。その力は、知識ではけっして得られない。

汪淼が家に入ると、妻と息子はすでに眠りについていた。不安からか、妻は何度も寝返りを打ち、よくわからない寝言を言っている。きょうの夫の怪しげな行動は、妻にどんな悪夢を見せているのだろう。汪淼は睡眠薬を二錠服用してベッドに横になり、やっとのことで眠りに落ちた。

夢は混沌としてとりとめのないものだったが、ひとつだけ確実に存在しつづけているものがあった。ゴースト・カウントダウンだ。予想どおり、汪淼はカウントダウンを夢に見た。夢の中で、空中に浮かぶカウントダウンを狂ったように叩き、ひっかき、嚙みつきつづけたが、すべて徒労に終わった。どんな攻撃もあっさりすり抜けて、カウントダウンは夢の中でも着実に進みつづける。汪淼は焦燥感にかられたが、やっとのことで夢から目覚めることができた。

目を開くと、ぼんやり天井が見えた。窓の外の街明かりがカーテン越しに、ほの暗い光の輪を天井に投げかけている。だが、ひとつだけ、夢で見たものが、現実の世界まで追いかけてきている。ゴースト・カウントダウンだ。カウントダウンは、汪淼の眼前に出現していた。数字は小さいがとても明るく、焼きつくすような白い光を放っている。

1180:05:00、1180:04:59、1180:04:58、1180:04:57……

汪淼は寝室の薄暗がりを見まわしながら、自分がすでに目覚めていることを確認した。目を閉じても、カウントダウンは真っ暗な視界の中に存在しつづけている。まるで黒いビロードの上で輝く水銀のようだ。ふたたび目を開き、さらに目をこすっても、カウントダウンは消えなかった。視線をどう動かしても、白く光る数字の列は依然として視界の中心を占めている。

名状しがたい恐怖にかられて、汪《ワン》・淼《ミャオ》ははね起きた。カウントダウンはなおもつきまとっている。ベッドから飛び降りると、窓に駆け寄ってカーテンを開けた。窓の外では、深く眠りについた街が、まだ煌々《こうこう》と光を放っていた。ゴースト・カウントダウンは、この壮大な夜景の上に、まるで映画の字幕のように浮かんでいる。

息が詰まり、汪淼は思わず低い叫び声を洩らした。妻が驚いて目を覚まし、どうしたのかと心配そうにたずねた。汪淼は気持ちを落ち着かせながら、妻を安心させようと、なんでもないよと答えた。またベッドに横たわって目を閉じると、白く光るゴースト・カウントダウンを見ながら、まんじりともせずに夜の残りの時間を過ごした。

朝、起き出してから、汪淼は家族の前ではつとめていつもどおりにふるまった。だが、妻は目ざとく異変に気づき、「目がどうかしたの？　見えにくいの？」とたずねてきた。

朝食後、汪淼はナノテクノロジー研究センターに連絡して休みをとり、車で病院に向かった。その途中も、ゴースト・カウントダウンは眼前の現実に、無情に浮かびつづけていた。それは、自身の明るさを自動調整できるらしく、違った背景のどこにでも出現する。

汪淼は昇りかけた太陽に目を向け、強い光の下でカウントダウンを一時的に消そうとやってみたが、無駄だった。悪魔のような数字列は、太陽の前では黒く変化し、かえって恐ろしく見えた。

同仁医院は予約をとるのがたいへんだが、さいわい汪淼は、妻の同級生の有名眼科医に診てもらうことができた。最初は病状を告げずに、まず目の検査をしてもらった。医師はくわしく汪淼の両眼を調べたあと、なんの病変も見当たらない、すべて正常だと太鼓判を捺《お》した。

「わたしの目には、いつもあるものが見えるんです。どこを見ても、それが見える」汪淼が話しているあいだも、カウントダウンの数字が医師の顔の前に浮かんでいる。

1175:11:34、1175:11:33、1175:11:32、1175:11:31……

「飛蚊症《ひぶんしょう》ですね」医師はそう言って、処方箋を書きはじめた。「ぼくらの年齢では珍しくない。水晶体の濁りが原因です。治療はむずかしいが、さほど深刻な病気というわけでもない。ヨード液とビタミンDを処方しましょう――それで症状が消えるかもしれない。とはいえ、そんなに期待しないように。実際の話、心配いりませんよ、視力そのものには影響しませんから。慣れて、気にならなくなるのがいちばんです」

「飛蚊症？……それは、どんなものが見えるんです？」

「人によっていろいろですね。小さな黒い点だったり、オタマジャクシみたいなものだったり」

「もしそれが数字の列だったら？」

医師は処方箋を書く手を止めた。「数字の列？」

「そう。視界にずっとあるんです」

医師は紙とペンをわきに押しやり、やさしい表情で汪淼《ワン・ミャオ》を見て言った。「入ってきたとき、すぐにわかりましたよ、過労だと。こないだの同窓会で、李瑶《リー・ヤオ》から聞いたけど、ご主人は仕事のストレスが大きいとか。ぼくらの歳になると、ほんとうに気をつける必要がある。若い頃と違って、体に無理が利かなくなっているから」

「この症状は心の問題だと？」

医師はうなずいた。「一般の患者さんなら、心療内科の受診をすすめるところです。でもまあ、そんな必要はないでしょう。心配しなくてもだいじょうぶ。疲労がたまってるだけだから。何日か休んだらいい。李瑶と息子さんと――なんて名前でしたっけ――そう、豆豆《ドウドウ》か、家族三人で旅行にでも行くといいでしょう。じきに治りますよ」

1175:10:02、1175:10:01、1175:10:00、1175:09:59……

「なにが見えていると思う？　カウントダウンだ！　それも一秒一秒、正確に進んでいる。それでもまだ心の問題だと？」

医師は寛容な笑みを浮かべたまま、「精神的な問題が視力にどの程度の影響を与えるかご存じですか？　先月、ある女の子がうちを受診した。十五、六歳くらいかな。その子は、教室で、とつぜん視力を失った。まったくなにも見えなくなったんです。検査をしても、目そのものは正常だった。その後、心療内科で一カ月の心理療法を受けたら、ある日とつぜん目が治って、視力も1・5まで回復した」

ここにいても時間の無駄だ。汪淼はそうさとって立ち上がったが、帰る前に、最後にたずねた。「わかりました。目のことはもういいですが、ひとつだけ質問したい。外部からの操作で人間になにかを見させたという事例はありますか？」

医師は考えながら言う。「なくはないですね。前に神舟19号の医療チームに参加したとき、宇宙飛行士の過去の報告で、船外活動のさい、存在しないはずの閃光を見たという事例があった。それ以前にも、国際宇宙ステーションの宇宙飛行士が同じような状況を報告している。これらはすべて、太陽活動が激しいとき、高エネルギー粒子が網膜に衝突したことによって生じた現象です。ただ、あなたが言うような、数字を見た例はない。まして、カウントダウンとなると……太陽活動が原因ではありえない」

汪淼は茫然と病院をあとにした。視界のカウントダウンはなおもつづいている。まるで自分のほうがカウントダウンの亡霊を追いかけて歩いているような気がする。夢遊病者のような目つきを他人に見られたくないためだけに、汪淼《ワン・ミャオ》はサングラスを買ってかけた。

汪淼は、ナノテクノロジー研究センターに出勤すると、メインラボに足を踏み入れた。サングラスを外してから入ったが、同僚たちはみんな、汪淼を見ると、心配するような表情になった。

ラボの中央では、メイン反応装置がまだ稼働していた。この巨大な装置の主要部分は、何本ものパイプがつながった、ひとつの球体だった。

ここでは、〝飛刃《フライング・ブレード》〟というコードネームを与えられた超強度のナノマテリアルが、ごく少量、すでに製造されている。しかし、それらのサンプルはすべて、分子構築法を利用したもの——つまり、ナノスケールの分子プローブを使って、レンガを積むように分子を一個ずつ積み重ねて製造したもの——だった。このメソッドには大量のリソースが必要で、同じ重さの、世界でもっとも高価な宝石を買うのと変わらない費用がかかり、およそ大量生産には適さない。

現在、このラボでは、分子構築法のかわりに触媒反応を用いて、大量の分子が正しい配置でひとりでに積み重なるように導くことができないか試している。そのテストが、メイン反応装置内でいままさに行われているところだった。この装置なら、さまざまな分子結合を使った多数の反応試験を高速で実施できる。もし仮に、これだけの数の組み合わせを従来の手作業で試したとしたら、百年かかっても終わらないだろう。だが、反応装置を使えば、それらがすばやく自動的に行われる。加えてこの装置は、実際の反応を数学的シミュレーションで補強できる。合成が一定レベルに達すれば、あとはコンピュータが、中間生成物をもとに数学モデルを構築し、反応実験の残りはデジタル・シミュレーションで代替できる。それによって、実験効率は大幅に上昇した。

ラボの室長が汪淼の姿を見るなり急いでやってきて、たったいま、反応装置にいくつかの不具合が発生したことを報告しはじめた。最近では、汪淼が出勤してくるたびにこういう報告がくりかえされ、まるで日課のようになっている。反応装置が稼働しはじめて一年以上になるため、現在、多くのセンサーの感度が下がり、それが測定誤差の増大につながっている。そろそろ反応装置を停止してメンテナンスしなければならない時期だった。しかし、プロジェクトのチーフ・リーダーをつとめる汪淼は、分子結合の三セット目の試験が終わるまでは停止しないと言い張った。そのため、エンジニアたちは反応装置にさらに多くの修正装置を補完的につけ加えて対処してきたが、いまやそうした補完的な装置までメンテナンスが必要な状態になっていて、チーム全体がその対応で疲弊しきっていた。

しかし、室長は慎重に言葉を選んで状況を報告し、装置のシャットダウン及び試験の一時的な休止についてはおくびにも出さなかった。以前にも何度かあったように、汪淼がまた怒り出すのを恐れている。そのため室長は、ただ問題点を列挙しただけだったが、その意味するところは明白だった。

汪《ワン・ミャオ》淼は顔を上げて反応装置を見た。まるで子宮のようだ。エンジニアたちが反応装置を囲んで忙しく働き、正常な稼働を維持しようと腐心している。その情景にも、ゴースト・カウントダウンが重なって見えていた。

1174:21:11、1174:21:10、1174:21:09、1174:21:08……

研究を中止しなさい。汪淼の頭の中に、ふと、申《シェン・ユーフェイ》玉菲の言葉が甦《よみがえ》った。

「外部センサー・システム全体の更新にはどのくらいの時間がかかる？」汪淼はたずねた。

「四、五日です」室長は、装置の稼働停止という希望の光がとつぜん現れたのを察知して、そのあとにあわててつけ加えた。「急いでやれば三日で大丈夫です。汪チーフ、わたしが保証します」

自分はなにも、ゴースト・カウントダウンに屈したわけではない。装置は実際にメンテナンスを必要としている。だから、一時的に試験を休止する。ただそれだけのことだ。汪淼は心の中で自分にそう言い聞かせたあと、室長をふりかえって、カウントダウンの数字越しに彼を見ながら言った。「実験を休止してくれ。装置をシャットダウンして、メンテナンスを実施したまえ。きみが出したスケジュールにしたがって」

「わかりました、汪チーフ。更新したスケジュール表をすぐにつくります。きょうの午後には反応を止められます！」室長は興奮した口調で言った。

「いますぐ止めていい」

室長は、見知らぬ他人を見るような目で汪淼を見たが、このチャンスを逃すのを恐れるかのように、すぐ興奮状態に戻り、受話器をとって反応停止命令を出した。疲れ切っていたプロジェクトチームの研究スタッフとエンジニアもたちまち活気づいて、百以上の複雑なスイッチを操作するシャットダウン手順を開始した。さまざまな監視モニターがひとつずつ暗くなり、最後にメインスクリーン上にシャットダウン完了が表示された。

それとほとんど同時に、汪淼の眼前の秒読みも動きを止めた。数字は1174:10:07でストップし、数秒後、何度か点滅してから消えた。

汪淼は、ゴースト・カウントダウンが去った光景を前に、水中からやっと浮かび上がったダイバーのように大きく息を吸い、長々と吐き出した。体じゅうの力がいっぺんに抜けて、その場にしゃがみ込んだが、脇でじっと見ている人間がいることにすぐ気がついた。

汪淼は室長に向かって言った。「システムのメンテナンスは設備部の担当だ。きみたち実験チームはゆっくり休んでくれ。みんな働きづめだったのはわかっている」

「汪チーフ・リーダーもお疲れでしょう。ここは張《ジャン》チーフ・エンジニアが見ていますから、家に帰ってゆっくりしてください」

「ああ。ほんとうに疲れたよ」汪《ワン・》淼《ミャオ》は力なく言った。

室長が行ってしまったあと、汪淼はラボから申《シェン・》玉菲《ユーフェイ》に電話をかけた。呼び出し音が一回鳴っただけで、電話はすぐにつながった。

「いったいだれが黒幕なんだ？　それとも、いったいなにが？」汪淼はたずねた。抑えた口調で冷静に質問したつもりだったが、声がうわずっていた。

沈黙。

「カウントダウンが終わったら、なにが起こる？」

さらに沈黙。

「聞いているのか？」

「ええ」

「超強度ナノマテリアルがどうして問題なんだ？　高エネルギー粒子加速器じゃないぞ。ただの応用研究だ。それほど注目する価値があるのか？」

「なにが注目に値するかは、わたしたちが判断することじゃない」

「現代科学の研究はチームが支えている。なのになぜわたしひとりだけが標的になる？」

「鍵となる理論は、やはり個人が支えている。それに、あなたが自分の名声と権力を使って、この研究をまちがった方向に導き、失敗させることも期待できる」

「そんな考えが愚かしいとは思わないのか？　ありえない」

「いまはそう思っていても、あなたがそういう力の存在を信じたとたん、どんな科学的思考も不可能になる」

「だが、わたしはぜんぜん信じてないぞ！」汪淼は大声をあげた。心の中の恐怖と絶望が、とつぜん狂ったような怒りに変わった。「こんな安っぽい手品で騙せるとでも思っているのか？　技術の進歩を止められるとでも？　たしかに、いまはまだ手品のタネがわからないが、それは唾棄すべき手品師の舞台裏を覗いていないからだ！」

「どうしたら信じる？」

「その手品師はどれだけ大きなことができるんだ？」

「逆に、どのくらいのスケールなら信じる？」

申玉菲の問いに、汪淼は一瞬、言葉に詰まった。考えてもみなかった質問だったので、相手の罠にはまらないよう、冷静な対処を心がけた。

「その手には乗らないぞ。スケールを大きくしたところで、小賢しい手品であることに変わりはない！　二年前のあの戦争でＮＡＴＯがやったように、ホログラムを空に投影することだってできる。強力なレーザーがあれば、月の表面全体に映像を映し出すこともできる！　そんなことなら、人類にだって可能だ。射撃手と農場主なら、人類には及びもつかないスケールで物質を操作できるはずだ！　たとえば——たとえば、カウントダウンを太陽の表面に映し出すとか」

自分が吐いた言葉に自分で驚いて、汪《ワン・》淼《ミャオ》は口を閉じることも忘れてしまった。われ知らず、言及するつもりのなかった二つの仮説の主役の名を出してしまった。射撃手と農場主。自分自身も、ほかの犠牲者たちが落ちてしまった精神の罠に落ちる瀬戸際にいるような気がした。それでも、まだましなほうだ。もっと言ってはならないあのことは、まだ口にしていないのだから。

主導権を奪われないために、汪淼はつづけて言った。「あんたたちの手品をすべて予想することはできない。しかし、太陽が相手でも、あんたたちの卑怯な手品師は、どうにかして、現実のように見える手品を演じてみせるかもしれない。ほんとうにわたしを納得させるデモンストレーションをやってみせるというなら、もっと大きなスケールで実演してくれ」

「問題は、あなたが耐えられるかどうかよ。あなたは友だちだから、楊《ヤン・》冬《ドン》がたどったのと同じ道をたどらないように、助けてあげたい」

楊冬の名を聞いて、汪淼は思わず身震いした。だが、同時に沸き上がった怒りがすべてを一掃した。「挑戦を受けて立つのか？」

「もちろん」

「どんなふうに？」汪淼の声がたちまち弱々しくなる。

「近くにネットに接続されているコンピュータはある？　あるなら、いまから言うアドレスに、ブラウザでアクセスして。http://www.qsl.net/bg3tt/zl/mesdm.htm。開けた？　そのページをプリントアウトして、いつも持っていて」

汪淼が開いたウェブページは、ただのモールス符号対照表だった。

「これはいったい……」

「二日以内に、宇宙背景放射を観測できる場所を見つけて。細かいことは、あとでメールするから、それを見て」

「いったい……なにをするつもりだ？」

「ナノマテリアル研究プロジェクトはすでに休止されているけれど、いつか再開するつもり？」

「もちろん。三日後だ」

「だったらカウントダウンも再開されるでしょう」

「今度はどのくらいのスケールでカウントダウンを見ることになる?」

長い沈黙。人類の理解を超えた力を代弁しているこの女性は、汪《ワン》・淼《ミャオ》の逃げ道をすべて封じてしまった。

「三日後の——つまり、十四日の——午前一時から午前五時まで、全宇宙があなたのためにまたたく」

7　三体　周の文王と長い夜

汪淼は丁儀《ディン・イー》に電話をかけた。相手が電話に出てからようやく、時刻が午前一時を過ぎていることに気づいた。

「汪淼だ。悪いね、こんな遅くに」

「かまわないよ、どうせ眠れなかったんで」

「じつは……あるものを見て、きみの助けを借りたい。国内に宇宙背景放射を観測する機関があるか、知らないか？」汪淼はほんとうのことを打ち明けたい欲望にかられたが、ゴースト・カウントダウンのことを考えると、いまはまだ、多くを知られないほうがいいと思い直した。

「宇宙背景放射？　なんだってそんなものに興味を？　どうやらほんとうにトラブルにハマったらしいね……楊冬《ヤン・ドン》の母親には会った？」

「ああ、すまない。忘れていた」

「いいんだ。いまは大勢の科学者が……なにかを見ている。あなたと同じようにね。みんな、うわのそらだ。ただ、楊冬《ヤン・ドン》の母親にはやっぱり会ってもらったほうがいい。高齢だけど、ヘルパーも雇おうとしなくて。もし彼女の家でなにか必要なことがあったら、手伝ってあげてほしい。ああ、そうだ、宇宙背景放射のことなら、彼女に会って訊くのがいちばんだ。定年退職するまでは天体物理学が専門で、国内のその手の研究機関には相当くわしいから」

「わかった。じゃああした、仕事の帰りに寄ってみるよ」

「ありがとう。くれぐれもよろしく。助かりました。ぼくはもう、楊冬を思い出させる人とは会うことができないので」

電話を切ったあと、汪淼《ワン・ミャオ》はPCの前に座り、問題のウェブページに表示された単純なモールス符号表をプリントした。いまになってようやく、カウントダウンのことから離れて、〈科学フロンティア〉と申玉菲《シェン・ユーフェイ》について冷静に考えられるようになった。おかげで、申玉菲がネットゲームをプレイしていたことを思い出した。申玉菲について、汪淼が ひとつ確実に言えるのは、暇つぶしにゲームで遊ぶような人間ではないということだ。電報のように簡潔な話しかたをする申玉菲に対して彼が抱いた唯一の印象は、おそろしく冷たいというものだった。その冷たさは、ほかの女性たちとのそれとは違って、仮面《ペルソナ》というよりも、内側から外側に透けて見えているような冷たさだった。

汪淼は、それと意識しないまま、申玉菲のことを、なんとなくMS-DOSのような存在としてイメージしていた。廃れてひさしい、この文字《キャラクタ》ベースのオペレーティング・システムの黒い画面に浮かぶ、シンプルなC:¥>の入力待ち表示《プロンプト》と、点滅するカーソル。キーボードからなにか入力すると、同じものがエコーバックされる。一文字も増えず、一カ所の変更もない。しかしいま、汪淼には、C:¥>の背後に底なしの深淵があることがわかった。

あの申玉菲がゲームに興味を持ち、Ｖスーツを装着してプレイした？　彼女に子どもはいない。Ｖスーツは自分用に買ったんだろうか。おかしな話だ。

汪淼は、ブラウザのアドレスバーにゲームのアドレスを入力した。思い出すのは簡単だった。ＵＲＬは、www.3body.net。すると画面に、このゲームはＶスーツからのアクセスしかサポートしていませんという表示が出た。汪淼は研究センターの従業員娯楽室にＶスーツが置いてあったことを思い出し、無人のメインラボに走った。夜間通用口で鍵をもらい、娯楽室に向かう。ビリヤード台とトレーニングマシンの前を通り過ぎると、一台のＰＣのそばにＶスーツがあった。ようやくフィードバック全身スーツを着込んだ汪淼は、ヘッドマウントディスプレイを装着してからＰＣを起動した。

ゲームの中に入ると、汪・淼《ワン・ミャオ》は夜明けの荒野にいた。荒野はダークブラウンで、細かいところが見えづらい。彼方の地平線には白い光が細長く延び、頭上の空はまたたく星に覆われている。

そのとき、大きな爆発音が轟き、遠くで赤く輝く二つの山が地面に崩れ落ち、平原全体が赤い光に包まれた。もうもうと舞い上がった塵や埃がようやく消えたあと、空と大地のあいだに二つの巨大な文字が直立しているのが見えた。

三体

つづいて、登録画面が表示された。汪淼は〝海人《ハイレン》〟という名で登録し、ログインした。

周囲は荒涼たる大地のままだったが、Vスーツのコンプレッサーが起動し、汪淼は体に吹きつける冷たい風を感じた。前方に二つの歩く人影が現れた。夜明けの太陽の光を背にして、黒いシルエットになっている。汪淼はそちらに向かって走り出した。

近づいてみると、二人とも男性であることがわかった。どちらも、汚れた毛皮に覆われた丈の長い穴だらけのローブをまとい、幅が広くて短い青銅の剣を佩《は》いている。片方は、自分の背丈の半分ほどもある細長い木箱を背負っていた。こちらを向いた顔は、身にまとう毛皮と同様に汚れてしわだらけだが、それでもまなざしは力強く、朝陽を浴びて瞳がきらきら光っている。

「寒いな」木箱を背負っている男が言った。

「ええ、ほんとうに寒いですね」汪淼は話を合わせた。

「いまは戦国時代、わたしは周の文王《ぶんおう》だ」

「周の文王は、戦国時代の人物ではないはずですが」汪淼がたずねる。

「彼はいまも生きているよ、紂王《ちゅうおう》もね」もうひとりの、箱を背負っていないほうの男が言った。「ぼくは周の文王の従者。実際、ログイン名が〝周の文王の従者〟なんだ。彼は天才なんだよ」

「わたしのログイン名は〝海人〟です」汪淼は言う。それから、周の文王に向かって、

「あなたが背負っているものはなんですか？」

周の文王は直方体の木箱を背中から下ろし、ひとつの面を扉のように開いた。箱の中は、五つの層に分かれていた。朝陽のかすかな光に照らされて、それぞれの層に、高さの違う細かい砂の山があるのが見えた。それぞれの層に、ひとつ上の層から、砂が糸のように流れ落ちている。

「砂時計だ。八時間ですべての砂が落下する。三回で一日になるが、ひっくりかえすのをいつも忘れてしまう。従者に注意してもらう必要がある」と周の文王が言った。

「見たところ、ずいぶん長く旅をされているようですが。そんなに重たい時計を背負う必要があるんですか？」

「では、どうやって時間を計る？」

「携帯用の日時計なら、ずっと手軽ですね。あるいは、太陽を見るだけでも、おおよその時間を知ることができます」

周の文王と従者はたがいに顔を見合わせ、それから、こいつは莫迦かというように、同時に汪淼《ワン・ミャオ》の顔を見た。「太陽？　太陽を見て、どうして時間がわかる？　いまは乱紀だぞ」と周の文王。

汪淼はその不思議な言葉の意味を聞きたかった。従者が悲しげに言う。「ほんとに寒いな、寒くて死にそうだ！」

汪淼も寒かったが、おいそれとVスーツを脱ぐわけにはいかない。脱いでしまえば、ただちにシステムからアカウントをはじかれてしまう。「太陽が昇れば、多少は暖かくなりますよ」

「予言者にでもなったつもりか？　周の文王でさえ、未来は予言できぬというのに！」従者は汪淼に向かって、莫迦にしたように首を振った。

「予言者じゃなくたって、あと一時間かそこらで太陽が昇ることはだれにでもわかるでしょう」汪淼は地平線の上のほうを指して言った。

「いまは乱紀だぞ」従者が言う。

「乱紀とは？」

「恒紀でなければ、すべて乱紀だよ」周の文王が、なにも知らない子どもの質問に答えるかのように言った。

たしかに、はるか彼方の地平線の光はしだいに暗くなり、やがてすぐに消えてしまった。夜のとばりがふたたびすべてを覆い、空に星がきらめいた。

「いまは夕暮れですか、それとも早朝？」汪淼はたずねた。

「早朝さ。早朝の太陽は、昇ってくるかどうかわからない。いまは乱紀だからね」

寒さが耐えがたいほどになってきた。「どうやら太陽が昇るまでには長い時間がかかりそうですね」汪淼はぼんやりとした地平線を震えながら指さした。

「どうしてそう思う？　わかるわけがないだろう、いまは乱紀なんだから」従者はそう言うと、周の文王のほうを向き、「姫昌《きしょう》殿、魚の干物をいただけませんか」と言った。

「もちろんだめだ」周の文王はきっぱりと言った。「わたしの食べる分だけでもぎりぎりなのだ。われわれの目的は、わたしがまちがいなく朝歌《ちょうか》へたどりつくことであって、おまえではない」

彼らが話しているあいだに、地平線のべつの場所に、また太陽の光が現れた。方位はわからないが、前回の光と同じ方角でないことはたしかだった。空が明るくなり、ほどなくこの世界の太陽が昇ってきた。それは青っぽい色をした小さな太陽で、光の強い月のようだったが、それでも多少は暖かくなった気がしたし、大地の細部が見えるようになった。しかし、この白昼はかなり短く、太陽は地平線上に浅い弧を描いてすぐに沈んでしまい、夜の色と寒さがまたすべてを覆ってしまった。

三人は一本の枯れ木の前で立ち止まり、周の文王と従者が青銅の剣を抜いて枝を切り落とした。汪淼《ワン・ミャオ》が薪を集めてひとまとめにしたところで、従者が火打ち鎌をとりだした。鎌を叩くと火花が散り、やがて炎が燃え上がった。汪淼が身に着けているVスーツの前面も暖かくなったが、背中はなおも氷のように冷たかった。

「脱水体を火にくべれば、もっと火力が強まりますよ」と従者が言う。

「黙れ。そのような非道は、紂王《ちゅうおう》のみが為すことだ」

「そのへんの道ばたに、脱水体は山ほど転がってたじゃないですか。どうせみんな破れて、もとには戻れない。あなたの理論が正しいなら、燃やしたってかまわないはずだ。食っちまってもいい。あなたの理論に比べたら、命の二つや三つ、なんでもない」

「莫迦を言うな、われわれは学者だぞ」

焚火が燃えつきてから、三人はまた歩き出した。会話がほとんどなかったため、システムはゲーム内の時間経過を加速させた。周の文王が背中の砂時計を下ろし、たてつづけに六回ひっくりかえすと、あっという間に二日が過ぎたが、あいかわらず太陽は一度も昇ることがなかった。そればかりか、地平線を見渡しても、光の気配すらない。

「太陽はもう二度と昇ってこないみたいですね」汪淼はそう言いながらゲーム・メニューを呼び出してライフゲージをチェックした。極度の寒さのせいで、ライフは着実に減りつつある。

「また予言者ぶって……」と従者が言い、今度は汪淼も声を合わせて決まり文句を締めくくった。「いまは乱紀だぞ！」

しかし、それからほどなく、彼方の地平線に曙光が射した。空が急速に明るくなり、見る間に太陽が昇ってきた。今度の太陽は巨大だった。その半分が姿を現した段階で、太陽の視直径は、汪淼の視野に入る地平線の少なくとも五分の一を占めていた。熱波になぶられ、汪淼は生き返ったような気分になったが、周の文王と従者を見やると、悪魔でも見たかのような表情だった。

「急げ、日陰に隠れろ！」従者が叫んだ。汪森《ワン・ミャオ》は二人のあとについて走り、低い岩のうしろにまわった。岩がつくる影はどんどん短くなり、周囲の大地は燃えるように輝き出した。熱波を浴びて、足もとの凍土はすぐに溶けはじめ、鉄のように堅かった表面が泥の海に変わる。汪淼の体からも汗が滴り落ちた。

巨大な太陽が頭上高く昇ると、三人は毛皮をかぶって頭を隠したが、なおも強い光は継ぎ接《は》ぎした毛皮の隙間や穴を矢のごとく貫いてくる。三人は岩にへばりつくようにして反対側に場所を移し、影が動く先に身を隠した。

太陽が山のほうへ沈んでいったあとも、異常な蒸し暑さはつづいた。大汗をかいた三人が岩の上に座ると、従者は陰鬱に言った。「乱紀の旅は、地獄を歩くようなものだ。もう耐えられない。しかも、もう食べるものがない。魚の干物さえ分けてもらえず、脱水体を食うことも許されず、いったいどうしたら……」

「ならば、脱水するしかあるまい」周の文王が毛皮で顔をあおぎながら言った。

「脱水したあと、ぼくを捨てませんか？」

「もちろん捨てるものか。朝歌まで運んでいくと約束しよう」

従者は汗に濡れたローブを脱ぎ捨てると、砂地に体を横たえた。地平線の下に沈んだ太陽のわずかな残光で、従者の体から水分が浸み出しているのが見えた。汗ではない。体の中のすべての水分が搾り出されている。その水分が合流して、砂地の上にいくつかの小さな流れができた。従者の体はぐにゃぐにゃになり、溶けた蠟燭《ろうそく》のようにかたちを失っていく。

十分後、水分がすべて排出され、従者の体は人のかたちをした柔らかい皮のように地面に広がっていた。顔の造作もぺちゃんこになり、目鼻の区別がはっきりしない。

「死んだんですか？」汪淼はそうたずねながら思い出した。そう言えば、道中にも、人のかたちをしたこんな柔らかい皮のようなものがいくつも落ちていた。破れたものや、手足がちぎれたものもあった。あれが、従者が燃やしたいと言っていた脱水体だったのだろう。

「いいや」周の文王はそう言って、従者の皮を拾い上げると、表面についた砂をはたき、岩の上に置いて、きれいに巻きはじめた。それは、空気を抜いた皮製のボールのようだった。「しばらく水に浸せば、すぐにもとどおりになる。干し椎茸のようなものだ」

「骨まで柔らかくなってしまうんでしょうか」

「そうだ。骨格はドライファイバーになる。おかげで持ち運びが楽だ」

「この世界では、人間はみんな、脱水したり水で戻したりできるんですか？」

「もちろんだ。きみもできる。でなければ、乱紀では生きていけない」周の文王は巻物にした従者の皮を汪淼に渡し、「きみが持っていてくれ。道に放っておくと、だれかが焚きつけにしたり食べたりするからな」
汪淼《ワン・ミャオ》は柔らかい皮を受けとった。軽い巻物のようで、脇にはさんでも、あまり邪魔にはならない。

汪淼は脱水した従者を小脇に抱え、周の文王は砂時計を背負い、二人は苛酷な旅を再開した。それまでの数日と同様、太陽の運行はまったく不規則で、ひどく寒く長い夜が何日かつづいたかと思うととつぜん灼熱の昼が訪れたり、その反対だったりした。二人はたがいに助け合いながら、焚火のそばで寒さをしのぎ、湖に体を浸して灼熱をやり過ごした。さいわい、ゲーム内時間は加速できたので、一カ月を三十分に短縮することもできる。そのおかげで、乱紀の旅は、汪淼にとってかろうじて耐えられるものになった。

ゆっくりとした長い夜が（砂時計の計測によれば）一週間近くつづいたある日のこと、周の文王がとつぜん夜空を指さして叫んだ。

「飛星だ！　飛星！　それも二つ！」

実のところ、汪淼はこれまでもその奇妙な天体を発見していた。それは星よりも大きく、ピンポン玉サイズの円盤で、飛行速度が速く、星空を移動していることが肉眼でもはっきり確認できた。ただし今回は、それが二つもあった。

「二つの飛星が現れたということは、そろそろ恒紀がはじまるぞ！」周の文王が言った。

「あれなら、前にも何度か見えたじゃないですか」

「ああ。しかし、一度にひとつだった」

「一度に見えるのは、いちばん多くて二つなんですか？」

「いや、三つ現れるときもある。だが、それが最大だ」

「三つの飛星が現れるときは、恒紀よりもさらにすばらしい紀の前触れなんでしょうか？」

　周の文王は怯えたような表情になり、「なにを言う。三つの飛星……けっして現れぬよう祈ることだ」

　周の文王の言葉は正しかった。待ち焦がれていた恒紀が、それからすぐにはじまった。太陽の運行は規則正しくなり、昼と夜は、それぞれ十八時間ほどでじょじょに固定された。昼と夜が規則正しく交替し、気候も温暖になった。

「恒紀はどのくらいつづくんですか？」汪淼はたずねた。

「一日から一世紀だ。どのくらいつづくかは、一定していない」周の文王は砂時計の上に座り、正午の太陽を見上げた。「記録によれば、西周では、かつて二世紀にもわたって恒紀がつづいたらしい。ああ、その時代に生きていた人たちはなんと幸福だったことか」

「では、乱紀はどのくらいつづくんですか？」

「言っただろう、恒紀以外はぜんぶ乱紀だ。恒紀でないときは乱紀、乱紀でないときは恒紀。それ以外はない」

「つまり、ここは規則のない世界だと？」

「いかにも。文明は、気候が温和な恒紀でのみ発展する。たいていの時間、人類は集団で脱水し貯蔵しておく必要がある。長めの恒紀が到来したとき、また集団で再水化し、復活する。それから建設と生産にとりかかる」

「恒紀が到来する時期と、その持続期間はどうやって予測するんです？」

「そんな予測が正しくなされたためしはない。恒紀が到来したとき、国を再水化して復活させるかどうか、王が直感に基づいて決断する。人間を再水化し復活させ、農家が種を播《ま》き、都市や村で建設がはじまり、文明的な生活がスタートする——と、そのとき、恒紀が終わり、極寒と灼熱がすべてを滅ぼす。そんなこともしばしば起きる」周の文王はそう言うと、目を輝かせて汪淼《ワン・ミャオ》を指さした。「さあ、これできみにも、このゲームのゴールがわかっただろう。知性と論理を駆使してあらゆる現象を分析し、太陽の運行の法則性を発見する。文明の存続はそれにかかっている」

「いままで観察してきたかぎりでは、太陽の運行に法則性などまったくありません」

「そう思うのは、きみがこの世界の根本的な性質を理解していないからだ」

「あなたは理解していると？」

「ああ。だから朝歌へ行くのだ。紂王に正確な万年暦を献上するために」

「しかし、ここまでの道中、そんな力があるようには見えませんでしたが」

「太陽の運行規則の予測は、朝歌でしかできない。朝歌は陰と陽が出会う場所だからね。そこで出た卦《け》だけが正確なのだ」

二人はまた、苛酷な乱紀を長いあいだ歩きつづけた。その途中、またちょっとのあいだ、短い恒紀が来て、過ぎ去った。そしてついに、朝歌に到着した。


朝歌では、雷のような音がたえまなく鳴り響いていた。音の発生源は、朝歌のいたるところにある多数の巨大な振り子だった。錘《おもり》は巨大な石の塊で、二基の細い石塔のあいだにかかる高さ数十メートルの橋から、太いロープで吊り下げられている。

すべての振り子は、甲冑姿の兵士たちの集団の人力によって振れつづけている。彼らが意味のわからない掛け声をかけながら、巨大な石の錘を吊り下げたロープをリズミカルにひっぱることで、動きが遅くなった振り子の描く弧に新たな力を与えている。汪淼は、すべての振り子の動きが同期していることに気づいた。遠くから眺めると、畏怖の念を抱かせる光景だった。さながら、大地に無数の巨大な柱時計が林立しているように、もしくはとてつもない大きさの抽象記号がいくつも天から降ってきたかのように見える。

巨大な振り子に囲まれて、夜の闇の中に建っているのは、さらに巨大なピラミッドだった。高い山のようなこのピラミッドこそ、紂王の宮殿だった。汪淼《ワン・ミャオ》は周の文王のあとについて、ピラミッドの台座にある低い扉をくぐった。扉の前では、守衛の兵士が数名、闇の中を幽霊のように静かに巡回していた。扉の先は、ピラミッドの奥深くへと通じる、長くてせまい、真っ暗なトンネルで、途中の壁にいくつか、たいまつがある。

「乱紀のあいだは、国民全員が脱水されているが、紂王だけはずっと覚醒し、生命を失った土地につきそっている」周の文王が、歩きながら汪淼に説明した。「乱紀を生き延びるには、こういう厚い壁でできた建物の中で暮らすしかない。地下に住むようなものだ。そうやって、極寒と灼熱を避けるのだ」

かなりの長さの道のりを歩いて、二人はようやく、紂王がいるピラミッドの中心にある大広間へとたどりついた。といっても、さほど広くはなく、山の洞窟のようだった。壁に掛けられたたいまつの炎がゆらゆらと投げかける光のなか、色とりどりの毛皮をまとい、大きな台座の上に座っている人物こそ、まごうかたなき紂王その人だった。だが、汪淼が最初に注意を惹かれたのは、紂王といっしょにいる、全身黒ずくめの人物のほうだった。その人物がまとう黒のローブは、大広間の濃い影に溶け込んで一体化し、透きとおるように白いその顔だけが虚空に浮かんでいるかに見えた。

「こちらは伏羲《ふっき》だ」紂王は周の文王と汪淼に黒衣の人物を紹介した。文王と汪淼が前からここにいて、黒衣の人物があとからやってきたかのような口ぶりだった。

「彼はこう考えている。太陽は気まぐれな神で、目覚めているときの機嫌は予想もつかない。つまり、それが乱紀だ。太陽が眠っているときは、呼吸が一定している。つまり恒紀だ。そこで伏羲は、外のあの大きな振り子をつくることを提案した。日夜、止まることなく揺れ動くものを。あの振り子には、太陽神に対する強い催眠作用があり、長いあいだ、ゆっくりと眠らせることができるのだと言う。だが現在まで、太陽神はまだ起きたままだ。ときおり、うたた寝しているにすぎない」

　紂王が手を振ると、臣下が陶器の壺を持ってきて、伏羲の前にある小さな石台の上に置いた。あとでわかったが、壺の中身は味つけしただし汁だった。伏羲は長いため息をつくと、陶器の壺を手にして、中身を飲み干した。ごぼごぼという音は、暗闇の深いところでとてつもなく大きな心臓が鼓動しているようだった。半分飲んだところで、残りの汁を体にかけると、陶器の壺を投げ捨てて、大広間の隅にあるかがり火の上に吊るした大釜のところに行った。大釜のへりによじのぼり、中に飛び込んで、蒸気の雲をかき乱した。

「姫昌よ、座りたまえ。まもなく宴会だ」紂王はその大きな釜を指さし、周の文王に向かって言った。

「愚かな呪術ですね」周の文王は大釜のほうを向いて、軽蔑した口調で言った。

「そなたは太陽についてなにを学んだ?」と紂王がたずねた。その目の中で、炎の輝きがちらついている。

「太陽は神ではありません、太陽は陽で、闇夜は陰。世界は陰陽のバランスで歩んでいます。その歩みをわれわれが左右することはできませんが、予測することはできます」周の文王はそう言うと、青銅の剣を抜いて、たいまつに照らされた床に大きな太極図を描いた。それから目の眩むようなスピードで、太極図のまわりに六十四の卦《け》を書き出した。その配置全体が円形カレンダーに似ていた。「大王さま、これこそが宇宙の法則《コード》でございます。この助けを借りて、わたしがあなたの王朝のために正確な万年暦を献上いたしましょう」

「姫昌よ、朕《ちん》はすぐにでも知りたい。長い恒紀はいつになったらやってくるのだ」

「ただいま、大王さまのために占ってさし上げましょう」周の文王はそう言うと、太極図の中央に歩いていって、そこにあぐらをかき、顔を上げて大広間の天井を見た。そのまなざしは、高いピラミッドを突き抜けて星空を見ているかのようだった。両手の指が同時に複雑な動きを見せ、高速稼働する計算機となる。静寂を破るのは、隅に置かれた大釜だけ。さっきの黒ずくめのシャーマンが釜ゆでにされながら寝言をつぶやいているかのように、中のスープがグツグツと煮える音がしている。

周の文王は太極図の中央で立ち上がると、顔を天井に向けたまま言った。「次は四十一日間の乱紀です。それから五日間の恒紀が現れ、つづいて二十三日間の乱紀と十八日間の恒紀になりましょう。それから八日間の乱紀が訪れます。この乱紀が終われば、大王のご所望の長い恒紀がようやく到来いたします。この恒紀は三年と九ヵ月ほどつづきます。そのあいだの気候は温暖で、黄金の紀となりましょう」

「まずは、そなたの最初の予測を検証してみよう」紂王は表情ひとつ変えずに言った。

汪淼《ワン・ミャオ》の頭上から、ガラガラという大きな音が聞こえてきた。大広間の天井の石板がスライドして開き、正方形の開口部が現れた。べつの角度から眺めると、この穴は、ピラミッドの中心を貫くべつの縦孔に通じているのがわかった。縦孔の出口に、いくつかきらめく星も見えた。

ゲーム内時間が加速した。守衛の兵士二名が、周の文王の持ってきた砂時計を数秒に一度ひっくりかえして、八時間の経過を示した。天井の開口部が外の光によってランダムに明滅し、乱紀の陽光がふいに大広間に射し込んだかと思えば、あるときは月の光のように微弱な光が落ちた。またあるときは、すさまじく強烈な光が床に白く輝くまばゆい正方形を描き、すべてのたいまつの光を薄れさせた。

汪淼《ワン・ミャオ》は、砂時計がひっくりかえされる回数を黙々と数えつづけた。百二十回ほどに達したとき、開口部から射し込む陽光の間隔が規則的になった。文王が予測したひとつめの恒紀が到来したのだった。

砂時計がさらに十五回ひっくりかえされてから、光のパターンがまたランダムになり、乱紀のはじまりを告げた。それからまた恒紀になり、また乱紀になった。それらの開始日時と持続時間は、小さな誤差はあったものの、周の文王の予測とほとんど一致していた。最後の一回、八日間の乱紀が終了したあと、文王が予言した長い恒紀が始まった。

汪淼は砂時計が返される回数を数えつづけた。二十日が過ぎ、大広間に差す陽の光はなお正確なリズムを刻んでいた。この時点で、ゲーム内時間の経過は等速に戻された。

紂王は周の文王にうなずきかけ、「姫昌よ、朕はそなたのために記念の石碑を建てようぞ。この宮殿よりも高く大きなものを」と言った。

周の文王は深々と頭を下げた。「わが大王さま、大王さまの王朝が目覚め、栄えますように！」

紂王は石台の上に立ち上がり、世界全体を包み込むかのように両手を広げた。それから奇妙な、歌うような調子で叫んだ。「再水化……」

大広間にいた人々がこの号令を聞いて、われがちにとトンネルへ殺到した。周の文王の指示のもと、汪淼はそのあとについて、長い長いトンネルを抜け、ピラミッドの外へと向かった。トンネルを出ると、時刻はちょうど正午で、太陽が静かに大地を明るく照らしていた。暖かな微風が吹いてきて、汪淼は春のにおいを嗅いだような気がした。周の文王と汪淼が、ピラミッドからそう遠くない湖のほとりにたどりつくと、湖面の氷はすでに溶けて、陽の光が風に揺れる水面にちらちらちらと反射していた。

最初にピラミッドから出てきた兵士たちの一群が、「再水化！　再水化！」と高らかに叫びながら、湖のほとりに建つ、穀物倉のような、大きな石造りの建物へと走ってゆく。朝歌《ちょうか》に来るまでの道中、汪淼は何度か似たような建物を遠くから目にしていた。周の文王が、それは〝乾燥倉庫〟だと教えてくれた。脱水した者を貯蔵する、大型の倉庫らしい。いま、兵士たちは湖のほとりの乾燥倉庫の石扉を開け、灰や塵にまみれた皮の巻物を中からとりだした。それぞれ、両手にいくつもの巻物を抱えて湖岸に向かい、巻物を次々に湖の中へと投げ入れた。巻物は水に触れるなり、たちまちほどけだし、すこし時間が経つと、紙を切り抜いたような薄っぺらい人型の皮が湖面に浮かびはじめた。ヒトの布きれは、それぞれすぐに水を吸って膨張し、厚みを備えたみずみずしい肉体へとじょじょに変化していった。これらの肉体はすぐに生命の息吹をとり戻し、それぞれ先を争うようにして、腰ほどの深さの湖から二本の足で立ち上がる。彼らは夢からはじめて醒めた人間のような目で、この風と美しい世界を凝視している。

「再水化！」ひとりが声高に叫ぶと、すぐにまたべつの歓喜の声があがる。

「再水化！　再水化！」

彼らは湖の中から岸へと駆け上がり、素っ裸のまま乾燥倉庫へと走り、兵士たちと一緒に搬出作業に加わった。さらに多くの皮の巻物が湖の中に投げ込まれ、再水化して復活した人の群れがまた湖の中から走り出てくる。同様の光景が、もっと遠方にある湖や池でも見られた。世界が復活したのだ。

「ああくそ！　おれの指が……」

汪淼《ワン・ミャオ》が声の主を見ると、さっき再水化したばかりの人間が湖の中に立ち、手を上げて泣き叫んでいる。その手は中指が欠けていて、傷口から湖に血が滴り落ちている。他の復活者は男の横をそのまま通り過ぎて、湖岸へとうれしそうに向かう。だれひとり、彼を気にかける者はいなかった。

「もうよせ、おまえはそれでじゅうぶんさ！」通りがかりの復活者のひとりが言った。「腕も足もぜんぶなくしたやつだっているんだぞ。頭を食いちぎられて穴が空いてるやつもな。もしいま再水化しなかったら、みんな乱紀のネズミに食い散らかされて、二度と復活できなかったかもしれないぜ」

「おれたちがどのくらい脱水していたか知ってるか？」べつの復活者がたずねた。「大王の宮殿に積もった砂埃の厚さでわかるさ。さっき聞いた話だと、いまの大王は脱水前の大王とは違うらしい。息子だか孫だか知らんが」

再水化は八日間つづいて、やっと完了した。この時点で、すべての脱水体が復活し、世界はまた新たに生を獲得した。この八日間のうちに、人々は二十時間という正確な周期でくりかえされる日の出と日の入りを享受した。温暖な春の気候のもとで沐浴し、すべての人が心から太陽を賛美し、宇宙を掌握する神々を崇めた。八日めの夜、大地のかがり火は、夜空の星々よりも密に輝いていた。ひどく長かった乱紀のあいだに荒廃した都市や村に、また灯火と喧騒が戻ってきた。過去の集団再水化のときと同じように、すべての人が夜を徹して歓喜に浸り、次の日の出のあとの新しい生活を迎え入れようとした。

しかし次の日、太陽は昇らなかった。

さまざまな計時装置が日の出の時刻を過ぎていることを示したが、地平線はどの方角もすべて漆黒のままだった。さらに十時間が過ぎても、太陽が昇ってくる気配はなく、かすかな光さえも見えなかった。一日が過ぎ、果てしない夜が続いた。二日が過ぎると、巨大なてのひらが暗闇の中で大地を押しつぶそうとしているような寒さになった。

「大王さま、どうか信じてください。これはつかのまのことにすぎません。わたしはこの宇宙の陽《よう》が集まるのを見ました。太陽はすぐに昇ります。恒紀と春はつづくのです！」ピラミッドの大広間で、周の文王は紂王の座る石台の下にひれ伏して訴えた。

「大釜に火を入れるとしよう」紂王がため息をついて言った。

「大王さま！　大王さま！」大臣のひとりがトンネルからこけつまろびつ出てくると、涙声で叫んだ。「天に……天に飛星が三つ出ております！」

大広間にいた全員が茫然とした。空気が凍りつくなか、ただ紂王だけが表情を変えず、これまでずっと相手にしていなかった汪淼《ワン・ミャオ》のほうを向いて言った。「おまえはまだ、三つの飛星がなにを意味しているのか知るまい。姫昌よ、教えてやれ」

「それは、長くつづく極寒の歳月を意味する」周の文王が大きなため息をついて言った。

「石さえも凍りついて粉々に砕けてしまうほどの寒さだ」

「脱水……」紂王はまたあの奇妙な、異国的な節をつけて、歌うように叫んだ。じつのところ、ピラミッドの外ではもうとっくに、人々が続々と脱水しはじめていた。ふたたび乾燥人間となり、これから到来する長い長い夜をやり過ごそうとしている。彼らのうち運のよい者はふたたび乾燥倉庫へと搬入されたが、大量の脱水体が荒野に捨て置かれた。

周の文王はゆっくりと立ち上がり、大広間の隅に吊るされた大釜のほうに歩き出した。釜の下では、すでに炎が轟々と燃えさかっている。文王は釜によじのぼり、飛び込む前に、しばし動きを止めた。もしかしたら、煮崩れた伏義の顔がスープの中で笑っていたのかもしれない。

「弱火にしておけ」紂王が力ない声で言った。それから、ほかの人間たちに向かって、「そうしたければログアウトしろ。この段階まで来たら、ゲームはもう楽しくないぞ」

大広間の洞窟のような出入口の上に、赤く光るＥＸＩＴマークが現れた。大広間にいたプレイヤーたちは、ぞろぞろとそちらへ歩いていく。汪淼もそのあとにつづいた。長い長いトンネルを歩いてピラミッドの外に出ると、闇夜に大雪が降っていた。骨に突き刺さるような寒さに、汪淼は身震いした。モニターの隅には、ゲーム内時間がまた加速したことが表示されている。

それから十日間、雪は小止みなく降りつづけた。いまでは雪片は、闇が凝固したかのように、大きく重くなっている。だれかが汪淼の耳もとでささやいた。「この雪は凍らせた二酸化炭素――ドライアイスだよ」振り向くと、周の文王の従者がそこにいた。

さらに十日経つと、雪片は薄く透明になっていた。ピラミッドのトンネルの入口から洩れるたいまつのかすかな光を浴びて、雪は空を舞う雲母のかけらのように、淡いブルーの輝きを放った。

「この雪は、凝固した窒素と酸素だ。大気が凍りはじめている。ということは、絶対零度が間近だな」周の文王の従者が言った。

ピラミッドは雪に埋もれはじめていた。積もった雪は、最下層が水の雪、中間層がドライアイスの雪、上層が窒素酸化物の雪だった。夜空は異常なほど澄みわたり、星々の群れはまるで銀色の火炎のようだった。その星空をバックに、数行の文字列が出現した。

この夜は四十八年間つづき、文明#137は極寒の中で崩壊しました。この文明は、崩壊前に、戦国期にまで到達していました。

文明の種子はまだ残っています。それはいつかふたたび発芽し、『三体』の予測不能の世界で育ちはじめるでしょう。またのログインをお待ちしています。

ログアウトする前、汪淼《ワン・ミャオ》が最後に目にしたのは、夜空の三つの飛星だった。それらは一カ所に接近し、たがいの周囲をまわりながら、宇宙の深淵をバックに、奇妙なダンスを踊っていた。

8

葉文潔《イエ・ウェンジエ》

Vスーツを脱ぐと、下着まで汗びっしょりになっていた。最大出力で冷却していた全身スーツを着ていてもこんなに汗をかくとは。おぞましい悪夢から目覚めたような気分だった。汪淼は、ナノテクノロジー研究センターをあとにすると、丁儀《ディン・イー》に教えてもらった、楊冬《ヤン・ドン》の母親の住所へと車を走らせた。

乱紀、乱紀、乱紀……。

この概念が汪淼の頭にこびりついて離れない。三体世界の太陽の運行には、なぜ法則性がないのだろう。主星をめぐる惑星の軌道は、真円に近くても、離心率の大きい楕円でも、かならず周期性がある。惑星の運行にまったく法則性がないことなどありえない……。汪淼は自分に腹をたて、頭を振って、その考えを追い出そうとした。ただのゲームじゃないか！

だが、そのゲームにおれは負けた。

乱紀、乱紀、乱紀……。

莫迦！ 考えるな！ なぜ考えてしまう？ なぜだ？

汪《ワン》・淼《ミャオ》はすぐに答えを見つけ出した。自分はもう何年も、電子ゲームをプレイしていなかった。この数年で、電子ゲームの技術は、ソフトウェア、ハードウェアともに、長足の進歩を遂げている。ああいう仮想現実感や感覚フィードバックは、汪淼が学生時代に遊んでいたゲームには存在しなかったから、これまで一度も経験したことがなかった。だが汪淼は、『三体』の生々しい現実感が、インターフェイス技術の進歩によるものではないことに気づいていた。

大学三年生のとき、情報理論の授業で、教授が二枚の大きな絵を見せた。一枚は精密に描かれた北宋時代の有名な「清明上河図」。もう一枚は広々とした空の写真だった。空の写真は、なにもない抜けるような青空に、あるかないかわからないほど薄い雲がひとすじだけたなびいている。教授はこの二枚の絵に含まれる情報量はどちらが多いかとたずねた。正解は後者で、前者の十倍か二十倍の情報量があるのだという。

『三体』もこれと同じで、その巨大な情報量は奥深くに隠されている。汪淼はそれを感じることができたが、ここと指し示すことはできなかった。汪淼は、『三体』のデザイナーたちが、他のゲームのデザイナーとは正反対のアプローチをとっていることに思い当たった。ゲーム・デザイナーはふつう、できるだけ多くの情報量を表示することで、ゲーム中の現実感を強化しようとする。だが、『三体』のデザイナーは、情報量をできるだけ圧縮することで、もっと複雑な現実を単純なものに見せかけている。一見なにもないように見える、あの青空の写真と同じだ。

汪淼は『三体』の世界へとふたたび心をさまよわせた。

飛星だ！　謎を解く鍵は、きっと飛星にある。ひとつの飛星、二つの飛星、三つの飛星……いったいなにを意味している？

考えているうちに、気がつくと車は、目的地に到着していた。

めざす建物の入口で、汪淼は六十代ぐらいの白髪で痩せた女性を見かけた。眼鏡をかけ、大きな買いものかごを持って階段を昇るところだった。たぶん目当ての人物じゃないかと思って声をかけてみたら、まさしく楊冬《ヤン・ドン》の母親の葉文潔《イエ・ウェンジエ》その人だった。ここに来た理由を話すと、文潔はたいそう喜んでくれた。文潔は、汪淼にとってなじみのある、古いタイプの知識人だった。長い歳月のあいだに、彼女の性格はすっかり角がとれてまるくなり、流れる水のような自由さだけが残っていた。

汪淼は買いものかごを持って、葉文潔といっしょに階段を上がった。部屋に着いて中に入ると、そこは想像していたような静かな場所ではなかった。三人の子どもたちが中で遊んでいたのである。いちばん大きな子でも五歳くらい。小さな子はまだよちよち歩きだった。みんな近所の子だと、文潔《ウェンジエ》が言った。

「この子たちはうちで遊ぶのが好きなの。きょうは日曜日だけど、この子たちの親は休日出勤だから、うちで預かってるのよ……あら、楠楠《ナンちゃん》、絵はそれでおしまい？　うん、すごくいいわね。題をつけようか？　『太陽の下のアヒルの子』がいいわね。おばあちゃんがタイトルを書いてあげる。それから、『六月十二日、楠楠』と書いて……お昼はみんな、なにを食べたい？　洋洋《ヤンちゃん》はナス炒め？　よしよし。楠楠は？　きのう食べたサヤエンドウでいい？　わかった。咪咪《ミちゃん》、あなたは？　お肉？　それはダメ。ママがお肉はあんまりあげちゃダメって言ってた。消化によくないからって。じゃあ、お魚にする？　こんなに大きなお魚を買ってきたのよ……」

文潔と子どもたちの会話を聞きながら、汪《ワン・》淼《ミャオ》は心の中で思った。文潔が孫を欲しがっているのはたしかだが、もし楊冬《ヤン・ドン》が生きていたら、子どもを欲しがっただろうか？

文潔は買いものかごをキッチンに持っていってから、こちらにやってきた。「これから野菜を水にさらさなきゃいけないの。近ごろは残留農薬が多くて、子どもたちに食べさせるには、二時間は浸けておかないと……汪さんは楊冬の部屋にでも行って待ってて」

文潔がごく自然につけ加えた最後のひとことで、汪淼は不安になった。文潔は明らかに、汪淼の訪問のほんとうの理由に気づいている。

文潔は、汪淼のほうを見ることなく、またキッチンに戻った。気まずい表情を見られずに済んでほっとすると同時に、文潔のさりげない気遣いに感謝した。

汪淼はうしろで遊んでいる子どもたちの横を通って、文潔がさっき指さしたドアへ向かった。ドアの前で立ち止まると、急に妙な感覚に襲われた。夢見がちな少年時代に戻ったような気分。記憶の底から、くすぐったいようなさびしさ、薔薇の色合いを帯びた朝露のように壊れやすくピュアな感情が湧き上がってきた。

汪淼がそっとドアを押し開けると、思いがけない香りに迎えられた。森のにおい。まるで森番の小屋にでも入ったかのようだ。壁は茶褐色の樹皮で覆われている。木の切り株でつくった飾りけのないスツールが三つ。デスクも大きめの切り株を三つ組み合わせてつくられている。さらに、床には中国東北地方原産のヌマクロボスゲとわかる多年草を編んだ敷物が敷かれている。ただ、どれもこれも、仕上げが粗く、優美さに欠けていて、無造作に放置されたままという印象だった。美的感覚を表現しようという意図は見えない。楊冬の地位なら、収入はかなりのものだったはずだ。都心の一等地に家を買えたのに、彼女は母親とずっとこのアパートメントで暮らしていた。

汪淼《ワン・ミャオ》は、質素なつくりの木のデスクの前に立った。デスクの上には、仕事関係のものも、女性的なものも見当たらない——ひょっとしたらすべて処分されたのかもしれないし、もともとそんなものはここになかったのかもしれない。汪淼の注意を引いたのは、木製のフレームにはめこまれた一枚のモノクロ写真だった。文潔《ウェンジエ》と楊冬《ヤン・ドン》の母娘の写真で、写真の中の楊冬はまだ幼く、しゃがんだ母親とちょうど同じぐらいの背丈だった。風が強く、二人とも髪が乱れている。

写真の背景は、ずいぶん風変わりだった。空が網状になっている。汪淼は、その網を支えている太い鋼鉄の構造をまじまじと見て、パラボラアンテナか、それに類するものではないかと想像した。その構造物はあまりに大きく、縁がカメラの画角に入っていない。写真に写る幼い楊冬の大きな瞳には怯えた表情が浮かんでいて、汪淼は胸が痛くなった。まるで、写真の外の世界を怖がっているように見える。

次に気になったのは、デスクの片隅に置かれていたぶあついノートだった。面食らったのは、ノートの材質だ。表紙につたない字で〝楊冬のカバの皮のノート〟と書いてあり、それでこのノートが白樺の樹皮でできているとわかった。もともと銀白色だったはずの白樺の樹皮は、年を経て、くすんだ黄色に変色している。汪淼はそのノートを手にとったが、逡巡したすえ、またもとに戻した。

「どうぞ見てやってちょうだい。あの子が小さい頃に描いたものよ」文潔がドアのところで言った。

汪淼は白樺の樹皮のノートをもういちど手にとって、そっとページをめくった。どの絵にも、日付が記されている。さっきリビングルームで楠楠《ナンナン》の絵に書いていたように、母親が娘のために書き込んだものだろう。

もうひとつ、妙なことに気づいた。絵の日付からすると、この頃の楊冬は三歳を過ぎている。その年齢になれば、人やもののかたちが描けるはずだが、楊冬の絵はでたらめに引いた線ばかりだった。それは、なにかを表現したいという満たされない欲求から生まれた怒りと絶望の表れのように見えた。そんな幼い子どもの中にあるとは思わないような感情だ。

文潔はベッドの端にゆっくり腰を下ろし、汪淼の手にある白樺の樹皮のノートをうつろな目で見ていた。彼女の娘はまさにここで、安らかに眠りながらみずから命を絶った。汪淼は文潔のそばに座って、他人と苦しみを分かち合いたいという、これまでにない強烈な願望を抱いていた。

文潔は汪淼の手からそのノートをとって胸に抱き、小声で言った。「あの子の育てかたをまちがえたのかもしれない。年齢にふさわしいことを教えてやれなかった。抽象的で根源的なものに触れさせるのが早すぎたのね。あの子がはじめて理論に興味を示したとき、この世界は女性が入りづらいところだとわたしは言った。そうしたら、『キュリー夫人は？』って言うから、キュリー夫人はそもそもこの世界には受け入れてもらえなかったと答えた。キュリー夫人の成功は、執着とたゆまぬ努力のおかげだった。彼女がいなくても、その仕事はだれかが成し遂げていたでしょう。実際、呉健雄《ウー・ジエンシオン》*のほうがキュリー夫人よりずっと先に進んでいた。でも、ほんとうに女の世界ではないの。女性の考えかたは男性とは違う。レベルが高いとか低いとかっていう問題じゃなくて、世界にとっては、どちらの考えかたも必要不可欠なもの。

あの子は反論しなかった。でも、あとになって気がついた。あの子はほんとうに違っていた。たとえば、公式をひとつ見せて説明すると、ふつうの子だったら、『この公式はすごく便利！』とか言うところだけど、あの子は、『この公式はすごくエレガントで、すごく美しい』って言うの。うっとりしたその顔は、野に咲く美しい花のようだった。

あの子の父親はレコードをたくさん残してくれたけど、あの子はそれをぜんぶ聴いたあとで、最後にバッハをお気に入りに選んで、何度も何度もくりかえし聴いていた。子どもをとりこにするような音楽じゃないから、最初は気まぐれで選んだのかと思っていたけど、感想を訊いてみると、音楽の中に、ものすごく巨大な、複雑な構造の家が見えるって言ったの。巨人がすこしずつそれに手を加えて、曲が終わると、家が完成しているんだ、って」

「お嬢さんに、すばらしい教育を施されたんですね」汪淼《ワン・ミャオ》は感慨深く言った。

「いいえ、失敗だった。あの子の世界は単純すぎた。あの子が持っていたのは、空気のような理論だけ。それが崩壊したとたん、生きていくための支えがなにもなくなってしまった」

「葉《イエ》先生、それには同意できません。いま、わたしたちの想像を超えた出来事が起きているんです。人間が世界を理解するための理論が、前例のない災厄に見舞われている。同じ運命に転がり落ちた科学者は、彼女ひとりではありません」

「でも、あの子は女だった。女は、流れる水のように、どんな障害にぶつかっても、融通無碍《むげ》にその上を乗り越え、まわりを迂回して流れていくべきなのに」

汪淼はいとまごいしようとして、来訪のもうひとつの目的を思い出し、宇宙背景放射の観測施設のことを文潔《ウェンジエ》にたずねてみた。

「ああ、それね。中国国内には二カ所ある。ひとつはウルムチ観測基地。たしか、中国科学院空間環境観測センターのプロジェクトだった。もうひとつはこの近くね。北京近郊の電波天文観測基地で、中国科学院と北京大学の連合天体物理センターが共同で運営してる。

ウルムチのほうは実際に地上観測も行っているけれど、北京のほうは衛星データの受信だけ。ただ、データはこちらのほうがより正確だし、総合的よ。わたしの教え子がいるから、連絡してあげる」文潔《ウェンジエ》はそう言うなり、番号を探して電話をかけた。話はスムーズに運んでいるような口ぶりだった。

「問題ないそうよ」電話を切ってから、文潔は言った。「住所を教えるから、直接行けばだいじょうぶ。教え子の名前は沙瑞山《シャー・ルイシャン》。あしたはちょうど夜勤だって。……あなた、専門ではないようだけど？」と汪淼《ワン・ミャオ》にたずねた。

「わたしはナノテクが専門です。これはその……ちょっと別件で」

さらに質問されるのではないかと思ったが、文潔はそれについてはなにも訊かず、

「汪さん、顔色が悪いわよ。体調はどうなの？」と心配そうに言った。

「だいじょうぶです。どうかご心配なく」

「ちょっと待って」文潔はクローゼットの中から小さな木箱をとりだした。高麗人参のマークがついているのが見えた。「基地にいたころの古い友人が二、三日前に訪ねてきてね。軍にいた人なんだけど、彼がこれを持ってきてくれたの。いいえ、いいのよ。これはあなたが持ってて。天然ものじゃないから、遠慮しないで。そんな高級品じゃないの。わたしは高血圧だから、どのみち飲めないし。薄く切って、お茶に浸して飲むといいわ。その顔

色、血が足りていないようだから。若い人は、自分を大切にしないとね」

汪淼の胸に熱いものがこみ上げ、目が潤んだ。この二日間のストレスで破裂しそうになっていた心臓が、柔らかなビロードの上にそっと置かれたようだった。

「葉《イエ》教授、かならずまたうかがいますから」と言って、汪淼は木箱を受けとった。

＊原注　呉健雄《ウー・ジエンシオン》

現代のもっとも傑出した物理学者のひとりで、実験物理学の分野で多くの業績を残している。弱い相互作用におけるパリティの非保存を初めて実験的に確認し、理論物理学者の李政道《リー・ジョンダオ》と楊振寧《ヤン・ジェンニン》の研究が正しいことを示したこともそのひとつ。

9　宇宙がまたたく

汪淼《ワン・ミャオ》は京密路を通って密雲県へと車を走らせた。そこから黒龍潭へ向かい、くねくねとした山道をさらに進むと、ようやく中国科学院国家天文観測センターの電波天文観測基地が見えてきた。夕闇のなか、直径九メートルのパラボラアンテナ二十八基が壮麗な鋼鉄の植物のように一列に並んでいる。その先には、二〇〇六年に建造された、それぞれ直径五十メートルのアンテナを擁する巨大な電波望遠鏡が二基ある。車が近づくにつれ、汪淼は、葉文潔《イエ・ウェンジエ》と楊冬《ヤン・ドン》の母娘が写ったあの写真の背景を思い出さずにはいられなかった。

しかし、文潔の教え子が従事しているプロジェクトは、これらの電波望遠鏡とはなんの関係もなかった。沙瑞山《シャー・ルイシャン》博士の研究室では、主に三つの衛星の観測データの受信が行われていた。すなわち、宇宙マイクロ波背景放射の探査を目的として一九八九年十一月に打ち上げられ、まもなくその役目を終える人工衛星ＣＯＢＥ、二〇〇一年に打ち上げられたＷＭＡＰ（ウィルキンソン・マイクロ波異方性探査機衛星）、そして、二〇〇九年に欧州宇宙機関が打ち上げた高精度の宇宙マイクロ波背景放射探査機、人工衛星プランク（Ｐｌａｎｃｋ）である。

宇宙全体のマイクロ波背景放射の周波数スペクトルは、温度が２・７２５Ｋの黒体放射ときわめて正確に一致する。天球上の全方向からほぼ等方的に観測されるが、一〇〇万分の一単位のわずかな温度のゆらぎが局所的に存在する。

沙瑞山の業務は、衛星の観測データに基づき、さらに正確な全宇宙のマイクロ波放射の背景地図を新たに描くことだった。

このラボはさほど大きくない。メインコンピュータ室は衛星データの受信設備でいっぱいで、三台ある端末にはそれぞれ三つの衛星からのデータが表示されている。

沙瑞山は、長いあいだ孤独で退屈な仕事に従事している人間が珍しく来客を迎えた喜びと興奮をあらわにして汪淼に接し、どんなデータを見たいんですかとたずねた。

「宇宙背景放射の全体的なゆらぎが見たいんです」

「もうすこし……具体的に言っていただけますか？」沙瑞山は汪淼のことをいぶかしげな目で見た。

「つまり、宇宙マイクロ波全体の、等方性のゆらぎが見たいんだ。一パーセントから五パーセントのあいだの」

沙瑞山《シャー・ルイシャン》はにっこりした。世紀の変わり目から、密雲電波天文基地は一般の見学に開放されている。沙瑞山は、副収入を得る手段として、ガイドや講師をつとめていたから、一般人の驚くべき科学音痴ぶりに慣れっこになっていて、そういう客のためにいつも浮かべるのがこの笑顔だった。「汪《ワン》先生は……ご専門じゃありませんね」

「わたしの専門はナノテクで」

「ああ、やっぱり。でも、宇宙マイクロ波背景放射について基本的な知識はお持ちですね？」

「知っていることはそう多くないよ。現在の宇宙論によると、この宇宙は、いまから約百四十億年前に、ビッグバンによって誕生し、それからだんだん冷えてきて、残った〝燃えかす〟が宇宙マイクロ波背景放射になった。この放射は、宇宙全体を満たしていて、センチメートル波の帯域で観測できる。たしか、一九六〇年代に二人のアメリカ人が超高精度の衛星受信アンテナを調整していたとき、たまたま宇宙背景放射を発見して――」

「もうじゅうぶんです」沙瑞山は手を振って汪淼《ワン・ミャオ》の話をさえぎった。「それでは、当然ご存じでしょう。宇宙のさまざまな場所で観測される局所的なゆらぎと違って、宇宙背景放射の全体的なゆらぎは、宇宙の膨張にともなうもので、宇宙の年齢のスケールで測られる、非常にゆっくりした変化です。プランク衛星の精度でさえ、百万年のあいだ観測しつづけてもそういうゆらぎは探知できないかもしれない。でも先生は、今夜、五パーセントのゆらぎを見たいと？　もしそんなことが起きたら、どういうことかわかりますか？　寿命が来た蛍光管がチカチカするみたいに、宇宙がまたたいてるってことですよ！」

そして宇宙は今夜、おれのためにまたたくんだ、と汪淼は思った。

「きっと、葉《イエ》先生の冗談ですね」沙瑞山が首を振って言った。

「冗談だったとわかれば、こんなうれしいことはないよ」汪淼は答えた。じつのところ、葉文潔《イエ・ウェンジェ》はくわしいことをなにも知らないんだと言いかけたが、そうとわかったら沙瑞山に協力を拒まれるかもしれない。

「まあとにかく、葉先生から便宜をはかるようにと言われていますので、どうぞ観測していってください。たいした手間じゃありませんし。一パーセント単位の精度でいいなら、もはや骨董品のＣＯＢＥでじゅうぶんでしょう」沙瑞山はそう言いながら、端末のキーボードを忙しく叩いた。モニター上に、緑色の平坦な線が一本現れる。「ごらんください、これが現在の宇宙全体のマイクロ波背景放射のリアルタイム数値曲線です。いや、直線と呼ぶべきですね。その値は２・７２５±０・００１Ｋです。誤差は天の川銀河の動きから生じるドップラー効果によるもので、フィルター済みです。あなたが予測するような――一パーセントを超える――ゆらぎが発生すれば、この線が赤くなり、直線が波形に変わります。世界最後の日までずっと、緑の直線のままだとぼくは信じてますけどね。このグラフが肉眼でわかるような変化を示すのを見るには、太陽が燃えつきるずっとあとまで待たないといけないでしょう」

「仕事の邪魔をしてないといいんだが」

「だいじょうぶですよ。そんな低い精度でいいなら、COBEの基礎的な観察データを使うだけで済みますから。よし、準備完了。いま以降、もしそんなに大きなゆらぎが起きたら、データは自動的にディスクに保存されます」

「起きるのは、たぶん午前一時ごろだと思う」

「おお、なんと正確な！　いいですとも。どのみち今夜ぼくは夜勤なんで。夕食はもうお済みですか？　よかった、じゃあ、見学ツアーにお連れしましょう」

この日の夜空には月が見えなかった。長い長いアンテナの列に沿ってゆっくりと歩く。沙瑞山《シャー・ルイシャン》がアンテナを指して言った。「壮観でしょう？　残念ながら、どれも使いものになりませんが」

「なぜだい？」

「完成して以来ずっと、観測周波数帯では干渉が絶えなくて。最初は、一九八〇年代のポケットベル基地局でした。現在は、携帯電話ネットワークと基地局の拡大競争。ここの望遠鏡は、さまざまな科学的観測が可能ですが——空の探査はもちろん、変動電波源の探知とか、超新星爆発の名残りの観測とか——そのほとんどが、干渉が大きすぎて実際には遂行できません。国家無線電管理委員会に何度も申し入れましたが、成果はゼロ。チャイナ・モバイルやチャイナ・ユニコム、チャイナ・ネットコムのような通信大手には、注目度でとても太刀打ちできない。資金がなければ、宇宙の秘密にはなんの価値もない。さいわい、ぼくのプロジェクトは衛星データを使っているので、こういう〝観光名所〟とは関係ありませんが」

「ここ数年、基礎研究の商業化はかなりの成功を収めている。たとえば高エネルギー物理学とか。観測基地を都会から離れたところに移せばいいのでは？」

「それもけっきょく金銭的な問題があって。現状では、干渉を技術的に除去するのが唯一の選択肢です。葉《イエ》教授がいてくれたらいいんですが。この分野で大きな業績を残されたかたですから」

文潔《ウェンジエ》のことに話題が移り、汪《ワン》・淼《ミャオ》は、彼女の教え子の話を通じて、文潔が嘗《な》めてきた辛酸の一端をようやく知ることができた。文化大革命の渦中で、父親の悲劇的な死を目のあたりにしたこと、建設兵団で罠にはめられたこと、その後しばらく消息を絶ち、九〇年代はじめにようやく北京に戻って、父親がかつて教壇に立っていた大学で天体物理学を教え、定年退職するまで勤めていたこと。

「最近になってようやく明らかになったんですが、消息不明だったその二十年あまり、先生は紅岸基地にいたんですよ」

「紅岸？」汪淼《ワン・ミャオ》は驚いて足を止めた。「まさか、あの、噂の……」

「ほとんどは真実だと判明しました。紅岸プロジェクトのために自動翻訳システムを開発した研究者のひとりがヨーロッパに移民して、昨年、本を出したんです。汪先生が耳にした噂の大部分は、その本が出典でしょう。紅岸プロジェクトに参加した人間の多くはいまも健在です」

「まるで途方もない……伝説みたいな話だ！」

「とりわけ、あの時代に起きたことは――まったく信じられませんね」

二人はもうしばらく話をつづけた。沙瑞山《シャー・ルイシャン》が、汪淼の奇妙な要望の背後にある目的をたずねたが、汪淼は答えず、沙瑞山も二度とその質問をしなかった。彼の専門知識に反する要望に対して積極的に興味を持つことは、天体物理学者としてのプライドが許さなかったのである。

それから二人は、観光客向けの深夜営業のバーに入り、二時間ほど過ごした。沙瑞山はビールが進むにつれてさらに饒舌になったが、汪淼のほうは気が気でなかった。頭の中にはずっとあの緑色の直線が浮かんでいる。あと十分で午前一時というところになって、沙瑞山はようやく、汪淼の何度めかの懇願を受け入れて店を出た。

このときにはもう、パラボラアンテナの列を照らしていたスポットライトは消灯していて、夜空をバックにしたアンテナは、二次元の抽象記号のようだった。そのすべてが同じ角度で空を仰ぎ見ているところは、いまかいまかとなにかを待ち受けているように見えた。春の夜の暖かさにもかかわらず、この光景に汪淼はぞくっとした。VRゲーム『三体』で見たあの巨大振り子を思い出したのだ。

ラボに戻ると、ぴったり午前一時だった。端末のモニターに目を向けたそのとき、ちょうどゆらぎがはじまった。水平の直線が波形に変わる。ピークとピークの間隔は不規則だった。線の色が赤になり、冬眠から目覚めた蛇が体内に血がまわるにつれて体をくねらせはじめたように見える。

「きっとCOBEの不具合だ！」沙瑞山は恐怖の目で波形を見つめながら叫んだ。

「不具合じゃない」汪淼の口調は過剰なまでに冷静だった。こういう光景を前にしても自分を失わないすべを彼はすでに学んでいた。

「すぐにわかりますよ」沙瑞山はそう言って、他の二台の端末のところに行って矢継ぎ早にキーボードを叩き、他の二つの人工衛星――WMAPとプランクが観測している背景放射のリアルタイム・データを呼び出した。

三つの波形は、まったく同じように同期して動いている。

沙瑞山《シャー・ルイシャン》はさらにノートPCを持ってきて、あわただしく起動すると、LANケーブルを挿してから電話をかけた。こちら側の言葉しか聞こえないが、ウルムチ電波観測基地に連絡をとろうとしているのが汪淼《ワン・ミャオ》にもわかった。しばらく待ったが、沙瑞山は汪淼になんの説明もせず、鬼の形相でノートPCの画面上のブラウザを凝視している。荒い息遣いが汪淼の耳に届いた。

数分後、ブラウザに赤い波形が現れた。他の三つの波形と正確に同期して動いている。

こうして、三つの観測衛星と地上の観測基地一カ所が、あるひとつの事実を確認した。すなわち——宇宙がまたたいている。

「波形をプリントアウトできる？」汪淼がたずねた。

沙瑞山はひたいの冷や汗を拭いながらうなずき、マウスを動かして『印刷』をクリックした。汪淼はレーザープリンタから一枚目が出力されるなり、それをひったくって、ピークとピークのあいだの距離の長短を鉛筆でモールス符号に置き換え、ポケットに入れてあった表と首っ引きで調べた。

トツーーツーツーツー、トツーーツーツーツーツー、ツーツーツーツーツーツー、ツーツーツーツートト、ツーツーツートトト、トトツーツーツー、トツーツーツーツー、ツーツーツートトト、トトツーツー、ツーツートトト。これが1108:21:37だ。

トツーツーツーツー、トツーツーツーツー、ツーツーツーツートト、ツーツーツートトト、トトツーツーツー、トツーツーツーツー、ツーツーツートトト、トトツーツー、ツートトトト。これが1108:21:36。

トツーツーツーツー、トツーツーツーツー、ツーツーツーツートト、ツーツーツートトト、トトツーツーツー、トツーツーツーツー、ツーツーツートトト、トトツーツー、トトトトト。これが1108:21:35。

カウントダウンは全宇宙のスケールでつづいている。すでに九二時間が経過し、残りはわずか一一〇八時間。

沙瑞山は焦燥感にかられたようにうろうろと歩きまわり、ときおり足を止めては、汪淼が書き出している数字を見ている。とうとう耐え切れなくなったように、「いったいどういうことなのか教えてくださいよ！」と叫んだ。

「とても説明できないことなんだ、沙博士。信じてくれ」汪淼は、波形が印刷された紙の山を押しのけ、自分が書いた数字の列を見ながら、「ひょっとしたら、三つの観測衛星と観測基地がぜんぶ不具合を起こしているのかも」

「そんなことありえない！　わかってるでしょう！」

「破壊工作だとしたら？」

「やっぱりありえない！　三つの衛星と地上観測基地のデータを同時に改変する？　そんなことができるとしたら、超自然的な破壊工作ですよ」

なるほど。宇宙のまたたきよりも、超自然的な破壊工作のほうがまだいい。しかし、汪《ワン》・淼《ミャオ》が心の中ですがりついた一縷《いちる》の希望は、たちまち沙瑞山《シャー・ルイシャン》に打ち砕かれた。

「たしかめるのは簡単です。宇宙背景放射のゆらぎがここまで大きければ、肉眼で観測できるはずだ」

「なんの話だ？　宇宙背景放射の波長は七センチメートル。可視光線の波長より五桁も長いんだぞ。そんなものがどうして見える？」

「３Ｋ眼鏡をかけるんです」

「３Ｋ眼鏡？」

「首都天文館のためにつくった、一種の科学おもちゃですよ。現在の技術レベルだと、アーノ・ペンジアスとロバート・Ｗ・ウィルソンが半世紀ほど前に３Ｋ宇宙マイクロ波背景放射の発見に使用した直径六メートルのラッパ型アンテナは、眼鏡くらいの大きさにミニチュア化できます。その眼鏡の中にコンバーターを入れて、探知した背景放射の波長を五桁圧縮し、七センチメートル波が赤の可視光線になるようにしたんです。来館者は、夜にこの眼鏡をかけると、宇宙マイクロ波背景放射を自分の目で見られる。いまなら、宇宙がチカチカするのを見られる」

「それはいまどこに？」

「天文館です。二十個以上ありますよ」

「午前五時までにそれを手に入れたい」

沙瑞山がどこかに電話をかけた。相手は、しばらくしてからようやく応答したらしい。沙瑞山が必死に口説いた結果、夜中に叩き起こされた相手は、一時間後に天文館で汪淼を待っていてくれることになった。

別れ際に、沙瑞山が言った。「ぼくは行きません。いま見たものでじゅうぶんです。確認するまでもない。でも、そのときが来たら、真実を話してくれることを祈ってますよ。もしこの現象がなんらかの研究成果につながれば、汪先生のことは一生忘れません」

汪淼は車のドアを開けながら、「またたきは午前五時に終わる。この件は深追いしないほうがいい。信じてくれ、なんの成果もありえない」

沙瑞山は汪淼をしばらくじっと見つめ、それからうなずいた。「わかりました。いま、科学者のあいだでは奇妙なことが起こっていますし……」

「そのとおり」汪淼《ワン・ミャオ》はそう言って運転席に滑り込んだ。その話題についてこれ以上話したくなかった。

「ぼくらの番なんですか？」

「少なくとも、わたしの番ではある」汪淼はそう言って車のエンジンをかけた。

一時間後、汪淼は北京市内に戻り、新天文館の前で車を降りた。真夜中の都会の灯りが、巨大なガラス建築の半透明な壁を通して、内部構造をぼんやりと照らし出している。建築家が宇宙感を出したかったのだとしたら、それは成功していると汪淼は思った。なにかが透明であればあるほど、それは謎めく。宇宙自体、透明なものだ。視力さえよければ、好きなだけ遠くを見られる。しかし、遠くを見れば見るほど、宇宙は謎めいてくる。

寝ぼけまなこの天文館スタッフが、すでに入口で汪淼を待ち受けていた。手にしていた小型のスーツケースを汪淼に渡して言った。「この中に、３Ｋ眼鏡が五つ入っています。すべて充電済みです。左側のボタンがスイッチで、右側で光度の調節をします。上にはまだ十個以上あります。好きなだけ見てもらってかまいませんが、わたしは上の部屋で寝てますよ。沙《シャー》博士ってのは、まったくいかれてるな」そう言うと、暗い館内へ入っていった。

汪淼は車の後部座席にスーツケースを置くと、蓋を開けて、３Ｋ眼鏡をひとつとりだした。Vスーツのヘッドマウントディスプレイによく似ている。装着してレンズ越しに都会の夜景を見てみたが、どこも変わったところはなく、ただ暗いだけだった。そのときようやく、スイッチを入れる必要があるんだったと思い出した。

電源をオンにすると、都会はたちまち、ぼんやり輝くいくつもの光輪に変わった。大部分は輝度が固定されているが、ちらついているものや移動しているものもいくつかある。これらはすべて、センチメートル波の放射で、それが3K眼鏡によって可視光へと変換されているのだ。それぞれの光輪の中心が放射源だ。もともとの波長が長すぎるので、そのかたちをはっきり見ることはできない。

顔を上げて、かすかな赤い光で輝く夜空を見た。汪淼はいま、宇宙マイクロ波背景放射を見ている。

この赤い光は、百億年前のビッグバンの名残りだ。まだ余熱が残る、天地創造の燃えさし。星はひとつも見えなかった。本来なら、3K眼鏡によって、可視光線は見えない波長へと圧縮されているため、それぞれの星は黒い点に見えるはずだが、センチメートル波の回折が他のすべてのかたちや細部を呑み込んでいる。

3K眼鏡越しに見る光景に目が慣れてくると、夜空のかすかに赤い背景が、たしかに脈動しているのが見えた。まるでこの宇宙全体が、風に揺れるランプの炎でしかないみたいに。

チカチカ明滅する夜空の半球の下に立ち、汪森《ワン・ミャオ》はふいに、宇宙がしゅるしゅると縮んで、自分ひとりを閉じ込めるくらい小さくなってしまったように感じた。宇宙はぎゅっと収縮した心臓で、すべてを覆う赤い光は循環する半透明の血液。そして自分はその血液の中に浮かんでいる。赤い光のまたたきは不規則だった——不整脈が出ている。汪森は、人間の知性には永遠に理解できない、奇妙でひねくれた、巨大なものの存在を感じとった。

汪森は3K眼鏡を外し、タイヤのそばの地面にへたりこんだ。真夜中の都会の景観は、しだいに可視光線のリアリティをとり戻してゆく。しかし、汪森の視線はなおもさまよい、ほかの光景を見ようとした。向かいの動物園の正門のそばのネオンサインのうち、一本の蛍光灯が切れかけて、不規則にちらついている。その近くでは、夜風に揺れる低木の葉が街灯の光を反射して規則的にちらついている。遠くにある北京展覧館のスターリン様式の尖塔の上にある五角星も、下の道路を走る車のヘッドライトの光を反射して、ランダムにちらついている……。

汪森はそうしたちらつきをモールス符号としてなんとか解読しようとした。かたわらで風に吹かれている旗の波打つひだや、道端の水たまりの表面の波立ちまで、彼にメッセージを送っているような気がした。すべてのメッセージを理解しようと奮闘しているあいだにも、一秒また一秒と、ゴースト・カウントダウンが進んでいくのを感じていた。

いつまでそこにそうしていたのかわからない。とうとう天文館のスタッフが出てきて、汪淼に見終えたかとたずねた。しかし、汪淼の顔を見て、スタッフの眠そうな表情は吹き飛び、恐怖の色が浮かんだ。スタッフは3K眼鏡をスーツケースにしまうと、数秒間、また汪淼を見つめてから、スーツケースを手にして、そそくさと立ち去った。

汪淼は携帯電話をとりだして申玉菲《シェン・ユーフェイ》へ電話をかけた。申玉菲はすぐに電話に出た。もしかしたら、彼女も眠れない夜を過ごしていたのかもしれない。

「カウントダウンが終わったらどうなる？」汪淼は力なくたずねた。

「さあ」このひとことで、電話は切れた。

どんな可能性があるだろう。楊冬《ヤン・ドン》のように、おれ自身が死ぬのか。

ひょっとしたら、数年前に起きたインド洋の大津波みたいな大災害が起こるのかもしれない。だがだれも、それをおれのナノマテリアル研究プロジェクトと関連づけようとは思わないだろう。だとしたら、二度の世界大戦を含め、これまでの大きな災いの数々も、それぞれゴースト・カウントダウンの末にもたらされたものなのだろうか？　それらすべての災厄の背後で、だれも注目しない自分のような人間が最終的な責任を担っているのか？

それとも、全世界の終末を示すシグナルかもしれない。このひねくれた宇宙にとって、それはむしろ解放かもしれない。

ひとつだけ確信できることがある。ゴースト・カウントダウンの終わりになにがもたらされるとしても、残り一〇〇〇時間あまりのあいだ、その最後に対する不安と恐れが残酷な悪魔のように汪淼《ワン・ミャオ》をいたぶりつづけ、ついには心を押しつぶしてしまうだろう。

汪淼は車に乗り込んで、天文館をあとにした。街の中、あてもなく車を走らせる。夜明け前の道路はがらがらだったが、スピードを上げようとは思わなかった。車の速度を上げれば、カウントダウンも速くなるような気がした。

東のほうに朝陽の光が射しはじめると、汪淼は路肩に駐車して車を降り、またあてもなく歩き出した。頭の中はからっぽだった。あの暗く赤い背景放射の上にカウントダウンだけが表示され、数字が減りつづけている。まるで自分が、シンプルなストップウォッチか、だれのために鳴るのかもわからない弔鐘《ちょうしょう》に変身してしまったような気がした。

空が明るくなるころ、汪淼は歩き疲れてベンチに座り込んだ。顔を上げ、無意識にたどりついた場所がどこなのかに気づいて、わけもなく身震いした。

汪淼はいつのまにか、王府井の天主堂前に座っていた。薄く白い夜明けの空のもと、三層のロマネスク建築が擁する三つのドーム屋根は、三本の黒い巨大な指が汪淼のために暗い宇宙のなにかを指し示しているように見えた。

立ち上がって歩き出そうとしたとき、教会の中から賛美歌が流れてきて、思わず足を止めた。きょうは日曜日ではない。たぶん、聖歌隊の練習だろう。曲は、復活祭のミサでよく歌われる『聖霊来たれり』だった。賛美歌の厳粛さが深まるにつれて、宇宙がふたたび小さく縮んでいくように感じた。宇宙はがらんとした教会へと変わり、円天井は背景放射の赤く光るゆらぎに隠されている。汪淼はこの広々とした教会の床を這う一匹の小さなアリにすぎない。震える心臓を姿の見えない巨大な手で撫でられているような気がして、よるべない赤ん坊に戻ってしまう。心の奥深くで汪淼をしっかり支えていたものが、熱い蠟のように柔らかく溶けて崩れていく。汪淼は両手で顔を覆って泣き出した。

「わははは、またひとり脱落者が出たか！」

うしろからとつぜん聞こえてきた笑い声に、汪淼の涙が止まった。

振り向くとそこに、史《シー・チアン》強隊長が、煙草の煙を盛大に吐き出しながら立っていた。

10　史強《シー・チアン》

史強はとなりにどっかと腰を下ろすと、汪淼《ワン・ミャオ》の車のキーをさしだした。「東単（北京市内の繁華街）の交差点に駐めただろ。おれが行くのが一分遅かったら、交通警察にレッカー移動されるところだったぜ」

大史《ダーシー》、きみがずっと尾行していると知っていたら、もっと気が楽だったのに——汪淼は心の中で言ったが、プライドが邪魔をして口には出せなかった。史強から煙草を一本もらって火をつける。もう何年も禁煙していたので、ひさしぶりの喫煙だった。

「で、調子はどうだい、先生？　思ったよりきつかったか？　あんたには無理だって、おれは言っただろ。なのに自分ではタフガイを気どってたじゃないか」

「きみにわかるもんか」汪淼はすぱすぱと勢いよく煙草を吸った。

「あんたの問題は、わかりすぎることだな。……まあいい、飯でも食いにいこうぜ」

「腹は減ってない」

「じゃあ酒だ、おごるぜ！」

汪淼は史強の車に乗った。連れていかれたのは、沙灘近くにある小さなレストランだった。まだ朝も早く、店内にはだれもいない。

「爆肚《バオドゥ》（牛や羊の内臓をゆでた北京料理）を二斤（中国の一斤は約五百グラム）、二鍋頭《アルコード》（北京の白酒。アルコール度数は五十六度）を一本くれ！」史強が顔も上げずに叫ぶ。ずいぶんなじみの店らしい。

二つの大皿に載ったものを見るなり、からっぽだった胃がむかむかして吐きそうになった。だが史強は、さらに汪淼のために豆乳と揚げパンを注文し、無理やり食べさせようとした。

それから汪淼は、史強とともに、一杯また一杯と杯を重ねた。ふわふわした感覚になり、だいぶ生き返ったような心地がしてきた。そして、この三日間にあった出来事を、洗いざらい話した。史強はたぶん、そのすべてを知っていた——それどころか、明らかに汪淼よりも多くを知っていた。

「先生、それじゃ、宇宙があんたに……ウインクしてきたっていうのかい？」史強は麺を食べるかのように爆肚を皿の半分ほども一気にすると、顔を上げてたずねた。

「なかなかうまいたとえだな」

「うるせえ」

「きみの無鉄砲は、無知の裏返しだろう」

「余計なお世話だ。さあ飲め、乾杯だ！」

それを飲み干すと、世界が自分のまわりをぐるぐると不安定に回っている気がしてきた。ただ、目の前で爆肚を食べている史強《シー・チアン》だけがおそろしく安定している。汪淼《ワン・ミャオ》は言った。

「大史《ダーシー》、きみは——究極の哲学的な問題について考えたことはあるか？　うーん、たとえば、人類はどこから来てどこへ行くのかとか、宇宙はどこから生まれてどこへ向かうのかとか」

「ないね」

「一度も？」

「まるっきり」

「星を眺めてみろ。畏敬の念や好奇心が湧かないか？」

「夜空なんか見ねえよ」

「まさか。夜勤はしょっちゅうあるだろうに」

「なあ、先生。張り込みをしてる最中に夜空を見上げたりしたら、その隙に容疑者に逃げられるかもしれないだろ」

「話にならない。飲めよ！」

「正直な話、夜空の星を眺めたところで、あんたの言う哲学的な問題なんか考えないよ。心配ごとが多すぎてな！　家のローンとか、子どもを大学までやる学費の貯えとか、次から次へと果てしなくまわってくる事件とか。……おれは単純な性格で、上司のご機嫌とりだの、人間関係だのの手練手管はさっぱりだ。除隊して警察に入ってから何年も経つが、昇進には縁がない。これで仕事ができなきゃ、とっくに放り出されてる。……心配ごとはこれでじゅうぶんだと思わないか？　星を見上げて哲学にふける余裕があると思うか？」

「たしかにな。さあ飲もう」

「でもな、おれは究極の法則をひとつ発見したぜ」

「なんだい」

「不可思議な出来事にはかならず裏がある」

「なんだって？　そりゃまた、ひどい法則だな」

「つまり、科学で説明がつかないように見える出来事の背後には、かならずだれか黒幕がいるってことだ」

「最低限の科学的知識があれば、今回の出来事を人為的に引き起こすのは不可能だとわかるはずだ。とくに、夜中のあれ。宇宙的なスケールでものごとを操るなんて——現代科学で説明できないのはもちろん、科学を捨ててもどう説明できるのかさっぱりわからん。超常現象を超えている。超ウルトラなんとか現象だ」

「くだらねえ。不思議なことなら山ほど見てきたよ」

「じゃあ、次はどうしたらいいか教えてくれ」

「飲んで飲んで飲み倒して、寝る」

「よし、いいだろう」


どうやって自分の車に戻ったのか、記憶がない。後部座席で夢も見ずに熟睡していた。そう長く寝たつもりはなかったが、目を開けると、太陽がすでに都会の西の空に沈みかけていた。

汪《ワン》・淼《ミャオ》は車の外に出た。朝飲んだ酒は、まだ体に残っているものの、だいぶ気分がいい。車は、紫禁城の角のすぐ前に駐まっていた。歴史ある皇宮を夕陽が照らし、護城河の水面をまばゆい金色に輝かせている。目に映る世界は、ふたたび歴史と安定をとり戻していた。汪淼はひさしぶりの安らぎを味わいながら、そこに佇んでいた。日が暮れたころ、一台の車が大通りを流れる列を抜け出し、こちらに直進してくると、目の前でブレーキをかけて停車した。すっかりおなじみになった、黒のフォルクスワーゲン・サンタナだった。ドアが開き、史《シー》・強《チアン》が降りてきた。

「よく寝られたか？」と低い声でたずねる。

「ああ。次は？」

「だれが？　先生か？　晩飯を食いにいって、またもうちょっと飲んで、それからまたまた寝る」

「そのあとは？」

「そのあと？　あしたは仕事だろ？」

「だが、カウントダウンは……残り一〇九一時間まで進んでる」

「カウントダウンなんざ放っとけ。いまのあんたは、まず二本の足でしっかり立って、倒れないことがだいじだ。他のことはそれからだ」

「大史《ダーシー》、ほんとうはなにが起きているのか教えてくれ。頭を下げてお願いするよ」

史強はしばし汪淼を見つめ、それから空を見上げて笑った。「まったく同じことを、おれも常《チャン》少将に何回か言ったよ。おれたちは同じ船に乗ってる。正直に言う。おれはなんにも知らねえ。階級が低すぎて、なんにも教えてもらえないんだ。ときどき、これは悪夢なんじゃないかと思うくらいだ」

「だが、きっときみは、わたしより多くを知っている」

「いいだろう。じゃあいまから、おれが知ってることをぜんぶ教えてやる」史強が護城河の川べりを指さし、二人は場所を見つけて腰を下ろした。

空はもう真っ暗になり、背後を川のように流れてゆく車のヘッドライトに照らされて、川面に落ちる自分たちの影が長くなったり短くなったりしている。

「おれの仕事では、一見、関係なさそうなたくさんの出来事をひとつにつなぎあわせることが肝心なんだ。ばらばらのピースが正しく合わさったら、真相が見えてくる。その考えかたで言うと、しばらく前から、妙なことが次々に起きている。たとえば、理系の大学関係者や科学研究団体に対する犯罪が過去に例がないほど急増していること。あんたも当然知ってるだろうが、良湘の粒子加速器建設現場で起きた爆発事件や、ノーベル物理学賞を受賞した科学者が殺された事件……どれもこれも、ふつうじゃない。犯人の動機がおかしいんだ。金のためでもない、報復でもない。政治的な背景もない。たんに壊したかった、殺したかった、それだけだ。

犯罪とは関係ない、妙な出来事もある。たとえば〈科学フロンティア〉とか、科学者連中の連続自殺とか。環境保護団体の活動もずいぶん過激になってる。水力発電ダムや原子力発電所の建設を阻止するための現地抗議集会とか、自然に回帰する実験社会とか……。ほかにも、一見、たいしたことには思えないが……あんた、映画は見るほうか？」

「いや、あんまり」

「最近の大作映画は、どれもこれも田舎をテーマにしている。いつの時代か知らないが、緑豊かな山のふもとの、水がきれいな場所で、美男美女が自然と調和したしあわせな生活を送ってるんだ。男は畑を耕し、女は機織り。監督の話だと、科学技術に毒される以前の理想の生活を表現してるらしいけどな。たとえば『桃花園』なんて、だれも見たがらないような退屈な映画なのに、だれかが数億元も出して製作したらしい。それから、SF小説の公募新人賞は、大賞賞金が五百万元。いちばんぞっとする未来を描いたやつが賞金を獲得するらしい。しかも、受賞作は何億元もかけて映画化されるんだとさ……。それと、妙ちきりんなカルトがあっちこっちで信者を集めてる。教祖はみんな、たんまり金を持ってるらしい……」

「いまの話は、その前に言ってたほかの事件とどんな関係があるんだ？」

「ひとつひとつの点を、線でつないでみなきゃいけない。もちろん、昔のおれなら、いちいちこんなことを気にかけているヒマなんかなかったが、特捜班から対テロ作戦司令センターに異動したあとは、まさにこれがおれの領分になった。点と点をつなぐ才能に関しちゃ、常　偉《チャン・ウェイスー》思少将さえ感心してるくらいだからな」

「で、きみの結論は？」

「いま起きているこういうことすべてには、陰で糸を引いている黒幕がいる。目的はひとつ。科学研究を壊滅させることだ」

「その黒幕はだれなんだ？」

「さっぱりわからん。しかし、おそろしく広範囲にわたる、綿密な計画の存在を感じる。科学研究施設に損害を与える、科学者を殺害する、もしくは精神的に追いつめて自殺させる——だが、いちばんの目的は、あんたたち科学者の思考をミスリードして、門外漢の素人よりもっと莫迦な人間に変えてしまうことだな」

「最後のひとことはじつに鋭いね」

「それと同時に、科学の評判を地に落としたいらしい。もちろん、反科学のキャンペーンを張る人間は昔からいたが、いまはそれが組織的に実行されている」

「信じるよ」

「やっと信じてくれるってわけか。あんたたちエリート科学者が総出でかかってもたどりつかなかった答えに、職業訓練校しか出てないおれがひとりでたどりついたんだぜ。はっ！　この仮説を話したら、学者やうちのボスには莫迦にされたけどな」

「あの会議のときにその仮説を聞いていたら、わたしはきっと笑わなかったよ。ニセ科学を実践している詐欺師たちのことを考えてみればいい——連中がいちばん恐れる相手はだれだと思う？」

「科学者だろ、もちろん」

「いや、違う。ニセ科学に騙されて、しまいにはちょうちん持ちまでやる一流科学者は大勢いる。ニセ科学がいちばん恐れるのは、騙すのがものすごくむずかしいタイプの人間――マジシャンだよ。実際、ニセ科学のインチキの多くが、マジシャンにトリックを暴かれてきた。頭でっかちの科学者より、きみの長年にわたる警察官としての経験のほうが、こういう大規模な陰謀に感づく可能性ははるかに高い」

「まあ、おれより利口な人間はたくさんいるよ。権力を握っている上のほうの人間は、この陰謀にとっくに気づいている。最初、莫迦にされたのは、おれが仮説を説明する相手をまちがえていたからだ。あとになって、軍隊時代の元中隊長が――常偉思《チャン・ウェイスー》少将が――おれを作戦司令センターにひっぱった。しかし、いまはまだ、使い走りしかやってない。以上。知っていることはこれでぜんぶだ」

「もうひとつ質問がある。この件は軍とどんな関係がある？」

「おれも面食らったよ。訊いてみたが、戦争なんだから軍が関与するのは当然だと言うだけだ。あんたと同じように、おれもはじめはやつらの話がナンセンスだと思ってた。だが、違う。やつらは本気だ。軍はいま、厳戒態勢にある。おれが所属しているような作戦司令センターは、世界中に二十数カ所ある。その上にもうひとつべつの組織があるらしいが、くわしいことはだれも知らない」

「どこが敵なんだ？」

「さあな。NATO軍の将校はいま、中国人民解放軍総参謀部の作戦室に駐在している。ペンタゴンに拠点を置く解放軍将校の一団もいる。だれと戦ってるかなんてわかるもんか」

「妙な話だな。ほんとうなのか？」

「解放軍時代の仲間に軍で偉くなってるやつが何人もいるから、多少は耳に入ってくるんだよ」

「メディアはこの件をなにひとつ嗅ぎつけてないのか？」

「それも納得がいかない話のひとつだ。関係各国すべてがこの件については厳重に秘密を守ってて、いままでのところ外に洩れていない。これだけは保証するが、問題の敵は、信じられないほど強いらしい。上の連中が怯えてるんだからな！　常偉思《チャン・ウェイスー》少将のことはよく知ってるが、恐れを知らない人間だ。空が落ちてこようが動じない。その少将が、いまはもっと悪いことを心配しているのはまちがいない。みんな死ぬほど怖がってて、こっちが勝てるとは思ってない」

「それがほんとうなら、みんな怖がるべきだな」

「だが、だれにだって怖いものはある。問題の敵だってそうだ。強ければ強いほど、恐怖に負けて失うものが大きくなる」

「敵はなにを恐れているんだと思う？」

「あんたたちだよ！　科学者だ！　しかも、おかしなことに、研究が実用性から遠のけば遠のくほど恐れられているみたいだ。楊冬《ヤン・ドン》が研究していたような抽象理論とか。敵は、あんたが宇宙のウインクを怖がる以上に、そういう研究を怖がってる。だからこんなに容赦ないやりかたをしてるんだ。あんたらを殺すことが問題の解決になるなら、全員とっくに殺されてる。しかし、いちばん有効な方法は、思想をくじくことなんだ。ひとりの科学者が死んでも、べつの科学者が研究を引き継ぐ。しかし、考えをめちゃくちゃにされたら、科学はおしまいだ」

「つまり、敵が恐れてるのは基礎科学だと？」

「ああ、基礎科学だ」

「わたしの研究は、楊冬のとはまるで性質が違う。ナノマテリアルは基礎科学じゃない、たんなる高強度材料の一種だ。敵にとってどうして脅威になる？」

「あんたは特例だ。敵はふつう、応用研究をやってる人間には手を出さない。ひょっとすると、あんたが開発している素材が向こうにとって脅威なのかもしれない」

「じゃあ、どうしたらいい？」

「仕事に行け。研究をつづけろ。それがいちばんの反撃方法だ。ろくでもないカウントダウンなんか気にするな。仕事のあとちょっとリラックスしたけりゃ、あのゲームでまた遊べばいい。クリアできれば、役に立つかもしれん」

「あのゲーム？　『三体』のことか？　なにか関係があるのか？」

「あるとも。作戦司令センターの専門家も何人かプレイしている。あれはふつうのゲームじゃない。おれみたいに無知で無鉄砲なやつは遊べない。あんたみたいに知識のある人間でないと無理だ」

「そうか――ほかにはないのか？」

「ないね。ときどきあんたを呼び出すから、携帯の電源は切るなよ、相棒。理性を失うな。怖くなったら、おれの究極の法則を思い出せ」

汪淼《ワン・ミャオ》が礼を言う間もなく、史強《シー・チアン》は車で走り去った。

11　三体　墨子《ぼくし》、烈火

汪淼は帰途についた。途中、忘れずに電気街に立ち寄って、Ｖスーツを購入した。帰るなり、「職場の人が一日じゅうあなたを探していたわよ」と妻に言われて、ずっと電源を切っていた携帯電話をとりだし、起動しメールとメッセージを確認したあと、ナノテク研究センターにおりかえし連絡を入れ、あしたは出勤すると約束した。

史強のアドバイスどおり、夕食のあと、少なくない量の酒を飲んだものの、ちっとも眠気が起きなかった。妻が寝ついてから、買ったばかりのＶスーツを装着してＰＣの前に立ち、ふたたび『三体』にログインした。

夜明けの荒野。

汪淼は紂王《ちゅうおう》のピラミッドの前に立っている。表面を覆っていた雪はとっくに消え失せ、ピラミッドをかたちづくる大きな石材は風雨にさらされてあちこちにあばたができている。

大地は色が変わり、遠くには何棟か、巨大な建築物が建ち並ぶ。きっと乾燥倉庫だろうと思ったが、前に見たものとはまったく形状が違う。

まわりのものすべてが、あれから果てしなく長い歳月が経過したことを告げていた。

地平線にあるかすかな夜明けの光を借りて、汪《ワン・》淼《ミャオ》はピラミッドの入口を探したが、入口だった場所はすでに石で封鎖されているようだ。そのそばに、新しい長い石階段があるのが見えた。その階段は、ピラミッドのてっぺんへと直接つづいている。見上げると、まっすぐ天を指すようだった頂上は切削されて平坦な台になっている。ピラミッドはエジプト式からアステカ式へと様変わりしていた。

石の階段づたいにピラミッドのてっぺんに昇ると、そこは、古代の天体観測所のようになっていた。平坦な台の一画に全長数メートルに及ぶ天体望遠鏡があり、そのそばにはさらにいくつか小型の天体望遠鏡が置かれている。べつの一画には、古代中国の天球儀のような、変わったかたちの機器が数台。いちばん目を惹くのは、台の中央にある大きな銅製の球で、直径は二メートルほどある。入り組んだ機械の上に置かれたその球は、さまざまな大きさの多数の歯車で支えられ、ゆっくりと回転していた。汪淼は、その回転方向と速度がたえまなく変化していることに気づいた。機械の下側には四角い穴があり、たいまつの光にぼんやり照らされて、奴隷のような数名の人影が、スポークのついた大きな水平ホイールを押して回しているのが見える。屋上の機器を人力で動かしているのだろう。

だれかが汪淼のほうにやってきた。前回、はじめて周の文王に遭遇したときと同じだ。今度の人物は、地平線の太陽の光を背に受け、ひょろりと痩せた黒いシルエットの中で、爛々《らんらん》と光る目だけが見えた。風にたなびく黒のローブをまとい、頭の上で無造作に結んだ髪の先を風になびかせている。

「やあ。墨子《ぼくし》だ」男が名乗った。

「こんにちは。海人《ハイレン》です」

「うん、きみのことは知ってるよ！」墨子は興奮した表情で汪淼を指さし、「文明#137で、周の文王の従者だったよね」

「たしかに彼に同行してここに来ましたが、従者ではありませんし、彼の仮説は最初から信じていませんでした」

「きみが正しい」墨子は汪淼に丁重にうなずき、こちらに近寄ると、「きみたちが離れていた三十六万二千年のあいだに、文明はまた四度も再起動した。それらの文明は、乱紀と恒紀がなんの法則性もなく交替する中で、苦しみながら発展してきたんだ。もっとも短かった一回は石器時代の半ばまで進んだだけだったけど、文明#139は新記録を打ち立てた。蒸気時代までたどりついたんだよ！」

「ということは、その文明は、太陽運行の法則を発見したと?」

墨子は声をあげて笑い、首を振った。「いやいや、たまたま運がよかっただけさ」

「それでも、法則を発見しようとする努力はけっしてやめなかった?」

「もちろんだ。さあ、きみに前回の文明の努力の跡を見せてあげよう」墨子は汪淼《ワン・ミャオ》を連れて観測台の片隅に向かった。眼下に、古びた革のような大地が広がっている。墨子は小型の望遠鏡のひとつを覗き、下方の大地の目標物に向けると、それに焦点を合わせてから汪淼を手招きした。汪淼が接眼レンズに目をあてると、不思議なものが見えた。骸骨。夜明けの光を浴びて雪のように白く輝き、美しく手入れされているように見えた。

驚いたことに、その骸骨は二本の足で立っていた。手をあごにあてた優雅な姿勢で、とっくに存在しなくなっている髭《ひげ》を撫でながら、わずかに上を向いて、天地に向かって問いを発しているかのように見える。

「あれは孔子だよ」墨子がそちらを指して言う。「彼は、すべてに礼が必要だと考えていた。森羅万象、なにひとつその例外ではない。彼は、礼のシステムを創造し、それによって太陽の運行を予測しようとした」

「結果は想像がつきます」

「うん、そのとおり。彼は太陽がどのように礼にしたがうかを計算し、五年つづく恒紀を予測したんだ。で、どうなったと思う？　たしかに恒紀が訪れて――一カ月つづいた」

「そしてある日、太陽が昇らなくなった？」

「いや、その日、太陽は出た。中天まで昇り、それから消えた」

「えっ？　消えた？」

「うん。はじめはゆっくりと暗く小さくなっていき、それからとつぜん、ぱっと消えた！　そして、夜が訪れた。その寒さといったら。孔子はああやって立ったまま凍りついて、氷の柱になり、いまも立ちつづけている」

「太陽が消えたあと、空にはなにも残っていなかったんですか？」

「太陽があった場所に、飛星がひとつ現れた。まるで、太陽が死んだあとの霊魂のようにね」

「まちがいなく、太陽がとつぜん消え失せて、飛星がとつぜん現れたと？」

「そう。まちがいない。ログのデータベースをチェックしてみるといい。はっきり記録されているから」

「ふむ……」汪淼はけんめいに考えをめぐらした。そもそも、三体の世界の成り立ちについて、汪淼の胸の内ではすでにひとつのぼんやりとした仮説が浮かんでいたが、墨子が言ったことは、それを根底からくつがえすものだった。「どうしてそんなことがありうるんでしょう……とつぜん？」汪淼《ワン・ミャオ》は悩ましげにつぶやいた。

「いまは漢代だ。だけど、前漢か後漢かは、ぼくにもよくわからない」

「いままでずっと、脱水せずに生きてこられたのですか？」

「太陽の運行を正確に観測する使命があるからね。前にいたシャーマンや神秘家や道家は、みんな使いものにならない。彼らはひたいに汗して働くことを知らない頭でっかちで、実際的なことはなにひとつ知らない。ただ自分たちの幻想の中に浸っているだけだ。でも、ぼくは違う。実際に役立つものをつくれるからね！」墨子《ぼくし》は平坦な台の上にあるいくつもの計器を片手で示した。

「これらを頼りに、目標を果たせるものでしょうか？」汪淼は計器を――とりわけ、謎めいた銅製の大きな球を指さしてたずねた。

「ぼくにも仮説がある。でもそれは、オカルトじゃなくて、膨大な観測から導き出したものだ。まず、宇宙とはなにか、きみはわかっている？　宇宙は、ひとつの機械なんだ」

「それはあまり洞察力にすぐれた指摘とは言えませんね」

「もっと具体的に言おう。宇宙は火の海に浮かぶ、中身が空洞の大きな球だ。球には無数の小さな穴と、ひとつの大きな穴がある。火の海の光はそれらの穴から内側に入ってくる。小さな穴は星で、大きな穴は太陽だ」

「なかなか面白いモデルですね」汪淼は銅製の大きな球を見ながら言った。いまの汪淼には、それがなんなのか、あらかた予想がついていた。「ですが、その仮説には、大きな欠陥がひとつあります。太陽が昇るときや沈むときには、動かない星々を背景に、太陽が移動していくのが見えます。しかし、あなたの中空の球体モデルの場合、すべての穴は、たがいの位置関係が固定されているはずです」

「そのとおり！　だから、モデルを修正した。すなわち、宇宙球は、内殻と外殻、二層の球殻で構成されている。球の中にもうひとつ球があるわけだ。ぼくらが見ている空は内層にあたる殻で、小さな穴が無数に空いている。その外側にある外殻には、大きな穴がひとつだけ。外殻のこの大きな穴から入ってきた光は、二つの球殻のあいだで反射と散乱をくりかえし、そこに明るい光を蓄積する。この明るい光が、内殻の小さな穴から洩れてくる。それがつまり、ぼくらが見ている星々だ」

「ならば、太陽は？」

「太陽は外殻の大きな穴から内殻に投射された光だ。その光があまりに強いため、卵の殻を光が透過するようにして内殻を貫き通し、その結果、ぼくらは太陽を見ることになる。投射された光斑《こうはん》のまわりでは、散乱する光がやはりものすごく強いので、内殻を透過する。だから、日中は晴れた空が見える」

「二層の球殻を不規則に回転させている力はなんですか？」

「宇宙球の外にある火の海の力だ」

「しかし、太陽の明るさや大きさは変化しますよね。あなたの二層殻モデルでは、太陽の明るさと大きさは固定されるはずです。たとえ火の海の明るさが一定ではなかったとしても、穴の大きさは変わらないのでは」

「このモデルに対するきみの理解は単純すぎるよ。火の海の状態が変化するのにつれて、二層の球殻も膨張したり収縮したりするんだ。その結果、太陽の大きさや明るさに変化が生じる」

「飛星はどうなんです？」

「飛星？　どうして飛星なんか気にする？　あんなの、とるにたりないよ。たぶん、宇宙球の内側でランダムに飛びまわる塵だろう」

「いいえ、飛星はきわめて重要だとわたしは思います。そうでなければ、あなたのモデルは、孔子の時代に太陽がとつぜん消滅したことをどう説明するのですか？」

「めったにない、例外的な現象だよ。たぶん、火の海の黒点もしくは黒雲が、外層殻の大きな穴の上をたまたま通過したんだろう」

汪《ワン・》淼《ミャオ》は大きな銅製の球を指して、「これがあなたの宇宙モデルですね？」

「そのとおり。宇宙を複製するためにぼくがつくった機械だ。球を回転させている複雑な歯車の組み合わせは、火の海が球体に及ぼす力をシミュレートしている。この動きを支配している法則は、火の海の炎とその中の流れの分布に基づいている。数百年にわたる観測の結果、たどりついた推論だ」

「この球は、膨張や収縮が可能なんですか？」

「もちろん。いまはゆっくり収縮しているところだよ」

汪淼は観測台のへりにある手すりを目視基準にしてしばらく観察したが、墨子《ぼくし》の言うとおり、球は収縮していた。「この球には内殻があるんですか？」

「もちろんある。内殻は外殻の内側で、またべつの複雑なメカニズムによって動いている」

「まったくよくできた装置ですね！」汪淼は心から称賛した。「しかし、この外殻には、内殻に太陽の光を投射する大きな穴がありませんね」

「穴はない。大きな穴をシミュレートするために、外殻の内壁に光源をとりつけてある。光源は、数十万匹のホタルから集めた蛍光物質だ。発熱しない冷光を使っているのは、内殻が熱の溜まりやすい半透明の石膏でできているからだよ。ふつうの光源を使うと、球の内部が熱くなりすぎるからね。こうすることで、記録係が中に長く滞在できる」

「その球の中に人がいるんですか?」

「うん。記録係は、つねに球体の中心に位置するような、車輪つきの台に乗っている。このモデル宇宙を現実の宇宙の状態に合うようにセットすれば、それ以降、球体内部の動きは、未来の宇宙の状態を正確にシミュレートする。当然、太陽の運行もシミュレートできる。記録係がそれを記録すれば、正確な万年暦が完成する。過去、百にものぼる文明が夢見て、追い求めてきたものだ。

きみはちょうどいいときに来たよ。モデル宇宙によれば、四年にもわたる恒紀がまもなくはじまる。漢の武帝はぼくの予測をもとに、再水化の詔書を発布した。日の出を待とうじゃないか!」

墨子《ぼくし》はゲームのコントロールパネルを呼び出し、時間経過を少し速めた。赤く輝く太陽が地平線に昇り、平原のあちこちに点在する湖や池の氷が溶けはじめた。これらの湖沼は、水面に張った氷の上に土埃が積もって地面と見分けがつかなくなっていたが、氷が溶けたことで土が水中に沈み、鏡のように輝く湖面をとり戻した。そのようすは、まるで大地が無数の目を見開いたかのようだった。

この高所からでは、個々の再水化のようすまではよくわからないが、春に巣穴からぞろぞろ出てくるアリの群れさながら、湖の岸辺にますます多くの人々が集まってくるのは見えた。世界はまた、命をとり戻したのだ。

「このすばらしい生に身をゆだねたくないかい？　復活したばかりの女性は、いちばん愛に飢えているものだよ」墨子はふたたび甦った眼下の大地を指して汪淼《ワン・ミャオ》に言った。「きみがここにいる理由はない。ゲームは終わった。ぼくが勝者だ」

「あなたの機械、あなたのモデル宇宙は、たしかに並はずれたものです。しかし、予測が正しいかどうかとなると……ちょっと望遠鏡をお借りしても？」

「もちろん。さあどうぞ」墨子は大きな天体望遠鏡のほうを示した。

汪淼は望遠鏡の前へ向かい、すぐ問題に気づいた。「太陽を観測するには、どうしたらよいでしょうか？」

墨子は木箱の中から黒く丸い薄片をとりだし、「スモーク加工されたこのフィルターをつけるといい」と言って、それを望遠鏡の接眼レンズに装着した。

汪淼は、空の半分あたりまで昇った太陽に望遠鏡の焦点を合わせ、墨子の想像力に感心した。たしかに太陽は、果てしない火の海を覗く穴のようだ。その穴を通じて、はるかに大きな全体のごく一部が見えている。

しかし、望遠鏡が映し出す像をさらにつぶさに見てみると、汪淼は、この太陽が自分の知る現実世界の太陽とすこし違うことに気づいた。この世界の太陽には小さな核がある。

太陽を目とするなら、その核は瞳孔に相当する。核は小さいが、明るく、濃い。対照的に、まわりの層はかすみのようにすかすかで、ガス状に見える。そもそも、それらの外層を通して核が見えること自体、外層が透明または半透明だという証拠だ。外層が発する光は、核からの散乱光である可能性が高い。

望遠鏡を通して見た太陽の像のディテールに汪淼《ワン・ミャオ》はショックを受け、あらためて思った。このゲームのデザイナーは、表面上シンプルな映像の奥に膨大な量のデータを隠し、プレイヤーがそれを発見するのを待っている。

望遠鏡から目を離して、この太陽の構造に隠された意味についてじっくり考えるうち、汪淼は興奮してきた。ゲーム時間の加速によって、太陽はすでに西の空に移動している。汪淼はふたたび望遠鏡を覗いて太陽に焦点を合わせ、地平線の下に沈むまで追いつづけた。

夜のとばりが降り、満天の星の光を反射して平原が輝いている。汪淼は望遠鏡の黒いフィルターをはずし、星空を観測しつづけた。いちばん気になるのは飛星だった。まもなく二つの飛星を見つけ出した。しかし、その片方をわずかのあいだ観測しただけで、また夜が明けた。そこでまたフィルターを装着し、太陽の観測をはじめた……。

こうして汪淼は十数日にわたって天文観測を行い、発見の楽しみを味わった。実際、天体の動きがわかりやすくなるため、ゲーム内時間の加速は観測に好都合だった。

恒紀がはじまって十七日め、日の出の予想時刻から五時間が過ぎたが、大地はなおも夜の闇に包まれていた。ピラミッドのふもとには大勢が列をなし、彼らが持つ無数のたいまつの火が寒風に揺れている。

「太陽はもう昇ってこないでしょう。文明#137の終わりと同じです」汪淼は墨子《ぼくし》に向かって言った。

墨子は髭《ひげ》を撫でながら、自信たっぷりの笑みを汪淼に向けた。「焦ることはない。太陽はもうすぐ昇り、そして恒紀はつづく。ぼくはもう、宇宙という機械がどんなふうに動くか、その秘密を学んだ。予測に誤りはありえない」

墨子の言葉を証明するように、地平線近くの空が夜明けの最初の光で明るくなり、ピラミッドの周囲の人々から歓喜の声があがった。

銀白色の光は、遅れをとり戻そうとするかのごとく、ふだんよりはるかに速いスピードで強くなり、太陽がまだ地平線の下にあるうちから、空の半分が光に埋まった。すでに白昼のような明るさだった。

地平線に目を向けると、目が眩むほど強い光が輝いていた。光る地平線は空に向かってふくらんで大きなアーチを描き、視界の端から端まで広がる曲線になった。ほどなく汪淼は、それが地平線ではなく太陽のへりだと気がついた。とてつもなく大きな太陽が昇ってくる。

その強い光に目が慣れると、地平線はもとどおりの位置にあることがわかった。はるか遠くでいくつも黒い煙が立ち昇っているのが、まばゆい太陽の円を背景にはっきり見える。一頭の馬が、太陽の昇ってくる方角から、蹄《ひづめ》で土埃を蹴立てて平原にまっすぐな線を描きつつ、こちらに向かって猛スピードで駆けてくる。駿馬《しゅんめ》の行く手で群衆が二つに分かれ、騎手が声をかぎりに叫ぶのが聞こえた。「脱水！脱水しろ！」

その馬につづいて走ってきたのは、牛や馬など、動物たちの大群だった。彼らの体は炎に包まれ、燃える絨毯のように大地を移動してくる。

巨大な太陽の半分が地平線から姿を現し、空の半分を覆った。輝く壁に押されて、地面がゆっくり沈んでいくように見える。太陽表面の細部がはっきりと見分けられた。炎の海を満たす逆巻く渦や波、亡霊のようにランダムな軌跡を描いて漂う黒点、長い金色の袖を物憂げに伸ばすコロナ。

地上では、すでに脱水した者もそうでない者も、かまどに投げ込まれた無数の薪のように、ひとしく燃えていた。彼らを包む炎は、かまどの中の炭よりもまばゆく輝き、やがて急速に消えた。

巨大な太陽はなおも昇りつづけ、たちまち空の大部分を占めた。空に目を向けた汪淼《ワン・ミャオ》は、視点の混乱に見舞われた。さっきまでは見上げていたはずなのに、いまは見下ろしている。巨大な太陽の表面が燃えさかる大地となり、このまばゆい地獄へと自分がまっさかさまに落ちていくような気がした。

地上の湖や池の水が蒸発して、白い湯気がきのこ雲のようにもうもうと立ち昇り、あたりに広がって、死者たちの骨灰を覆い隠す。

「恒紀はつづく。宇宙はひとつの機械だ。ぼくはその機械をつくった。恒紀はつづく。宇宙は……」

汪淼がふりかえると、その声を発した墨子《ぼくし》は、すでに燃えはじめていた。ウコン色の高い火柱に包まれ、皮膚がみるみる縮れて炭化していく。しかしその両目は、全身を呑み込む炎の中でもはっきりとわかる輝きを放っている。燃える炭となった両手は、いまもまだ、万年暦の第一巻だったものを捧げ持っている。

汪淼自身も燃えていた。両手を上げてみると、それは二本のたいまつだった。

巨大な太陽はなおも猛スピードで西へと移動し、背後の青空に場所を譲って、まもなく地平線の下に沈んでいった。まばゆい日没はすみやかに夜に変わる。まるで、灰燼《かいじん》に帰した世界に巨人の両手が幕を引いたかのようだった。

焼きつくされた大地は、夜になっても、かまどからとりだされたばかりの熱い炭の塊のように、暗く赤い輝きを放っていた。一瞬だけ、空に星が見えたが、まもなく蒸気と煙が空を隠し、赤く輝く大地のすべてを覆いつくした。世界が暗黒の混沌に沈む。そこに、数行の巨大な赤い文字のテキストが現れた。

文明#141は炎に包まれて滅びました。この文明は、後漢レベルまで到達していました。

文明の種子はまだ残っています。それはいつかふたたび発芽し、『三体』の予測不能の世界で育ちはじめるでしょう。またのログインをお待ちしています。

汪淼《ワン・ミャオ》はVスーツを脱いだ。心の動揺がすこしおさまると、またあの感覚に襲われた。『三体』は、たんなるファンタジー空間を意図的に装っているが、その背後にもっと奥深い現実を隠している。一方、目の前にある現実世界は、表面的には複雑に見えても、実際はむしろシンプルな、「清明上河図」ではないかという気がしてきた。

翌日、汪淼はナノテクノロジー研究センターに出勤した。汪淼がきのう無断で休んだために起きた小さな混乱以外は、すべていつもどおりだった。仕事というのは効果的な麻酔薬だと、汪淼は思った。その中に身を浸してさえいれば、悪夢のような混乱からすこしのあいだでも逃れられるからだ。一日じゅう、汪淼はなるべく忙しく過ごし、外が暗くなってからようやくラボをあとにした。

ナノテクノロジー研究センターのビルを出ると、汪淼は、またあの悪夢のような感覚に襲われた。満天の星空は、すべてを覆いつくすルーペのようだ。自分はレンズの下にいる小さな裸の虫にすぎず、どこにも隠れ場所がない。なにかしていないと耐えられなかった。もう一度、楊冬《ヤン・ドン》の母親に会いにいこう。そう思って、車を走らせ、葉文潔《イエ・ウェンジエ》の家へ向かった。

文潔はひとりでアパートメントにいた。汪淼が中に入ると、ソファに座って本を読んでいるところだった。本を読むときと遠くを見るときとで眼鏡をとり替えているから、きっと老眼と近眼の両方だろう。文潔は汪淼の顔を見るとずいぶん喜んでくれて、前よりもいくらか顔色がよくなったと言った。

「葉さんからいただいた高麗人参のおかげです」と汪淼が笑って応じると、文潔はかぶりを振った。

「あれは顔色をよくするには効かないのよ。むかし、基地のまわりでは、野生の高麗人参がよく採れてね。こんなに長いのが採れたこともあるのよ」と大きく手を広げた。「いま、あそこがどうなっているか知らないけど。もう、だれもいないとか。ああ、年をとったもんね。最近はいつも、昔のことばかり思い出しちゃって」

「文革のあいだ、相当なご苦労があったと伺いましたが」

「沙《シャー》くんが言ったのね」文潔《ウェンジエ》は目の前の蜘蛛の巣を払うように、さっと手を振った。「過ぎたことよ。ぜんぶ……きのう、沙くんから電話をもらったけど、かなりあわてていた。なんのことを言ってるのかよくわからなかったけど、どうやら、あなたの身になにかが起こっているような口ぶりだった。汪《ワン》さん、わたしの年になればきっとわかると思うけど、天地がひっくり返るほどの大事件だと思ってたのに、あとになってみればたいしたことではなかった、ということはよくあるのよ」

「ありがとうございます」汪淼《ワン・ミャオ》は、またあの、なんとも言えないぬくもりを感じた。いまや、幾多の荒波を経て水のように融通無碍《むげ》になったこの老婦人と、無知で怖いもの知らずの史強《シー・チアン》が、いまにも崩壊しそうな汪淼の精神世界を支える二本の柱だった。

「文革と言えば、わたしはまだ恵まれているほうだったわね」と文潔がつづけた。「もうどこにも行き場がないと思ったときに、生き延びられる場所が見つかったんだから」

「それは、紅岸基地のことでしょうか？」

文潔がうなずく。

「あれはほんとうに信じられないプロジェクトでしたね。以前はわたしも、でっちあげられた伝説だと思っていました」

「伝説なんかじゃないわよ。知りたければ、わたしが経験したことをいくつか話してあげる」

それを聞いて、汪淼はちょっと不安になった。「葉《イエ》先生、わたしは個人的に興味があるだけなんです。都合が悪いようでしたら、おかまいなく」

「たいしたことじゃないのよ。話を聞いてくれる相手を探していたと思ってちょうだい」

「たまには近くのシニア・センターにでも遊びにいらっしゃったらいかがですか。さびしさがまぎれますよ」

「まわりの定年退職組には、大学に勤めていたころの元同僚が大勢いるのよ。でも、なぜか気が合わなくてね。みんな昔話をしたがるけど、他人の話はだれも聞きたがらない。だれかが思い出話をはじめると、不機嫌になるの。紅岸基地の話に興味を持ってくれるのはあなただけ」

「でも、紅岸基地のことを他人に話すのは……禁じられているのでは？」

「それはそう——まだ機密扱いだから。でも、あの本が出版されてから、当時、あそこにいた人が次々に体験を語りはじめて、いまでは公然の秘密になってしまった。あの本を書いた人は、かなり無責任よね。目的はさておき、書かれている内容が事実とはずいぶんかけ離れているもの。すくなくとも、まちがいは訂正しなきゃ」

こうして葉文潔《イエ・ウェンジエ》は、汪淼《ワン・ミャオ》に向かって、紅岸基地時代の思い出話を語りはじめた。

12　紅岸（二）

紅岸基地に入ったばかりの頃、葉文潔にはこれといった仕事が与えられていなかった。許可されていたのは、保安要員ひとりにつきっきりで監視されながら、技術的な雑用をちょこちょこなす程度のことだけだった。

大学二年生のとき、文潔はのちに大学院で指導教官となる教員と親しくなり、その教員から、天体物理学研究の心得を教わった。すなわち、実験のメソッドを知らず、観測の技術もない人間は、たとえ理論に秀でていても——少なくとも中国国内では——使いものにならない。この心得は父親の考えとは大きくかけ離れていたが、父親は理論的すぎると前から思っていたので、教員の話にはすんなり納得できた。

この指導教官は、中国における電波天文学のパイオニアのひとりだった。彼の影響を受け、文潔も電波天文学について多大な興味を持つようになり、電子工学とコンピュータを独学で学んだが（当時はほとんどの大学で、この二つの専攻はひとつになっていた）、彼女にとってそれは、天体物理学における実験と観測の技術的な基盤になった。大学院に在学していた二年間で、文潔《ウェンジエ》は指導教官と一緒に国内初の小型電波望遠鏡の試験運用を任され、この分野の経験の蓄積がさらに増えた。

彼女のこの知識が、はからずも紅岸基地で役立つこととなった。

文潔ははじめ、送信部で設備のメンテナンスと検査、修理を担当していたが、すぐに送信部にはなくてはならない、技術畑の中核的な存在となったのである。

最初のうちは、多少のとまどいがあった。というのも、文潔は基地でただひとり、軍服を着ていない人間であり、政治的な立場のおかげで、すべての人間から距離を置かれていた。だからこそ、そのさびしさをまぎらわすために仕事に全精力を傾けたわけだが、とはいえそれも、彼女が抱く疑問の答えにはならなかった。国防重点プロジェクトだというのに、ここの技術スタッフはなぜこんなにも仕事ができないのか？　工学部の出身ではなく、業務経験もない自分のような人間が、どうしてこうもやすやすと彼らの仕事を引き継げたのか？

文潔はほどなく、その原因を見つけた。基地に配属されていたのは、表面的な凡庸さに反して、戦略ミサイル部隊のもっとも優秀な技術士官たちだった。文潔が一生かけて勉強しても追いつけないレベルにある、卓越したコンピュータ・エンジニアだ。しかし、紅岸基地は辺鄙な場所にあり、勤務条件がかなり悪い。また、兵器システムの主要な研究開発業務はすでに完了しており、残っている仕事は運用とメンテナンスだけで、技術的な成果をあげる機会はほとんどない。そのため、ほとんどのスタッフは、基地にとって欠かすことのできない人材になることを望まなかった。こういう最高機密レベルのプロジェクトでは、技術的に中核となるポジションについてしまうと、よそに異動することがおそろしく困難になる。

とはいえ、まったくやる気がないと見なされるのも都合が悪い。そこで彼らは、リーダーにこれをやれと指示されたら、けんめいにそれと反対のことをやるという道化を演じ、「たしかにこいつはがんばっているが、能力が低すぎて使いものにならない。ここに置いておいても足手まといになるだけだ」と思わせるように仕向けた。実際そうやって多くのスタッフがまんまと紅岸基地を離れていった。

そんな状況のもと、文潔は知らぬ間に、基地の技術的な中核を担う立場になってしまった。しかし、彼女がその地位まで昇りつめることができたもうひとつの理由については、いくら考えても説明がつかなかった。紅岸基地の兵器システムは、少なくとも文潔が接している部分に関するかぎり、ほんとうの意味での先進技術がなにもなかったのである。

基地に入ってから、文潔は主に送信部で仕事をしていた。時間が経つにつれ制限はだんだんゆるくなり、つねに同行していた監視スタッフもいなくなった。紅岸の兵器システムの大半に携わり、それに関する技術資料の閲覧も許された。もちろん、まだ禁止されていることはあった。たとえば、コンピュータ制御システムへの接近は認められていなかった。しかし、文潔《ウェンジエ》がのちに発見したところによれば、紅岸基地におけるコンピュータ制御システムの重要性は、当初思っていたよりはるかに低かった。たとえば、送信部のコンピュータ・システムは、ＤＪＳ１３０（米Data General社が一九六九年に発売した草創期の16ｂｉｔミニコンＮＯＶＡをもとにした中国製マシン）と比べてもさらに原始的な三台のマシンで構成されていた。やたら扱いにくい磁気コアメモリや紙テープを使っていたが、連続稼働時間は最長でも十五時間に満たなかった。照準システムの精度もたいへん低く、おそらく火砲にさえ太刀打ちできないレベルだった。

ある日、雷《レイ》政治委員がまた文潔と話をしにきた。いまの文潔にとって、楊衛寧《ヤン・ウェイニン》と雷志成《レイ・ジーチョン》は、立場が逆転していた。この当時、楊衛寧は最高レベルの技術将校ではあっても、政治的な地位はさほど高くなかった。技術分野を離れてしまえばなんの権威もなかったし、部下に対してもただ慎重に接するだけで、歩哨に話しかけるときでさえ気を遣っていた。そうしなければ、知識階級の三結合や思想改造に対する政治態度の問題になるからだ。そのため、仕事が思いどおりにいかないときは、いつも文潔ひとりが楊衛寧のストレスのはけ口にされた。それに対して、文潔が技術面で重要な存在になっていくにつれ、最初のうちは乱暴だったり冷たかったりした雷政治委員の態度は、やさしく、配慮あるものへと変わっていった。

「葉《イエ》さん、きみはもう、送信システムについてずいぶんくわしくなったね。これは、紅岸基地の攻撃的コンポーネントの中核でもある。このシステムの全体をきみがどう思うか、考えを聞かせてくれ」雷政治委員が言った。

二人はこのとき、レーダー峰の切り立った崖のへりに座っていた。ここは基地の中でももっとも辺鄙で静かな場所だった。絶壁は、底なしの深淵に向かって垂直に立っているように見える。最初のころ、文潔はこの崖が怖かったが、いまではお気に入りの場所になり、ひとりでよくここにやってくる。

政治委員の質問に対して、文潔はどう答えるべきなのかわからなかった。文潔は設備のメンテナンスと修繕を担当しているだけで、紅岸基地がどんな機能を持ち、なにを標的としているかなど、全体的なことはなにも知らないし、知ることを許されてもいなかった。送信時に立ち会うことさえ認められていない。文潔はしばらく考えてから口を開いたが、思い直してまた口をつぐんだ。

「怖がらずに話してくれ、だいじょうぶだから」政治委員はそばに生えていた草をむしって、てのひらでもてあそびながら言った。

「あれは……ただの電波の送信機でしょう」

「いかにも。電波の送信機だ」政治委員は満足げにうなずいた。「きみは電子レンジを知っているかい？」

文潔《ウェンジエ》は首を振った。

「西側の資産階級の贅沢品だ。マイクロ波エネルギーが吸収されて生じる熱で食物を温める。わたしが前にいた研究所では、ある部品の高温による劣化の精密試験のために、海外から一台輸入してね。就業時間以降も、それを使って饅頭《マントウ》を温めたり、ベークドポテトをつくったりしていた。とても面白い機械だよ。外側がまだ冷たいのに、内側が先に熱くなる」雷《レイ》政治委員は立ち上がると、行きつ戻りつ、ゆっくりと歩きはじめた。彼が崖のへりまで近づくので、文潔は気が気ではなかった。

「紅岸基地は、一台の電子レンジだ。加熱する目標は、大気圏外にいる敵の宇宙船だ。一平方センチメートルあたり0・1ワットから1ワットのマイクロ波エネルギーを投射するだけで、衛星通信やレーダー、航法システムなどの電子部品の多くを作動不能にしたり破壊したりすることができる」

文潔はついに理解した。紅岸基地はただの電波送信機だが、どこにでもあるような送信機ではない。いちばん驚くべき点は、その送信電力だ。なんと、25メガワットにも達するという。これは、あらゆる通信の送信出力より大きいばかりか、どんなレーダーが発する電波の出力よりも大きい。紅岸システムの電力はすさまじく大きなコンデンサから供給されている。要求される電力量がとてつもなく大きいため、送信回路も通常の設計とは大きく異なる。文潔はいまようやく、この超巨大な電力の用途を理解したが、ただちにひとつの疑問が生まれた。

「システムが投射する電波は、変調されているようですが」

「そのとおり。しかし、この変調は通常の無線通信とはまったく違う。変調の目的は、情報を追加することではなく、周波数や振幅を切り換えることによって、敵がめぐらしている可能性のあるシールドを突破することだ。もちろん、まだすべて、実験段階だがね」

文潔はうなずいた。ひそかに抱いていた多くの疑問に、いまやっと答えが得られたのだった。

「最近、酒泉から、二機のターゲット衛星が打ち上げられたが、紅岸基地による攻撃実験は完全な成功を収めた。衛星内部の温度は摂氏千度近くに達し、搭載されていた計器や撮影設備はすべて破壊された。将来の戦争において、紅岸の武器は敵の通信衛星や偵察衛星を効果的に攻撃できる。米帝が頼っている偵察衛星ＫＨ－８や、これから打ち上げられるＫＨ－９、さらに低軌道にあるソビエトの偵察衛星などを狙えるのはもちろんのこと、必要とあらば、ソビエトのサリュート宇宙ステーションや、米帝が来年打ち上げを計画しているスカイラブも破壊できる」

「政治委員！ 彼女にいったいなにを話してるんです？」詰問口調の声に文潔《ウェンジエ》がふりかえると、楊衛寧《ヤン・ウェイニン》が雷《レイ》政治委員を厳しい目でじっとにらみつけていた。

「業務のためだ」雷政治委員は吐き捨てるようにそう言うと、きびすを返して歩き去った。

楊衛寧は無言で文潔を見てから、雷のあとを追うように歩き出し、文潔ひとりが残された。

自分で連れてきたくせに、楊衛寧はいまだにわたしを信用してくれない。そう思うと、文潔は暗い気分になると同時に、雷政治委員のことが心配になった。基地では雷志成《レイ・ジーチョン》の権力は楊衛寧より大きく、重要な案件については、政治委員のほうに最終決定権がある。だが、さっきそそくさと立ち去ったようすからして、なにかまちがったことをしている現場をチーフ・エンジニアに押さえられたように見えた。文潔は雷政治委員が紅岸基地の真の目的を自分に教えようとしていたことを確信した。それはおそらく、彼が独断で決めたことだろう。

その決断の結果、彼には今後どんな運命が待っているのだろう？ 雷政治委員のがっちりした背中を見送りながら、文潔の心に感謝の気持ちが湧き上がった。文潔にとって、信頼は、望むことすらできないくらいの贅沢だった。楊衛寧にくらべて、雷志成のほうが、文潔が抱いている本物の将校のイメージに近い。軍人らしい率直さや、腹蔵ない態度を持ち合わせている。対する楊衛寧は、文潔がこれまでに何人も見てきた、この時代に特有の典型的なインテリだ。用心深く、小心で、自分だけが無事ならいいというタイプ。楊衛寧の行動原理はじゅうぶん理解できるが、彼とのあいだに感じるただでさえ遠い距離は、さらに遠くなっていた。

翌日、文潔は送信部から監視部へと異動になった。最初のうち、文潔は、きのうの一件に関連して、紅岸の核心部分から離されたのだと思っていたが、監視部で働きはじめてから、むしろ、この部署こそが紅岸の核心らしいと気づいた。両部門は、アンテナをはじめとしていくつかの設備を共有しているが、監視部の技術レベルは送信部よりはるかに進んでいる。

監視部にはきわめて高度な、感度の高い受信装置があった。巨大なアンテナから受信した信号はルビー結晶メーザーで増幅され、受信システムのコア部分は、システムそのものによる干渉を抑えるため、なんと、ヘリコプターで定期的に輸送されてくるマイナス269℃の液体ヘリウムに浸されていた。これでシステムはきわめて高い感度を備えるようになり、かなり微弱な信号も受信できる。この設備が電波天文学研究に使えれば、どんなにすばらしい成果があがるだろう——文潔は、そう思わずにはいられなかった。

監視部のコンピュータ・システムも、送信部のそれよりはるかに複雑だった。はじめてメイン・コンピュータ室に入ったとき、文潔《ウェンジェ》が目にしたのは、CRTディスプレイの列だった。それぞれの画面上をプログラミング・コードがスクロールしているのを見て、文潔はショックを受けた。ここのプログラマは、キーボードを使って自由にコードの編集やデバッグを行えるらしい。文潔が大学でプログラミングの授業を受けたとき、ソースコードはいつも、専用のプログラミング用紙の方眼に書き込んでから、タイプライターで紙テープに打ち出していた。キーボードとスクリーンを使って入力するという方法は、話に聞いたことはあったものの、実物を目にするのはこれがはじめてだった。

だが、さらに文潔を驚かせたのは、ここのソフトウェア技術だった。FORTRANと呼ばれるコンピュータ言語があり、それを使えば、自然言語に近い言葉を使ってプログラムを書けることを文潔は学んだ。数学の公式を直接プログラムに書き込むことさえできる! FORTRANによるプログラミングは、マシン語によるプログラミングより何倍も効率的だった。さらに、紅岸基地の監視部にはデータベースなるものがあって、膨大な量のデータを簡単に保存し、操作できる。

二日後、雷《レイ》政治委員が、また文潔のもとへ話をしにやってきた。今回は、監視部のメイン・コンピュータ室の中、緑色の文字が輝く画面の列の前だった。楊衛寧《ヤン・ウェイニン》は二人とそう遠くないところに座った。会話に加わる気はないが、席をはずすつもりもないという態度に、文潔は居心地の悪さをおぼえた。

「葉《イエ》さん」雷政治委員が言う。「いまからきみに、監視部の業務内容をすべて話そう。ひとことで言えば、それは、宇宙空間における敵の活動を監視することだ。そこには、敵宇宙船と地上との交信や、宇宙船同士のあいだの交信を傍受することも含まれる。紅岸基地内の観測センター、追跡センター、指令センターと共同で、敵の宇宙船の軌道をつきとめ、紅岸の戦闘システムにデータを提供すること。すなわち、紅岸の目になることだ」

そのとき、楊衛寧が割って入った。「雷政治委員、それはどうですかね。彼女に話す必要はまったくありませんよ」

文潔は楊衛寧を見やり、気遣わしげな口調で雷に向かって言った。「政治委員、もしわたしに話すことが不都合でしたら……」

「いや、葉さん」政治委員は文潔の言葉を片手で制し、楊衛寧のほうを向くと、「楊チーフ、先に言ったとおり、これは業務のためだ。彼女に能力をもっと発揮してもらうためにも、知るべきことは知らせておいたほうがいい」

楊衛寧が立ち上がった。「この件は上に報告します」

「それはもちろんきみの権限だ。だが楊チーフ、安心したまえ。この件についてはわたしが全責任を負う」政治委員が静かに言った。

楊衛寧《ヤン・ウェイニン》はきびすを返し、見るからに不満げな顔でその場を去った。

「彼のことは気にしなくていい」と政治委員は文潔《ウェンジェ》に向かって言った。「楊チーフはいつもああだ。慎重すぎるきらいがあってね。ときには、仕事でもなかなか決断できない」政治委員は笑いながら首を振り、それから文潔をまっすぐ見つめると、おごそかな口調で言った。

「葉《イェ》さん、きみをここへ連れてきた最初の目的はとても単純なものだった。紅岸の監視システムは、太陽フレアと黒点の活動で生じる電磁波の干渉をつねに受けている。たまたまきみの論文を読んで、太陽の活動に関して、きみがずいぶん深いところまで研究していることがわかった。中国国内では、きみが発表した予測モデルがもっとも正確だ。そこで、この問題の解決に、きみの手を借りようと思ったわけさ。だがきみは、ここへ来てからというもの、技術面でもきわめて高い能力を見せてくれた。だからわれわれは、きみにもっと多くの、もっと重要な業務を任せたいと考えている。わたしの計画はこうだ。きみをまず送信部に配属して、それから監視部に異動させる。そうすれば、紅岸システム全体について理解が深まるし、われわれはそのあいだに、監視部のあと、きみをどのポジションにつけるかを検討することができる。

もちろん、知ってのとおり、このプランに反対する人間もいる。だがわたしは、きみを信じている。葉さん、いまのところ、わたしが個人的に信頼しているだけだが、きみが仕事に励んで、最終的に組織の信頼まで勝ちとれることを願っているよ」

そう言って、政治委員はずっと手を伸ばし、文潔の肩に置いた。文潔は力強いその手から温かさとエネルギーが伝わってくるのを感じた。

「葉さん、わたしの心からの願いは、いつか、きみのことを葉文潔同志と呼ぶことだ」

政治委員は立ち上がり、軍人らしいどっしりとした足どりで去っていった。文潔の目は、たちまち涙でいっぱいになった。涙というフィルターを通して、コンピュータ画面の輝きが、ちらちら揺れる緑の炎のように見えた。父が死んで以来、文潔が泣いたのはこのときがはじめてだった。

監視部の業務に慣れるにつれて、送信部にいたときに比べると、自分がまるで役に立たないことに気づかされた。文潔が持つコンピュータの知識はとっくに時代遅れになっていたため、ソフトウェア技術のほとんどについて、はじめから勉強しなおさなければならなかったのである。雷《レイ》政治委員に信頼されているからといって、文潔に対する厳しい制限がゆるむことはなく、プログラムのソースコードを見ることはできても、データベースへのアクセスは許可されていなかった。

日常の業務では、文潔《ウェンジエ》は主に楊衛寧《ヤン・ウェイニン》に指導されていた。楊衛寧の文潔に対する態度はますます無礼になり、些細なことですぐに叱責する。雷《レイ》政治委員が何度たしなめても効果はなかった。文潔を見るたびに、楊衛寧はなんとも言えない不安を抱くようだった。

文潔が日々の仕事をこなすなかで、説明のつかないことに遭遇する機会がどんどん多くなり、やがて、紅岸プロジェクトは想像していたよりはるかに複雑なものだとわかってきた。

ある日、監視システムが注意すべき通信データを傍受した。コンピュータで解読した結果、データは数枚の衛星写真だと判明した。それらのぼやけた画像は総参謀部の測量局に送られ、解析された。その結果、写っているのはすべて、青島軍港や大三線重点軍工企業（一九六四年以降、戦地になる可能性の低い西部など内陸部を三線と呼んで政府が移設した重点工場群）の工場など、国内の重要な軍事目標であることがわかった。分析により、これらの写真を撮影したのは、アメリカのＫＨ−９偵察衛星だと確認された。

ＫＨ−９の一号機は打ち上げられたばかりだった。主に回収可能なフィルム・カプセルを使って情報を集めるが、デジタル画像の無線送信という、より先進的な技術のテストも実施している。しかし、技術が成熟していないため、衛星の伝送周波数が低く、そのため受信範囲が広くなって、紅岸システムに傍受されることになった。運用テストという性格上、さほど高度な暗号化も施されていなかったことから、解読することができた。

ＫＨ－９がもっとも重要な監視対象であることはまちがいない。アメリカの宇宙偵察システムに関する情報を入手するめったにないチャンスだった。にもかかわらず、三日目になって、楊チーフ・エンジニアは監視する周波数とアンテナを向ける方向を変更するように命じて、このターゲットを放棄した。文潔にとっては理解しがたい判断だった。

もうひとつ、ショックを受けたことがある。監視部に異動したあとも、たまに送信部から頼まれて助っ人として働くことがあり、あるときたまたま、今後予定されているいくつかの送信の周波数設定を見てしまった。そして、第三〇四回、第三一八回、第三二五回の送信について指定されている周波数が、マイクロ波のレンジより低いことを発見した。この周波数では、標的にどんな加熱作用も及ぼすことはできない。

ある日のこと、文潔のもとにとつぜんひとりの士官がやってきて、基地管理オフィスへ出頭するように伝えた。士官の話しぶりや表情から、文潔はなにかまずいことが起きたらしいと感じとった。

オフィスに入ると、既視感のある光景が現れた。基地の上級将校が全員集合している。知らない顔の士官も二人いたが、彼らが指揮系統のさらに上層の人間だということはひとめでわかった。

すべての人間の冷たい視線が文潔《ウェンジエ》に集中している。だが、嵐の数年間で鍛えられた文潔の鋭い感覚は、きょう大きなトラブルに見舞われるのは自分ではないと告げていた。わたしはせいぜい端役程度だ。そのとき、雷志成《レイ・ジーチョン》政治委員が暗い表情で隅に座っているのに気がついた。

彼はとうとう、わたしに信頼を寄せたツケを払うときが来たんだ。文潔はそう考えると同時に、心を決めた。雷政治委員を巻き添えにせずに済むならなんでもしよう。必要なら嘘をついてでも、自分ひとりですべての責任をとろう。

しかし、当の雷政治委員がまず口を開き、思いがけない話を切り出した。「葉文潔《イエ・ウェンジエ》、最初にはっきりさせておきたいが、わたしはいまからなされることに同意していない。この決定は、楊《ヤン》チーフ・エンジニアが、上からの指示を仰いだあとにくだしたものだ。あらゆる結果は、彼ひとりがその責任を負う」

雷志成がそう言って楊衛寧《ヤン・ウェイニン》を見やると、チーフ・エンジニアは重々しくうなずいた。

「紅岸基地がきみの能力をフルに活用できるようにするため、ここ数日、楊チーフ・エンジニアは何度も上層部にかけあい、見せかけだけのつくり話を放棄する許可を得ようと試みていた。兵種政治部から派遣された同志も――」雷政治委員は二人の見知らぬ士官を指した。「きみの業務の状況を理解している。最終的に、上層部の同意を得て、われわれは紅岸プロジェクトの真実をきみに話すことを決定した」

　しばらくたってから、文潔はようやく政治委員の話の意味を理解した。いままでずっと、彼は嘘をついていたのだ。

「このチャンスを大切にして業務に励み、業績をあげて罪を償うことに期待する。今後きみは、この基地で、ひたすら勤勉に正しく働くことを求められる。いかなる反動的な行為も、すべて厳罰に処せられる」雷政治委員が文潔を見つめて、厳しい口調で言う。これまで文潔が心に抱いていた彼のイメージとは別人のようだ。

「わかったか？　よし、それでは、楊チーフ・エンジニアからきみに、紅岸プロジェクトの状況を話してもらおう」

　他の出席者はオフィスを出ていき、部屋には楊衛寧と文潔の二人だけが残された。

「いまならまだ間に合う。真実を知りたくなければ、それでもいいんだぞ」楊衛寧が言った。

　その言葉の背後にある重みが文潔には感じとれた。この二、三週間というもの、顔を合わせるたびに楊衛寧が不安を感じているような気がしていたが、その理由がいまわかった。文潔の才能をこの基地でフルに発揮させるには、紅岸の真実を教える必要がある。だがそれは、文潔にとって、レーダー峰を出る一縷《いちる》の希望も絶たれてしまうこと、紅岸基地に骨を埋めることを意味していた。

「真実を知ることに同意します」文潔《ウェンジエ》はさらりと、だが堅い意志をもって答えた。

こうして、初夏の夕暮れ時、巨大アンテナを吹き渡る風の轟音と、彼方に広がる大興安嶺の松林のざわめきのなか、楊衛寧《ヤン・ウェイニン》は文潔に紅岸プロジェクトの真実を明かした。

それは、雷志成《レイ・ジーチョン》の嘘よりもさらに信じがたいおとぎ話だった。

13　紅岸(三)

紅岸プロジェクト関連文書の抜粋

[これらの書類は、葉文潔《イエ・ウェンジエ》が汪淼《ワン・ミャオ》に紅岸の内幕を語り、みずからの話の背景情報を提供した時点の三年後に、機密指定を解除されている]

Ｉ　世界の基礎科学研究の主流からおおむね無視されているひとつの重要問題について

(196＊年＊月＊日付『内部資料』より)

【要旨】近現代史を見ると、科学の基礎理論の研究成果が実用的な技術へと応用されるモードには、二つのタイプがある。すなわち、漸進型と、突然変異型である。

漸進型：基礎理論の成果が少しずつ応用技術へと転用されていく。技術は少しずつ蓄積され、最終的には大きな成果につながる。最近の例では、航空宇宙技術の発展と躍進がある。

突然変異型：基礎理論の成果が実用的な技術へとすみやかに転化され、技術に突然変異が生じること。最近の例としては、たとえば核兵器の登場が挙げられる。１９４０年代に入るまでは、もっとも優秀な物理学者でさえ、原子からエネルギーをとりだすことなど永遠に不可能だとまだ考えていた。だが核兵器は、ごく短い時間のうちにとつぜん現れた。基礎から応用への転化が、極端に短い時間で大きな距離を埋めたとき、われわれはこれを技術跳躍《テクノロジー・リープ》と呼ぶ。

現在、ＮＡＴＯ軍とワルシャワ条約機構は基礎研究に巨費を投じ、めざましい成果をあげている。そのため、ひとつ以上の分野で技術跳躍が生じる可能性がつねにある。これは、われわれの戦略計画の作成に際して重大な脅威となっている。

われわれがこれまで注目してきたのは漸進型の発展に属する技術であり、生じる可能性のある技術跳躍に対する監視はかならずしもじゅうぶんではなかった。本稿では、より俯瞰的な立場に立ち、技術跳躍が生じた場合に適切に対処できるよう、包括的戦略と原則を構築すべきであると提言したい。

技術跳躍が生じる可能性がもっとも高い分野は以下のとおり。

（一）物理学：【略】
（二）生物学：【略】
（三）コンピュータ科学：【略】
（四）地球外知的生命体の探査（SETI《セティ》）：これはすべての分野の中で、もっとも大きな技術跳躍が生じる可能性がある。もし実際にこの分野で技術跳躍が生じれば、前述した三分野の技術跳躍を合わせた以上のインパクトをもたらすだろう。

【全文】略

【指示】この文書を適切な人員に配布し、討論グループを組織すること。文書の観点を不快に思う者もいるかもしれないが、書き手に対して性急な先入観を持たないように。書き手の長期的な視点に注目することが大切だ。現在、一部の同志は枝葉末節に目を奪われて大局を見失っている。また多くの者が、おそらくは政治的な環境により、あるいは彼ら自身の傲慢さにより、自分のことしか考えない傾向もあるが、それは正しくない。戦略的視点の喪失は危険である。本文に示したように、技術跳躍が発生する可能性の高い四分野のうち最後の一分野について、われわれの注目度がもっとも低かったことに鑑み、その分野に対し、包括的かつ深く突っ込んだ研究を重ねる必要がある。

【署名】＊＊＊＊　196＊年＊月＊日

Ⅱ　地球外知的生命体探査に起因する技術跳躍の可能性に関する研究レポート

（一）現在の国際的な研究動向【要旨】

1．アメリカ及びその他NATO諸国

地球外知的生命体探査の科学性及びその必要性については広く認められており、積極的な学術研究の意欲が見られる。例えば、次のような例がある。

オズマ計画：1960年、米国ウェストヴァージニア州グリーンバンクのアメリカ国立電波天文台において、直径26メートルの電波望遠鏡を使用して地球外知的生命体の探査が行われた。シングルチャンネル受信、周波数は1420MHz《メガヘルツ》、捜索の目標物はくじら座タウ及びエリダヌス座イプシロン、探査の時間は約200時間だった。

1972年、オズマ計画Ⅱの実施が計画され、探査目標及び周波数の範囲が拡大された。

同年、探査機パイオニア10号、11号の打ち上げが計画された。また、地球文明の情報を含む金属板がそれぞれに搭載された。

1977年、探査機ボイジャー1号、2号の打ち上げが計画され、ゴールデンレコード（地球の情報や知的生命体の活動記録を収めた金メッキの銅製ディスク）が搭載された。

1963年、プエルトリコのアレシボ天文台に、地球外知的生命体探査にとって大きな意味を持つことになる電波望遠鏡が建設された。地形を利用してつくられた球面反射面は直径305メートル。面積は8ヘクタールにも達し、世界中のその他すべての電波望遠鏡のアンテナ面を合わせたよりも大きい。コンピュータ・システムと組み合わせると6万5千チャンネルを同時に監視でき、また出力の強大な発信機能を備える。

2．ソビエト

情報源がやや少ないものの、この分野に巨費を投じている形跡がある。NATO諸国に比べて、研究計画はよりシステマティックで長期性を有している。わずかな情報から知り得たことは、目下、世界基準の超長基線電波干渉技術に基づいた開口合成電波望遠鏡システムの建設が計画されていることであり、このシステムが完成すれば、世界最強の宇宙探査能力を持つこととなる。

(二) 地球外文明の社会形態に対する唯物史観の適用による予備分析【略】

(三) 地球外文明の人類社会及び政治に対する傾向に関する予備分析【略】

(四) 地球外文明との接触が起こった場合、現在の世界各国の関係局面に生じる影響に関する予備分析

1．一方通行の接触（地球外文明が送信した情報の受信のみ）【略】

2．双方向の接触（地球外文明と情報を交換し、直接接触する）【略】

（五）超大国が他国に先駆けて地球外文明と接触し、接触を独占した場合のリスクとその結果

1．アメリカ帝国主義及びNATO軍グループが最初に地球外文明と接触し、接触を独占した場合の問題分析【機密指定未解除】

2．ソビエト社会帝国主義及びワルシャワ条約機構グループが最初に地球外文明と接触し、接触を独占した場合の問題分析【機密指定未解除】

【指示】閲覧済みの概要のとおり、他国はすでに地球外へ呼びかけている。宇宙社会がひとつの声だけを聞くのは危険である。われわれも自分たちの声を発するべきだ。それによってはじめて、彼らは、聞こえてくるものが完全な人類社会の声だと認識できる。偏りのある内容しか聞かなくては、正しい判断はできない。この件は実行するべきだ。しかもただちに。

【署名】＊＊＊　196＊年＊月＊日

Ⅲ　紅岸プロジェクト初期フェイズ研究報告　196＊年＊月＊日

最高機密
原本写し：二部
要約文書：要約文書番号＊＊＊＊＊
国家国防科技工業委員会、中国科学院関連部門、及び中計委国防司へ転送ののち、＊＊＊＊＊＊会議、＊＊＊＊＊会議参加者に配布。＊＊＊＊＊会議には一部を伝達すること。

議題ナンバー：3760
国防コード：紅岸

（一）目的【要旨】
おそらく存在するであろう地球外文明を探査し、かつ関係の構築及び交流を試みる。
（二）紅岸プロジェクトの理論的研究【要旨】
1．探査及び監視
監視周波数の範囲：1,000～40,000MHz
監視チャンネル数：1万5千
重点監視周波数：水素原子放射周波数1,420MHz、水酸基放射周波数1,667MHz、水分

子放射周波数22,000MHz
監視目標の範囲：半径一千光年、恒星数は約2千万個。目標リストは付録を参照のこと。
　2．情報送信
送信周波数：2,800MHz、12,000MHz、22,000MHz
送信パワー：10～25メガワット
送信目標：半径200光年、恒星数は約10万個。目標リストは付録2を参照のこと。
　3．紅岸自動翻訳システムの研究開発
指針原則：数学及び物理学の法則を普遍的な基盤として、宇宙間で通用する数学及び物理の基本原理で、初歩の代数学、ユークリッド幾何学及び古典力学（非相対論的物理学）をマスターしたいかなる文明にも理解できる初歩的な言語コード体系を築く。

　この初歩的なコード体系と、補足的な低解像度の画像群を用いて、完全な言語体系を少しずつ構築する。サポートする言語の種類：中国語、エスペラント語。

システム全体の情報量は680KB。周波数帯は2800MHz、12000MHz、22000MHzで、発信時間はそれぞれ1183分間、224分間及び132分間とする。
（三）紅岸プロジェクト実施方案
1．紅岸探査監視システム基本設計案【機密指定未解除】

2. 紅岸情報送信システム基本設計案【機密指定未解除】
3. 紅岸探査監視基地及び情報送信基地の立地基本案【略】
4. 第二砲兵紅岸部隊組織化の基本構想【機密指定未解除】

(四) 紅岸が送信するメッセージの内容【要旨】

地球惑星の概況（3.1KB）、地球の生命システムの概況（4.4KB）、人類社会についての概況（4.6KB）、世界の歴史についての基本情報（5.4KB）。

全情報量合計：17.5KB

全メッセージは、解読システムにつづいて、周波数帯2800MHz、12000MHz、22000MHzで送信する。送信時間はそれぞれ31分間、7・5分間及び3・5分間とする。

メッセージは、学際的な厳しい審査を経て、天の川銀河における地球の相対座標を明らかにするような情報が一切含まれていないことを確認する。三つのチャンネルのうち、高周波数帯に属する12000MHz、22000MHzでの送信は最小限にして、発信源が正確に特定される可能性を低くする。

Ⅳ　地球外文明へのメッセージ

第一稿【全文】

このメッセージを受信したみなさんに告げる。このメッセージは、地球上の革命的正義を代表する国家によって送信された。みなさんは、このメッセージ以前に、同じ方向から送信された別のメッセージをすでに受けとっているかもしれない。それらのメッセージは、地球上の、ある帝国主義的超大国により送信されたものであり、その超大国は、地球上のもうひとつの超大国と世界の覇権を争い、人類の歴史を後退させようとしている。彼らの嘘に惑わされることなく、正義の側に立ち、革命の側を支持してほしい。

【指示】くだらない。壁新聞は地球上で掲示するだけでいい。宇宙にまで発信する必要はまったくない。文革指導部は今後、紅岸プロジェクトに一切関与すべきではない。このような重要なメッセージは慎重に起草されるべきである。特別委員会を組織して草稿をつくり、そののち、政治局の会議で承認を得るのがおそらく最善だろう。

【署名】＊＊＊　196＊年＊月＊日

第二稿【略】

第三稿【略】

第四稿【全文】

このメッセージを受信された世界のみなさんに、お喜びを申し上げます。

以下の情報から、みなさんは、地球文明に関する基本的な理解を得られると思います。人類は、長年にわたる労働と創造を通じてすばらしい文明を築き、豊かで多様な文化がたくさん花開きました。われわれはまた、自然界及び人類社会の発展を支配する法則についても理解しはじめています。

しかし、われわれの世界にはなお、大きな問題が横たわっています。憎悪や偏見や戦争が存在し、生産力と生産関係の矛盾により、富の分配は著しく不均衡であり、多くの人類の生活が貧困と苦難の中にあります。

人類社会は、みずからが直面するさまざまな困難や問題を解決しようと努力し、地球文明をひとつの美しい未来にすべく苦闘しています。このメッセージを送信した国家は、まさにその努力に加わっています。われわれは理想の社会を建設し、それぞれの人類のメンバーの労働と価値がすべてじゅうぶんに尊重され、すべての人の物質面と精神面での需要をじゅうぶんに満たせるような、さらに完全で美しい地球文明を目指して努力しています。

われわれは美しい理想を抱き、宇宙の他の文明社会との関係を確立すること、またあなたがたとともに、広大な宇宙において、さらにすばらしい生を築いていくことを願っています。

V　関連する政策と戦略

(一)地球外知的生命体からのメッセージを受信後の政策及び戦略研究【略】
(二)地球外知的生命体とのコンタクト確立後の政策及び戦略研究【略】

【指示】過密スケジュールの中で、時には立ち止まって、いますぐ必要な業務とは無関係なことをするのも重要だ。このプロジェクトは、いままで考える時間がなかった問題について考える機会を与えてくれる。実際、この問題についてじっくり考えるには、俯瞰的な視野を持つ必要がある。そのことだけをとりだしても、紅岸プロジェクトには意義がある。

この宇宙に、他の知的生命体や文明社会が実在するとすれば、なんとすばらしいことだろう。もしそうなら、傍目八目《おかめはちもく》という言葉のとおり、まったく中立的な傍観者が、われわれが歴史上の英雄なのか悪漢なのかについて判断を下してくれるだろう。

【署名】＊＊＊＊　196＊年＊月＊日

14　紅岸（四）

「葉《イエ》先生、ひとつ質問があります。当時の地球外知的生命体探査計画《SETI》はたんに傍流の基礎研究という位置付けだったはずです。なのになぜ、紅岸プロジェクトはあれほど高い機密レベルに指定されたんでしょうか」葉文潔《イエ・ウェンジエ》の話を聞き終えたあと、汪淼《ワン・ミャオ》がたずねた。

「紅岸プロジェクトの初期段階で、それとまったく同じ質問が出た。しかも、最後までずっと、何度もくりかえされた。でも、あなたはもう答えを知っているはず。わたしたちはただ、紅岸の最高意思決定者の先見性に感服するだけ」

「ええ、たいへんな先見性ですね」汪淼は深くうなずいた。

地球外文明とのコンタクトが確立したら、人類社会はどんな影響を、どの程度受けるだろう。ここ数年でようやくこの問題に真剣かつ組織的な研究がなされるようになり、急速に関心を集めはじめた。得られた研究成果はショッキングなものだった。

素朴で理想主義的な期待は粉砕された。大多数の人々の美しい願望とは反対に、人類全体がひとつの文明として地球外文明とコンタクトすることは得策ではないというのが、研究の結論だった。コンタクトが人類社会に与える影響は、団結ではなく分断であり、地球上の異なる文化間の対立は、解消するどころか悪化する。

つまり、地球外文明とのコンタクトが成立すれば、さまざまな地球文明内部の格差は急激に大きくなり、おそらく破壊的な結末がもたらされることになる。いちばんショッキングな結論はこうだ。コンタクトの衝撃は、コンタクトの度合いやタイプの違い（一方通行か、それとも双方向か）、地球外文明の形態や技術レベルとはいっさいなんの関係もない。

これは、ランド研究所の社会学者ビル・マザーズが著書『十万光年の鉄のカーテン　SETI社会学』で提唱した〝象徴としてのコンタクト〟理論だ。マザーズの主張によれば、地球外文明との接触はただのシンボルもしくはスイッチにすぎず、その内容にかかわらず、同じ結果が生まれる。

仮に、コンタクトの内容が、地球外知的生命体の存在が実証されたというだけのもので、それ以外の実質的な情報がゼロであったとしても——マザーズは、このようなコンタクトを初歩的接触と呼んでいる——そのインパクトは、人間の集団心理と文化という拡大鏡を通じて大きくなり、文明の進歩に甚大な影響を与える。もしあるひとつの国家や政体によってコンタクトが独占されれば、それは、経済及び軍事で圧倒的なアドバンテージを得ることに比肩する重要性を持つ。

「紅岸プロジェクトはどうなったんです？」汪《ワン・》淼《ミャオ》がたずねた。

「想像はつくでしょう」

汪淼はまたうなずいた。もし紅岸プロジェクトが成功していたら、いまとはまるで違う世界になっていたはずだ。それでも、文潔《ウェンジエ》を慰めるために、汪淼は言った。

「いまの段階ではまだ、成功したか失敗したかの結論を出すのは早すぎるでしょう。紅岸が送信した電波は、この宇宙の中で、まだそう遠くまで飛んでいないのですから」

文潔は首を振った。「信号は遠くへ行けば行くほど弱まるから、地球外文明に受信される可能性はそれだけ低くなる。もちろん、エイリアンがすでに地球の存在を探知して、大気に酸素が多く含まれることを知ったうえで、強力な受信装置をこちらに向けていた場合には話が違ってくるけれど。でも、一般的に言えば、研究の結果、全宇宙の地球外文明にわたしたちの信号を受信してもらうには、中サイズの恒星一個分に相当するエネルギーを使って送信する必要があることがわかっている。

ソ連の天体物理学者カルダシェフがかつて提起した説によると、この宇宙のさまざまな文明は、通信に使えるエネルギーによって、三つのタイプに分類できる。Ｉ型の文明は、地球の全エネルギーに相当する量が使える。当時の彼の試算だと、地球の全出力はおよそ

10の15乗から16乗ワット。Ⅱ型の文明は、一般的な恒星ひとつ分に相当する、10の26乗ワットを通信に使う。Ⅲ型の文明が通信に使うエネルギーは、10の36乗ワットにまで達し、おおむね銀河ひとつの全エネルギーに相当する。現在の地球文明は、まだⅠ型にさえ到達していなくて、その〇・七倍程度。しかも、紅岸の送信出力は、地球全体のエネルギーの一〇〇〇万分の一にすぎなかった。わたしたちの呼び声は、一万里先にいる蚊の羽音くらいのものよ。だれにも聞こえない」

「ですが、カルダシェフが仮定するⅡ型とⅢ型文明がほんとうに存在するなら、彼らの声を聞くことができるはずでは」

「紅岸プロジェクトが稼働していた二十年あまりのあいだには、一度も聞こえなかった」

「だとすれば、紅岸と西側諸国のSETIプロジェクトと、長年にわたる両者の努力が証明したことはひとつじゃないですか？　すなわち、宇宙全体で、知的生命が育まれたのはこの地球だけだった」

文潔《ウェンジエ》はそっとため息をついた。「理論的に言えば、その問いに決定的な答えが出ることは、永遠にないかもしれない。ただ、わたしの感覚では――あるいは、紅岸出身者全員に共通する感覚では――たしかにそのとおりね」

「紅岸プロジェクトが中止されたのはじつに残念です。せっかく建設したんですから、稼動を続けるべきでした。ほんとうにすばらしい事業だったのに」

「紅岸はじょじょに衰退していった。八〇年代のはじめに一度、大規模な改造が行われた。主に送信部分と監視部分のコンピュータ・システムのアップグレードだった。送信システムは自動化されて、監視システムにはＩＢＭのワークステーションが二台導入されて、データ処理能力はかなり上がった。同時に四万チャンネルが監視できるようになったの。でもあとになって、視野が広がるにつれ、地球外文明を探索することのむずかしさがはっきりしてきた。上層部の紅岸プロジェクトへの興味もしだいに薄れていった。目についた最初の変化は、基地の機密レベルが下がったこと。こんなに高い機密レベルは紅岸に必要ないというコンセンサスが生まれて、基地警備の兵力が中隊規模から小隊に縮小され、最終的には警備員五人の一グループだけになった。この組織改編のあとも、紅岸は第二砲兵軍の所属のままだったけれど、科学研究に関する管理は中国科学院天文所に移された。それで、地球外文明の探査とは関係のない研究プロジェクトも一部担当することになったわけ」

「先生の科学的な業績の大部分は、その時期のものですよね」

「当初、紅岸は、電波天文観測プロジェクトを担当していた。当時は紅岸が中国最大の電波望遠鏡を擁していたから。あとになって、ほかの電波天文観測基地が建設されるにつれて、紅岸の研究は太陽の電磁活動の観測と分析が中心になって、さらにもう一台、太陽望遠鏡が設置された。わたしたちが構築した太陽の電磁活動の数学モデルは当時その分野の最先端だったし、産業分野にも多く利用された。後年のこうした研究成果によって、紅岸に対する巨額の投資に、すくなくともすこしは見返りがあったわけね。

じつのところ、功績の多くは、雷《レイ》政治委員の力だった。もちろん、彼には彼の目的があった。当時、彼は、技術部隊の政治将校という立場では出世が望めないことに気づいていた。彼は入隊前にも天体物理学を学んでいたから、研究に戻りたいと思ったのね。紅岸基地が引き受けた地球外知的生命体探査以外のプロジェクトはすべて、彼の努力のたまもの」

「彼は、政治委員として過ごした長年のあいだ、天体物理学の現場を離れていたのに、そんなに簡単に専門に戻れるものでしょうか？　当時のあなたは、名誉の回復すらされていなかった。それを思えば、彼がしたことは、あなたの研究成果を自分の名前で発表しただけなのでは？」

文潔《ウェンジエ》は寛容に笑った。「雷政治委員がいなければ、紅岸基地はとっくになくなっていた。紅岸の所属が軍から民間に変わってから、軍は紅岸を完全に放棄した。中国科学院は基地の運営費用を負担しきれなくなって、すべてが終わったの」

　文潔は紅岸基地での生活についてほとんど話さなかったし、汪淼《ワン・ミャオ》も聞かなかった。基地に入って四年め、文潔は楊衛寧《ヤン・ウェイニン》と家庭を持った。すべては自然ななりゆきで、穏やかなものだった。その後、基地内で事故が起き、楊衛寧と雷志成《レイ・ジーチョン》はともに世を去った。父親の死の直後に、楊冬《ヤン・ドン》が生まれた。母娘は八〇年代はじめまでずっと紅岸基地にいて、基地が最後に解体するとき、ようやくレーダー峰を離れた。文潔はのちに母校で天体物理学の教授となり、定年で退官するまで教鞭をとった。これらはすべて、汪淼が密雲電波天文基地で沙瑞山《シャー・ルイシャン》から聞いた話である。

「地球外知的生命体探査は特異な分野だった。わたしの研究者としての人生観に大きな影響を与えた」文潔は、子どもに昔話を聞かせるように、ゆっくりと話した。「静まりかえった真夜中に、宇宙からの死んだノイズが、イヤホンを通じて聞こえてくる。かすかだけれど、星々よりももっと永遠に、いつまでもつづくノイズ。冬の大興安嶺にたえまなく吹く風のように聞こえて、すごく寒く感じたこともある。言葉にできないくらい孤独だった。夜勤明けに夜空を見上げると、星々が輝く砂漠のように見えて、ひとりぼっちで砂漠に捨てられた哀れな子どものような気がした……さっきも言った、あの感覚ね。地球生命は、宇宙にあまたある偶然の中のひとつだと思った。宇宙はからっぽの大宮殿で、人類はその宮殿の中に、たった一匹だけいる小さな蟻。こういう考えは、わたしの後半生に、相矛盾する精神状態をもたらした。生命にははかりしれない価値があり、すべてが泰山のように重い存在だと思うこともあれば、人間なんかとるにたりないもので、そもそも価値のあるものなんかこの世に存在しないと思うこともあった。ともかく、わたしの人生は、この奇妙な感覚とともに、一日また一日と過ぎていって、知らぬ間に年をとっていた……」

孤独で偉大なプロジェクトに人生を捧げたこの尊敬すべき女性に、汪《ワン》・淼《ミャオ》は慰めの言葉をかけたいと思ったが、文潔《ウェンジエ》が最後にしてくれた話を聞いて、汪淼自身も同じような哀しみに沈み、ふさわしい言葉が出てこなかった。ようやく口を開き、「葉《イエ》先生、いつかいっしょに、紅岸基地の跡地に行きましょう」

文潔はゆっくり首を振った。「汪さん、わたしはあなたとは違うの。もういい歳だし、健康状態もよくない。なにがあるか予想がつかないの。一日一日を生きていくだけ」

文潔の白髪交じりの頭を見ながら、汪淼は、彼女がまた娘のことを追想しているのだろうと思った。

15　三体　コペルニクス、宇宙ラグビー、三太陽の日

葉文潔の家を出てから、汪淼の心は波立っていた。この二日間の出来事と、紅岸基地の物語――一見、関係のなさそうな両者がしっかりと結びつき、世界が一夜にして異常で見知らぬものに変わってしまった。

帰宅してから、このもやもやをなんとかしようと、汪淼はPCを立ち上げた。Vスーツを装着し、『三体』に入る。これで三度めだ。

気分を変えようという目論見は図に当たった。ログイン画面が表示されるころには、汪淼は、説明のつかない興奮に満たされた別人になったような気分だった。過去二回のプレイとは違って、今回の汪淼には目的があった。すなわち、『三体』世界の秘密を暴くこと。そこで、この新たな使命にふさわしい新しいアカウントをつくることにした。ログイン名は、コペルニクス。

ログインすると、汪淼はまた広大な平原に佇み、『三体』世界の不気味な夜明けと向き

合っていた。巨大なピラミッドが東のほうに見えたが、汪淼《ワン・ミャオ》はすぐに、それが紂王《ちゅうおう》と墨子《ぼくし》の時代のピラミッドではないと気づいた。今回のピラミッドにはゴシック式の塔頂があり、夜明けの空に向かってまっすぐそそり立っている。そのようすは、きのうの早朝、王府井で見たローマ式教会を思い起こさせた。だが、あの教会がもしこのピラミッドのそばにあったら、それはただの小屋に見えただろう。

遠くのほうには、乾燥倉庫とおぼしき建物がたくさんあるが、その形状もすべて、高く鋭い尖頂を戴いた中世ヨーロッパ風に変わり、大地から無数のトゲが生えているかのように見えた。

ピラミッドの側面にある入口の内側から、ちらつく火明かりが洩れていた。入ってみると、トンネルの壁には、いぶされて真っ黒になっている古代ギリシャの神々の彫像が、たいまつを手にして一列に並んでいた。トンネルを歩きつづけ、その先の大広間に足を踏み入れると、そこはトンネルの中よりもさらに暗かった。大理石の長いテーブルに銀製の燭台が二つ置かれて、蠟燭《ろうそく》の炎が眠たげに輝いている。

テーブルのまわりには数人が座っていた。薄暗がりのなか、ぼんやり浮かぶその顔は、ヨーロッパ人の容貌をしていることがかろうじて見てとれた。その目は、秀でたひたいの陰に隠れているが、汪淼は自分に視線が注がれているのを感じた。彼らのほとんどが、中世風のローブをまとっている。よく見ると、ひとりか二人のローブは、もっとシンプルな、古代ギリシャのトーガ風だった。

長テーブルの端には、背の高い痩せた人物が座っている。その頭に戴っている金の冠は、大広間の中で、蠟燭以外に唯一輝いているものだった。薄闇に目を凝らすと、彼の服がほかの人間とは違っているのがわかった。赤い色をしている。

汪淼はそれを見て、自分の考えに確信を持った。このゲームは、プレイヤーごとに、それぞれ違う世界を用意している。ヨーロッパ中世風のこの世界は、ソフトウェアが彼のIDに基づいて選んだものだろう。

「遅かったな。会議はもう、ずいぶん前にはじまっているぞ」金の冠をかぶる赤い服の人物が言った。「余はローマ教皇グレゴリウス一世だ」

汪淼は、ヨーロッパ中世史に関するそう多くない知識を総動員して、その名前から文明の発展度合いをなんとか推測しようとしたが、『三体』世界の時代考証のでたらめぶりを思い出し、そんな努力はするだけ無駄だと結論した。

「IDを変えたな。だが、われわれにはきみがわかる。前の二つの文明では、東洋を旅していたな。ああ、わしはアリストテレスだ」古代ギリシャのトーガ姿の人物が言った。髪の毛は白く、カールしている。

「そのとおりです」汪淼《ワン・ミャオ》がうなずく。「わたしはここで二つの文明が滅亡するのを目のあたりにしました。一度めは厳しい寒さによって、二度めは激しい暑さによって。わたしは東洋の学者たちが太陽の運行法則を理解するために、大いに努力しているところも見てきました」

「はっ！」山羊のような鬚《ひげ》を生やした、教皇よりもさらに痩せた人物が暗闇の中から声を出した。「東洋の学者ときたら、瞑想やら悟りやら、挙げ句の果ては夢やらを通じて、太陽の運行の秘密を発見しようとしてきた。笑止千万！」

「こちらはガリレオだ」とアリストテレスが山羊鬚の人物を紹介する。「実験と観測を通じて世界を理解すべきだと主張する、実務型の思想家だ。だが、その業績は注目に値する」

「墨子も実験と観測を行っていました」汪淼が言った。

ガリレオがまた鼻を鳴らした。「墨子の思想はやはり東洋的だ。科学の衣装をまとった神秘家にすぎん。自分の観測結果をまともに検証したことすらなく、主観的な憶測に基づいて宇宙モデルを構築した。滑稽きわまりない！　あの立派な実験設備がもったいないことよ。だが、われわれは違う。大量の観測と実験結果を基礎として、そのうえで厳密な推論を通じて宇宙モデルを構築し、さらに実験と観測に戻ってモデルを検証する」

「それは正しいやりかたです」汪淼がうなずく。「まさに、わたしの思考方法です」

「ではそなたも、万年暦を持参したのか？」教皇が皮肉交じりに言った。

「わたしは万年暦など持っておりません。観測データをもとに構築した宇宙モデルがあるだけです。ただし、最初にはっきりさせておきたいのですが、たとえこのモデルが正確だったとしても、それをもとに太陽の運行を細部まで正確に把握し、万年暦がつくれるとはかぎりません。しかしながらこれは、かならず通過しなければならない、最初の一歩です」

ひとりだけの拍手の音が、暗く冷たい大広間に、二度三度、うつろにこだました。拍手の主はガリレオだった。「すばらしいね、コペルニクス、すばらしい。実験を重んじる科学的アプローチに合わせたきみの現実的な思考方法は、ほとんどの学者が持ち合わせていないものだ。この点だけでも、きみの仮説は傾聴に値する」

教皇が汪淼に向かってうなずいた。「つづけよ」

汪淼は長テーブルの反対の端まで歩いていくあいだに気持ちを落ち着かせた。「わたしの仮説はたいへんシンプルです。太陽の運行になんの法則もないように見えるのは、この世界に三つの太陽があるからです。たがいに摂動を起こさせる引力の影響のもとで、それらの運行は予測不能になります——いわゆる三体問題*です。われわれの惑星がそのうちのひとつの太陽をめぐって安定的に運行している期間が、いわゆる恒紀です。もうひとつか二つの太陽が一定距離内に近づいて、その引力によって、もともとの太陽からこの惑星を横どりした結果、惑星が三つの太陽の引力圏内を不安定にさまよっている期間――それが、乱紀です。そのあと、ある時間が経過したのち、われわれの惑星がふたたびあるひとつの太陽に捕らえられ、暫定的に安定した軌道をめぐるようになると、また恒紀がはじまります。宇宙的なスケールでくりひろげられるラグビーの試合のようなものです。プレイヤーは三つの太陽で、この惑星がボールです」

暗い大広間にうつろな笑いが響いた。「火焙りにせよ」教皇が無表情に言う。入口に控える、錆びた重い甲冑姿の二人の兵士が、二体のぽんこつロボットのように汪淼のほうへと近づいてくる。

「火焙りだな」ガリレオがため息をついて手を振った。「きみには期待していたが、神秘家か魔道師レベルだったな」

「こういう輩は、じつに傍《はた》迷惑だ」とアリストテレスもうなずく。

「話はまだ終わっていません！」汪《ワン・》淼《ミャオ》は自分を押さえつける鉄製の籠手《こて》を振り払った。「きみは三つの太陽を見たことがあるか？　あるいは、見たことがあるというだれかを知っているか？」ガリレオが小首をかしげてたずねた。

「だれもが見ています」

「では、乱紀と恒紀のあいだに現れる太陽以外の、ほかの二つの太陽はどこにある？」

「まず、説明が必要です。われわれがべつべつの日に目にする太陽は、同じひとつの太陽ではないかもしれません。三つのうちのどれかひとつにすぎないのです。ほかの二つの太陽が遠くにあるとき、それらは飛星のように見えます」

「きみは最低限の科学の訓練すら受けておらんようだな」ガリレオが首を振りながら言った。「太陽が遠くの点になるためには、その位置まで連続的に動いていかねばならん。途中の空間を飛び越えることなどできん。きみの仮説が正しいとすれば、第三の状態が観察されるはずだ。すなわち、太陽がふだんよりも小さく、飛星よりも大きい状態だ。なぜなら、太陽が遠ざかってゆくうち、しだいに飛星の大きさへと変わっていくはずだからだ。だがわれわれは、そんな太陽など一度も見たことがない」

「あなたは科学の訓練を受けていらっしゃるのですから、太陽の構造について一定の知識がおありのはずですが」

「それは、吾輩がもっとも誇りとする発見だ。すなわち、太陽は、密度は稀薄だが広大なガス層と、高密度で灼熱の内核とで構成されている」

「そのとおりです。ただ、太陽のガス層とわれわれの惑星の大気とのあいだに、特殊な光学的相互作用があることは、まだ発見されていないようですね。これは、偏光もしくは、相互に弱め合う干渉作用に似た現象です。その結果、われわれが太陽を大気圏内から観察しているとき、太陽がある距離に達すると、ガス層がとつぜん透明になり、太陽の中心核しか見えなくなるのです。

このとき、われわれが見ている太陽は、いきなり中心核サイズまで小さくなる。これが飛星です。

この現象が、歴史上のあらゆる文明の研究者たちを混乱させ、彼らが三つの太陽の存在に気づくことを阻んできました。なぜ三つの飛星の出現が長い厳寒期の到来の先触れとなるのか、これでおわかりでしょう。それは、このとき、三つの太陽すべてが遠くにあるからです」

全員が考え込み、短い沈黙が流れたが、やがてアリストテレスが口を開いた。「きみは論理の基礎もできていないようだな。たしかに、ときおり三つの飛星が見えることはあり、それはつねに壊滅的な厳寒期をともなっている。しかし、きみの仮説にしたがえば、空に三つの正常な大きさの太陽が見られることもあるはずではないか。ところが、そんなことは一度も起きていない。これまでのあらゆる文明が残した記録にも、そんな現象が起こったという記述はない！」

「待て！」不思議なかたちの帽子をかぶった長い鬚の人物が、このときはじめて立ち上がった。「歴史上の記述はあるかもしれない。ある文明は、二つの太陽を同時に見た直後、両者の熱によって滅びたというが、その記録はたいへんあいまいだ。ああ、わしはダ・ヴィンチだ」

「いまここで問題にしているのは三つの太陽だ。二つではない！」ガリレオが叫んだ。

「こやつの理論では、三つの太陽はかならず出現する。三つの飛星のように！」

「三つの太陽は現れたことがあります」汪淼《ワン・ミャオ》は静かに言った。「それを見たことがある人もいます。ただ、目撃者はその情報を伝えられないのです。彼らがその偉大なる光景を見られるのは、長くても数秒だけ。それ以上長くは生き延びられないからです。三太陽は、『三体』世界でもっとも怖ろしい災厄です。このとき、地面は一瞬にして熔鉱炉に変わり、その高熱で岩石まで溶かしてしまう。三太陽によって壊滅した世界は、ふたたび生命と文明が復活するまでに長い時間を要します。これも、歴史上の記録がない原因でしょう」

沈黙のあと、全員が教皇を見つめた。

「火焙りにせよ」教皇が静かに言った。その顔に浮かんだ笑みは、汪淼には見覚えがあった。紂王のそれだ。

たちまち大広間じゅうが活気づいた。みんな、吉報に出くわしたかのようだった。ガリレオらは意気揚々と暗がりから火焙り用の十字架を運んでくると、そこにはりつけにされたままだった黒焦げの死体を外して放り投げ、十字架を垂直に立てた。ほかの者たちは興奮したようすで薪を集めはじめる。ダ・ヴィンチひとりが、この状況に身じろぎひとつせず、テーブルの前に座って考え込み、ときに筆記具を動かして、なにか計算している。

「ブルーノだ」アリストテレスは焦げた死体を指して言う。「かつてここで、きみと同じようにでたらめを言ったやつだ」

「弱火にしておけ」教皇が力ない声で言った。

二人の兵士が耐火性の石綿ひもを使って汪淼を火焙り用の十字架に縛りつけた。汪淼《ワン・ミャオ》はまだ動かせる指で教皇を指して言った。「おまえなんか、ただのプログラムだ。ほかの全員もプログラムだろう。でなかったら大莫迦だ。再ログインして戻ってくるからな！」

「きみは戻れんよ。『三体』世界から永遠に消える」ガリレオが不気味に笑いながら言う。

「じゃあ、おまえもきっとプログラムだ。まともな人間だったらだれでも、インターネットの基礎くらい理解している。ゲームシステムに可能なのは、せいぜいおれのMACアドレスを記録することぐらいだ。べつの端末からログインして新しいIDをつくるだけでいい。戻ったら、名を名乗ってやる」

「システムはVスーツを通じてきみの網膜の特徴を記憶している」ダ・ヴィンチは顔を上

げて汪淼をじろっと見てから、また自分の計算に没頭しはじめた。

汪淼はだしぬけに、名状しがたい恐怖にとらわれた。「やめてくれ！　放せ！　おれは真実を語っているんだぞ！」

「きみの語ることが真実なら、焼死はまぬがれるだろう。ゲームは、正しい道を歩む者に褒美を与えるからな」アリストテレスが邪悪な笑みを浮かべ、銀色に輝くジッポーのライターをとりだすと、空中で鮮やかに手を動かしてキャップを開け、フリント・ホイールをこすって火をつけた。

それから、汪淼をとり囲む薪に点火しようとしたそのとき、まばゆい赤い光がトンネルを満たした。それにつづいて、熱と煙の波がどっと流れ込んでくる。そして、一頭の馬が赤い光の中から姿を現し、大広間にギャロップで駆け込んできた。馬体は炎に包まれて轟轟と燃えさかり、それが風に煽られて巨大な火球になっている。馬上の乗り手は、赤熱する重い甲冑をまとった中世の騎士だった。背後に白い煙をたなびかせている。

「世界がたったいま滅亡した！　世界が滅んだ！　脱水だ、脱水だ！」騎士が狂ったように叫んだとき、馬がどうとばかりに床に倒れて、大きなかがり火となった。前に投げ出された騎士ははりつけ台のほうまで床を転がり、そこで動かなくなった。甲冑の隙間から白い煙がもくもく立ち昇り、中の遺体からじゅうじゅうと音を立てる脂が床に滴り落ちて燃え上がり、甲冑の左右に生える二枚の紅蓮《ぐれん》の翼となった。

大広間にいた人々は全員トンネルに逃げ込み、押し合いへし合いしながらピラミッドの外に出たとたん、赤く輝く光を浴びてたちまち蒸発した。汪淼《ワン・ミャオ》はなんとか十字架の縛《いまし》めをほどこうともがきつづけた挙げ句、さほど堅牢でもないはりつけ柱もろとも床に倒れた。体をくねらせて柱の端まで這い進み、ようやくロープから抜け出した。なおも燃えつづける騎士と馬をよけながら無人の大広間を走り、灼熱のトンネルを通って外に出た。

大地はすでに、鍛冶屋のかまどに挿し入れられた鉄片のように赤く輝いていた。まばゆいマグマの川が無数の蛇のように暗赤色の地面を這い、地平線まで広がる火の網と化している。何本もの細い火柱が空に向かってそそり立つ。乾燥倉庫が燃えているのだ。中の脱水体にも火がついて、奇妙な青みがかった輝きを放っている。

そう遠くないところに、同じ色をした十本ほどの小さな火柱が立っているのが見えた。さっきピラミッドから逃げ出してきた人々——教皇、ガリレオ、アリストテレス、ダ・ヴィンチなどなど——だろう。彼らを包む青みがかった炎は半透明で、その顔や体が火の中でゆっくり変形してゆくのが見えた。彼らのまなざしは、ピラミッドから出てきたばかりの汪淼へと注がれている。全員が同じポーズをとり、ぼうぼうと燃える両腕を空にさしのべ、歌うようにそろって叫んだ。

「三太陽の日だ――」

汪淼は顔を上げ、彼方を見渡した。すると空中に、三つの巨大な太陽が、見えない軸を中心にゆっくり回転しているのが見えた。それは、巨大なファンが大地に向けて死の風を吹かせているかのようだった。空のほぼすべてを占領した三つの太陽は西に移動し、すぐにその半分が地平線の下へと沈んでいった。ファンはなおも回転しつづけ、ときおり光り輝く羽根の一部が地平線の上に出て、死にゆく世界に短い日の出と日の入りをもたらした。日没後、灼熱の大地は暗赤色に輝き、一瞬後に訪れた日の出がまたまばゆい平行光線ですべてを満たす。

三つの太陽が完全に沈んだあとも、大地から立ち昇る蒸気でできた濃い雲がなおも地平線の向こうの光を乱反射させ、燃える空を地獄のような狂おしい美に染め上げた。

その破滅の夕焼けもとうとう消えてしまったあとは、大地の地獄の火を映したかすかな赤い冷光に輝く雲だけが空に残り、そこに数行の巨大なテキストが出現した。

文明#183は三太陽の日によって滅亡しました。この文明は中世レベルまで到達していました。

長い時間のあと、生命と文明が再起動します。『三体』の世界で予測不能の進化がふた

たびはじまるでしょう。

しかし、この文明で、コペルニクスは宇宙の基本構造を示すことに成功しました。三体文明は、最初の飛躍を遂げたのです。ゲームはレベル2に到達しました。

『三体』レベル2へのログインをお待ちしています。

＊原注　三体問題

質量が同じ、もしくはほぼ同程度の三つの物体が、たがいの引力を受けながらどのように運動するかという、古典物理学の代表的な問題。天体運動を研究する過程で自然とクローズアップされ、一六世紀以降、大勢の科学者たちがこの問題に注目してきた。オイラー、ラグランジュ、及びもっと近年の（コンピュータの助けを借りて研究してきた）科学者は、それぞれ、三体問題のある特定のケースについて、特殊解を見出してきた。後年、フィンランドのカール・F・スンドマンが、収束する無限級数のかたちで三体問題の一般解が存在することを証明したが、この無限級数は収束がきわめて遅いため、実用上は役に立たない。

16　三体問題

汪《ワン・》淼《ミャオ》がゲームからログアウトすると同時に、電話が鳴った。史《シー・》強《チアン》からだった。緊急の用件があるのですぐに公安分局に来いという。時計を見ると、すでに午前三時をまわっていた。

公安分局の散らかったオフィスに足を踏み入れると、史強の煙草の煙が靄《もや》のようにたちこめていた。オフィスにいる若い女性警官は、煙を寄せつけまいとメモ帳で顔をあおぎつづけている。史強がその女性警官を紹介した。コンピュータの専門家で、名前は徐《シュー・》冰冰《ビンビン》（じょ・ひょうひょう）。情報保安課に所属しているという。

オフィスには第三の人物がいたが、汪淼はその顔を見てぎょっとした。驚いたことにそれは、申《シェン・》玉菲《ユーフェイ》の夫、魏《ウェイ・》成《チョン》だった。髪がひどく乱れている。魏成は顔を上げて汪淼を見たものの、前に会ったことなどすっかり忘れているようだった。

「夜中に急に呼び出して悪かった」と史強が言った。汪淼の顔を見ながら、「しかしまあ、寝ているところを叩き起こしたわけじゃなかったみたいだな。折り入って相談したいことがある。作戦司令センターにはまだ報告してない。たぶん、この件では、先生に参謀になってもらったほうがいいと思ってな」と言って、魏成《ウェイ・チョン》のほうを向き、「じゃあ、いまの話をもう一回頼む」

「ぼくの命が危険にさらされている」そう言ったものの、魏成の顔にはなんの表情もない。

「最初から話してくれ」

「わかった。そうしよう。そのかわり、話が長いと文句を言わないでくれよ。じつのところ、しばらく前からずっと、だれかに話したいと思ってたんだが……」と言いながら、魏成は徐冰冰《シュー・ビンビン》をふりかえって、

「メモとか、記録は残さなくていいのかい？」

「いまはいい」史強《シー・チアン》がそくざに答えた。「前はだれも、話す相手がいなかったと？」

「そういうわけでもないんだが。話すのがおっくうでね。ほんとうに面倒くさがりなもので」

ここから先は、魏成の話である。

ぼくはものぐさなんだ。小さいころからそうだった。学生時代、寮では茶碗さえ洗わな

かったし、布団も万年床だった。なんに対しても興味がなくて、勉強も面倒だったし、遊びさえ面倒だった。毎日ぼんやりと、ぶらぶら過ごしていた。

ただ、ほかの人間にはない特殊な才能が自分にあることには気づいていた。たとえば、だれかが一本の線を引いて、ぼくがそれを分割する線をもう一本引くと、その位置は決まって1対1・618の黄金分割なんだ。同級生からは大工に向いてると言われてたけど、自分では、この才能はそれ以上のもの——数とかたちに対するある種の直感力じゃないかと思っていた。でも、数学の成績は、ほかの教科と同じように悲惨だった。というのも、定理を使って結論を出すっていう作業が面倒で、試験のときはあてずっぽうの答えをそのまま書いていたからね。八割から九割は正解できたけど、それでもせいぜい平均点くらいだった。

だけど、高校二年のとき、ある数学教師がぼくに関心を持った。当時の高校教師には隠れた才能の持ち主がほんとうに多かったよ。文革のせいで、才能ある人間が高校におおぜい流れてきて、教壇に立っていた。その先生も、そういう人たちのうちのひとりだった。ある日の放課後、ぼくだけが教室に残された。先生は黒板に十数個の数列を書いてから、ぼくに、それぞれの総和を出すように求めた。ぼくはそくざに、そのうちいくつかの計算式を書いた。残りは答えが発散するとひとめでわかった。

するど、先生は一冊の本をとりだした。シャーロック・ホームズものの作品集だった。その本のページをめくって——たしか『緋色の研究』だったと思う——その一節の内容を語った。それはだいたいこんな話だった。二階の窓からおもての通りを見下ろしたワトスンは、私服姿の配達人らしき人物が封筒を手にして歩いているのを見て、ホームズにもそれを見せようと、窓辺に呼び寄せる。「きみが指しているのは、あの英国海兵隊元軍曹のことかい?」とホームズが言う。その指摘が正しかったことが判明したあと、ワトスンはホームズがどうやって配達人の経歴を知ったのか不思議に思ってたずねたが、ホームズ自身も、自分の推理の過程をちゃんと答えられなかった。自分が考えたことを整理して、その配達人の手や動きがどうこうと説明することができたのは、しばらく経ってからだった。べつに不思議なことじゃない、とホームズは言った。たいていの人間だって、2+2が4だとなぜわかるのか説明しろと言われたら困るだろう、と。

それから先生は本を閉じ、こう言った。「きみの場合もこれと同じだ。答えを導き出すのがすごく速くて反射的だから、どうやってその答えにたどりついたのか説明できない」

それから、先生はたずねた。「数字の列を見て、どんなふうに感じる? 感触だよ」

ぼくはこう答えた。「どんな数字の組み合わせも、ぼくには三次元の立体に見えます。どんなかたちか、言葉では説明できないけど、でも、ほんとにかたちとして見えるんです」

「じゃあ、幾何学的な図形を見たら？」

「その反対です。頭の中では、幾何学図形じゃなくて、ぜんぶ数字になります。新聞の写真にすごく目を近づけると、すべてが小さな点に見えるのと似たような感じです」

「きみには生まれもった数学の才能がある。でも、しかし……しかし……」先生はうろうろと歩きながら、何度も「しかし」とくりかえした。まるでぼくが、どうやって解けばいいかわからない難問だとでもいうみたいに。それから、先生はこう言った。「しかし、きみのような人間は、その才能を大切にしていない」先生はそのあともしばらく考え込んでいたが、やがてはあきらめたように言った。「来月の数学コンテストの地区大会に出なさい。指導なんかしないよ。そんなことをしても時間の無駄だからね。ひとつだけ言っておく。答えを書くときにはかならず、結論を導き出すまでの過程を書きなさい」

そんなわけで、ぼくは大会に出ることになった。地区予選から勝ち上がって、ブダペストで開かれた数学オリンピックまで、ずっと一位をとりつづけた。優勝して帰国したら、入学試験を免除されて一流大学の数学科に入ることになった……。

こんな話、退屈じゃないか？　ああ、そう。だったらいいんだけど。このあとの話をちゃんと理解してもらうためには、話しておく必要があったんだ。その高校教師が言ったことはまったく正しかったよ。ぼくは自分の才能を大切にしなかった。学部、修士課程、博士課程——どの段階でもたいして努力しなかったけど、それでも進学できた。でも、大学院を終えて、実社会に出てはじめて、自分は正真正銘のダメ人間だと思い知らされた。数学以外、なにも知らないんだからね。人間関係の複雑さに直面すると、ぼくは半分眠っているようなものだった。社会人としての年月を重ねれば重ねるほど、ぼくのキャリアは転落していった。最後は大学講師になったけど、やっぱりそれも勤まらなかった。学生に教えるということを真剣に考えられなかった。黒板にひとこと、「証明は簡単」とだけ書いて放っておいたりね。学生はそのあと長いあいだ問題と格闘して苦労した。その後、大学側が評判の悪い教員を解雇しはじめたとき、ぼくは真っ先にクビになった。そのころにはもう、なにもかもに嫌気がさしていたから、荷物をまとめて南方の山寺に行ったんだ。

いや、出家したわけじゃない。出家するのも面倒だったからね。ただたんに、すごく静かなところにしばらく滞在したいと思っただけだ。その寺の住職は父の古い友人だった。深い学問的知識を持つ人物で、晩年になって仏門に入っていた。父の言葉によれば、彼ほどの境地に達すれば、もはやほかに道がないんだと言う。住職はぼくを弟子にしてくれた。ぼくは住職に言った。「残りの人生をやりすごすための、穏やかで安楽な道を見つけたいんです」すると、住職いわく、「ここは穏やかに人生を過ごせるような場所ではない。観光地だし、巡礼の参拝客も多い。ほんとうに心穏やかな者は、都会の喧騒にも平穏を見出せる。その境地に達するためには、心を空《くう》にする必要がある」それでぼくはこう言った。「ぼくの心はもうじゅうぶん空になっています。名声も富も、ぼくにとってなんの意味もないものでした。この寺のお坊さんたちにも、ぼくよりもっと煩悩を持っている人が多いでしょう」すると住職は首を振り、「空は無ではない。空は存在の一種だ。そなたは、空をもってみずからを満たす必要がある」

この言葉は、ぼくにとって啓示に満ちていた。あとで考えてみると、これは仏教の理念ではぜんぜんないね。どちらかというと、現代のある種の物理学理論に近い。住職も、ぼくに仏教の話をするつもりはないと言っていた。理由はあの高校教師と同じだ。ぼくみたいな人間は、指導しても無駄だからって。

そこで過ごした最初の夜、寺のせまい庫裏《くり》で、ぼくはずっと眠れなかった。浮き世からの避難所がこんなに居心地が悪いなんて思ってもみなかった。山中の霧で布団は湿ってるし、寝床はコチコチに硬かった。それで、なんとか眠りにつくため、住職が言ったように〝空〟で自分を満たそうとしてみた。

ぼくが心の中で創造した第一の〝空〟は、無限の宇宙だった。その中にはなにもない、光さえない、ほんとうにからっぽなんだ。すぐに、なにひとつないこの宇宙は、自分を安らかにしてくれるものではなく、溺れる者が必死になにかにすがろうとするように、かえって言葉にならない不安で心を満たしてしまうものだと気がついた。

それで、この無限の空間にひとつの球——大きくこそないが、質量を持つ球体——を創造した。でもやはり、精神状態は向上しない。この球体は〝空《くう》〟のど真ん中にあり（無限の空間では、どの位置にあってもど真ん中だ）、その宇宙ではどんなものも、それに影響を与えることができない。この球も、他のものに対しては、どんな影響も与えられない。それはただそこに浮かんでいるだけで、ほんのかすかに動くことも、ほんのかすかに変化することも永遠にない。まるで、死という概念を完璧に体現したもののようだった。

それでぼくは、さらにもうひとつ球を創造した。もともとの球と同じ大きさと質量のものをね。球の表面は、どちらも全反射鏡になっていて、たがいに相手の像を映し出している。つまり、宇宙で唯一の、自分以外の存在を映しているんだ。でも、状況はちっともよくならなかった。もし球に初期運動が与えられていなかったら——つまり、ぼくが最初にひと押ししてやらなかったら——二つの球はたちまちそれぞれの重力で引き合ってくっついてしまう。そのあとは、二つの球はくっつきあったまますこしも動かず、やっぱり死のシンボルになる。もしそれぞれに初期運動が与えられていて、両者が衝突しないとしたら、たがいの重力の影響下で、たがいに相手のまわりを回ることになる。初期状態がどんなものでも、回転は最終的に安定し、変化しなくなる。永遠に同じ軌跡を描いてくるくるとまわりつづける死の舞踏だ。

そこでぼくは、第三の球を導入した。すると、状況は驚くほど劇的に変わった。さっきも言ったように、どんな図形も、ぼくの心の奥底では数字になる。球のない状態、球がひとつの状態、球が二つの状態では、宇宙は、たったひとつ、もしくはほんのいくつかの数式で表すことができた。二、三枚の枯葉で晩秋を表すようにね。

ところが、第三の球は、〝空〟に命を与えた。三つの球は、最初に運動量を与えられると、複雑な動きをはじめ、同じ動きは二度とくりかえさないように見えた。それを記述する数式は、嵐のときに叩きつけてくる豪雨さながら、すごい勢いで果てしなく降りつづけた。

そんなふうにして、ようやくぼくは眠りにつけたんだけれど、夢の中でも球は、一定のパターンを持たない、同じ動きをくりかえすことのないダンスを永遠に踊りつづけていた。それでも、ぼくの心の底では、このダンスにはたしかにリズムがあった。ただたんに、反復に要する期間が無限に長いというだけのことだろう。それはぼくを魅惑した。その全期間を数式で表したいと思った。それが無理なら、せめて、その一部なりとも。

翌日もずっと、〝空〟の中で踊る三つの球のことを考えつづけた。ひとつのことをこんなに集中して考えたのは生まれてはじめてだった。寺のある僧が、ぼくには精神的になにか問題があるのではないかと住職にたずねたほどだった。住職は笑って、「大丈夫だ、彼は〝空〟を探し当てたんだ」と言った。そう、そのとおり、ぼくは〝空〟を探し当てた。

おかげでいまでは都会の喧騒の中でも暮らせるようになったし、騒がしい人混みの中にいても、心はすこぶる穏やかだ。しかもぼくは、生まれてはじめて、数学が楽しめるようになった。ひとりの女からべつの女へといつも移り気に相手をとっかえひっかえしていたドン・ファンが、とつぜんひとりの女性と真剣な恋に落ちたような気分だった。

三体問題の背後にある物理法則は、とてもシンプルだ。それは主に数学的な問題だ。

「ポアンカレは知らなかったのかい？」汪淼《ワン・ミャオ》は魏成《ウェイ・チョン》の話をさえぎってたずねた。

当時は知らなかった。ああ、たしかに、数学を専門にしている人間がポアンカレを知らないっていうのはおかしな話だろうけど、ぼくは数学の権威を尊敬していなかったし、自分も権威になろうとは思ってなかったからね。でももし当時ポアンカレを知っていたとしても、やっぱりぼくは三体問題を研究しつづけていたと思う。

みんなは、三体問題に解がないことをポアンカレが証明したと思っているみたいだけど、それはただの誤解だと思う。ポアンカレは、初期条件に対する感度が高いことと、三体問題は求積可能ではないということを証明したにすぎない。でも、感度の高さは、まったく決定できないということとイコールではない。解法に、もっとたくさんのさまざまな方式が含まれているというだけのこと。必要なのは新しいアルゴリズムなんだ。

その当時、ぼくはひとつ思いついた。モンテカルロ法って聞いたことがあるかな？　そう、不規則な図面の面積を計算するコンピュータ・アルゴリズムだ。具体的に言うと、コンピュータソフト上で、問題の図の中に、面積がわかっている既知の図形を入れる。たとえば円とかね。そして、大量の小さなボールでランダムに攻撃し、同じ場所を二度は狙わない。多数のボールを投げたあと、不規則な図形の内側に入ったボールの比率を、円にあたったボールの数と比べることで、図形の面積が求められる。もちろん、ボールのサイズを小さくすればするほど、結果は正確になる。

メソッドはシンプルだが、モンテカルロ法は、ランダムな総当たり攻撃が正確なロジックを凌駕しうることを示している。量を質に変える、数的なアプローチだ。これが、三体問題を解くためのぼくの戦略だよ。時間経過に沿って三体の状態を観察すると、それぞれの瞬間ごとに、三つの球の運動ベクトルには無限の組み合わせがある。その組み合わせを一種の生物のようなものと見なす。カギとなるのは、いくつかの規則を設定することだ。運動ベクトルのどの組み合わせが〝健康的〟で〝有利〟なのか、どの組み合わせが〝不利〟で〝有害〟なのか。前者の組み合わせは生存にとってプラスとなるポイントを獲得し、後者にはマイナスのポイントを与える。マイナスのものを除去し、プラスのものを残すようにして計算を進めると、最後に生き残った組み合わせが、三体の次の配置、次の瞬間の正確な予測になる。

「進化的アルゴリズムか」汪淼《ワン・ミャオ》が言う。

「あんたに来てもらって、やっぱり正解だったな」史強《シー・チアン》が汪淼に向かってうなずいた。

そのとおり。ただ、ぼくが進化的アルゴリズムという言葉を知ったのは、ずいぶんあとになってからだけどね。このアルゴリズムの際立った特徴は、超大量の計算資源が必要になること。三体問題に関しては、いまあるコンピュータでは足りない。

当時、寺で暮らしていたぼくには、電卓すらなかった。寺の会計係の机からもらってきたまっさらな帳簿一冊と、鉛筆一本だけ。ぼくは紙の上で数学モデルをつくりはじめた。これにはたいへんな労力がかかり、たちまち十数冊の帳簿を使い切って、会計係の坊さんにめちゃくちゃ怒られたよ。もっとも、住職がとりなしてくれたんで、紙とペンをもっとたくさん都合してもらえたけどね。完成した計算式は枕の下に隠し、不要になった途中の紙は敷地内の焼却炉に放り込んだ。

ある日の夕方、若い女性がとつぜん部屋に押しかけてきた。ぼくのところに女性が姿を見せたのはそのときがはじめてだった。彼女は端っこが焼け焦げた紙を何枚か手にしていたけれど、それはぼくが捨てた計算用紙だった。

「これ、あなたのだって聞いたけど。三体問題を研究してるの？」彼女はせわしない口調でたずねてきた。大きな眼鏡の奥の瞳は、まるで炎が燃えているみたいだった。

これにはほんとにびっくりしたよ。ぼくが使っていた手法はふつうの数学じゃなかったし、結論を導く過程にはいくつも大きな飛躍があったから。でも、殴り書きした二、三枚の計算用紙を見るだけで、研究対象がなんなのかわかったということは、彼女が並はずれた数学の才能を持っていることと、三体問題にものすごく入れ込んでいることを示している。

ぼくはこの寺に来る観光客や参拝者にあまりいい印象は持っていなかった。観光客は自分がなにを見ているのかもわからずにあちこちうろついて写真を撮るだけだったし、お参りに来る連中は、観光客よりもずっと貧乏くさい身なりで、知性を制限された麻痺状態にでも陥っているみたいに見えた。でも、この女性は違っていた。学者のような雰囲気だった。のちにわかったんだけど、彼女は日本のツアー客のグループといっしょに来てたんだ。

ぼくの答えを待たずに、彼女はまた言った。「あなたのアプローチはとてもすばらしい。わたしたちはずっとこんな方法を探してきたの。三体問題を解く困難さを、超大規模な計算問題に置き換えられる方法をね。もちろん、これにはものすごく強力なコンピュータが必要だけど」

「世界中のコンピュータをぜんぶ使っても無理だよ」とぼくは真実を告げた。

「そうは言っても、あなたには最低でもふつうの研究環境が必要でしょう。ここにはなにもない。わたしなら、スーパーコンピュータの使用権を提供できるし、ミッドレンジのコンピュータを一台、自由にさせてあげられる。あしたの朝、いっしょに山を下りましょう」

もちろん、この女性が玉菲《ユーフェイ》だ。いまと同じように単刀直入で独断的だけど、当時はいま以上に魅力的だった。ぼくは生まれつき冷たい人間で、まわりの坊さん連中とくらべても、女性に対する関心が薄かった。でも、玉菲は特別だった。伝統的な女性らしさという概念にこだわらないところに惹かれた。どのみち、ほかにやることもなかったから、ぼくはすぐさま彼女の提案を受け入れた。

その日の夜は寝つけなくて、シャツを羽織って境内をぶらぶらしていたら、ぼんやりした光が洩れている遠くのお堂に、玉菲の姿があった。仏像の真ん前に立って線香を焚いている。その動きのひとつひとつが信心に満ちているように見えた。足音をたてないように近づくと、お堂の敷居のところで、彼女のささやくような祈りの声が聞こえた。「仏さま、どうかわが主を苦海《くがい》から逃れさせてください」

聞きまちがえたかと思ったよ。でも、玉菲はもう一回、同じ祈りをくりかえした。

「仏さま、どうかわが主を苦海から逃れさせてください」

ぼくはどんな宗教もよく知らなかったし、関心もなかった。ただ、こんな変わった祈りは想像もできなかったから、思わず質問が口をついた。

「なにを祈っているんだい？」

玉菲はぼくを無視して、なおも軽く目を閉じ、両手を合わせたままだった。まるで自分の祈りが、線香の煙とともに御仏《みほとけ》のもとへと昇っていくのを見守っているかのようだった。ずいぶん経ってからようやく目をあけると、玉菲はこちらを向いた。

「寝なさい。あしたは早いから」と、目も合わせずに言った。

「さっき、〝わが主〟と言ってたけど、それって仏教のもの？」ぼくはたずねた。

「いいえ」

「だったら……」

玉菲《ユーフェイ》はなにも言わずに急ぎ足で去っていったから、それ以上質問するチャンスはなかった。ぼくは心の中で何度かその祈りの言葉を唱えたが、唱えれば唱えるほど妙な気がした。だんだん怖くなってきて、住職の居室へ行って戸を叩いた。

「もしだれかが、御仏に、べつの神様を救ってほしいと祈るとすれば、それはどういうことでしょうか？」ぼくはそうたずねてから、ことの次第をくわしく話した。

住職は手にしている本を黙って見ていたが、読んでいないのは明らかだった。ぼくの話について、じっと考えている。ややあって、住職は言った。「しばらくひとりにしてくれ。すこし考えさせてほしい」

ぼくはきびすを返して部屋を出た。これが異例なことなのはわかっていた。住職は学識豊かで、一般的な宗教、歴史、文化などに関する質問にはそくざに答えてくれる。ぼくは煙草を一本吸いきるくらいの時間、外で待った。それからようやく、住職がぼくを呼び入れた。

「可能性はひとつしかないと思う」厳しい顔つきで住職は言った。

「なんですか？　いったいどういうことでしょう？　信者が自分の信じる神を救ってくれと、ほかの宗教の神に祈らなきゃいけないなんて、そんな宗教がありうるんですか？」

「彼女の主は、現実に存在する」

この答えにぼくは困惑した。「だったら……御仏は存在しないんですか？」そう言ってから、すぐに無礼だったと気づき、急いで詫びた。

住職はゆっくり手を振りながら、「前に言ったように、信徒同士が仏教の教えについて話すことはありえない。御仏は、そなたの理解を超えた存在なのだ。しかし、彼女が言う主とは、そなたにも理解できるありようで存在している……このことについては、それ以上のことは言えない。わたしにできることがあるとしたら、そなたが彼女とともに発つのを思いとどまるよう助言することだけだ」

「なぜですか？」

「ただ、そう感じるだけだ。彼女の背後に、そなたやわたしには想像もつかないなにかを感じる」

ぼくは住職の居室を出て、自分の庫裏《くり》のほうへと歩いていった。その晩は満月だった。月を見上げると、まるでこっちをにらんでいる銀色のひとつ眼のように見えた。その光には薄気味悪い冷たさが満ちていた。

翌日、ぼくはやはり、玉菲とともに寺を離れた。どのみち、残りの一生をこの寺で過ごすことはできない。でも、それから数年のあいだ、夢に見ていたような生活を送ることになるとは思いもしなかった。玉菲《ユーフェイ》は約束を守ってくれた。ぼくは、一台のミッドレンジ・コンピュータと快適な環境を手に入れた。そればかりか、何度か中国を離れて、海外のスーパーコンピュータを使った――それも、タイムシェアリングではなく、全CPUをひとり占めにして。どこからそんな大金が入ってくるのか知らないが、玉菲は裕福だった。

後年、ぼくたちは結婚した。愛や情熱はたいしてなかったけれど、おたがいにとって結婚したほうが好都合だった。ぼくらには、それぞれやりたいことがあった。ぼくにとって、それからの数年は、たった一日のことのように説明できる。毎日が平和でのどかに過ぎていった。彼女のあの別荘で、食事も服装も気にかけることなく、すべて面倒をみてもらって、ひたすら三体問題の研究に没頭するだけでよかった。玉菲はぼくの生活にけっして干渉しなかった。車庫にはぼく専用の車があり、どこにでもひとりでドライブに行けた。ぼくがだれか女性を連れて帰ったとしても、彼女は気にも留めないだろうね。それは保証できる。玉菲はただ、ぼくの研究だけに関心を寄せている。ぼくらが毎日話し合うことといったら、三体問題についてだけだった。彼女は毎日、ぼくの研究がどれだけ進んだかチェックするんだ。

「あんたは申《シェン・》玉菲《ユーフェイ》がほかになにをやってるか知ってるか？」史強《シー・チアン》がたずねた。

「〈科学フロンティア〉だけだよ。玉菲はしじゅうそれで忙しくしている。大勢の客がひんぱんにうちにやってくる」

「入会しろと言われなかったのか？」

「一度も。ぼくには、〈科学フロンティア〉について話すことさえない。ぼくも興味ないしね。こんな人間だから、ほとんどのことに関心がないんだ。玉菲もそれをよくわかってて、『なんの使命感もない怠惰な人だから、あの組織とは合わないし、かえってあなたの研究の邪魔になる』と言ってる」

「三体問題の研究には、なにか成果があった？」汪淼《ワン・ミャオ》がたずねた。

この研究分野全般の現状を見渡せば、ぼくがあげた成果はブレイクスルーと言ってもいいと思う。数年前に、カリフォルニア大学サンタクルーズ校のリチャード・モンゴメリとパリ第七大学のアラン・シャンシネルが三体問題の安定した周期的な解を発見した。適切な初期条件下では、三体はたがいを追いかけるようにして、固定された8の字を描くようになる。それ以降、この種の特殊な安定した配置を探すことにみんな夢中になって、ひとつ発見するたびに大喜びしている。これまでに、そういう配置は、まだ三つか四つしか見つかっていない。

でも、ぼくの進化的アルゴリズムは、すでに百以上の安定的配置を見つけてるんだ。それらの軌道を絵にしたら、ギャラリーを借りてポストモダンアート展が開けるくらいだよ。でも、それはぼくの目標じゃない。三体問題のほんとうの解は、あらゆる既知のベクトルを持ついかなる配置を与えても、その後の三体の運動をすべて予測できるような数学モデルをつくることだ。これは玉菲《ユーフェイ》の心からの願いでもある。

しかしきのう、あることが起きて、ぼくの穏やかな生活は終わってしまった。

「それがおまえの通報してきた事件か？」と史強《シー・チアン》がたずねた。

「そう。きのう、ある男が電話してきて、すぐに三体問題の研究をやめなければ、ぼくは殺されるだろうと警告した」

「相手はだれだ？」

「わからない」

「電話番号は？」

「わからない。電話には番号が表示されていなかった」

「ほかになにか関連のありそうなことは？」

「わからない」

史強が笑って、煙草の吸い殻を灰皿に投げ捨てた。「だらだらだらだらしゃべりつづけた挙げ句、最終的に通報したい内容はたった一行。あとは〝わからない〟のオンパレードか？」

「これだけだらだらしゃべらなかったら、その電話の意味が理解できなかったんじゃないか？　それに、もしそれだけの話だったら、わざわざここに来たりしない。言っただろ、ものぐさだからね。でも、またべつのことが起きた。ゆうべ遅く――もしくは、きょう早くかもしれないが、とにかく真夜中に――ベッドの中で半睡状態だったとき、冷たいものが顔の上で動いているのを感じて目を開けたら、そこに玉菲がいたんだ。死ぬほど怖かったよ」

「夜中にベッドで女房の顔を見るのがどうしてそんなに怖いんだ？」

「いままで見たこともないような顔をしてぼくを見ていた。窓の外の常夜灯の光を浴びて、まるで幽霊みたいだった。しかも、手になにか持っていると思ったら……銃だった！　ぼくの顔を銃口で撫でながら、三体問題の研究はどうしてもつづけろ、もしやらなければ殺すと言うんだ」

「ほう、やっと面白くなってきたな」史強はまた煙草に火をつけると、満足げにうなずいた。

「なにが面白い？　ぼくはもうどこにも行き場がないんだぞ。それでしょうがなく、ここに来たんだ」

「申《シェン》・玉菲《ユーフェイ》が言ったことを正確に教えろ」

「玉菲はこう言った。『もし三体問題を解くことに成功したら、あなたは救世主になる。でも、いまやめたら罪人になる。もしだれかが人類を救うか、滅ぼすとしたら、あなたの貢献もしくは罪の大きさは、そのだれかのちょうど二倍になる』と」

史強《シー・チアン》は煙草の煙を吐き出し、魏成《ウェイ・チョン》がたじろぐまでしばらく見ていたが、散らかった机の上からノートを一冊とって、ペンを握って言った。「記録をとってほしいんだろ？いま言ったことをもう一回くりかえしてみろ」

魏成がもう一度くりかえすのを聞いてから、汪淼《ワン・ミャオ》は口を開いた。「この話も妙だな。どうしてちょうど二倍なんだろう？」

魏成は目をしばたたきながら、史強に向かって言った。「ずいぶん深刻な事態みたいだね。さっきここに来たら、そくざに当直の警察官から、あなたに会うように言われた。ぼくと玉菲は、どうもずっと前からマークされていたらしいな」

史強がうなずいた。「もうひとつ聞きたいことがある。女房が突きつけてきた銃は本物だと思うか？」魏成がどう答えていいかわからずにいるのを見て、「ガン・オイルのにおいはしたか?」

「うん。たしかにオイルのにおいがした」

「よし」机に座っていた史強は、ぽんと床に飛び降りて言った。「やっとチャンスが巡ってきたらしいな。銃の不法所持容疑で家宅捜索ができる。書類仕事はあしたでいい。すぐ行くぞ」

それから汪淼のほうを向いて、「お疲れのところ申し訳ないが、今回は先生にもいっしょに来てもらって、アドバイスしてほしい」それから、これまでずっと黙っていた徐冰《シュー・ビン》冰《ビン》に向かって言った。

「冰冰、今夜は、おれたち以外には、当直の刑事が二人いるだけだ。人手が足りない。情報保安課の人間が現場に不慣れなのは知ってるが、おまえも来てくれ」

徐冰冰は、煙の充満したこのオフィスを離れられるのがうれしいのか、すぐにうなずいた。

現場に向かうことになったのは、史強と徐冰冰、当直の刑事二名、それに汪淼と魏成を加えた六名だった。一行はパトロールカー二台に分乗し、夜明け前の真っ暗な夜の街を抜け、北京郊外の別荘地へと向かった。

徐冰冰《シュー・ビンビン》と汪淼《ワン・ミャオ》は、一台の後部座席に並んで座った。車が出発すると、徐冰冰が言った。

「汪《ワン》教授、先生の名前は『三体』で大評判ですよ」

現実世界でまた『三体』の話が出たことに汪淼は一瞬動揺したが、制服姿のこの女性警察官との距離があっという間に縮まったような気がした。「きみも『三体』を？」

「『三体』のモニタリングと追跡が担当なんです。楽しくもなんともない仕事」

汪淼は勢い込んでたずねた。「じゃあ、『三体』のバックグラウンドを教えてくれないか？ ぜひとも知りたいと思っていたんだ」

車の窓から入ってくるわずかな街灯の光で、徐冰冰が謎めいた笑みを浮かべるのが見えた。「わたしたちも知りたいんですよ。でも『三体』のサーバは国外にあって、システムとファイアウォールが堅牢なので、なかなか侵入できなくて。わかっていることはすこしだけですが、営利目的で運営されてるわけじゃないことはたしかですね。ソフトウェアのクオリティは並はずれて高く、ゲーム内の情報量ときたら、先生もご存じのとおり、さらに尋常じゃないレベルです。とてもゲームとは思えないくらい」

「これまでになにか……」汪淼は慎重に言葉を探した。「超自然的なしるしはあった？」

「それはないと思います。ゲームの開発に参加した人はたくさんいて、全世界に散らばっています。むかし、オペレーティングシステムのＬＩＮＵＸを開発するときに採用されたような、バザール方式のオープンソース・ソフトウェア開発に似たやりかたのようですね。ただ『三体』の場合は、なにかものすごく高度な開発ツールが使われています。ゲームの内容に関しては、いったいどこから持ってきたのか、神のみぞ知る。実際、ちょっと……超自然的ですね、先生がいまおっしゃったとおり。でもわたしたちは、あの有名な〝史《シー》強《チアン》隊長の法則〟を信じていますからね。この件はすべて、裏に人間の黒幕がいるはずです。わたしたちの捜査は効率的ですから、もうすぐ結果が出るでしょう」

この若い公安警察官は、嘘をつく経験がまだ足りない。最後のひとことで、彼女が真実の大半を隠していることがわかった。「大史《ダーシー》の〝法則〟はもうそんなに有名になってるのか……」車を運転している史強を見ながら汪淼はつぶやいた。

別荘地にある申玉菲《シェン・ユーフェイ》の家に着いたのは、まだ空が明るくなる前だった。『三体』をプレイしている玉菲を汪淼が目撃したのと同じくらいの時刻だ。二階の窓のひとつに明かりがついていたが、ほかの窓はどれも暗い。

汪淼が車を降りたとたん、二階から物音がした。連続して何回か、なにかが壁にぶつかるような音が響いた。車を降りてきた史強も、その物音を聞いて険しい表情になった。軽く閉じているだけの門扉を史強が蹴り開け、でかい図体に似合わない俊敏さで家の中に飛び込んだ。残り三人の警察官もそれにつづく。

汪淼《ワン・ミャオ》と魏成《ウェイ・チョン》も、彼らのあとについて家に入った。ロビーから階段で二階に上がり、明かりがついている部屋に踏み込むと、靴底が水たまりを踏んだような音がした。床に大きな血だまりがあり、外に向かって血が流れている。

そこは、申玉菲《シェン・ユーフェイ》が『三体』をプレイしていた部屋だったが、本人はいま、部屋の真ん中に横たわっていた。二カ所ある胸の銃創から、いまも血が浸み出している。三発目の銃弾は左眉を貫通し、顔じゅうを血まみれにしていた。遺体のそばでは、一丁の銃が血だまりに浸っていた。

汪淼がその部屋に入るのと入れ違いに、史強《シー・チアン》と男性警官ひとりが飛び出してきて、ドアが開いたままになっている、廊下をはさんだ向かい側の真っ暗な部屋に駆け込んだ。そちらの部屋の窓は開け放たれていて、その窓の外から、自動車のエンジンをかける音が聞こえてきた。

遺体の横たわる部屋では、もうひとりの男性警官が電話をかけはじめた。徐冰冰《シュー・ビンビン》は離れたところから緊張の面持ちでそのようすを見守っている。汪淼と同じく、こんな現場に遭遇するのははじめてなのだろう。

数秒後、史強が戻ってきた。胸のホルスターに銃を収めながら、電話している警官に向かって言う。

「黒のフォルクスワーゲン・サンタナ。乗っているのはひとりだけだ。ナンバープレートは見えなかった。五環路の入口を重点的に封鎖するように伝えろ。くそっ。逃がしたかもしれん」

史強はまわりを見渡して壁にいくつかの弾痕を見つけ、それから床に散らばる薬莢を一瞥すると、「容疑者は五発撃って三発命中、被害者のほうは二発撃って——どちらもはずした」とつづけた。それからかがみこんで、いっしょに戻ってきた男性警官と遺体を検分しはじめた。徐冰冰は離れた場所に佇み、となりに立つ魏成のようすにさりげなく目を配っている。史強もまた、魏成のほうを見上げた。

魏成の顔にはショックと悲しみの色がいくらか浮かんでいるものの、ほんのわずかだった。魏成の特徴的な無感情は変わらず、汪淼とくらべても落ち着いたものだった。

「この件に動揺もしてないみたいだな」史強が魏成に向かって言った。「やつらはたぶん、おまえを殺しにきたんだぜ」

意外にも、魏成は笑みを——凄味のある笑みを——浮かべた。「ぼくにどうしろと？　玉菲のことなんて、いまだになにひとつ知らない。シンプルに生きるほうがいいと、玉菲には何度も言ったけどね。あの夜の住職の助言のことを考えている。でも……」

史強は背すじを伸ばし、魏成の前に立つと、煙草をとりだして火をつけた。「まだ、おれたちに話してないことがあるな」

「まあ、ものぐさだからね」

「なら、いまこそ勤勉になるべきだな」

魏　成《ウェイ・チョン》がちょっと考えてから口を開いた。「きょうの――いや、きのうの午後のことだ。リビングルームで、玉菲《ユーフェイ》が男と口論していた。あの潘寒《パン・ハン》だよ、有名な環境保護主義者の。二人は前にも何度か言い合いをしていたことがある。ただし、ぼくにわからないように、いつも日本語を使っていた。でも、きのうだけは、そんなこと気にする余裕がなかったんだろうな、中国語だったから、少しは聞きとれた」

「できるだけ聞いたままの言葉で話してくれ」

「わかった。潘寒はこう言った。『われわれは表面上は旅の道づれのような顔をしているが、実際は不倶戴天の敵同士だ』すると玉菲は、『そのとおり。あなたたちは人類を滅ぼすために主の力を使おうとしている』そしたら潘寒はこう言った。『そう考えるのも、まったくの不合理ではない。われわれは、主がこの世界にやってきて、はるかむかしに罰せられるべきだった者どもを罰してくれることを望んでいる。しかしきみたちは、主の降臨を阻止しようとしている。だから、両立は不可能だ。もしきみたちが妨害をやめないなら、われわれがやめさせる！』申玉　菲《シェン・ユーフェイ》はそれに対して、『あなたたちみたいな悪魔を協会に入れるなんて、総帥は見る目がなかったわね！』そのあと潘寒が、『総帥と言えば、あのかたはどっちの側なんだ？　降臨派か、それとも救済派か？　総帥が望んでいるのは、人類の滅亡か、それとも救済か？』潘寒のこの言葉で、玉菲はしばらく沈黙し、その後の二人の会話はそれほど激しい口論ではなくなった。だから、ぼくに聞きとれたのはそこまでだ」

「電話でおまえを脅迫してきたやつ。その声はだれに似てた？」

「潘寒に似てなかったかと言いたいんだろ？　わからないよ。声がやけに小さかったから、聞き分けられなかった」

　さらに何台かの警察車両がサイレンを鳴らしながらやってきて、家の前に停車した。白い手袋をはめ、カメラを携えた警察官の集団が二階に上がってきて、建物の中がにわかに騒がしくなった。史強《シー・チアン》は汪淼《ワン・ミャオ》に、先に帰って休んでいいと言った。汪淼は現場を去る前に、例のミッドレンジ・サーバが置かれている部屋に行き、そこで魏成を見つけた。

「三体問題を解く例の進化的アルゴリズムのアウトラインをもらえないか？　あれを……紹介したい相手がいて。とつぜんこんなことを頼んで申し訳ない。無理なら、忘れてくれ」

　魏成はCDを一枚とりだして、汪淼に手渡した。「すべてこの中に入ってる。モデル全体と、補足文書。できればあなたの名前で発表してほしい。そうしてくれたら、すごく助かる」

「まさか、だめだ！　そんなこと、できるわけがない」

魏成《ウェイ・チョン》は汪淼《ワン・ミャオ》が手にしているCDを指して言った。「汪教授、じつはね、以前あなたがここへ来たときから、あなたに目をつけていた。あなたはいい人だし、責任感がある。だからぼくとしては、こんなことから手を引いたほうがいいと助言したい。世界はまもなく変わろうとしている。だれもがみんな、残りの人生を穏やかに過ごせるように努力すべきだ。それがベストの選択だからね。ほかのことはあまり心配しないように。どうせ、なにもかも無駄なんだから」

「さっき口にしたことよりさらに多くを知っているみたいだね」

「毎日、玉菲《ユーフェイ》といっしょに暮らしてたんですよ。なにも知らないでいることは不可能だ」

「じゃあ、どうして警察に言わない？」

魏成は軽蔑するような笑みを浮かべて、「警察なんか役立たずだ。たとえもし神さまがここにいたとしても、たいして役に立つことはできないだろうけど。人類全体が、だれも祈りを聞いてくれないところにまで到達してしまった」

魏成は東に面した窓辺に立っている。北京の高層ビルの後方の空に、朝の光が射しはじめている。なぜだかわからないが、その光景は、汪淼が毎回『三体』にログインするときに見る異様な黎明を思い出させた。「ほんとうはぼくだって、そんなに浮世離れしてるわけじゃない。この何日間か、ずっと眠れてない。朝起きて、ここから日の出を見ると、日没だと感じてしまうくらいに」そして汪淼のほうをふりかえって、長い沈黙のあとにこう言った。「ほんとうのところ、すべては神さまが——玉菲の言う〝主〟が——もはや自分自身さえ守れなくなってきていることが原因なんだ」

17　三体　ニュートン、ジョン・フォン・ノイマン、始皇帝、三恒星直列

『三体』レベル2の始まりのシーンは、これまでと大差なかった。やはりあの異様な寒い夜明けの光景に、例の巨大ピラミッドがそびえている。ただし、ピラミッドの形状は、またエジプト風に戻っていた。

しばらく前から、金属と金属のぶつかる音が聞こえていた。その音が、寒々とした夜明けの静けさをより際立たせている。音のありかをたどって遠くを見やると、ピラミッドのふもとで二つの人影が動いているのが見えた。かすかな朝の光の中で、金属の冷たい光が黒い影のあいだできらめいている。それは、闘う二人の剣だった。汪淼《ワン・ミャオ》の目が薄暗さに慣れるにつれて、二人の姿がぼんやりと見分けられるようになってきた。ピラミッドのかたちは東洋的だが、その二人はヨーロッパ人で、格好も一六、七世紀ごろの欧州のものだった。背が低いほうが頭を低くして相手の振り下ろした剣をかわした拍子に、銀色のカツラがとれて、地面に落ちた。さらに何度か、剣先を突き出したり、受け流したりがくりか

えされたあと、ピラミッドの角の向こうから三人めの人物が走ってきて、決闘を止めようとした。だが、風を切ってうなる双方の剣を前に、あいだに割って入ることもできず、ただ大声で怒鳴った。

「やめろ！　この愚か者めが！　おまえたちにはひとかけらの責任感さえないのか？　この世界の文明に未来がないのなら、おまえたちの名誉などなんになる！」

二人の剣客はどちらもそれにかまわず、必死に闘いつづけている。背の高いほうがとつぜん叫び声をあげたかと思うと、剣を地面にとり落とし、反対の手で腕を押さえて逃げ出した。背の低い男はしばらくそのあとを追いかけたが、途中であきらめ、逃げていく男の背中に罵声を浴びせた。

「莫迦め、恥知らず！」そして、腰をかがめてカツラを拾うと、顔を上げて汪淼を見た。剣先で逃亡者のほうを指しながら言った。「あいつはなんと、自分が微積分法を見つけ出したと言ったんだぞ！」そして、カツラをかぶりなおし、片手を胸の前にあてると、ヨーロッパ式の挨拶をした。「アイザック・ニュートンだ」

「ならば、いま逃げていったあの人はライプニッツですか？」汪淼がたずねた。

「そうだ。恥知らずなやつめ！　だがわたしは、やつと名誉を争うほど愚かではない。運動の三法則の発見は、わたしを神の次に偉大な人間にした。星々の運行から細胞の分裂に至るまで、この偉大な三法則に従わないものはない。いま、微積分法という強力な数学の援軍が加わったおかげで、運動の三法則をもとに、三つの太陽の運行規則を把握することは、もはや時間の問題となっている」

「そんなに簡単じゃないぞ」争いを止めに来た第三の男が言った。「計算量を考えたことはあるのか？ あなたの微分方程式は前に見せてもらったが、あれでは解を求めることなど不可能だ。せいぜい数値解析ができるぐらいだろう。必要とされる計算量の膨大さからして、世界中の数学者たちが休まず働いたとしても、この世の終わりの日までに計算が終わることはない。もちろん、太陽運行の法則がもっと早く解明できないとなると、この世の終わりの日もそう遠くないかもしれないが」そう言いながら、男は汪淼《ワン・ミャオ》に挨拶した。そのしぐさは、さらに現代的になっている。「ジョン・フォン・ノイマンです」

「そもそもその方程式を計算で解くためだけに、きみはこんな東洋くんだりまでわれわれを連れてきたんじゃないか」ニュートンはフォン・ノイマンにそう言ってから、汪淼のほうをふりかえった。「いっしょに来たのは、ほかにノーバート・ウィーナーと、さっきの根性の腐ったやつだ。マダガスカルで海賊に遭遇したとき、ウィーナーはわれわれを援護するためにみずからが銃弾を浴び、勇敢なる犠牲となった」

「コンピュータをつくるのに、はるばる東洋まで来る必要があったんですか？」汪淼は不思議に思い、フォン・ノイマンに質問した。

　フォン・ノイマンとニュートンがたがいに顔を見合わせる。「コンピュータ？　計算する機械のことか？　そんなものが実在するのか？」

「コンピュータをご存じないのですね？　では、どうやってこんなに大量の計算をやりとげるつもりなのでしょう？」

　フォン・ノイマンが目を見開いて汪淼を見る。まるでその質問が理解できないようだ。

「どうやって？　もちろん、人間を使ってに決まっているだろうに！　この世界で、人間以外にだれが計算できると？」

「ですが先ほど、全世界の数学者でも足りないとおっしゃいましたよね」

「われわれは数学者を使うわけでなく、一般人、ふつうの労働力を使うのだ。ただ、かなりの大人数を必要とする。最低でも三千万人、これは、数学の人海戦術だ」

「一般人？　三千万？」汪淼はショックを受けた。「もしわたしの理解にまちがいがなければ、いまは九割の人間が読み書きできない時代だ。なのにあなたがたは、いまから微積分がわかる者を三千万人も集めようというのですか？」

「四川軍のこんな笑い話を聞いたことがあるかね？」フォン・ノイマンは太い葉巻をとりだすと、端を嚙み切ってくわえ、先端に火をつけた。「兵隊たちが隊列を組む訓練をしていた。教養がほとんどないので、士官の一、二、一と号令をかける意味すらわからなかった。そこで士官はある方法を思いついた。すべての兵隊に、左足はわら靴、右足は布靴を履かせたんだ。そして隊列を組み、四川の方言でこう号令をかける。わら・布、わら・布……われわれには、このくらいのレベルの兵隊でじゅうぶんさ。ただし、必要な人数は三千万人」

この近現代の笑い話を聞いて、汪淼《ワン・ミャオ》は、目の前にいるこの人物を操っているのがシステムではなく、人間のプレイヤーだとわかった。それも、中国人に違いない。

「そんなに大勢の軍隊なんて想像もつきませんね」汪淼が首を振った。

「だからわれわれは、始皇帝を探しにここまで来たのさ」ニュートンがピラミッドを指す。

「ここはいまだに始皇帝が統治しているのですか？」汪淼はまわりを見渡してたずねた。

ピラミッドの入口を守っている兵士は、たしかに始皇帝の時代の簡素な鎧を装着し、長い戟《げき》を持っている。『三体』の時代考証のでたらめぶりをあまりにもたくさん見てきているので、汪淼はそう驚きもしなかった。

「始皇帝は全世界を統治したいと思っている。いま、その三千万の大軍で欧州を征服に行くところなんだ。われわれは、これから彼に会いにいくつもりさ」フォン・ノイマンはピラミッドの入口を、続いてニュートンを指して言った。「剣を捨てろ」

ニュートンはガチャンと剣を投げ捨てた。三人はピラミッドの入口から中に入って、廊下の先へと進んでいった。大広間に入るとき、衛兵のひとりが着衣をすべて脱ぐよう命令した。ニュートンは、自分たちは有名な学者で武器など持っていないと強く主張したものの、向こうも一歩も譲らない。そのとき、大広間から低い男の声が響いてきた。「運動の三法則を発見した欧州人か。入れてよろしい」

大広間に入ると、秦の始皇帝である嬴政《えいせい》が中を行ったり来たりしているのが見えた。長衣の裾と、あの有名な長剣を床に引きずっている。始皇帝が三人の学者をふりかえったとき、汪淼はその目が紂王《ちゅうおう》やローマ教皇グレゴリウス一世の目と同じだとすぐに気づいた。

「そなたたちがなぜここに来たのか、朕《ちん》は知っているぞ。そなたたちは欧州人だ。なぜカエサルに頼まない？　やつの帝国の版図は大きい、三千万くらいの軍隊は集められるだろうに」

「偉大なる皇帝陛下、陛下はカエサルの軍隊がどんなものかご存じでしょうか？　あの帝国がどんな状態にあるかご存じでしょうか？　壮大なローマの城内を流れる河川はひどく汚染されています。なぜだと思いますか？」

「軍事関連企業のせいか？」

「いいえ、違います。偉大なる皇帝陛下、ローマ人が暴飲暴食の挙げ句に吐いた汚物によってです。彼ら貴族は、宴席ではテーブルの下に担架を用意しています。食べすぎて動けなくなると、担架で運ばせるために。帝国全体が酒色に溺れ、どうしようもない泥沼から抜け出せなくなっています。三千万の大軍を組織したとしても、彼らは偉大な計算を行う能力も体力も持ち合わせておりません」

「それは朕も知っておる」始皇帝が言う。「だが、カエサルは、いままさに目覚め、軍隊の立て直しにかかっている。欧州人の知恵もまた恐ろしいものだ。そなたたちはたしかに東洋人ほど頭がよくない。だが、正しい道すじを見出すことができる。たとえばコペルニクスは太陽が三つあることを見破り、そなたは運動の三法則を考え出した。どれも、目をみはる業績だ。いまのところ、東洋人には太刀打ちできない。それに、朕にはまだ、欧州に遠征する力はない。船は足りず、陸路では補給線を維持できない」

「偉大なる皇帝陛下、ですから陛下の帝国はもっと発展しなければならないのです！」フォン・ノイマンがすかさず言った。「もし太陽の運行規則を解明できたならば、皇帝陛下はすべての恒紀を完璧に過ごすことができ、乱紀における損失もすべて回避できるでしょう。そうすれば、発展の速度も、必然的に欧州以上のものとなりましょう。どうかわれわれを信じてください。われわれは学者です。われわれが関心を寄せているのは、運動の三法則と微積分法を用いて、太陽の運行を正確に予測することのみ。だれが世界を征服するかなど、どうでもよいのです」

「もちろん朕とて、太陽の運行を予測したい。だが、そなたたちが朕に三千万の大軍を招集せよというのなら、すくなくとも、どのように計算するかを示さねばならん」

「陛下、三名の兵士を貸していただけますか。どのようにするか、ここでお見せいたしましょう」フォン・ノイマンは興奮した口調で言った。

「三名？　たった三人か？　三千人くらいなら、たやすく用意できるぞ」始皇帝は疑わしげな視線をフォン・ノイマンに投げた。

「偉大なる皇帝陛下、先ほど陛下は、東洋人は科学的思考に関して欠陥があるとおっしゃいましたが、そのように思われるのは、みなさまが、宇宙の複雑なものは、じつはごく単純な要素の組み合わせでできていることを理解されていないからなのです。陛下、たった三名でじゅうぶんです」

始皇帝は手を振って三名の兵士を呼び寄せた。三名とも若く、秦のその他の兵士と同様、その一挙一動は指令に従うロボットを思わせた。

「きみたちの名前をわたしは知らない」フォン・ノイマンは前の二人の肩を叩いた。「きみたち二人は信号を入力する役割を担う。名前は〈入力1〉、〈入力2〉としよう」そして最後のひとりを指さし、「きみは信号の出力を担当してくれ。きみのことは〈出力〉と呼ぼう」と言った。そして三名の兵士に手で位置を指示した。「こんな具合に三角形をつくるように立ってくれ。〈出力〉が頂点で、〈入力1〉と〈入力2〉が底辺だ」

「楔《くさび》形攻撃隊形をとれと命じるだけで済むだろうに」始皇帝は軽蔑したようにフォン・ノイマンを見た。

ニュートンはどこからか白と黒三本ずつの六本の小さな旗を持ってきて、フォン・ノイマンがそれを三名の兵士に手渡した。それぞれが白一本、黒一本の旗を持つ。「白は0を意味し、黒は1を意味する。よし、三人ともよく聞いて。〈出力〉、きみはうしろを向いて〈入力1〉と〈入力2〉を見るんだ。もし彼らがどちらも黒旗を上げていたら、きみも黒旗を上げる。その他の状況なら白旗を上げる。白旗を上げる状況は三通りだ。〈入力1〉が白で〈入力2〉が黒の場合。〈入力1〉が黒で〈入力2〉が白の場合。〈入力1〉と〈入力2〉がどちらも白の場合」

「朕が思うに、色を変えるべきだな。白旗は投降を意味するからな」始皇帝が言った。

だが、興奮の極みにあるフォン・ノイマンは皇帝の言葉を無視したまま、三名の兵士に大声で命令した。「いまからはじめるぞ！　〈入力1〉と〈入力2〉、きみたちはどちらでも好きな旗を上げてくれ。よし、上げろ！　よし、もう一回だ！　上げろ！」

〈入力1〉と〈入力2〉の旗は三回上がった。一度めは黒黒、二度めは白黒、三度めは黒白だった。〈出力〉はそれに正しく反応し、それぞれ黒の旗を一回、白の旗を二回上げた。

「よろしい。正確にできているね。偉大なる皇帝陛下、陛下の兵士はとても賢明ですね！」

「こんなことは莫迦でもできる。いったいなんの茶番だ」始皇帝が困惑したようにたずねた。

「この三名は、論理演算システムのひとつの回路を形成しているのです。論理門《ゲート》の一種で、論理積門《ANDゲート》です」フォン・ノイマンは言葉を切って、皇帝の理解を待った。

始皇帝は無表情だった。「朕は気がふさいで仕方がない。つづけよ」

フォン・ノイマンは三角陣を組んでいる三名の兵士に向き直る。「では、次の回路をつくろう。きみ、出力くん。〈入力1〉と〈入力2〉のうち、片方でも黒旗を上げていたら、きみは黒旗を上げてくれ。この組み合わせは、黒黒、白黒、黒白の三通りだ。残りのひとつ、つまり白白の場合、きみは白旗を上げろ。わかったか？　よし、きみはとても賢いね。ゲート回路の正確な実行の要だ。うまくやってくれよ。皇帝陛下も褒美をくださるだろう！　よしやるぞ。上げろ！　よし、もう一度上げろ！　もう一度！　うん、正しく実行されている。陛下、この回路を論理和門《ORゲート》といいます」

次にフォン・ノイマンは同じ三名の兵士を使って、否定論理積門《NANDゲート》、否定論理和門《NORゲート》、排他的論理和門《XORゲート》、否定排他的論理和門《XNORゲート》、三状態論理門《トライステート・ゲート》をつくった。そして最後に、二名だけを使って、もっとも単純な論理否定門《NOTゲート》をつくった。この場合、〈出力〉は、〈入力〉が上げた旗と反対の旗を上げる。

フォン・ノイマンは皇帝に深々と頭を下げた。「陛下、いますべてのゲート回路の実演が終わりました。簡単なことだと思われませんか？　どのような兵士でも、三名で一時間ほどの訓練を行えば覚えられます」

「覚えることはほかにはなにもないんだな？」

「ありません。このようなゲート回路を一千万組つくり、さらにこれらの回路を組み合わせることによって、ひとつのシステムを構築します。システムは必要な演算を行って、太陽運行を予測する微分方程式を計算するのです。このシステムをわれわれは、ええっと、なんだっけ……」

「コンピュータ」汪淼《ワン・ミャオ》が言った。

「そうそう」フォン・ノイマンは汪淼に親指を立てて見せた。「コンピュータと呼んでいます。うん、この名前はいい響きだ。すべてのシステムが実際には膨大なひとつのコンピュータで、それは有史以来もっとも複雑な機械なのです！」

ゲーム内時間が加速され、たちまち三カ月が過ぎ去った。

始皇帝、ニュートン、フォン・ノイマン、汪淼は、ピラミッドの頂上の平坦な台に立っている。そこは、汪淼が墨子と出会った当時のものとよく似ていた。天文観測機器がたくさん置いてあり、その一部は近代ヨーロッパの装置だった。眼下には三千万の秦の軍隊が、大地の上に大規模な方陣を展開している。方陣は一辺六キロメートルの正方形だ。昇りはじめた太陽の下で、方陣はかたまったようにびくとも動かない。まるで三千万の兵馬俑《へいばよう》で編まれた巨大な絨毯のようだった。まちがってその巨大な絨毯の上空に侵入した飛ぶ鳥の群れは、すぐに重々しい殺気を感じとり、大きく列を乱した。汪淼は心の中で考えていた。もし全人類が集まってこのような方陣を形成したとしても、その面積は上海の浦東ほどにすぎない。方陣はたしかに強力だが、同時にこの文明が脆弱であることを示している。

「陛下の軍隊は、ほんとうにこの世に二つとないすばらしいものです。こんなに短い期間でこんなに複雑な訓練を成し遂げたわけですから」フォン・ノイマンは始皇帝に讃辞を贈った。

「全体的には複雑でも、ひとりひとりがすることはごく簡単だ。以前、ファランクス方陣を破るために行った訓練と比べれば、なにほどのこともない」始皇帝が長剣の柄《つか》を撫でながら言う。

「神もお守りくださっているようだ。二つの長い恒紀がつづいている」ニュートンが言った。

「乱紀だったとしても、朕の軍隊は変わらず訓練を行うぞ。これから乱紀が来ても、そなたたちの演算を完成させるだろう」始皇帝は誇らしげに方陣を見やった。

「それでは陛下、大命を発していただけますか」フォン・ノイマンは興奮に震える声で懇願した。

始皇帝がうなずくと、ひとりの衛兵が駆けてきて、皇帝の剣の柄《つか》を握ってうしろに何歩かしりぞき、皇帝が自分では抜くことができない青銅の長剣を鞘から抜き放った。そして皇帝の前でひざまずき、剣を皇帝に捧げると、始皇帝は手にした長剣を高く澄んだ大空へ向け、大きな声で叫んだ。

「計算陣形《コンピュータ・フォーメーション》！」

ピラミッドのそれぞれの角に置かれていた四つの青銅の大きな鼎《かなえ》が、同時に大きく燃えさかった。方陣に面したピラミッドの斜面にぎっしり立っている兵士たちが、轟くように唱和し、始皇帝の号令を伝達していく。

「計算陣形——」

下方の大地では、均一だった方陣の色彩が乱れを見せはじめ、複雑で精緻な回路の構造が浮かび上がってきた。そしてすこしずつ方陣のすべてが回路で満たされ、十分後には三十六平方キロメートルに及ぶコンピュータのマザーボードが大地に出現した。

フォン・ノイマンが巨大な隊列回路を紹介する。「陛下、われわれはこの計算陣形《コンピュータ》を秦一号と命名いたしました。ごらんください、あちらの真ん中に見えるのが中央処理装置《CPU》、中核となる計算部品です。陛下の最精鋭の五つの兵団で構成されております。図面を参照していただければ、中にある加算器、レジスタ、スタックメモリなどがおわかりになるでしょう。外側を囲んできちんと整列している集団はメモリです。この部分を構築する際に、人数が足りないことに気づきましたが、ここはそれぞれのユニットの動作がもっともシンプルな箇所ですので、兵士ひとりひとりを訓練し、多くの色の旗を持たせることで、当初は二十名に割り当てていた動作をひとりで実行できるようにしました。その結果、メモリ容量は〈秦1・0〉オペレーティングシステムの最低条件をクリアできました。あちらの、すべての陣列を貫く無人の通路と、その通路上で命令を待つ身軽な軽騎兵をごらんください。あれは、システムバスと呼ばれるもので、全システムのコンポーネント間の情報伝達を担当します。

バス・アーキテクチャは偉大な発明です。新しいプラグイン・コンポーネントは最大で十の兵団で構成されますが、それらはすみやかに、メインの作業バスに追加することができます。これは、秦一号のハードウェアを拡張し、アップグレードするのにたいへん便利です。いちばん遠くの、あのあたりをごらんください。望遠鏡がないとよく見えないかもしれませんが、あれは外部記憶装置で、わたしたちは、コペルニクスの提案にしたがってハードディスクと呼んでいます。教育水準の高い者たち三百万名で構成されています。陛下が以前、中国全土を統一されたあと、焚書坑儒《ふんしょこうじゅ》の際に彼らを残しておいたのは正解でした。彼らひとりひとりが筆記具とメモを持ち、計算結果の記録を担当しているのです。もちろん彼らの最大の役割は、仮想メモリとして、計算の中間結果を記憶することです。計算速度のボトルネックは彼らだと言えるでしょう。そして最後に、わたしたちからいちばん近いその場所はディスプレイです。計算のもっとも重要なパラメータをリアルタイムで表示することができます」

フォン・ノイマンとニュートンが、人の背丈ほどもある大きな巻紙をうしろから運んできた。始皇帝の目の前でそれを広げはじめたが、巻紙が最後まで広がったとき、汪淼《ワン・ミャオ》は一瞬緊張した。皇帝に見せる地図の巻物の中に短剣を隠していた暗殺者の逸話を思い出したからだったが、もちろんこちらの巻紙から武器が出てくることはなく、目の前には、符号がぎっしり書かれた大きな紙が一枚だけ広がっていた。符号はすべて、蠅の頭ほどの大きさでぎっしり並び、下方で展開されている計算陣形と同じく、じっと見ていると目が眩みそうになる。

「陛下、こちらはわれわれが開発いたしましたオペレーティング《O》システム《S》秦1・0です。計算を実行するソフトウェアは、このOS上で動きます。どうかごらんください。あちらがハードウェアで」とフォン・ノイマンが下の人列コンピュータを指し示した。「この紙に書かれたものがソフトウェアです。ハードウェアとソフトウェアの関係は、琴と楽譜のようなものです」

そう言いながら、フォン・ノイマンは、ニュートンといっしょに、同じような大きさの新しい巻物を広げはじめた。「陛下、これが数値解析法を用いてあれらの微分方程式の解を求めるためのソフトウェアです。天文観測で得られた、ある特定の時間における三つの太陽の運動ベクトルを入力すれば、ソフトウェアの動作《オペレーション》によってその後の動きを計算し、将来の任意の時点における三つの太陽の位置が予測できます。今回の最初の計算では、これから二年間の三つの太陽の位置を完全に予測いたします。各出力の時間間隔は百二十時間です」

始皇帝がうなずいた。「では、はじめよ」

フォン・ノイマンは両手で天を支えるようにし、おごそかな声をあげた。「陛下の御意にしたがい、計算陣形《コンピュータ》を起動する！　システムの自己診断《セルフチェック》開始！」

　ピラミッドの中腹あたりにいる、一列に並んだ旗手が、手旗信号で指令を発信すると、下方の大地の、三千万人から成る巨大なマザーボードが、きらめく湖面へと一瞬で変わったかのように見えた。数千万の小旗が揺れ動いている。ピラミッドのふもと近くに広がるディスプレイ隊形では、緑色の大きな旗から成る進行度表示線《プログレス・バー》がじりじりと延びていって、現在進行中のセルフチェックがどこまで進んだかを示している。十分後、プログレス・バーは一〇〇パーセントを示す終端にたどりついた。

「セルフチェック完了！　起動手順《シーケンス》開始！　オペレーティングシステム読み込み《ロード》！」

　眼下の人列コンピュータを貫くように延びる通路のシステムバスでは、軽騎兵が機敏に動きはじめ、バスはたちまち、一本の激しい奔流となった。この川は、途中でいくつもの小さな支流に分かれ、各モジュールに浸透していく。すぐに白と黒の旗のさざ波は合体して大波に変わり、マザーボードの全領域を覆いつくす。中央部のCPUエリアではこのうねりがもっとも激しく、まるで火薬に火がついたかのようだ。が、そのときとつぜん、火薬が燃えつきたかのように、CPUエリアでのうねりが落ち着き、やがて完全に静止した。中央のCPUからスタートして、その静けさがあらゆる方角に広がってゆく。湖面が凍りついてしまったかのごとく、最終的にはマザーボード全体が動きを停止した。数カ所に散らばるコンポーネントだけが無限ループに陥り、生命のない輝きを放っている。

「システムがフリーズしました！」ひとりの信号担当官が大きな声で叫んだ。故障はすぐに判明した。CPUステータス・レジスタのゲートのひとつにエラーが起きたのだ。

「システム再起動！」フォン・ノイマンが自信たっぷりに命令を出す。

「待て！」ニュートンが信号担当官に向かって手を振って制止し、悪意を秘めた顔つきで始皇帝のほうに向き直った。「陛下、システムの安定的な運行のため、故障率の高いコンポーネントにはメンテナンスを実施しなければなりません」

始皇帝は長剣に寄りかかって口を開いた。「故障したコンポーネントを交換し、そのゲートを構成していた兵士は全員、首を刎《は》ねよ！　今後、故障があった場合は同様に処置せよ」

フォン・ノイマンはぞっとしたようにニュートンを見やったが、そのときにはもう、鞘から剣を抜いた騎兵の一隊がマザーボードに突入し、故障箇所のメンテナンスをはじめていた。部品が〝修理〟されたのを確認して、フォン・ノイマンはまた再起動の命令を出した。今回の起動はうまくいき、三体世界のフォン・ノイマン・アーキテクチャ人列コンピュータは、二十分後、秦1・0オペレーティングシステムのもとでフル稼働しはじめた。

「太陽軌道計算プログラム『Three Body 1.0』起動」ニュートンが声を限りに叫んだ。「マスター・コンピューティング・モジュール始動！　差分モジュール読み込み！　有限要素分析モジュール読み込み！　スペクトル法モジュール読み込み……初期条件パラメータを入力！　計算開始！」

ディスプレイ隊形にあらゆる色の手旗が閃き、マザーボードがきらめいた。人列コンピュータの果てしなくつづく長い計算がはじまった。

「じつに面白い」始皇帝はまさに壮観と呼ぶしかない人波を指して言った。「ひとりひとりのふるまいはかくも単純なのに、全体としてこれほど複雑で大規模なものをつくりだせるとは！　欧州人は、朕が独裁的な暴君で、社会の創造力を抹殺していると罵っているが、その実、厳格な規律のもと多数の人間がひとつに結ばれることで、偉大な知恵を生み出せるではないか」

「偉大なる皇帝陛下、これは機械のメカニズムによるものでして、知恵などではございません。これらの一般庶民のひとりひとりはみな、ただのゼロです。ただ、いちばん最初に、陛下のようなひとりの〝1〟が加わることで、彼らの全体がはじめて意味を持つものとなるのです」ニュートンが追従笑《ついしょう》いで機嫌をとろうとしている。

「最低の哲学だな」フォン・ノイマンはニュートンを一瞥し、「もし最終的に、きみの仮説や数学モデルに基づいて計算した結果が現実と一致しなかったら、きみやわたしはゼロにもならない」

「たしかに。そのとき、そなたたちはまさしく無となる！」始皇帝はそう言って去っていった。

歳月が飛ぶように過ぎ去った。人列コンピュータは一年四カ月にわたって作動をつづけ、プログラムの調整期間をべつにしても、実際の計算を実行した期間は一年二カ月に及んだ。この期間、非常に劣悪な乱紀の気候による二度の中断があったが、コンピュータには中断された時点のデータが保存されて、いずれの場合も復帰に成功し、中断した時点から運転を再開した。始皇帝とヨーロッパの学者たちがふたたびピラミッドの頂上に上がったときには、第一ステップの計算はすでに完成していた。計算結果としてのデータは、今後二年間の太陽の軌道を明確に予測していた。

凍りつくような夜明けだった。夜通し巨大なマザーボードを照らしていた無数のかがり火はすでに燃えつきている。コンピュータが計算を終えたあと、秦1・0はスリープ状態に入り、マザーボード表面の激しい波浪は静かなうねりへと変わっていた。

フォン・ノイマンとニュートンは、計算結果を記録した巻紙を始皇帝に献上した。ニュートンはこう奏上した。「偉大なる皇帝陛下、計算そのものは三日前にすでに完成しておりました。本日になってようやく陛下に献上させていただくのは、計算結果によれば、今回の長い長い寒冷の夜はまもなく終わりを迎え、われわれは長い恒紀の一日めの日の出を迎えることになるからです。今度の恒紀は一年以上つづき、太陽軌道のパラメータからすると、気候も穏やかで過ごしやすい時期となります。陛下の王国を脱水から復活させてください」

「朕の国家は、計算がはじまって以来、一度も脱水していない！」始皇帝は巻紙を握り、不機嫌そうに言う。「朕は、秦の国力を投入して計算陣形を維持してきた。もうすでに、すべての蓄えを使いはたし、餓え、過労、寒さや暑さで死んだ人間は数えきれぬほどだ」

始皇帝は巻紙で遠くを指し示したが、朝陽の中に、マザーボードのふちが見えた。そこから何十もの白い線が大地の各方向へと放射線状に延び、はるか彼方の、天との境のところで消えている。それらは全国各地からマザーボードへと供給品を輸送する道路だった。

「陛下はほどなく、このコンピュータがそれに値するものだということを実感なされるでしょう。太陽の運行法則を理解したのち、秦国は急速に発展し、計算前の何倍にも強力な国家となることでしょう」フォン・ノイマンが言った。

「計算によれば、太陽はすぐに昇ってきます。陛下、栄光をお受けください！」

ニュートンの言葉に応えるかのように、赤い太陽が地平線から昇ってきた。ピラミッドと人列コンピュータが黄金の光に包み込まれる。マザーボードからは海鳴りのような歓喜の声が上がった。

そのとき、ある人物が大あわてで走ってきた。あまりに急ぎ過ぎたせいか、皇帝の足もとにひざまずいた拍子に、ぜいぜい息をしながら地面に倒れこんでしまった。それは、秦国の天文大臣だった。

「天子さま、由々しき事態です。計算に誤りがございました！　大災難が起こります！」

泣きながらそう叫んだ。

「なんの話だ？」始皇帝が口を開く前に、ニュートンが天文大臣に一発、蹴りを入れた。「計算結果どおりの時刻に太陽が昇ってきたのが、おまえには見えなかったのか？」

「しかし……」大臣は体を半分起こして太陽を指した。「あれは何個の太陽でしょう？」

その場のすべての人が、いままさに昇っている太陽を見つめたが、みんな、意味がわからなかった。「大臣、あなたは欧州で正統な教育を受けたケンブリッジの博士だろう。まさか数を数えられないほど莫迦ではあるまい。当然、太陽はひとつだ。それに、気温も生活に適している」フォン・ノイマンが答えた。

「違います。三つです！」大臣が泣きながら言う。「ほかに二つ、あのうしろに太陽があ人々はもう一度太陽を見たが、大臣の言っていることがさっぱりわからなかった。

「帝国天文台の観測によれば、現在、歴史的にも珍しい三恒星直列が起こっています。三つの太陽が一列に並び、同じ角速度でわれわれの惑星のまわりを運行しております！　ですから、われわれの惑星と三つの太陽を合わせた四者が、われわれの惑星をいちばん端にして、つねに一直線上に位置しているのです！」

「その観測はほんとうにまちがいないのか？」ニュートンが大臣の襟首をつかんでたずねた。

「もちろんまちがいありません！　帝国天文台の欧州人天文学者が観測しました。その中には、ケプラーやハーシェルもいます。彼らが使用しているのは、欧州から輸入した世界最大の望遠鏡です」

ニュートンは天文大臣の襟首から手を離して立ち上がった。顔色こそ青白いが、その顔には純粋な歓喜の表情が浮かんでいることに、汪淼《ワン・ミャオ》は気づいた。ニュートンは胸の前で両手を組んで、始皇帝に言った。

「もっとも偉大であり、もっとも尊敬する皇帝陛下。これは吉兆の中の吉兆であります！現在、三つの太陽がわれわれの惑星のまわりをまわっています。つまり、陛下の帝国が宇宙の中心になったのです！　これは、われわれの努力に対する、天帝からの褒美なのです。もっとくわしく計算結果を調べてみれば、それが証明されることでしょう」

そう言い終えると、ニュートンは、すべての人が茫然としている隙に乗じて、ひとり立ち去ってしまった。少ししてから、ニュートンが駿馬《しゅんめ》を一頭盗み、行方をくらましたという報告がなされた。

緊張をはらんだ沈黙がしばしつづいたあと、汪淼がだしぬけに口を開いた。「陛下、あなたの剣を抜いてください」

「どうするのだ？」始皇帝は意味がわからずたずねたが、脇に控えていた抜刀担当兵に手で合図した。その兵士はすぐに皇帝の長剣を引き抜いた。

「どうぞ、振りまわしてみてください」と汪淼は懇願した。

始皇帝は剣を受けとって、何度か振ってみた。するとその顔に、驚きの表情が浮かんだ。

「はて、どうしてこんなに軽いのだ？」

「このゲームのVスーツは、重力の減少をシミュレートできないのです。もしできていれば、われわれも自分がかなり軽くなったことを感じられるでしょう」

「下を見てみろ！　あの馬や人間を見ろ！」だれかが驚きの声をあげると、みんなが一斉に下を見た。ピラミッドのふもとで行進している騎兵隊の戦馬のほぼすべてが地面を離れて漂っていた。かなりの距離を跳ねてから、その蹄《ひづめ》がようやく着地する。また、勢いよく走っている者は、一歩で十数メートルも跳躍し、その着地はひどく緩慢だった。ピラミッドの上でも、ひとりの兵士が試しにジャンプしてみたが、簡単に三メートルほどの高さまで跳び上がれた。

「これはどうしたことだ？」始皇帝はたったいま空中にジャンプした者がゆっくりと降下してくるのを見ながら、驚きと畏れの混じる口調で言った。

「天子さま、三つの太陽が直線上にわれわれの惑星と並んでいるということは、それらの引力が同じ方向で合わさって、ここに作用することとなるわけで……」天文大臣が説明をはじめたが、それと同時に、自分の足が二本とも宙に浮いていることに気づいた。つづいて、他の者たちもいろんな角度に傾きながら床を離れて空中を漂いはじめた。泳げない人間が水に落ちたみたいに、じたばたもがいて体を安定させようとするが、かえっておたがいにぶつかってしまう。

そのとき、さっきまで彼らが立っていた地面に、蜘蛛の巣状に亀裂が走った。その裂け目が急速に広がったかと思うと、もうもうと粉塵を舞い上げ、天地が崩れるような巨大な音を轟かせながら、眼下のピラミッドがばらばらになり、無数の巨大な石材に解体されていく。ゆっくり浮上してくる巨石群の隙間から、いままさに崩壊しつつある大広間も見えた。伏羲《ふっき》を煮たあの大釜や、かつて汪淼《ワン・ミャオ》が縛られていた十字架も浮かび上がってくる。

太陽が中天にさしかかると、宙に浮かんだすべて——人間、巨石、天体観測機器、青銅の大釜——がゆっくりとさらに上昇しはじめ、たちまち加速した。汪淼は無意識に、人列コンピュータに目を向けた。マザーボードを構成していた三千万人はすでに平原を離れ、飛ぶように浮上している。まるで掃除機に吸いとられるアリの群れのようだ。彼らが飛び立った地面には、マザーボード回路の痕がはっきりと残されていた。高い上空からでなければ、全体像は見られない、その精緻で複雑な巨大な図柄は、はるか未来に勃興する次の三体文明にとって、謎の遺跡となるだろう。

汪淼は上に視線を転じた。空は、まだら模様の不思議な雲で覆われている。その雲は、粉塵、石材、人体、その他さまざまなものから成り、太陽はその向こうで輝いている。はるか遠くのほうでは、連綿とつづく山脈がゆっくりと上昇しはじめるのが見えた。その山脈は水晶のように透きとおり、きらきらと光を反射しながらかたちを変えている——いや、あれは山脈じゃない。宇宙に吸い出されようとしている大海原だ！

三体世界の地表にあるすべてのものが、太陽に向かって上昇してゆく。

汪淼がまわりを見わたすと、フォン・ノイマンと始皇帝がいた。フォン・ノイマンは宙を漂いながら、始皇帝に大声でなにか話しかけているが、声は聞こえない。そこにかぶさるように、小さなフォントで記された字幕が出現した。『……わかった！　電子部品です。電子部品で回路を組み、それを使ってコンピュータをつくればいい！　そのようなコンピュータは、速度が何倍にもなります。体積も小さくなり、だいたい小さなビルくらいで……陛下、聞いていらっしゃいますか？』

始皇帝は長剣を振りまわし、フォン・ノイマンに切りつけようとした。フォン・ノイマンは、そばに浮かぶ巨石を蹴って、その剣を避けた。長剣は巨石にぶつかり、火花を発して真っ二つに折れる。直後、その巨石ともうひとつの巨石がぶつかり、始皇帝がそのあいだに挟まった。砕けた石と血肉が飛び散り、見るも無残なありさまだった。だが汪淼には、それらが衝突する音が聞こえなかった。周囲はすでに、死んだように静けさに包まれている。空気がなくなっているため、音も存在しない。空中を漂う人体は、ゼロ気圧下で血液が沸騰し、内臓を吐き出してしまい、排出された体液がつくる氷の結晶に覆われた奇妙な塊と化している。大気層が消失したことで、空はすでに漆黒の闇となっていた。三体世界の地球を離れて宇宙を漂うすべてが、太陽光を反射して燦然と輝く光の雲と化している。この雲はやがて巨大な渦巻きとなり、螺旋を描きながらその最終目的地、太陽へと流れてゆく。

汪淼はいま、太陽のかたちも変わりつつあることに気づいた。いや、違う。実際には、他の二つの太陽が見えはじめているのだった。ひとつめの太陽の背後から、その一部分が顔を出している。汪淼《ワン・ミャオ》の位置から見ると、重なり合った三つの太陽は、宇宙でまばゆく輝くひとつの巨大な目玉のように見えた。

直列する三つの太陽の背景に、テキストが出現した。

文明#184は、三恒星直列がもたらした引力によって滅亡しました。この文明は科学革命及び産業革命レベルまで到達していました。

この文明では、ニュートンが非相対論的古典力学を確立しました。同時に、微積分とフォン・ノイマン型コンピュータの発明により、三体運動に対する定量的数学分析の基礎が築かれました。

長い時間のあと、生命と文明がいまいちど勃興し、『三体』の予測不能の世界で、ふたたび進歩をはじめるでしょう。

またのログインをお待ちしています。

汪淼がゲームからログアウトしたとたん、見ず知らずの人物から電話がかかってきた。ひどくしゃがれた、男の声だった。「もしもし。まず最初に、ほんとうの電話番号を登録してくださったことに感謝します。わたくしは、ゲーム『三体』のシステム管理者です」

汪淼《ワン・ミャオ》は、興奮と不安の両方を感じた。

「それでは、年齢、学歴、勤務先と肩書きをお伺いします。これらは、ゲームにご登録された時点で、記入いただいていない項目です」管理者がたずねる。

「そういう項目に、ゲームとどんな関係があるんでしょう?」

「このレベルまで到達されたプレイヤーのかたがゲームの続行を望まれる場合、これらの情報はかならずご提供いただいています。もし拒絶されるのであれば、『三体』には永久にログインできません」

汪淼は、管理者の質問にありのままの事実を答えた。

「おめでとうございます。汪教授、あなたは『三体』を継続してプレイする条件を満たしました」

「ありがとう。いくつか質問があるんだが――」

「質問は受け付けておりません。ただし、明晩、『三体』プレイヤーのオフ会がございます。ご招待させていただきますので、ぜひご参加ください」そう言って、『三体』管理者は、汪淼に住所を告げた。

18 オフ会

ゲーム『三体』オフ会の会場は、辺鄙なところにある静かで小さな喫茶店だった。汪淼のイメージでは、いまどきのゲーマーのオフ会といえば、大勢が集まるにぎやかで盛大なものだった。ところが、今回集まったのは、汪淼も含めてたったの七人。ほかの六人は、汪淼と同じく、どう見てもゲーム好きには見えない。若そうなのは二人だけで、女性ひとりを含めた三名は中年、残るひとりは、見たところ六、七十歳くらいの年配者だった。

汪淼は、みんなが集まればすぐに『三体』についての熱い議論がはじまるものと思っていたが、その予想は外れた。『三体』の深遠かつ不可思議な内容は、プレイヤーに心理的な影響を与えていたらしい。汪淼自身も含め、参加者全員が、『三体』についておいそれとは話しはじめられずにいる。それぞれが簡単な自己紹介を済ませると、年配者は凝った細工のパイプをとりだして刻み煙草を詰め、ゆっくり壁際のほうに歩いていくと、壁に掛かっている油絵を鑑賞しはじめた。ほかの参加者も、静かに座って、オフ会の幹事が現れるのを待ち受けている。全員、定刻より早く来ていた。

　この六人のうち二人に、汪　淼《ワン・ミャオ》は見覚えがあった。白髪で血色のよい年配者は著名な学者で、現代科学に東洋哲学の思想を吹き込んだことで知られている。奇抜な服を着た女性は名の知れた作家で、前衛的な作風だが、かなり多くの読者がいる。彼女の書いたものは、どのページから読みはじめてもいいらしい。あとの四人のうち、二人は中年で、ひとりは国内最大のソフトウェア会社の副社長（ただし、服装はカジュアルで飾りけがなく、とてもそんなふうに見えなかった）、もうひとりは国営電力会社の役員だという。残る二人は、どちらも若者だった。片方は国内大手メディアの記者で、もうひとりは理系の博士課程に在学中。『三体』のプレイヤーの多くは、社会的エリートであるらしい。

　オフ会の幹事はまもなくやってきた。その人物を見たとたん、汪淼の動悸がさらに速くなった。幹事は、潘寒《パン・ハン》その人だったのである。申　玉　菲《シェン・ユーフェイ》を殺害した疑いをかけられている第一の容疑者だ。汪淼はこっそりスマートフォンをとりだすと、テーブルの下で、画面を見ずに、史　強《シー・チアン》に宛ててテキストメッセージを打ちはじめた。

「これはこれは！　みなさん、お早いお着きで！」潘寒は、殺人事件などなかったかのように、リラックスした態度で挨拶をした。ふだんメディアに出るときは、ホームレスのようなだらしない身なりをしている潘寒だが、きょうはスーツに革靴で、身だしなみをきちんと整えている。「みなさん、想像していたとおりの方々ですね。『三体』はみなさんのようなハイクラスなユーザーのためのゲームです。『三体』の意味や雰囲気は、一般大衆にはじゅうぶんに楽しめませんからね。ちゃんとプレイするには、一般人が持っていない知識と理解力が必要です」

汪淼はメッセージを送信した。『潘寒を見つけた。西城区の雲河珈琲館』

「ここにいるみなさんは『三体』の優秀なプレイヤーだ。成績もすばらしいし、とても熱心です」潘寒が話をつづけた。「『三体』はすでにあなたがたの生活の一部になっているのではないでしょうか」

「いや、生きる理由の一部ですよ」博士課程の学生が答える。

「孫のコンピュータでたまたま見かけたのがきっかけでした」老哲学者はパイプの柄を持ち上げて言った。「孫は、二、三回プレイすると、難解すぎると言ってすぐに放り出した。だが、わたしはそのゲームに惹かれた。奇妙で、恐ろしくて、同時に美しい。シンプルな表象の下に、膨大な情報量と精密な細部が隠されている」

汪淼を含め、何人かの参加者がうなずいた。

そのとき、テキストメッセージに史強からの返信があった。『こっちでもやつを確認した。心配ない。連中の前では熱狂的な「三体」信者の振りをしろ。ただし、うまくやれる範囲で』

「ええ」女流作家が相槌を打った。「あたしは文学的な面に惹かれる。文明#203の興亡は、新しいかたちのすばらしい叙事詩だった」

彼女は文明#203に言及したが、汪淼《ワン・ミャオ》は#184までしか経験していない。ということは、『三体』は、プレイヤーごとに進み具合が違うことになる。もしかしたら、プレイヤーごとに世界も違うのかもしれない。

「ぼくは現実の世界にうんざりしているんだ。『三体』はすでにぼくの第二の現実になってる」と若い記者が言う。

「そうなんですか？」潘寒《パン・ハン》は興味深げに口をはさんだ。

「わたしもだ。『三体』とくらべると、現実はほんとうに低俗で味気ないよ」IT企業の副社長が言った。

「ただのゲームなのが残念だ」国営電力会社の役員も話に加わる。

「すばらしい」潘寒はうなずいた。汪淼は潘寒の目が興奮に輝いているのに気づいた。

「ひとつ質問があるんですが――たぶん、みんな答えを知りたいはずです」汪淼は言った。「どういう質問かわかってますよ。でもやはり、あなたから質問してください」

「『三体』はただのゲームなんですか？」

オフ会参加者たちはそろってうなずいた。みんな、同じ質問を考えていたことは明白だった。

潘寒は立ち上がって、重々しく言った。「三体世界、もしくは三太陽世界《トライソラリス》は、たしかに実在します」

「どこに？」数人が異口同音にたずねた。

潘寒はまた腰を下ろし、しばらく沈黙してから口を開いた。「わたしに答えられる質問もあれば、答えられない質問もあります。ただ、もしみなさんが三体世界と縁があるなら、いずれはすべての質問に答えを得られるでしょう」

「つまり、あのゲームは、実在の三体世界を正確に描いていると？」記者がたずねた。

「まず、多くの文明で見られる三体人の脱水機能は現実のものです。予測不可能な自然環境の変化に対応し、生存に適さない劣悪な気象条件を回避するため、彼らはいつでも体内の水分を完全に排出し、乾いた繊維質の物体になることができます」

「三体人はどんな外見なんでしょうか？」

潘寒は首を振り、「わかりません。これぱかりは、ほんとうにわからないんです。それぞれの文明ごとに、三体人の外見はまったく異なっています。ほかにもうひとつ、三体世界の現実でゲームに反映されているのは、人列コンピュータです」

「へっ、わたしはあれこそいちばん真実味がないと思うがね」ＩＴ企業の副社長が反論した。「うちの会社の百名以上の社員で簡単な実験をしてみたことがある。このやりかたがほんとうに実現できたとしても、人列コンピュータの演算速度は、ひとりの人間の手計算よりも遅いだろう」

潘寒《パン・ハン》は謎めいた笑みを浮かべ、「たしかに。ですが、もし人列コンピュータを構成する三千万の兵士ひとりひとりが、黒と白の小さな旗を一秒に十万回振ることができ、システムバスを行き来する軽騎兵の歩行速度が音速の数倍もしくはそれ以上だったとしたら、結果は違ってきます。先ほど、三体人の外見について質問が出ましたが、いくつかの現象から見て、人列コンピュータを構成する三体人は、すべての光を反射する鏡面に全身を覆われています。おそらく、極端な日照条件に適応するための生存戦略として進化してきた形質でしょう。鏡のような体表はどんなかたちにでも変化し、体を使って光を集めて反射することでたがいにコミュニケーションがとれます。この光線言語の送信速度はとても速く、それが三体人列コンピュータの基盤になっています。もちろん、それでも非常に非効率なマシンですが、手作業では実行困難な計算が可能でした。じじつ、三体世界のコンピュータは、まず人列式が誕生し、その後に機械式に、それから電子式になったのです」

潘寒は立ち上がると、参加者が座っている席のうしろを歩きながら言った。「いまお話しできるのは、ゲームの『三体』は、人類の歴史を借りて三体世界の発展をシミュレートしたものだということです。なじみのある環境でプレイしてもらうことが目的ですが、現実の三体世界と、ゲームの中のそれとのあいだには、大きな違いがあります。ただ、三つの太陽の存在は真実です。それは、三体世界の自然構造の基礎となっています」

「このゲームの開発には莫大な金がかかっているね。だが、その目的は明らかに、金銭的な利益の追求ではない」ITの副社長が言った。

『三体』というゲームの目的はシンプルです。同じ理想を共有する、われわれのような同志を集めることです」潘寒が答えた。

「同志？　わたしたちがいったいどんな理想を共有していると？」汪淼《ワン・ミャオ》は思わずそう質問して、とたんに後悔した。敵意のある質問に聞こえたかもしれない。

この発言は、やはり、潘寒を沈黙させる結果になった。彼は意味ありげな目で、参加者ひとりひとりを値踏みするように見つめ、それから軽い口調でたずねた。「もし三体文明が人類世界を侵略してきたら、みなさんはどう思いますか？」

「うれしいだろうな」はじめに若い記者が沈黙を破って答えた。「この数年に見てきたことで、ぼくは人類に失望している。人類社会にはもう、自己改革するだけの力がない。外部の力による介入が必要なんだ」

「賛成！」女流作家が大きな声で叫んだ。たまりにたまった感情のはけ口がやっと見つかったというふうに、興奮をあらわにしている。「人類は最低よ。わたしは、文学というメスで人類の醜さを暴くことに半生を費やしてきた。いまはもう、暴くことさえうんざり。三体世界がほんとうの美をこの世界に持ち込んでくれることを心から願う」

潘寒《パン・ハン》は無言だった。その目に、また興奮の輝きが宿っている。

老哲学者はすでに火の消えたパイプを振りながら、真剣な面持ちで語りはじめた。「この問題について、もう少し深く、みんなで掘り下げてみたい。アステカ文明のことはどう思う？」

「黒くて、血なまぐさい」女流作家が答える。「暗黒の森を通して、不気味な炎に照らされた血の滴るピラミッドが見える。わたしのイメージはそんな感じ」

哲学者はうなずいた。「すばらしい。では、想像してみてほしい。もし、スペイン人が侵略しなかったら、アステカ文明は、人類の歴史にどんな影響を与えていただろうか？」

「それは白を黒、黒を白と言いくるめるような理屈だ」IT副社長が哲学者に反論した。「アメリカ大陸を侵略したスペイン人は、ただの強盗や人殺しにすぎない」

「だとしても、すくなくとも彼らは、ありうべきひとつの未来を防いだ。すなわち、アステカが無制限に発展して、アメリカ諸州を血なまぐさい暗黒の大帝国に変えてしまうこと。

もしそうなっていたら、いまわたしたちが知っているような文明社会はアメリカに現れず、人類史における民主主義の出現はずっと後年になっていただろう。それどころか、もしかしたら、民主主義など出現しなかった可能性もある。これが、さっきの質問に対する鍵だ。三体文明がどのようなものであれ、彼らの到来は、病床で死を待つだけの人類にとっては、やはり吉報となる」

「しかし、アステカ文明は西洋の侵略者によって完全に滅ぼされた。この事実をじっくり考えてみましたか?」国営電力会社の役員はそう言って、まるでいまはじめて会った人間を見るように、ゆっくりまわりを見渡した。「その思想は、とても危険です」

「とても深遠ですよ!」博士課程の学生が口をはさみ、哲学者に向かって、何度も勢いよくうなずいた。「ぼくも同じことを考えていましたが、どう表現していいかわからなかった。あなたの話はほんとうにすばらしかった!」

しばらく沈黙が流れたあと、潘寒が汪 淼《ワン・ミャオ》のほうに目を向けた。「ほかの六人のかたは、態度を表明しました。あなたはいかがです?」

「わたしはそちら側です」汪淼は記者と哲学者のほうを指して、それだけ答えた。いまは多くを語らないほうが得策だ。

「わかりました」潘寒はそう言うと、ＩＴ企業の副社長と国営電力会社の役員の方を向いた。「お二人は、この会にはふさわしくないようですね。それに、継続して『三体』をプレイされることも適切ではありません。お二人のＩＤは抹消します。どうかおひきとりください。ここまでいらしていただき、ありがとうございました。どうぞ」

二人は立ち上がり、しばしたがいに目と目を見交わした。それから、とまどったようにまわりを見渡したあと、ドアから出て行った。

潘寒《パン・ハン》は残った五人に手をさしだし、ひとりひとりとかたい握手を交わした。そして最後に、厳粛な口調で言った。

「これで、われわれは同志です」

19　三体　アインシュタイン、単振り子、大断裂

汪淼《ワン・ミャオ》が『三体』に五回めのログインを果たしたとき、夜明けの世界はがらりと変わっていた。これまでの四回すべてに登場した大きなピラミッドは三恒星直列で壊滅し、その場所には現代的な高層建築が出現していた。そのダークグレーのビルは、汪淼にとって見慣れたものだった。国際連合本部ビルだ。

彼方には、背の高いビルがたくさん林立している。おそらく乾燥倉庫だろう。ビルの表面はすべて、完全反射の鏡面加工が施され、夜明けの光を浴びて、大地からにょきにょき生えてきた巨大なクリスタルの植物のように見える。

そのとき、モーツァルトを奏でるバイオリンの調べが聞こえてきた。さほど上手い演奏ではないが、自分の楽しみのために弾いているような、独特の魅力がある。弾き手は、国連本部ビル正面のステップに腰を下ろしたホームレス風の老人だった。乱れた銀髪を風になびかせている。足もとにはぼろぼろの山高帽が置いてあり、投げ銭が何枚か入っていた。

汪淼《ワン・ミャオ》はふいに太陽に気づいた。だが、その太陽は、朝陽の光とは反対側の地平線から昇ってきた。そちら側の空はなおも漆黒の夜空が広がり、太陽が昇る前の曙光がまったくない。

その太陽はとてつもない大きさで、半分ほど見えている円盤は地平線の三分の一を占めている。汪淼の動悸が速くなった。こんなに大きな太陽は、また大きな災厄の到来を意味するとしか思えない。だが、汪淼が振り向くと、さっきの老人は、なにごともなかったかのように、なおも平然とバイオリンを弾いている。その銀髪は、太陽の光を浴びて、燃え立つように輝いていた。

巨大な太陽は、老人の頭髪と同じ銀色だった。青白い光を大地に投げているが、汪淼はその光に、すこしも暖かさを感じなかった。すでに地平線から完全に姿を現したその太陽を、汪淼はじっと見つめた。銀色に光る巨大な円盤に、木目状の模様がはっきり見てとれた。山脈だ。

そのときようやく、汪淼は理解した。この円盤は、自身では光を放っていない。本物の太陽の光を反射しているだけなのだ。地平線から昇ってきたこの円盤は、太陽ではなく、ひとつの巨大な月だ。巨大な月は、肉眼でもわかるペースでぐんぐん空を移動してゆく。その過程で、満月だったのがだんだん欠けて半月になり、それから三日月に変わった。老人の穏やかなバイオリンの音色は、朝の冷たい風に乗って漂っている。宇宙の壮大な光景は、まるで音楽が物質を生み出したかのようで、汪淼はその美しさに魅了された。

巨大な三日月はいま、夜明けの光の中へ落ちていき、さっきよりずっと明るくなった。二つの輝く先端だけが地平線上に残されたところは、太陽に向かって突進する巨大な宇宙牛の二本の角の先端のように見えた。

「コペルニクスさま、お急ぎでしょうが、ちょっと足を休めてください」巨大な月が完全に沈んでしまうと、老人が顔を上げて言った。「そうすれば、モーツァルトをしばしお楽しみいただいたあとで、わたしもランチにありつけますから」

「人違いだったらすみませんが――」老人のしわだらけの顔を見ながら汪淼は言った。しわは長く、一種のハーモニーを奏でるかのように、なだらかなカーブを描いている。

「人違いではありません。わたしはアインシュタインです。心から神を信じているのに、神から見捨てられてしまったあわれな人間です」

「さっきのあの巨大な月はなんですか？　これまでに一度も見たことがありません」

「もう冷えました」

「はあ？」

「大きな月のことですよ。わたしが子どもの時分はまだ熱かった。中天まで昇ると、中央の平原に赤い輝きが見えた。しかし、もう冷えた……大断裂について聞かれたことはないですかな？」

「ありません。なんですか、それは？」

アインシュタインはため息をついて首を振った。「その話はよしましょう。過去は忘れることです。わたしの過去も、文明の過去も、宇宙の過去も――なにもかも、思い出すのはつらすぎる」

「あなたはなぜこんなことに？」ポケットを漁ると小銭が出てきたので、汪淼は腰をかがめて帽子の中にお金を投げ入れた。

「ありがとうございます、コペルニクス先生。神がお見捨てにならないことを祈りましょう。といっても、その点について、わたしはあまり信じられませんが。あなたやニュートンたちが、人列コンピュータの助けを借りてつくりあげたモデルは、正解にきわめて近づいていました。しかし、残されたわずかなエラーが、ニュートンたちにとって越えられない溝でした。

わたしがいなくても、いつかはだれかが特殊相対性理論を発見しただろうとずっと思っていました。しかし、一般相対性理論はまたべつです。ニュートンに足りなかったわずかな考慮とは、一般相対性理論に記されている、重力による時空のひずみが惑星の軌道に与える影響でした。それがもたらす誤差は小さいものの、計算結果に対する影響は決定的なものでした。古典力学の方程式に、時空のひずみによる摂動の修正を加えれば、正確な数学モデルが得られるでしょう。それに必要な計算資源は、あなたがたが東洋で実現したものよりはるかに大きくなりますが、現代のコンピュータなら簡単に提供できます」

「計算結果は、天文学的な観測によって実証されたのですか？」

「そうだとしたら、わたしがここにいると思いますか？　ただ、審美的な観点からすれば、わたしが正しく、宇宙のほうがまちがっているはずです。神はわたしを見捨て、ほかのみんなもわたしのことを見捨てた。プリンストン大学はわたしを教授職から解任し、ユネスコは科学顧問という肩書きさえ与えてくれなかった。以前なら、向こうがひざまずいて頼んできても、わたしが断るほうだったのに。イスラエルに行って大統領になることさえ考えましたが、彼らは考えを変え、わたしはただのペテン師だと言ってきた……」

アインシュタインは、バイオリンをかまえて、さっき中断したところからまた弾きはじめた。汪淼《ワン・ミャオ》はしばらくそれを聞いてから、国連ビルの正面玄関のほうへ歩き出した。

「中にはだれもいませんよ。国連総会の出席者は全員、ビルの裏でやってる単振り子起動式典に参加していますから」アインシュタインがバイオリンを弾きながら言った。

国連ビルの裏手にまわった汪淼は、息を呑むような光景に迎えられた。それは、天まで届くほどの高さの巨大な振り子だった。じつのところ、ビルの正面からも、その一部は見えていたのだが、そのときはまだ、それがなんなのかわかっていなかった。

それは、汪淼《ワン・ミャオ》がはじめて『三体』にログインしたとき、戦国時代の大地から見た、太陽神を眠らせるために伏羲《ふっき》が建造したあの巨大振り子によく似ていた。しかし、いま目の前にある巨大振り子はすっかり現代化されていた。空中に架かる吊り橋を支える二つの高い塔は金属製で、どちらもエッフェル塔並みの高さがある。流線型の振り子もやはり金属製で、その表面は電気めっき加工されたつるつるの鏡面だった。金属製の振り子を吊り下げているワイヤロープは超高強度な新素材で、ほとんど目に見えないほど細く、まるで二つの高い塔のあいだに振り子が浮かんでいるように見える。

巨大振り子の下にはスーツ姿の人々がおおぜい集まっている。おそらく、国連総会に参加する各国の首脳たちだろう。彼らはそこここで、なにかを待つように声をひそめて話をしている。

「おお、コペルニクス。五つの時代を渡り歩いた人だ！」だれかが声高に叫んだ。ほかの者たちも次々と汪淼に歓迎の意を表す。

「しかも、あなたは、あの戦国時代の振り子をその目で見たんだったね！」やさしい顔立ちの黒人が、汪淼と握手しながら言う。そばにいた人が、こちらは国連事務総長ですと紹介した。

「ええ、見ました。ですが、なぜいま、また振り子を建造するんですか？」汪淼がたずねた。

「これは三体記念モニュメントと呼ばれている。墓碑でもある」事務総長は金属製の振り子を仰ぎ見て言った。ここから見ると、潜水艇ほどの大きさに見えた。

「墓碑？　だれのですか？」

「努力に対する墓碑だ。二百サイクルもの文明を通してつづけられてきた努力——三体問題を解くための、太陽の運行法則を見つけるための努力」

「その努力は終わったのですか？」

「そう。いまのところは、完全に終結した」

汪淼は少し迷ってから、資料をとりだした。それは魏《ウェイ・》成《チョン》の三体問題の数学モデルを要約したものだった。「わたしは……まさにそのために来たんです。三体問題を解くための数学モデルを持ってきました。成功する可能性はきわめて高いと信じています」

そう言ったとたん、汪淼はまわりの群衆が興味を失うのがわかった。彼らは汪淼のそばから離れ、また自分の仲間のところへと戻り、もとの話を再開した。ある者は、汪淼のそばを離れるとき、笑いながら首を振っていた。事務総長は資料を手にすると、ろくに見もしないで、そばにいる眼鏡をかけた痩せ型の人物に手渡した。

「あなたの名声に敬意を表して、これはわたしの科学顧問に見せよう。実際、ここにいる人間は全員、あなたのことを尊敬している。もしほかの人間がいまのあなたと同じことを言ったのなら、嘲笑されていただろうが」

資料を受けとった科学顧問がぱらぱらとめくりながら言った。「進化的アルゴリズムか？ コペルニクス、あなたは天才だ。このアルゴリズムを考え出せた者は、みな天才だ。きわめて高い数学能力だけでなく、想像力も必要だからね」

「つまり、すでにほかのだれかがこういう数学モデルを構築したということでしょうか？」

「うむ。さらに数十種類の数学モデルがある。そのうちの半数以上が、あなたのモデルよりも上をいっている。それらはすでにコンピュータ上で実行中だ。過去二世紀のあいだに、この種の巨大な量の計算がこの世界の活動の主流になった。みんな、最後の審判の日を待つように結果を待っていたんだ」

「それで、その結果は？」

「すでに決定的に証明された。三体問題に解は存在しない」

汪淼《ワン・ミャオ》は巨大な金属製の振り子を仰ぎ見た。それは朝陽を浴びてきらきらと光り輝き、カーブした鏡面は、世界の瞳のように周囲のすべてを映している。かつて、汪淼と周の文王は、まさにこの場所に林立する巨大な振り子のあいだを通って紂王の宮殿へ向かった。あれからいくつもの文明が滅亡しては勃興してきたが、歴史はゆるやかで大きな円を描き、またふりだしの地に戻ってきたのだ。

「はるかむかしに予想されていたとおりだった」科学顧問が言った。「三体系はカオス系だ。わずかな誤差が無限に拡大することもありうる。運行パターンを数学的に予測することは、本質的に不可能だ」

汪淼はみずからの科学知識や思考体系が一瞬のうちに不確かになり、前例のない混乱にとってかわったような気がした。「もし三体系のように単純きわまりない配置が予測不能のカオスだとするなら、はるかに複雑な宇宙全体を律する法則が発見できると、どうして信じられるでしょうか」

「神は恥知らずの老いた賭博師ですよ。彼はわれわれを見捨てた！」いつのまにかこちらに来ていたアインシュタインが、バイオリンの弓を振りまわしながら言った。

事務総長がゆっくりとうなずく。「そう、神は賭博師。三体文明の唯一の希望も、やはり賭けをすることだ」

このときにはもう、地平線の暗いほうの側から巨大な月が昇り、振り子の鏡面に映る銀色の巨大円盤が奇妙に波打っていた。振り子と月のあいだに神秘的な共感が結ばれたかのようだ。

「今回のこの文明は、高度に発達した段階にあるようですね」汪《ワン》・淼《ミャオ》が言った。

「そのとおり。原子力エネルギーを手中にして、情報化の時代に移っている」事務総長はあまり熱のない口調で言った。

「だとすれば、まだ希望はあります。たとえ三太陽の運行の法則を理解できなくても、文明が発展しつづければ、壊滅的な災厄に対して防護策を講じることで乱紀を生き延びられるかもしれない」

「かつてはそう考えられていた。三体文明が何度滅亡してもまた甦り、先へ先へと発展をつづけてきた原動力のひとつだ。しかしそんな希望がいかにおめでたい考えだったか思い知らせてくれたのがそれだよ」事務総長は昇ってくる巨大な月を指さした。「たぶん、あなたがこの巨大な月を見たのはこれがはじめてだろう。じつのところ、これはもう、月ではない。この惑星の約四分の一の大きさがあるから、二重惑星のかたわれと呼ぶべきだね。大断裂の産物だ」

「大断裂？」

「前の文明を壊滅させた天災だ。そのひとつ前の文明に比べると、彼らはじゅうぶんな時間的余裕を持って、災厄を予知していた。残された記述から、文明#191の天文学者は早い段階で飛星静止を観測していたことがわかっている」

飛星静止という言葉を聞いて、汪淼の心臓がぎゅっと締めつけられた。飛星の静止は三体世界最大の凶兆だ。飛星、もしくは〝遠い太陽〟が、背景の星野に対して完全に静止しているように見え、太陽の運行のベクトルとこの惑星の運行のベクトルが一直線に並んだ状態を意味する。

これには三つの解釈がある。ひとつは、太陽と惑星は同じ速度で同一方向に運動している。二つめは、太陽と惑星がたがいに遠ざかっている。三つめは、太陽と惑星が衝突しようとしている。文明#191以前では、三つめの可能性は純粋に理論的なもので、実際に起きたことは一度もなかった。しかし、それに対する人々の恐れや警戒はまったく衰えることがなく、〝飛星静止〟は多くの三体文明の中でもっとも不吉な呪いの言葉となった。たったひとつの飛星静止でも、万人を恐怖させるのにじゅうぶんだった。ところが――

そのとき、三つの飛星が同時に静止した。文明#191の人々は、空に静止する三つの飛星を、彼らの惑星にまっすぐ落ちてくる三つの太陽を、なすすべもなく見上げた。数日後、太陽のひとつが、外側のガス層が見える距離まで近づいた。静かな真夜中、その飛星はとつぜん、燃え上がる太陽に変わった。三十数時間のインターバルをはさんで、残る二つの飛星も同様に太陽になった。ただしこれは、ふつうの三太陽の日とは違っていた。最後の飛星が太陽に変わったときには、ひとつめの太陽はすでに、この惑星のものすごく近くをかすめて通過していた。その直後、他の二つの太陽も、それよりさらに接近し、ロシュの限界*をはるかに超えて三体世界をかすめた。三つの太陽が三体世界に及ぼす潮汐力は、惑星の自己重力よりも大きくなる。ひとつめの太陽は惑星の地質構造を最深部まで揺さぶり、二つめの太陽は惑星の核にまで達する巨大なひび割れをつくり、三つめの太陽は惑星を真っ二つに裂いた」

国連事務総長は空に昇りきった巨大な月を指さした。

「あれが、小さいほうの半分だ。地表には文明#191の廃墟が残されているが、もはや生命のない世界だ。あれは、三体世界の歴史すべてを通じて最大の災厄だった。惑星が二つに割れてから、いびつなかたちだった二つの破片は、やがて自己重力によってふたたび球のかたちになった。惑星の中心にある超高温で超高密度のコア物質が地面に噴き出し、海洋は溶岩の熱で沸騰し、大陸はマグマの上を氷山のように漂った。大陸と大陸がぶつかって大地は海のように柔らかくなり、標高数万メートルもの巨大な山脈が一時間のうちに隆起したかと思うと、一時間のうちに消え失せた。

三体

登場人物表

早川書房

【葉一家】
葉哲泰（イエ・ジョータイ／よう・てつたい）
……………理論物理学者、大学教授
紹琳（シャオ・リン／しょう・りん）
……………物理学者、葉哲泰の妻
葉文潔（イエ・ウェンジエ／よう・ぶんけつ）
……………天体物理学者、葉哲泰の娘
葉文雪（イエ・ウェンシュエ／よう・ぶんせつ）
……………文潔の妹

【紅岸基地】
雷志成（レイ・ジーチョン／らい・しせい）
…………紅岸基地の政治委員
楊衛寧（ヤン・ウェイニン／よう・えいねい）
…………紅岸基地の最高技術責任者、葉哲泰のかつての教え子

【現在】
楊冬（ヤン・ドン／よう・とう）
…………理論物理学者、葉文潔の娘
丁儀（ディン・イー／てい・ぎ）
…………理論物理学者、楊冬の恋人
汪淼（ワン・ミャオ／おう・びょう）
…………ナノマテリアル研究者
史強（シー・チアン／し・きょう）
…………警察官、作戦司令センター所属、通称・大史（ダーシー）
常偉思（チャン・ウェイスー／じょう・いし）
…………作戦司令センターの陸軍少将
申玉菲（シェン・ユーフェイ／しん・ぎょくひ）
…………中国系日本人の物理学者、〈科学フロンティア〉会員
魏成（ウェイ・チョン／ぎ・せい）
…………数学の天才にして引きこもり、申玉菲の夫
潘寒（パン・ハン／はん・かん）
…………生物学者、申玉菲と魏成の友人、〈科学フロンティア〉会員
沙瑞山（シャー・ルイシャン／しゃ・ずいさん）
…………天文学者、葉文潔の教え子
徐冰冰（シュー・ビンビン／じょ・ひょうひょう）
…………情報保安課の女性警官。コンピュータの専門家
マイク・エヴァンズ
…………多国籍石油企業ＣＥＯの御曹司
スタントン大佐
…………アメリカ海兵隊所属、特殊作戦の専門家

しばらくのあいだ、二つに割れた惑星は溶岩流でつながっていて、それが宇宙を流れる川になっていた。やがて溶岩流が冷えて、二つの惑星のまわりを囲むリングになった。しかし、惑星の摂動により、どちらのリングも安定しなかった。リングを構成する岩石は次々に地表に落下して、数世紀にもわたって巨石の雨が降りつづいた……。

それがどれほどの地獄か、想像できるかね？　このカタストロフがもたらした生態系の破壊は、この惑星の歴史上で最悪だった。伴星ではすべての生命が絶滅し、こちらの主惑星も、ほとんど生命のない世界に変わってしまった。

しかし最終的に、生命の種は、ここでふたたび芽を出すことに成功したんだ。主惑星の地質状態が安定するのにともない、まったく新しい大陸とまったく新しい大洋で、進化はまたよちよち歩きをはじめた。そしてついに、百九十二番目の文明が勃興した。その全プロセスには、九千万年を要した。

この宇宙で、三体世界が位置する場所は、われわれが想像していたよりさらに苛酷だった。次に飛星静止が起きたらどうする？　この惑星が太陽のへりをかすめるのではなく、その灼熱の海の中にまっすぐ突っ込んでしまう可能性が非常に高い。時間のスパンを長くとって考えれば、この可能性はまちがいなく現実のものとなる。

これはもともと、ただの恐ろしい推測にすぎなかった。だが、最近の天文学上の発見によって、三体世界の運命について、われわれはすべての希望を失うことになった。この研究は、この星系に残されたさまざまな手がかりをもとに、恒星や惑星の位置関係の歴史を再現することが目的だった。しかし、研究の結果、発見されたのは、太古の昔、三体星系には十二の惑星があったという事実だった。にもかかわらず、いまはたったひとつしか残っていない。

その理由は、ひとつしか考えられない。長い長い星系の歴史の中で、他の十一の惑星はすべて、三つの太陽に呑み込まれてしまったんだ！　われわれの惑星は、宇宙版グレート・ハンティングの生き残りにすぎない。文明が百九十二回も再生できたのは、ただ幸運に恵まれていただけだ。さらに、その後の研究によって、われわれはこの三つの恒星の〝呼吸〟という現象を発見した」

「恒星の呼吸？」

「もののたとえだよ。あなたは太陽の外側のガス層を発見したが、そのあなたも知らなかったことがある。ガス層は、永劫の昔から、膨張と収縮のサイクルをくりかえしている。まるで呼吸するようにね。ガス層が膨張するとき、その厚さは十数倍に増大する。その結果、太陽の直径もものすごく大きくなる。まるで巨人のミットのように、惑星を楽々とキャッチできるようになるわけだ。太陽のそばを通過するとき、惑星はこのガス層の中に入り、激しい摩擦によって減速し、最後は彗星のように長い炎の尾を引いて、太陽の燃えさかる海へと落ちていく。

研究結果によれば、三体星系の長い歴史において、太陽のガス層が膨張するたびごとに、ひとつか二つの惑星が呑み込まれている。つまり、他の十一の惑星は、太陽のガス層の膨張が最大に達したとき、次々に火の海へと落ちていったんだ。三つの太陽のガス層はすべて収縮状態にある。そうでなければ、前回、三太陽とすれ違ったとき、この惑星はどれかの太陽の中に落ちていただろう。学者たちの予測によれば、直近の膨張は、いまから百五十万年ないし二百万年ののちに発生するそうだ」

「こんな恐ろしい場所には、もうこれ以上いられない」アインシュタインが言った。老いた物乞いのようにバイオリンを抱えて地面にうずくまっている。

事務総長がうなずいた。「もうこれ以上、ここにはいられない。三体文明にとって唯一の道は、この宇宙と、いちかばちかの賭けをすることだ」

「どんな賭けを？」汪淼《ワン・ミャオ》がたずねた。

「三体星系を離れて、星々の大海に漕ぎ出すんだ。この銀河の中で、移民できる新しい惑星を見つけなければならない」

そのとき、汪淼はなにかが軋《きし》むような音を聞いた。見ると、ウィンチがギリギリと巻かれて、細いワイヤが巨大な金属製の振り子をひっぱりあげている。振り子がいちばん高い位置まで来たとき、その背後では、巨大な三日月の残月がゆっくりと朝陽の光の中に沈もうとしていた。

事務総長がおごそかに宣言した。「振り子、起動！」

振り子を吊り上げていたワイヤが解放され、巨大な金属製の振り子はなめらかな弧を描いて音もなく落ちていく。はじめはゆっくりした動きだったが、すぐに加速して、弧のいちばん低い地点で速度は最大に達した。振り子が空気を切り裂き、風の音が深く反響する。そのこだまが消えたときには、金属製の振り子はさっきと同じ弧を描いて同じ高さまで昇り、一瞬滞空したあと、反対方向に振れはじめた。

汪淼《ワン・ミャオ》は振り子の動きが巨大な力を生み出しているのを感じとった。振り子が振れるたびに大地が揺さぶられるような気がする。現実世界の振り子と違って、この巨大な振り子の周期は一定ではなく、つねに変化している。これは、巨大な月の引力がたえず変動しているためだ。巨大な月が惑星のこちら側にあるときは、その引力が惑星の引力を部分的に打ち消すため、振り子の重量が軽くなる。月が惑星の反対側にあるときは、惑星の重力に月の引力が加算されて、振り子の重量が増大し、大断裂以前に近いくらいの重さになる。

三体振り子モニュメントの迫力ある運動を見上げながら、汪淼は自問した。これは、秩序に対する渇望を表しているのか、それとも混沌への屈服を表しているのか？　振り子は、巨大な金属の拳《こぶし》のようにも見えた。なにも感じない宇宙に向かって、永遠にふるいつづける拳。三体文明の不屈の雄叫びを、音もなく発している……。

あふれる涙でぼやける視界の中、動く振り子を背景に、テキストが現れた。

四百五十一年後、文明＃１９２は、同時に出現した双子の太陽の烈火によって滅亡しました。文明＃１９２は、原子力時代及び情報化時代に到達していました。

文明＃１９２は、三体文明にとってマイルストーンでした。三体問題に解が存在しないことをついに証明したのです。すでに百九十一回もくりかえされてきた無駄な努力をあきらめ、未来の文明のために新たな進路を定めました。こうして、『三体』のゴールが変わりました。

新たなゴールは、星々を目指し、新たな故郷を見つけることです。

またのログインをお待ちしています。

『三体』をログアウトしたあと、汪淼はいままでのセッションと同様、激しい疲労を覚えた。『三体』はほんとうに骨の折れるゲームだ。だが今回、汪淼は三十分しか休まずに再度ログインした。

すると、漆黒の背景に思いがけないメッセージが現れた。

緊急事態につき、『三体』のサーバはまもなくシャットダウンします。残っている時間で、自由にログインしてください。『三体』はこれから、最終ステージへと直接ジャンプします。

＊原注　ロシュの限界

いかなる堅固な天体であっても、それより大きな他の天体に接近すると、大きな潮汐力の作用を受け、最終的には引き裂かれ、ばらばらになってしまう。破壊されることなく近づける距離の限界を、一八四八年にそれを算出したフランスの天体力学者エドゥアール・ロシュにちなんでこう呼ぶ。通常は、大きな天体の赤道半径の２・４４倍。

20　三体　遠征

　凍えるような夜明けの光が照らすのは、なにもないむきだしの大地だった。ピラミッドも、国連本部ビルも、巨大な振り子モニュメントもない。あるのは地平線まで広がる真っ暗な砂漠だけ。汪淼《ワン・ミャオ》がはじめてこの世界にログインしたときに見たのと同じ光景だ。

　だが、汪淼はまもなく、それが錯覚だと気づいた。砂漠に無数の石が並んでいると思っていたが、それは石ではなく、人間の頭だった。大地は、ぎっしり密集した群衆に埋めつくされている。

　汪淼が立つ小高い丘の下には、見渡すかぎり、人の海が広がっていた。おおよその数を見積もってみたところ、見える範囲だけでも数億人はいる。たぶん、惑星上の全三体人がここに集まっている。

　数億人が生み出す静寂には、息詰まる奇妙な切迫感があった。彼らはなにを待っているのだろう。汪淼はあたりを見まわし、全員が空を見上げていることに気づいた。

汪淼《ワン・ミャオ》も顔を上げて空を見た。すると、星空に驚くべき変化が起きていた。星々が碁盤の目のようにきっちりと並んでいる！　しかし、汪淼はほどなく理解した。方陣をなしている星々は、この惑星の同期軌道にあり、もっと遠くにある薄暗い天の川銀河の背景に対して、いっしょに動いている。

方陣の星々のうち、夜明けの方角にもっとも近いものがいちばん明るく、地面に影が落ちるほど強い銀色の光を放っている。そのへりから遠ざかるにつれて明るさが減っていく。数えてみると、方陣の一辺には三十数個の天体があった。ということは、ぜんぶで千以上。天の川銀河を背景にした、明らかに人為的なこの配列のゆっくりした動きは、壮大な力を感じさせた。

そのとき、となりに立っていた男がひじで汪淼を小突き、声をひそめて言った。「おお、偉大なるコペルニクス。どうしてこんなに遅くなった？　すでに三つの文明が過ぎ去ったぞ。たくさんの偉大な事業を見逃したな」

「あれはなんだい？」汪淼は空の方陣を指してたずねた。

「偉大なる三体星間艦隊だよ。まもなく遠征に出発する」

「つまり、三体文明はすでに星間航行能力を持っているわけか？」

「そうとも。あのすばらしい宇宙船は、すべて、光速の十分の一の速度を出せる」

「わたしの知識の範囲では、すばらしい成功だ。でも、星間航行ということを考えると、その速度でもまだ遅すぎるような気がするが」

「千里の道も一歩から」だれかが言った。「重要なのは、正しい目標を見つけることだ」

「艦隊の目的地は？」

「約四光年の彼方にある星系だ――三体世界にもっとも近い恒星でもある」

汪淼は驚いた。「われわれにもっとも近い恒星も、四光年離れている」

「われわれとは？」

「地球だよ」

「ああ、べつだん不思議なことじゃないさ。天の川銀河の大半の宙域で、恒星の密度はかなり均等だからな。星団が引力の影響下で運動してきた結果だ。ほとんどの恒星にとって、最寄りの恒星との距離は、三光年から六光年のあいだにある」

そのとき、人の海のあいだで大きな歓声が爆発した。汪淼が顔を上げると、方陣のすべての星々が急速に輝きを増していた。宇宙船それぞれが放つ光のせいだった。それらの光が合わさって、ほどなく夜明けの光を圧倒し、一千個の星々が一千個の小さな太陽に変わった。

三体世界はまばゆい陽光に包まれ、群衆は空に向かって両手をさしのべ、大地に果てしなく広がる手の原をかたちづくった。

三体艦隊が加速しはじめ、さっき昇ったばかりの巨大な月の先端をかすめて、天穹《てんきゅう》を重々しく移動していく。月面の山脈と平原の上に、セルリアンブルーの光の輪が投影された。

歓声が静まった。三体世界の人々は、彼らの希望を乗せた船団が西の空にしだいに小さくなっていくのを無言で見送った。彼らが生きているあいだに、遠征の結果が判明することはない。しかし、いまから四、五百年後、彼らの子孫は、三体文明の新しい生のはじまりを告げる、新世界からの知らせを受けとるだろう。

汪《ワン・》淼《ミャオ》は、彼らとともに黙って彼方を眺めた——千個の星々の方陣が小さくまとまってひとつの星になり、その星が西方の夜空の中へ消えていくまで。するとそこに、メッセージが現れた。


三体文明の新世界遠征の旅がはじまりました。艦隊はいまも航行しています……。

ゲーム『三体』は終了しました。現実世界に戻ったとき、かつて交わした約束にいまも忠実であるなら、地球三体協会の集会にご参加ください。アドレスは、追って届くメールに記載されています。

第三部

人類の落日

21　地球反乱軍

　前回のオフ会とは違って、今回は大勢が集まる集会だった。会場は、化学工場のカフェテリア。工場はすでに移転していて、この建物はまもなく解体される予定だという。中は老朽化してボロボロだが、広々としている。集まったメンバーは三百人以上にのぼり、汪淼《ワン・ミャオ》が顔を知っている人間も大勢いた。みんな社会的に有名な人物で、それぞれの分野で一流だった。著名な科学者や文学者、さらには政治家もいる。

　最初に汪淼の注意を惹いたのは、カフェテリアの真ん中に置かれている奇妙な装置だった。ボウリングのボールよりすこし小さい、三つの銀色の球体が金属製の台座の上で宙に浮かび、くるくる回転している。たぶん、磁気浮上を使ったものだろう。空中で三個の球が描く軌道は完全にランダムだった。三体問題のミニチュア・バージョンだ。

ほかの人々は、この三体運動オブジェにそれほど関心を示さず、カフェテリアの中ほどに置かれた壊れたテーブルの上に立つ人物に注目していた。潘寒《パン・ハン》だ。

「中玉菲《シェン・ユーフェイ》同志を殺したのはきみか？」だれかが詰問する。

「そのとおり」潘寒が落ちついた口調で答える。「協会がいまのような危機に直面しているのは、降臨派が彼女のような裏切り者を内部に抱えているせいだ」

「なんの権利があって殺した？」

「協会に対する責任感から殺したんだ」

「責任感だって？　前々から悪意があったんじゃないのか？」

「どういう意味だ？」

「きみが率いる環境局はなにをやった？　環境問題を利用したり、新たにつくりだしたりすることで、科学と近代産業に対する嫌悪感を大衆に植えつけるのがきみの仕事だろう。だが現実には、きみは主の技術と予測を利用して、個人的な富と名声を得ているだけじゃないか！」

「わたしが自分のために有名になったと？　わたしの目から見れば、全人類がゴミの山だ。そのわたしが名声を欲しがるとでも？　しかし、世論を焚きつけ、誘導しようと思ったら、自分が有名になるしかない」

「きみはいつも簡単な仕事ばかりやりたがる。きみがやってきたようなことは、ふつうの環境保護論者のほうがうまくやれた。彼らのほうがきみなんかよりずっと誠実で、熱心だからな。ちょっとアドバイスするだけで、やすやすと彼らを操れる。環境局がやるべきなのは、大きな環境問題を引き起こしてそれを利用することだ。たとえば、ダムに大量の毒薬を流し込んだり、化学工場から有毒物質を垂れ流させたり……そういうことをなにかひとつでもやったか？　ひとつもやってないじゃないか！」

「アイデアや計画は山ほど出した。しかしすべて、総帥に却下された。どのみち、そういう計画を実行するのは莫迦げたことだっただろう。すくなくとも、つい最近までは。以前、医学生物学局が抗生物質の濫用による災厄を企てたが、すぐに露見した。欧州支部は、もうちょっとで世間の目を惹くところだった」

「世間の目を惹く危険性をどうこう言える立場か！　人を殺したくせに！」

「聞いてくれ、同志諸君！　早いか遅いかの違いはあるにしても、どのみち避けられないことだった。世界政府が戦争の準備をはじめていることは諸君も承知のはずだ。欧州と北米では、三体協会に対する大々的な締めつけがすでにはじまっている。いまわれわれがことを起こしたら、救済派はかならず政府側に寝返る。だから真っ先にやるべきなのは、救済派を協会から一掃することだ！」

「きみにそんなことを決める権限はない」

「もちろん、決めるのは総帥だ。だが、同志諸君、これだけは言える。総帥は降臨派だ！」

「今度は事実を捏造するのか。総帥の権限が及ぶ範囲は全員が知っている。もし総帥がほんとうに降臨派なら、救済派はとっくのむかしに追放されている」

「たぶん総帥は、おれたちが知らないことを知っているんだろう。もしかしたら、きょうの集会の議題はその件かもしれない」

このあと、参加者の興味の対象は、潘寒《パン・ハン》から目前の危機へと移り、議論はにわかに白熱しはじめた。チューリング賞を受賞した著名な科学者がテーブルに飛び乗り、身振り手振りを交えて話しはじめた。

「もう話し合っている場合じゃない。同志諸君、われわれの次の一歩をどうする？」

「全世界で一斉蜂起しよう！」

「そんな真似は、殺してくれと言うようなものだ」

「三体精神に万歳！　われわれはしぶとい雑草だ。なんど野火に焼かれても、また芽を出す」

「蜂起によって、われわれの存在がついに白日のもとにさらされる。地球三体協会が、人類の歴史の表舞台にはじめて登場することになる。行動計画さえ適切なら、全世界中に大きな反響を巻き起こせるはずだ！」

最後の台詞を発したのは潘寒で、何人かが賛同の声をあげた。

そのとき、だれかが叫んだ。「総帥が到着されたぞ！」

人々が二手に分かれて道を空けた。

汪淼《ワン・ミャオ》はそちらに目をやって、軽いめまいに襲われた。眼前の世界がみるみるモノクロームに変わる。白と黒の世界で、ただひとり色彩を持っているのが、たったいま現れた人物だった。

若い護衛の一団に囲まれて、しっかりした足どりで歩いてくるのは、地球三体協会反乱軍の最高司令官、葉文潔《イエ・ウェンジエ》総帥その人だった。

文潔は、自分のために空けられたフロア中央まで来るなり、痩せ細った拳を振り上げ、意外なほどの力と決意がこもる声で叫んだ。「人類の専制を打倒せよ！」

参加者たちはそれに応えて、何度も叫んできたに違いないスローガンを叫んだ。「世界は三体のもの！」

「同志のみなさん」文潔の声は、汪淼がよく知る、あのやさしくゆったりとしたものに戻っていた。汪淼は、このときになってようやく、やはり文潔にまちがいないと確信することができた。「このところ体の調子が思わしくなくて、なかなかみなさんと会う時間をとれずにいました。しかしいま、事態は切迫しています。みなさんもたいへんなストレスにさらされている。そのことはわかっています。ですから、きょうはこうしてやってきました」

「総帥、どうかおだいじに」と人々が口々に言った。その言葉には心からの気遣いが聞きとれた。

「重要な問題を討論する前に、小さな問題を処理しておきましょう。潘寒《パン・ハン》？」潘寒を呼ぶときも、文潔《ウェンジェ》の目はただテーブルだけを見ていた。

「ここです、総帥」それまで集団の中に隠れていた潘寒が、人々の輪を離れ、中央に進み出た。表面的には落ち着いたようすだが、内心の怯えようはだれの目にも明らかだった。

総帥は潘寒を同志とは呼ばなかった。よくないしるしだった。

「あなたは、協会規則に対する重大な違反行為を犯しました」そう話すときも、文潔は潘寒に一瞥もくれない。その声はあいかわらず穏やかで、悪いことをした子どもに諭しているかのようだった。

「総帥、いま協会は存続の危機にあります！　裏切り者や内部の敵を断固たる手段で粛清しなければ、すべてを失うことになります」

文潔は顔を上げて潘寒を見た。まなざしこそやさしいが、それでも数秒間、潘寒の呼吸が止まった。「地球三体協会《アース・トライソラリス・オーガニゼーション》の最終的な理想と目標は、まさにすべてを失うことです。われわれ自身も含め、いま人類に属しているものすべてを失うことです」

「じゃあ、あなたは降臨派だ！　どうかはっきりとそう宣言してください、総帥！　たいへん重要なことです。そうだろう、同志諸君？　すごく重要だ！」潘寒は大声で叫んで拳を振り上げ、四方を見渡したものの、だれもが重々しく沈黙を保ち、彼に答えるものはひとりもいなかった。

「あなたはそのような要求ができる立場ではありません。あなたは、協会規則に対する重大な違反行為をした。もし異議申し立てをしたいなら、いまそうしなさい。でなければ、あなたはその行為の責任をとることになるでしょう」文潔は一語一語ゆっくりと、呑み込みの悪い子どもに教えさとすような口調で言った。

「わたしはあの数学の天才、魏成《ウェイ・チョン》を排除するために現場に赴きました」と潘寒は言った。「それについては、エヴァンズ同志が決定し、紅岸基地の会議でも全会一致で支持されました。もしあの天才が三体問題を解く完全な数学モデルをほんとうに見つけてしまったら、主は降臨せず、地球三体事業も瓦解するでしょう。それに、わたしが申玉菲《シェン・ユーフェイ》を撃ったのは、向こうが先に撃ってきたからです。正当防衛でした」

文潔《ウェンジエ》はうなずいた。「では、そう信じることにしましょう。この件は、どのみち、いまの最重要課題ではありません。この先も信頼を裏切られずに済むことを祈っています。では、わたしに対するさっきの要求を、もういちど言ってもらえるかしら」

潘寒《パン・ハン》はしばし言葉につまった。文潔が次の議題に移ったことにほっとしているわけではなさそうだった。「わたしは……総帥に、自分は降臨派であるとはっきり宣言していただきたいのです。結局のところ、降臨派の綱領はあなたの理想でもあるのですから」

「では、その綱領をもういちど言ってみなさい」

「人類社会はもはや自分の力では問題を解決することができず、自分の力でその狂気を律することもできない。それゆえわれわれは、主がこの世界に来たり、その力によって人類社会を強制的に監督し、矯正し、まったく新しい、正しく善なる人類文明を創造することを願う」

「降臨派はこの綱領を信じていますか？」

「もちろんです、総帥。どうか、噂やデマに惑わされないでください」

「それは噂でもデマでもない！」男が大声で叫び、参加者をかき分けて前に出てきた。

「ラファエルといいます。イスラエル人です。三年前、十四歳になる息子が交通事故に遭いました。それでわたしは、息子の腎臓を尿毒症のパレスチナ人の少女に提供しました。

二つの民族の平和的共存という、わたしの願いを表すために。この理想のためなら、わたしは自分の命すらさしだすつもりです。多くのイスラエル人とパレスチナ人が、わたしのように真実の努力を重ねてきました。ですが、すべては無駄でした。わたしの故郷はいまも憎悪と報復の泥沼の中であがき、沼はどんどん深くなっています。

最終的に、わたしは人類に対する希望を失い、三体協会に加わりました。絶望がわたしを平和主義者から過激派に変えたのです。そしてまた、おそらくは協会に巨額の寄付をしたおかげで、降臨派の中心的な位置を占めることができました。みなさんにお話ししますが、降臨派には秘密の綱領があります。

それは、こういうものです。『人類は邪悪な種である。人類文明は地球に対して許しがたい罪を犯してきた。降臨派の最終目標は、主によって罰してもらうこと、すなわち全人類の滅亡である』」

「降臨派のその真の綱領は、いまや公然の秘密だ！」だれかが叫ぶ。

「しかし、みなさんが知らないことがある。これは、もともとの綱領から発展したものではない。降臨派が誕生した時点ですでに、その目標は確定していたのです。それが降臨派の黒幕、マイク・エヴァンズの生涯の夢だった。彼は、協会に嘘をつき、総帥を含む全員を欺いた！　エヴァンズは最初からこの目標に向かって活動してきた。彼は降臨派を、極端な環境保護主義者と人類を憎む狂人たちが巣くう恐怖の王国に変えてしまった」

「わたし自身、エヴァンズのほんとうの考えに気づいたのは、ずっとあとになってからでした」と文潔《ウェンジエ》が言った。「それでもわたしは、分裂と対立という綻《ほころ》びを縫い合わせ、地球三体協会をひとつにつなぎとめようと努力してきました。けれども、降臨派が最近おこなっている他の活動のあるものが、その努力を不可能にしました」

潘寒《パン・ハン》も訴える。「総帥、降臨派は地球三体協会《ETO》の中核です。われわれなしには地球《アース・》三体運動《トライソラリス・ムーヴメント》はありえません！」

「しかし、それはあなたがたが主と協会の交信すべてを独占する理由にはなりませんよ」

「第二紅岸基地はわれわれが建設した。当然、われわれが運営すべきでしょう」

「降臨派はその立場を利用して、協会に対して許しがたい裏切りをなしたのです。主が協会に宛てたメッセージを独占し、そのほんの一部分だけを協会に伝えた。その一部分さえも、あなたたちは勝手に改竄《かいざん》した。さらに、第二紅岸基地を通じて、協会の承認なしに、大量のメッセージを主に送信した」

会場に沈黙が降りた。まるで重たいなにかが頭にのしかかってくるようだった。

潘寒はなにも答えない。冷ややかなその表情は、ついにこの時が来たかと言いたげに見えた。

「降臨派の裏切りには、多数の証拠があります。申玉菲《シェン・ユーフェイ》同志は証人のひとりでした。彼女もかつては降臨派の中心メンバーでしたが、心の奥底ではゆるぎない救済派でした。あなたがたは最近になってようやくその事実に気づきましたが、彼女はすでに多くを知りすぎていました。エヴァンズがあなたを送り出した目的は、ひとりを殺すことではなく、二人を殺すことでした」

潘寒は情勢を見極めようとするようにまわりを見渡した。文潔は目ざとくその態度に気づいて、言葉を継いだ。

「ごらんのとおり、今回の集会に参加した者は、救済派の同志がほとんどで、降臨派は少数です。その彼らもまた、協会の側に立ってくれるとわたしは信じています。しかし、エヴァンズやあなたのような人間は、もはや見過ごせません。地球三体協会の綱領と理想を守るため、われわれは降臨派の問題を完全に解決しなければならない」

またも沈黙が降りた。ややあって、文潔のそばにいた護衛のひとり、スレンダーで美しい少女が魅惑的な笑みを浮かべたかと思うと、気軽な足どりで潘寒のほうに歩み寄っていった。

潘寒が顔色を変え、ジャケットの内ポケットに手を入れようとしたが、少女は目にも留まらぬ速さで彼に飛びかかった。なにが起きたのかだれにもわからないうちに、少女は春の藤のように細くたおやかな腕を潘寒《パン・ハン》の首に巻きつけ、もう片方の手を頭のてっぺんに置くと、思いがけない力と正確な手さばきで潘寒の頭をぐるっと一八〇度回転させた。頸椎の折れる鈍い音が、静まりかえったカフェテリアに響きわたった。

少女は、熱い金属にうっかり触れてしまったかのように、潘寒の頭からぱっと手を離した。潘寒の体は床に崩れ落ち、その拍子になにかが内ポケットからとびだして、テーブルの下へ滑っていった。申玉菲《シェン・ユーフェイ》を殺した銃だった。潘寒の体はまだ痙攣している。しかし、両目が飛び出し、口から舌が突き出した頭はぴくりとも動かず、最初から体の一部ではなかったかのように見えた。数人の男たちが進み出て潘寒の死体を持ち上げ、引きずっていった。潘寒の口から流れ出ている血が、床に長々と一本の赤い線を残した。

「あら、汪淼《ワン・ミャオ》さん。あなたも来ていたの。こんにちは」文潔《ウェンジエ》が汪淼のほうを向くと、親しげに微笑み、うなずいてみせた。それから、みんなにこう紹介した。「こちらは中国科学院院士の汪淼教授で、わたしの友人でもあります。汪さんはナノマテリアルの開発が専門。主が地球上から最初に消滅させたいと思っている技術のひとつです」

だれも汪淼のことを見なかったし、どのみち汪淼にもなにかを口にする気力は残っていなかった。ふらっとして倒れそうになり、となりに立っていた男の袖を思わずつかんだが、その手は軽く振りほどかれてしまった。

「汪さん、こないだの紅岸の話のつづきをしましょうか」と文潔が言った。「同志たちみんなも聞いてちょうだい。時間の無駄じゃないのよ。とてもたいへんなときだからこそ、これまでの協会の歩みをふりかえる必要があるのです」

「紅岸……まだ話は終わっていなかったのですか？」汪淼は呆けたようにたずねた。

文潔は三体のオブジェの前までゆっくり歩いていって、回転する三つの銀の球に見入った。割れたガラス窓から射し込むひとすじの夕陽が、ちょうどオブジェを照らしていた。宙を舞う三つの球が不規則に反射する光が、かがり火のゆらめく炎のように、反乱軍司令官の顔を浮かび上がらせた。

「ええ、まだ終わっていない。話はまだはじまったばかりですよ」文潔は淡々と答えた。

22 紅岸（五）

紅岸基地に来て以来、葉文潔《イエ・ウェンジエ》はここを離れることなど一度も考えなかった。紅岸プロジェクトの真の目的を知ったあとは（この極秘情報は、基地にいる幹部クラスの多くも知らなかった）、外界との精神的なつながりもみずから断ちきり、ひたすら仕事に没頭した。これ以降、文潔は紅岸システムの技術の核心へとさらに深く入り込み、重要な研究課題を担当しはじめた。

雷志成《レイ・ジーチョン》政治委員は、葉文潔を最初に信頼したのが楊衛寧《ヤン・ウェイニン》だという事実を忘れたことはなかったが、それでも重要な仕事を喜んで文潔に任せた。文潔はその政治的な立場のせいで、自分の研究成果についてさえ、なんの権利も持てなかった。雷志成は大学で天体物理を専攻し、しかも当時としては珍しい知識階級の政治委員だったから、文潔の研究成果と論文は、最終的にすべて彼の名前で発表されることになり、雷志成は、専門的な知識と革命的な情熱を兼ね備えた模範的な政治将校であるとの名声を獲得した。

紅岸プロジェクトが文潔を呼び寄せたもともとのきっかけは、文潔が大学院時代に〈天体物理学《アストロフィジカル》ジャーナル〉に発表した論文だった。この論文の中で、彼女は太陽の数学モデルの構築を試みていた。地球と比べて、太陽ははるかに単純な物理系で、その大部分が、水素とヘリウムという二種類の元素だけでできている。反応過程こそ激烈だが、結局は水素が融合してヘリウムになるというだけのシンプルなものだ。したがって、太陽の数学モデルは、現実の太陽をかなり正確に記述できる可能性が高い。文潔の論文は基礎的なものだったが、楊衛寧と雷志成は紅岸監視システムの技術的な困難を解決する糸口をそこに見出したのだった。

太陽雑音による受信障害は、衛星通信につきものの問題だが、紅岸の受信オペレーションにもこの問題がつきまとった。

地球と人工衛星と太陽が同一直線上にあるとき、人工衛星の方角に向けた地上の受信アンテナの見通し線は、衛星の背後に太陽が位置することになる。太陽はひとつの巨大な電磁波放射源なので、結果として、人工衛星から地上への送信は、太陽放射に呑み込まれてしまう。この問題は二一世紀に入っても、いまだ完全には解決されていない。

紅岸基地が対応を迫られた障害もそれと似ているが、ここの場合、干渉源（太陽）は、送信源（太陽系外）と地上の受信装置とのあいだにある。通信衛星に比べて、紅岸がこうむる太陽雑音はさらに頻繁かつ深刻だった。実際に建設された紅岸基地は、当初の予定よりもはるかに規模を縮小され、受信と送信で同じひとつのアンテナを共用していた。そのため、受信に使える時間はさらに貴重になり、太陽雑音の問題はさらに深刻になっていた。楊衛寧《ヤン・ウェイニン》と雷志成《レイ・ジーチョン》がこのノイズを除去するために考えたアイデアは、いたって単純なものだった。観測データの中から、太陽放射の周波数スペクトルと特徴をつきとめ、デジタル的にフィルターをかけて、それをとりのぞいてしまえばいい。無知な人間が知識のある人間を指導することが多かったこの時代にあっては珍しく、この二人がともに技術的知識を持っていたことは、紅岸プロジェクトにとって幸運だった。しかし、楊衛寧の専門は天体物理ではなかったし、雷志成にいたっては、政治将校になる道を選んだので、高度な技術的ノウハウは身につけていない。現実には、太陽の電磁放射が安定しているのは、近紫外線から中赤外線までの（可視光線を含む）周波数帯に限られている。それ以外の周波数帯上では、放射はかなり不安定で、予測不可能だった。

研究を正しい方向に進めるために、文潔《ウェンジエ》が最初の論文で明らかにしたのは、太陽活動——黒点、太陽フレア、コロナ質量放出など——が激しい期間は、太陽の干渉は排除できないということだった。こうして、研究対象は、太陽活動がノーマルな期間中に紅岸が観測した周波数帯内の放射に絞られることになった。

紅岸基地の研究環境はなかなか恵まれていた。基地の資料室では、研究テーマに沿った外国語の資料を、欧米の学術誌の最新号まで含めてとり寄せることができた。この時代の中国にあっては、容易に得られる立場ではない。しかも文潔は、軍の電話回線を使って、中国科学院の中で太陽を研究している二つの研究グループと連絡をとり、リアルタイムの観測データをファックスでとり寄せることもできた。

この研究を半年つづけたが、成功の兆しは見えなかった。紅岸の観測周波数の範囲では、太陽放射の変動は予想不能だということに、文潔は早々に気づいていた。大量の観測データを分析していると、説明のつかない謎めいた事例に出くわした。データ上、太陽放射には突発的な変動が起きているのに、太陽表面の活動は平穏なままというケースがいくつか見つかったのである。太陽核から放射される短波やマイクロ波は、厚さ数十万キロに及ぶ放射層や対流層に吸収されてしまうので、観測された放射は太陽表面の活動から生じたもののはずだ。ということは、放射に突発的変動が起きたときには、太陽表面にそれとわかる活動が観測されてしかるべきだ。もしそれに対応する太陽表面の変動がないとしたら、このせまい周波数帯に起きた突発的な変動の原因はいったいなんだろう？　考えれば考えるほど、謎は深まった。

最終的に、アイデアのほうが尽きてしまい、文潔は研究をあきらめることにした。最後の研究レポートで、自分にはこの謎が解けないと認めたのだった。ただ、とくに大きな失敗ではないはずだった。というのも、軍は同様の研究を大学や中国科学院のいくつかのグループに委託していたが、それらもすべて失敗に終わっていたからだ。楊衛寧《ヤン・ウェイニン》は、文潔《ウェンジェ》のすぐれた才能を頼りに、もう一度トライしたかったのである。

雷志成《レイ・ジーチョン》の目的はもっとシンプルで、彼はただ、文潔の論文が欲しかった。この研究テーマは高度に理論的なものだから、自分の名前で文潔の論文を発表すれば、彼の専門知識と研究スキルを誇示することができる。いま、文革がもたらした混沌の波はようやく収まりはじめ、幹部に求められる資質も変化しつつある。政治的に成熟し、学術的に認められた雷志成のような存在には、大きな価値がある。当然、雷志成の前途は無限の明るさに満ちていた。太陽雑音による受信障害の問題を解決できるかどうかなど、本音ではどうでもよかった。

しかし最終的に、文潔は論文を投稿しなかった。もしここで研究が終わってしまったら、基地の資料室はこのテーマのための資料収集や海外学術誌の購読をやめてしまうはずで、そうなるとこんなに豊富な専門文献に接する機会が永遠に失われてしまう——そう考えたからだった。そこで、文潔は名ばかりの研究を継続しつつ、実際は太陽の数学モデルを磨き上げることに集中していた。

ある晩のこと、文潔はいつものように、資料室の冷えきった閲覧室にひとりでこもっていた。目の前の長テーブルの上には学術誌や文献が山と積まれていた。文潔は面倒で退屈な行列計算を終わらせてから、〈アストロフィジカル・ジャーナル〉の最新号を手にとり、休憩がてら、ぱらぱらとページをめくった。そのとき、木星の研究に関する論文にふと目が留まった。その論文の紹介文にはこう書かれていた。

本誌前号に掲載された研究レポート『太陽系内の新たな強い放射源』において、ウィルソン山天文台のハリー・ピータースン博士が公開したデータは、去る6月12日と7月2日、地球による木星の自転の摂動を観測中に、木星自身が二度にわたって強い電磁波を放射したことを示すものでした。それぞれの放射の持続時間は81秒と76秒で、付属データには、電磁波の周波数帯域その他のパラメータが含まれています。また、この電磁波バーストのあいだ、木星の大赤斑に、ある変化が観測されたことも記されています。この発見は、惑星学界で大きな注目を集めました。今号掲載のG・マッケンジー氏の論文は、それが木星のコアで核融合が始まっている証拠だと主張しています。一方、次号掲載予定の井上雲石氏の論文は、木星の電磁波バーストがより複雑なメカニズム――木星内部の金属水素プレートの運動――の結果であるとして、完全な数学的記述を試みています。

文潔《ウェンジエ》はピータースンの論文に出てくるという二つの日時をはっきり覚えていた。どちらも、紅岸監視システムが太陽雑音による強い電波干渉を受けた日時だった。文潔は運用日誌を調べ、自分の記憶を再確認した。時刻はほぼ一致している。ただし、太陽雑音の発生は、木星の電磁波バーストが地球に到達した時刻よりも、十六分四十二秒遅かった。

十六分四十二秒が鍵だ！　文潔は必死に冷静さを保ちつつ、資料室のスタッフに国家天文台と連絡をとってもらい、二つの日時の木星と地球の位置座標をとり寄せた。

文潔は黒板に大きな三角形をひとつ描いた。三つの頂点はそれぞれ太陽、地球、木星で、さらにその三辺の上に距離を、地球の頂点には二つの到達時刻を記した。電磁波バーストが木星から地球に到達するのにかかる時間は、木星と地球の距離から簡単に計算できる。つづいて、電磁波が木星から太陽へ、さらに太陽から地球へ到達するのにかかる時間を計算したところ、両者の差はまさに十六分四十二秒だった！

文潔は、かつて自身が構築した太陽構造の数学モデルを読み直して、理論的な説明を探した。やがて、太陽放射層の中にある〝エネルギー鏡面〟（と自身が命名したもの）の説明に目が留まった。

太陽コアの核融合反応で生まれるエネルギーは、最初、高エネルギーのガンマ線のかたちをとる。太陽コアをとり囲む放射層は、これらの高エネルギー粒子を吸収し、それよりわずかに低いエネルギーで再放出することを果てしなくくりかえしながら、エネルギーを外へ外へと伝達していく。吸収と再放射のこの長い長いプロセス（ひとつの光子が太陽表面まで到達するのに、おそらく千年以上かかる）を経て、高エネルギーのガンマ線はしだいにエネルギーを失い、X線、極紫外線、紫外線、さらには可視光線などの放射線に変わる。

こうしたことは、過去の太陽研究ですでに明らかになっている。しかし、文潔の数学モデルはひとつの新しい結論を導き出した。太陽放射が放射層を通過する過程でエネルギーを失い、周波数が低くなっていくとき、放射線層は、放射線のタイプごとにいくつかのゾーンに分かれる。しかも、それらのゾーンのあいだには、明らかに境界面がある。エネルギーがこの境界面をひとつ超えるごとに、周波数はがくんと下がる。これは、エネルギーが太陽コアから外へと向かうにつれて、放射線の周波数はなめらかに下がっていくとする従来の定説とは異なる主張だった。文潔の計算によれば、こうした境界面は、周波数の低い側（外側）からの放射線を反射する性質がある。そこで彼女は、この境界面を〝エネルギー鏡面〟と名づけたのである。

文潔は、高エネルギーのプラズマの海を仕切るこの境界面について慎重に研究を進め、その結果、驚くべき特徴がたくさんあることを発見した。中でもいちばん信じがたい特性のひとつは、彼女が〝反射力増強〟と名づけたものだった。しかし、この特徴は、あまりにも異様で、確認することがむずかしく、文潔《ウェンジエ》自身でさえ、現実とは信じられなかった。目がまわるほど複雑な計算の中で起きたまちがいの産物という可能性のほうが高いと思っていた。

しかしいま、文潔は、太陽エネルギー鏡面による反射力増強という仮説を裏づける第一歩を踏み出した。エネルギー鏡面は、低周波数側から来る放射をただ反射するだけではなく、それを増強する。文潔が観測していたせまい周波数帯で起きたとつぜんの謎めいた変動は、じっさいは、宇宙からやってきたべつの放射線が太陽のエネルギー鏡面に反射した結果だったのである。だから、太陽表面に擾乱《じょうらん》が観測されなかったのだ。

おそらく今回、太陽は木星の電磁波バーストを数億倍に増幅したうえで鏡のように反射した。地球は、増幅の前と、増幅のあとの電磁波を、十六分四十二秒の時間差で受けとった。

太陽は電波増幅器なのだ。

だがここで、次の疑問が生じる。太陽には、地球からの電波も含め、宇宙からの電磁放射がつねに降り注いでいるはずだ。どうしてその一部だけが増幅されるのか？　答えは簡単だ。エネルギー鏡面が反射する周波数がある一定の帯域幅のものだけだということと、それにもうひとつ、こちらのほうが主な理由だが、太陽の対流層によるシールド効果がある。たえまなく沸き立っている対流層は、放射層のすぐ外にあり、液体層としては太陽のもっとも外側に位置している。宇宙からの電波はまず対流層を通過してから、ようやく放射層のエネルギー鏡面に到達し、そこで増幅されてはねかえされる。つまり、電磁波がエネルギー鏡面に届くためには、ある閾値《いきち》以上に強力でなければならない。地球の電波源のほとんどはこの閾値より低いが、木星の電磁波バーストはそれを超えていた——。

そして、紅岸基地の最大送信出力もこの閾値を超えている。

太陽雑音による受信障害という問題はまだ解決されていないが、新たにわくわくするような可能性が見えてきた。人類は太陽をスーパーアンテナがわりに使って、太陽系外に電波を送信できる。電波は太陽の力で増幅されるから、地球上で使用できるすべての送信出力をトータルしたものの数億倍強い。

地球文明はおそらく、カルダシェフの分類におけるⅡ型文明のエネルギーレベルでメッセージを送信できる！

次のステップは、二度にわたる木星の電磁波バーストの波形を紅岸基地が受信した太陽雑音の波形と比較すること。もし合致していたら、この仮説を裏づけるもうひとつの証拠になる。

文潔《ウェンジエ》は基地上層部にかけあい、ハリー・ピータースンと連絡をとって木星の電磁波バーストの波形記録をもらってほしいと要求した。だがこれは、簡単にはいかなかった。交渉ルートを見つけるのがむずかしいうえに、官僚的な手続きのつねで、あちこちの部門の書類仕事が山ほど必要だった。場合によってはスパイの疑いをかけられることになるため、文潔はただじっと待つしかなかった。

しかし、仮説を実証するには、ほかにもっと直接的な方法がある。紅岸基地の送信システムを使用して、問題の閾値を超える出力でまっすぐ太陽に向かって電波を発射することだ。

基地上層部にこの要望を出そうとしたが、ほんとうの理由は言いたくなかった。あまりにも空想的な仮説だから、まちがいなく却下されるだろう。そこで文潔は、太陽の研究に関する実験を行いたいと説明した。すなわち、紅岸送信システムを太陽の観測レーダーとして使用し、送信した電波のエコーを分析することで太陽放射に関する情報を集める。雷志成《レイ・ジーチョン》と楊衛寧《ヤン・ウェイニン》はともに技術的な素養があり、彼らを騙すのは容易なことではない。だが文潔が提案したこの試験は、西側諸国の太陽研究で前例があった。じっさい、すでに実施している地球型惑星のレーダー探査よりも、技術的にはこちらのほうが簡単だった。

「葉《イエ》くん、きみは仕事の範囲を逸脱しかけている」雷志成が首を振りながら言った。「研究は理論的なものだけに絞るべきだ。こんな手間をかける必要がほんとうにあるのか？」

「政治委員、この実験は、大きな発見につながる可能性があるんです」と文潔は懇願した。

「実験はぜったいに必要です。とにかく、一回だけやらせてください。お願いします」

「雷政治委員、一度だけやらせてみたらどうですか」楊衛寧が言った。「オペレーションはそれほど大きな手間でもなさそうだし。送信後、エコーが返ってくるのに要する時間は――」

「十分か十五分程度だろう」雷志成が言った。

「だったら、紅岸システムを送信モードから受信モードに切り換える時間もちょうどある」

雷志成がまた首を振った。「技術的にもオペレーション的にも造作ないことはわかっている。しかし、楊チーフ、きみはどうも……この手のことには鈍感みたいだな。赤い太陽に向かって超強力な電波を発射するんだぞ。そんな実験が政治的にどう解釈されるか、考えてみたことは？」

楊衛寧と文潔は、どちらも茫然としたが、雷の反対理由が荒唐無稽だとは思わなかった。逆に、自分たちがその可能性を考えもしなかったことにぞっとしたのである。

この時代、すべてのものに政治的な意味を見出す風潮は、不合理なレベルにまで達していた。紅衛兵は、隊列を組んで歩く際は左折のみ許され、右折は禁止された。信号機は、赤が進めで、青が止まれでなければならないと提案されたこともある（周恩来首相に却下されたが）。また、この頃の人民元の「一角」札には農民が描かれていたが、そのうち二人はそれぞれ鉄のシャベルと鋤をかついでいたため、共産党政権の撲滅または粛清を意味していると解釈され、絵の作者はひどい迫害を受けた。またある者は、家の壁に指導者の写真を貼っていたが、自分の写真は額に入れていたため、十年近く投獄されることになった……。

そういう風潮に鑑み、これまで文潔《ウェンジェ》が研究報告を提出する際は、雷志成《レイ・ジーチョン》がかならず綿密な査読を行っていた。とくに、太陽に関する記述は、専門用語であっても、くりかえし吟味し、政治的危険がないように修正した。たとえば、〝太陽黒点〟という言葉は使用が禁じられた。太陽に向かって強力な電波を発射するという実験については、もちろん、千通りのポジティブな解釈が可能だが、たったひとつのネガティブな解釈がなされるだけで、関係者全員が政治的な災難に見舞われるにじゅうぶんだった。雷志成が実験の要請を拒絶する理由は、たしかに反論のしようがなかった。

しかし、文潔はあきらめなかった。じつのところ、過度なリスクを避けるかぎり、目標を達成するのはむずかしくなかった。紅岸の送信装置は出力こそ超強力だが、すべての部品が文革期に製造された国産品を使用しているため、品質は水準に届かず、故障率が非常に高かった。十五回の送信ごとに全システムのオーバーホールが必要で、そのたびにテスト送信がある。このテストに立ち会うスタッフの人数は少なく、目標その他のパラメータも比較的自由に設定できる。

ある当直の日、文潔は定例のオーバーホール後のテスト送信を担当することになった。テスト送信は多くの操作を省略するため、その場に文潔以外のスタッフは五人だけしかいなかった。そのうち三人は、命令を受けて動くだけで、装置の仕組みについてはほとんどなにも知らない。あとの二人はオペレーターとエンジニアで、どちらも二日間のオーバーホール作業に疲れはてて、テストにはほとんど注意を払っていなかった。

文潔はまず、太陽エネルギー鏡面が電磁波の反射を増幅するというみずからの仮説の閾《いき》値《ち》を超える値に出力を設定し（紅岸送信システムの最大値だった）、周波数は、エネルギー鏡面によって増幅される可能性がもっとも高い値を選んだ。機械部品のテストという名目のもと、アンテナの向きを西の空に傾きかけている太陽に合わせ、送信を開始した。送信内容は、いつもと同じものにした。

時は一九七一年秋のある晴れた日の午後遅い時間だった。あとになって、文潔はそのときのことを何度も思い返したが、予感めいたものはこれといってなにもなかった。うまくいくだろうかという不安と、とにかく早く送信を済ませたいという焦りだけ。第一に、その場にいた同僚に不審がられるのが怖かった。言い訳は用意していたものの、それでも、部品の消耗につながりかねないことを考えると、最大出力で送信テストを実施するというのはふつうではない。第二に、紅岸送信システムの照準装置は、アンテナを太陽に向けることを想定していない。文潔《ウェンジェ》は、付属望遠鏡の接眼レンズが熱くなっているのを指先で感じていた。もし焼け切れたりしたら、深刻な問題になる。

星の光を利用する目標自動追跡システムが使えないため、ゆっくりと西の空に沈んでいく太陽を、文潔は手動で追尾しなければならなかった。そのあいだ、紅岸基地のアンテナは、まるで巨大なひまわりのように、太陽を追いかけてゆっくりと動いていた。送信が終わったことを知らせる赤ランプが点灯するころには、文潔は全身、汗びっしょりになっていた。

文潔は周囲を見渡した。三名の操作スタッフはコントロールパネルの前で、マニュアルに沿って機器をひとつずつ順番にシャットダウンしている。エンジニアは管制室の隅でコップに入れた水を飲んでいた。オペレーターは長椅子にもたれて眠っている。のちの歴史学者や文学者がどんなふうに描写しているかはともかく、このときの現実の光景は平凡そのもので、変わったことはなにひとつなかった。

送信が完了すると、文潔は管制室を飛び出し、楊衛寧《ヤン・ウェイニン》のオフィスに駆け込むと、はずむ息を整えながら言った。「基地の無線局に、受信周波数を一万二千メガヘルツにセットするように指示して！」

「なにを受信するんだ？」楊チーフ・エンジニアは、汗でぐっしょり濡れた髪が張りついている文潔の顔を見て、驚いたようにたずねた。世界的にも最高レベルの感度を備えた紅岸受信システムと比べると、ふつうの軍用レベルの基地無線通信システムは——通常は外部との連絡に使われている——おもちゃみたいなものだった。

「ひょっとしたら、なにか入ってくるかもしれない。紅岸システムを受信モードに切り換えている時間がないの！」通常なら、紅岸受信システムのウォームアップと切り換えに要する時間は十分少々だが、いまは受信システムもオーバーホール中で、多くのモジュールがとりはずされ、まだ戻されていないため、短時間で稼働させるのは不可能だった。

楊衛寧は数秒のあいだ、じっと文潔を見つめていたが、やがて内線電話の受話器をとり、基地通信部に文潔の要請を伝えた。

「うちの無線局の精度では、受信できるのはせいぜい月面からの地球外知性の信号くらいだ」

「信号は太陽から来る」文潔《ウェンジエ》は言った。窓の外では、血のように赤い太陽のへりが地平線の山頂に近づいている。

「紅岸システムを使って太陽に信号を送ったのか？」楊衛寧《ヤン・ウェイニン》がこわばった表情でたずねた。

文潔がうなずいた。

「このことは他言無用だ。こんなことは二度とするな。ぜったいに！」楊衛寧は入口をふりかえって、ほかにだれもいないことをたしかめた。

文潔はまたうなずいた。

「そんなことをしてなんの意味がある？　エコーは極端に微弱なはずだ。ふつうの無線局の受信可能範囲をはるかに下回る」

「いいえ、わたしの仮説が正しければ、極端に強いエコーが返ってくるはず。どのくらい強いかというと……とても想像できないくらい。送信出力がある閾値《いきち》を超えるだけで、太陽は電波を一億倍にも増幅するのよ！」

楊衛寧が妙な目で文潔を見た。文潔はなにも言わなかった。二人とも、黙って待った。

楊衛寧には、文潔の呼吸と心臓の鼓動がはっきり聞こえた。文潔のさっきの話にはあまり注意を払っていなかったが、楊衛寧の心の奥底に埋もれていた少年のころの気持ちが甦《よみがえ》っていた。だが、自分を抑えることしかできず、ただひたすらじっと待っていた。

二十分後、楊衛寧は通信部に電話をかけ、二、三の簡単な質問をした。

「なにも受信しなかったそうだ」楊衛寧は受話器を置いて言った。

文潔は深いため息をつくと、しばらくしてようやくうなずいた。

「例のアメリカの天文学者から返事があった」楊衛寧は分厚い封筒を文潔に手渡した。封筒の表には税関のスタンプがいくつも捺《お》されている。文潔はいそいそとそれを開封し、まずはハリー・ピータースンからの手紙にざっと目を通した。中国でも惑星電磁波学の研究をしているとは思わなかった、今後は連絡を密にして協力しあいましょうという意味のことが書かれている。また、彼は、資料の束を二つ送ってきていた。それは、木星で観測された二度の電磁波バーストの波形の完全な記録だった。長い信号記録紙からコピーしたものので、つなぎ合わせる必要がある。

しかし、この時代の中国人のほとんどは、コピー機など見たこともなかった。文潔は、それぞれ数十枚あるコピー用紙を、床に二列に並べた。半分ほど並べた時点で、どんな希望も消えてなくなった。自分が観測した二度の太陽雑音の波形はよく覚えている。この二つがそれと一致しないのは明らかだ。

文潔は二列に並べたコピー用紙を床からゆっくりと拾い集めた。楊衛寧もひざまずいてそれを手伝った。内心では深く愛している女性に紙の束を手渡したとき、彼の瞳に、首を振りながら微笑む文潔《ウェンジエ》の顔が映った。あまりにも悲しげなその表情に、楊衛寧《ヤン・ウェイニン》の胸が締めつけられた。

「どうしたんだい？」楊衛寧はさりげない口調でたずねた。自分では気がついていなかったが、これまでに文潔と話したなかで、これほど穏やかに話しかけたのははじめてだった。

「なんでもない。夢を見ていただけ。いまやっと目が覚めたところ」文潔はそう言ってまた微笑み、コピー用紙と手紙を抱えて楊衛寧のオフィスを出て行った。

文潔は部屋に戻り、ランチボックスを持って食堂へ行ったが、もう饅頭《マントウ》と漬け物しか残っていなかった。食堂の人からも、きょうはもう閉店だと不機嫌そうに言われて、文潔はランチボックスを持って出ていくしかなかった。崖の手前のお気に入りの場所まで行くと、草の上に座って、冷たいマントウをかじった。

太陽はすでに沈み、大興安嶺《だいこうあんれい》はぼんやりしたグレーに染まっていた。文潔の人生とよく似ている。その灰色の人生の中で、夢だけはひときわ色鮮やかで、光り輝いて見えた。でも、人はいつも、夢から醒めてしまう。太陽と同じだ。また昇ってはくるものの、新しい希望を運んでくるわけではない。この瞬間の文潔には、果てしない灰色に満たされた残りの人生が見えた。目に涙を溜めたまま、また微笑み、冷たいマントウを噛みつづけた。

　このとき、文潔は知る由もなかったが、地球文明が宇宙に向かってはじめて発した、だれかが聞きとることのできる叫び声は、太陽から光速で宇宙全体へと広がりはじめていた。恒星によって増幅された電波は、潮が満ちるように進みつづけ、すでに木星軌道を超えていた。

　このとき、一万二千メガヘルツの周波数帯では、太陽は、天の川銀河すべての星の中でもっとも明るく輝く恒星だったのである。

23 紅岸（六）

それからの八年間は、葉文潔《イエ・ウェンジエ》の一生において、もっとも静かな時期だった。文革のあいだに刻み込まれた恐怖はしだいに薄れ、ようやく精神的にすこし息をつく余裕ができた。紅岸プロジェクトはすでに試験と調整期を終え、すべてがじょじょにルーティン化しつつあった。解決すべき技術課題はだんだん少なくなり、仕事や生活のスタイルも規則正しいものになってきた。

平穏な日々の中で、それまでは緊張と恐怖によって抑圧されていた記憶が目覚めはじめた。文潔は、ほんとうの痛みをいまやっと感じはじめたのだと悟った。悪夢的な記憶が、燠火《おきび》のようにふたたび燃え上がり、どんどん勢いが強くなって、文潔の心を焼き焦がした。たいていの人なら、こういう心の傷は、たぶん時間が癒やしてくれたかもしれない。文革のあいだに文潔のような目に遭った人間は大勢いたし、その多くと比べたら、文潔はまだしも幸運なほうだった。しかし文潔は、科学者としての習い性から、忘れることを拒絶し、自分を傷つけた狂気と憎しみを、理性の目をもって眺めようとした。

じつのところ、人類の邪悪な面について文潔が理性的に考察するようになったのは、『沈黙の春』を読んだあのときからだった。楊衛寧《ヤン・ウェイニン》との距離が日に日に近づくにつれ、文潔は、技術資料の収集という名目で、楊を通じて外国語の哲学書や歴史書の古典や名作を大量に購入した。血塗られた人類の歴史には身の毛がよだつ思いがしたが、思想家たちの卓越した思考は、人間性のもっとも本質的で、もっとも秘められた面に対する理解を深めてくれた。

ほとんど世界に忘れられたような、この浮き世離れしたレーダー峰にあっても、人類の理性の欠如と狂気は、たえず文潔の目に映った。山腹の森林は、文潔のかつての戦友たちによって野放図に伐採され、大興安嶺の皮膚を剝ぎとるようにして、日に日に荒地の面積が拡大している。点在していたむきだしの荒地がつながって広い区域になり、さらには斜面全体に広がると、残された数少ない幸運な樹木のほうがむしろアブノーマルなものに見えてくる。焼き畑式の開発計画の仕上げに、禿げ山に火が放たれ、レーダー峰は地獄の業火から逃れてきた鳥たちの避難所となった。燃えさかる炎と、羽根を焦がされて悲しげに鳴く鳥の声はやむことがなかった。

外の世界では、人類の狂気が歴史上の頂点に達していた。おりしも、アメリカとソビエトが熾烈な覇権争いをくり広げる冷戦のまっただなかだった。地球を何十回も壊滅させられるだけの量の核ミサイルが、二つの大陸に点在する無数のサイロや、幽霊のように深海に潜む原子力潜水艦の群れに配備され、いつでも発射可能な状態にあった。ラファイエット級もしくはヤンキー級の潜水艦一隻だけで、百もの都市を破壊し、数億人を殺戮することができる。しかし、ほとんどの人間は、なんの問題も起きていないかのように、ふだんどおりの生活をつづけていた。

天体物理学者として、文潔《ウェンジエ》は核兵器に強く反対する立場だった。原子力は恒星だけに帰属すべき力だと知っていたからだ。宇宙にはもっと恐ろしい力があることも知っていた。ブラックホールや反物質が持つ力に比べたら、核爆弾などちっぽけな蠟燭《ろうそく》にすぎない。そういう力のひとつでも、もし人類が手に入れてしまったら、世界は一瞬で消える。狂気の前では、理性などなんの力もない。

紅岸基地に赴任して四年後、文潔は楊衛寧《ヤン・ウェイニン》と結婚した。楊衛寧は文潔のことを心から愛し、そのためにみずからの将来をあきらめた。

この頃になると、文革のもっとも激烈な時代は過ぎ去り、政治的な環境もいくらか穏やかになっていたから、楊衛寧は、文潔との結婚によって明確な迫害を受けることはなかった。しかし、妻が反革命のレッテルを貼られているおかげで、楊衛寧は政治的に未熟と見なされ、チーフ・エンジニアの職を追われることとなった。彼が妻とともにヒラの技術者として基地に残ることを許されたのは、二人の技術的な知識なしでは基地が立ちゆかないという理由からだった。

文潔が楊衛寧の求婚を受け入れたのは、主に感謝の気持ちからだった。いちばんの危機にあったとき、もし彼が、世間と隔絶したこの避難所に連れてきてくれなければ、文潔はとっくにこの世にいなかっただろう。楊衛寧はたいへん才能がある。人柄や教養も申し分ない。嫌いになれるような人物ではないが、文潔の心はとっくに火が消えた灰のようになっていて、いまさら愛の炎など燃やすべくもなかった。

人類の本質について考えれば考えるほど、文潔は人生の目標を見失い、またべつの精神的な危機に陥った。かつての文潔は理想主義者で、自分の才能のすべてを偉大なる目標に捧げずにはいられないほどだった。しかしいまになって、これまでにしてきたことはなにもかも無意味で、この先も、意味のある探求などありえないと気づいてしまったのである。この精神状態を抜け出すことができないまま、文潔が抱く疎外感はますます大きくなっていった。魂の荒野をさすらうようなこの感覚は彼女を苛みつづけた。楊と家庭を持ったあとも、文潔の魂には居場所がなかった。

ある夜のこと、文潔《ウェンジエ》は夜勤の当直だった。しんと静まりかえった真夜中、いちばん孤独で寂しくなるこの時間帯の宇宙は、その音に耳を澄ます者たちにとって、広大無辺な荒野のようだった。文潔がいちばん嫌いだったのは、ディスプレイ上をゆっくりと動く曲線を見ることだった。それは、紅岸システムが宇宙から受信した無意味なノイズの視覚的な記録だった。この無限に長い線こそ、宇宙の純粋な姿だと文潔は思っていた。一方は無限の過去へ、もう一方は無限の未来へとつながり、その中間はただランダムに上がり下がりしているだけ——生命も法則性もなく、大きさが不揃いな砂粒の集まりのように、さまざまな高さの山と谷が連なっている。その曲線はまるで、すべての砂粒を一列に並べた一次元の砂漠のようだ。寂しく、荒涼として、耐えられないほど長い。その線に沿って、前にもうしろにも、お好みのままいくらでも遠くまで行けるけれど、永遠に終わりにはたどりつかない。

しかしこの夜、波形ディスプレイに目をやった文潔は、おかしなことに気づいた。専門のスタッフでも、目で見ただけでは波形が情報を持っているかどうかは判別しづらいものだが、宇宙のノイズの波形を熟知している文潔には、いま目の前で動いている波形に、特別ななにかがあることがわかった。上がったり下がったりするその細い曲線には、魂があるように見えた。目の前にある無線信号が知性によって変調されているのはまちがいない。

　文潔はもう片方の端末に飛びつき、いま受信しているこの信号の有意度ランクをコンピュータがどう判定しているかチェックした。ランクはＡＡＡＡＡ。いままでに紅岸基地が受信した宇宙からの電波は、有意度ランクがＣを超えたことは一度もなかった。Ａは、届いた電波が意味のある情報を含んでいる可能性が九〇パーセント以上であることを意味する。ＡＡＡＡＡとなると、まさに特別な、極端なケースだ。それは、受信したメッセージが、紅岸基地が送信時に使用するのと同じ言語でコーディングされていることを意味する。

　文潔は紅岸解読システムを起動した。このソフトウェアは有意度がＢを超える信号について解読を試みる。紅岸プロジェクトがはじまって以来、ただの一度も実際に使用されたことはなかった。試験運用のデータからすると、メッセージを含む可能性がある信号の解読には、数日から、場合によっては数カ月に及ぶ計算時間が必要で、しかも半分以上は解読不能という結果になる。

　しかし、今回に限っては、生データを解読システムにかけたとたん、ディスプレイには解読終了のメッセージが出た。

　文潔が解読結果のファイルを開き――そして、人類史上はじめて、地球外から届いたメッセージに目を通した。

　文面は、だれもが想像しないようなものだった。同じ警告が、三度くりかえされている。

応答するな！

応答するな!!

応答するな!!!


目がまわるような興奮と混乱から醒めやらぬまま、文潔《ウェンジエ》は解読された第二のメッセージを読んだ。


この世界はあなたがたのメッセージを受けとった。

わたしはこの世界の、ある平和主義者です。この情報を最初に受けとったのがわたしだったことは、あなたがたの文明にとって幸運でした。あなたがたに警告します。応答するな！　応答するな!!　応答するな!!!

あなたがたの方向には数千万もの恒星があります。応答しないかぎり、われわれのこの世界は、送信源を特定できません。

しかし、もし応答したら、送信源の座標はただちに特定され、あなたがたの惑星は侵略される。あなたがたの世界は征服される！

応答するな！　応答するな!!　応答するな!!!

ディスプレイ上で輝くグリーンの文字を見て、文潔はまともにものを考えられなくなった。衝撃と興奮で頭の回転が鈍り、なんとか理解できたのはひとつだけだった。すなわち――わたしが太陽に向かってメッセージを送信してから、まだ九年も経っていない。ということは、この情報の発信源は、地球から四光年くらいしか離れていないことになる。だとすれば、可能性はひとつしかない。太陽系にもっとも近い恒星系――三重星系として知られるケンタウルス座アルファ星系《アルファ・ケンタウリ》だ。

宇宙は無人の荒野じゃない。宇宙はからっぽでもない。宇宙は生命に満ちている！　人類はそのまなざしを宇宙の果てへと向けてきた。しかしまさか、いちばん近い星系に、知的生命がすでに存在していたとは、知る由もなかった！

文潔は波形ディスプレイをじっと見つめた。信号は、宇宙から紅岸アンテナへとなおも流れ込んでいる。文潔はもうひとつウィンドウを開いて、リアルタイム解読をスタートさせた。ただちに画面にメッセージが流れはじめた。

それからの四時間あまりのあいだに、文潔は三体世界の存在を知り、滅亡と復活をくりかえすその文明と、他の恒星系に移住しようとする彼らの計画について学んだ。

午前四時、アルファ・ケンタウリからの送信が終わった。解読システムはなおも無駄な処理をつづけ、たえまなくエラーコードを吐き出しつづけている。紅岸受信システムから聞こえてくるのは、またも宇宙の荒野のノイズだけになった。

しかし文潔《ウェンジエ》は、いましがた経験したことが夢ではないと確信していた。

太陽はたしかに増幅アンテナだった。でも、八年数カ月前のあのときは、どうしてエコーを受信できなかったんだろう。木星の電磁波バーストの波形は、なぜ直後の太陽放射のそれと一致しなかったんだろう。あとになって、文潔はいくつか、その原因を考えついた。おそらく、基地の無線通信部が、そもそもその周波数の電波を受信できなかったか、エコーを受信しても、ノイズのように聞こえたため、オペレーターが無視してしまったのだろう。波形に関しては、太陽が電波を増幅したとき、そこにべつの電磁波を加えた可能性がある。異星文明の解読システムなら簡単にフィルターにかけて排除できる周期波だった可能性が高い。しかし、そのことを知らない文潔の目には、木星の波形と太陽の波形がまるきり別物に見えたということもありうる。文潔は、この最後の可能性について、後年、紅岸基地を離れたあとでたしかめてみた。あのとき太陽が加えたのは、ひとつの正弦波だった。

文潔はさりげなくあたりを見渡した。メインコンピュータルームにはほかに三名の当直スタッフがいて、そのうち二人は部屋の隅で雑談中。残るひとりは端末の前でうたた寝している。受信システムのデータ解析セクションで、信号の有意度ランクを評価し、解読システムにアクセスできる端末は、文潔の前にあるこの二台だけだ。

文潔はなんでもないような態度を装いながら、端末をすばやく操作して、受信したメッセージすべてを多重暗号化された見えないサブディレクトリに転送した。それから、一年前に受信したノイズをコピーして、この五時間の受信内容に上書きした。

最後に端末から短いメッセージを紅岸送信システムのバッファに入力した。

文潔は立ち上がり、受信管制室を出た。熱っぽい顔に冷たい風が吹きつけてくる。夜明けの光がちょうど東の空に射しはじめたところだった。文潔はまだ薄暗い石畳の小道を歩いて送信管制室に向かった。頭上では、紅岸アンテナの巨大なてのひらが静かに宇宙を向いている。朝陽の光をバックに黒いシルエットになった歩哨は、いつもと同じように、中に入っていく文潔には目もくれなかった。

送信管制室は受信管制室よりかなり暗かった。文潔はマシンラックが並ぶ列のあいだを抜けて、コントロールパネルの前に行くと、十あまりのスイッチを慣れた手つきで次々に入れて、送信システムのウォームアップを開始した。コントロールパネルの近くにいた二名の当直スタッフが、寝ぼけまなこでこちらを見た。片方は、壁の時計にちらっと目をやってから、またうたた寝をはじめた。もうひとりは、もうよれよれになっている新聞をまためくりはじめた。基地内で、文潔《ウェンジェ》の政治的な地位は最底辺だが、技術面では一定の自由が与えられていて、送信前にはいつも彼女が設備をチェックしていた。きょうは、いささか時間が早すぎる——送信が実施されるまで、まだ三時間もある——とはいえ、事前にウォームアップをしたとしても、べつだん不思議なことではない。

ウォームアップが終わるまでの三十分は、文潔の人生でもっとも長い三十分だった。文潔はその間に送信設定をやり直した。周波数は、太陽エネルギー鏡面が反射する最適値に設定し、送信出力は最大にまで上げた。それから、送信目標設定用光学システムの接眼レンズに目を近づけて、太陽がいままさに地平線から昇ってくるのを確認した。それからアンテナ方向設定システムを起動し、コントロール・スティックを太陽のほうに動かして、ゆっくり照準を合わせた。巨大なアンテナが回転するときに起きるゴーッという振動が管制室に伝わってきた。当直のひとりがまたちらっとこちらを見たが、なにも言わなかった。

空の果てに連なる山の尾根から、太陽が完全に顔を出した。電波が届くのにかかる時間を考慮して、文潔は紅岸アンテナ照準装置のクロスヘアの中心を、太陽のてっぺんに合わせた。送信システムはすでにウォームアップが終わり、いつでも動かせる状態になっている。

送信ボタンは長方形で、パソコンのキーボードのスペースキーによく似ているが、色は赤だった。

文潔の指は、そのボタンから二センチメートルのところにあった。

全人類の命運が、この細い二本の指にかかっている。

文潔は、ためらうことなく送信ボタンを押した。

「なにやってるんだい？」当直のひとりがまだ眠そうな声でたずねた。

文潔は彼に笑みを向けたが、なにも言わなかった。すぐにもうひとつの黄色いボタンを押して送信を終了すると、コントロール・スティックを動かしてアンテナの向きを変えてから、立ち上がって管制室を出ていった。

当直スタッフは腕時計に目をやった。もう夜勤も終わりの時間だ。とはいえ、ちょっと妙な気もしたので、日誌をとりだし、文潔がさきほど送信システムを操作したことを記録しようとした。しかし記録テープを見てみると、文潔が送信を実行した時間は三秒にも満たない。そこで彼は、日誌をもとの位置に戻し、あくびをしながら軍帽をかぶって部屋を出た。

その瞬間も太陽に向かって進みつつあるメッセージは、こんな内容だった。

来て！　この世界の征服に手を貸してあげる。わたしたちの文明は、もう自分で自分の問題を解決できない。だから、あなたたちの力に介入してもらう必要がある。

昇ったばかりの太陽が文潔《ウェンジエ》の目を眩ませた。送信管制室を出て何歩も歩かないうちに、文潔は気を失い、芝生の上にくずおれた。

目が覚めると、文潔は基地医務室のベッドに横たわっていた。何年も前のあの軍用ヘリコプターのときと同じように、楊衛寧《ヤン・ウェイニン》がかたわらで心配そうに見つめている。そのとき、医師が文潔に向かって言った。

「これからは体に気をつけて、しっかり休息をとるように。おめでたですよ」

24　反乱

葉文潔《イエ・ウェンジエ》が当時のことをひととおり話し終えると、カフェテリアに沈黙が降りた。三体世界とのファースト・コンタクトについて、一部始終をちゃんと聞いたのははじめてというメンバーが多かったようだ。汪淼《ワン・ミャオ》も、眼前の危機や恐怖を忘れて、文潔の物語に心底引き込まれ、思わずこうたずねた。

「じゃあ、地球三体協会はいったいどうやって現在の規模にまで発展したんですか？」

「それを説明するには、エヴァンズと知り合ったことから話さないとね」文潔は言った。

「……でも、そのあたりの事情は、ここにいる全員が知っているはず。いまその話をするのは時間の無駄だから、いつかまた、汪さんだけに話すことにします。もっとも、その機会があるかどうかはあなた次第よ、汪さん。いまは、あなたのナノマテリアルの話をしましょう」

「あなたが言う〝主〟は、どうしてそんなにナノマテリアルのことを気にするんです？」

汪淼《ワン・ミャオ》がたずねた。

「それが人類を地球の引力から解放し、いままでよりはるかに大きな規模の宇宙開発を可能にするからよ」

「軌道エレベーターのことですか？」ふと思い当たって、汪淼は言った。

「そう。そんな超高強度マテリアルがいったん量産されはじめたら、地上から静止軌道まで直通の宇宙エレベーターが技術的に建設可能になる。主からすれば、それはただの小さな発明だけど、地球人類からすればその意義は大きい。人類は軌道エレベーターを使って地球近傍の宇宙空間に出て、大規模な防衛システムを建設することが可能となる。だから、早いうちにナノマテリアル技術をつぶしてしまう必要がある」

「カウントダウンが終わるとどうなるんです？」汪淼は自分がもっとも恐れている問題をたずねてみた。

文潔《ウェンジエ》が微笑んだ。「さあねえ」

「でも、わたしを止めたって無意味ですよ！　これは基礎研究じゃない。われわれがすでに発見した事実をもとにして、だれかほかの人がその先の道を開くことができる」汪淼の声は大きいが、不安の響きがあった。

「そう、たしかに無益ね。研究者の精神を揺さぶることのほうがはるかに効果的。でも、汪さんが言うように、あなたの仕事は応用研究。わたしたちの方法は、基礎研究に対して用いるほうがはるかに効果的なの」

「基礎研究といえば、お嬢さんはどんなふうにして亡くなったんですか？」

この質問に、文潔は何秒か沈黙した。その目がかすかに曇るのに汪淼は気づいた。しかし、文潔はすぐまた口を開き、話をつづけた。

「比類なき力を持つわれらが主に比べれば、わたしたちがすることはすべて無意味。だからわたしたちは、やれることをやるだけ」

文潔が口を閉じた瞬間、ドーンという大きな音が響き渡り、カフェテリアの両開きのドアが押し開けられたかと思うと、サブマシンガンを携えた兵士たちが突入してきた。武装警察でも正規軍でもない。壁に沿って音もなく移動してくると、たちまち地球三体協会の反乱分子たちを包囲した。

最後に入ってきたのは史《シー・》強《チアン》だった。革ジャケットの前を開け、右手に拳銃の銃身のほうを握っている。そのため、銃把がハンマーヘッドのように見えた。

史強は威圧的にあたりを見渡してから、いきなり前にとびだした。逆さまに持った拳銃が一閃し、金属が頭蓋骨にぶつかる鈍い音がした。三体協会の反乱分子がひとり、床にくずおれた。抜こうとしていたピストルが手を離れ、すこし離れたところに落ちた。兵士たちの一団のうち数人がサブマシンガンを上に向けて発砲し、天井から粉塵や破片が降ってきた。だれかが汪淼《ワン・ミャオ》の肩をつかんで三体協会メンバーの列から引き離し、兵士たちの背後の安全地帯へと連れていった。

「武器をテーブルの上に置け！　次になにかしようとしたやつは容赦なく撃ち殺す」史強《シー・チアン》がうしろにいるサブマシンガンの列を指さして叫んだ。「おまえらが死ぬことを恐れてないのは知っているが、こっちにも命を捨てる覚悟はある。前もって言っておくが、警察のノーマルな手続きや法律は、おまえらには適用されないからそう思え。人間が決めた戦争のルールさえ適用されない。おまえらが全人類を敵にしている以上、こっちにはなんのためらいもない」

三体協会側に多少のざわつきがあったものの、パニックを起こす者はいなかった。文潔《ウェンジェ》はなにも言わず、無表情に立っている。

そのときとつぜん、地球三体協会の集団から三人が前にとびだしてきた。そのうちのひとりは、潘寒《パン・ハン》の首を折った美少女だった。三人は、いまもくるくるまわりつづけている三体のオブジェに駆け寄り、それぞれがひとつずつ金属球を胸の前で抱きかかえた。

美しい少女は、輝く金属球を両手で持つと、これからボールの演技をはじめる新体操の選手のように高く差し上げ、口もとに笑みを浮かべ、兵士たちに向かって心地よい声で言った。「みなさん、わたしたちがいま手にしているのは、三つの核爆弾です。それぞれ、およそ一・五キロトンの破壊力がある。そう大きくはありません、わたしたちは小さなおもちゃが好きですから。これが起爆スイッチです」

カフェテリア内の全員が凍りついた。唯一の例外は史強だった。逆さに握っていたピストルを左脇下のホルダーに収めると、顔色ひとつ変えずに拍手した。

「われわれの要求はシンプルです」少女は史強や兵士を恐れるようすもなく、穏やかに言った。「総帥を解放してください。そのあとは、なんでもあなたたちの求めるゲームにつきあいましょう」

「わたしは同志たちと行動をともにします」文潔は静かに言った。

「あの娘の言っていることがほんとうかどうか、たしかめられるか？」史強は、となりにいる、爆発物処理担当の係官に向かって小声でたずねた。

爆発物処理官は、金属球を持つ三人の前に、ビニール袋をひとつ投げ出した。三人のひとり、男性の協会メンバーが袋を拾い上げ、中に入っていたばね秤《ばかり》をとりだした。金属球を袋に入れて、ばね秤にひっかけると、高く持ち上げた。ばね秤の目盛りは半分ほどのところまで伸び、そこで止まった。

少女はくすっと笑った。爆発物処理官も、莫迦にしたような笑い声をあげた。

協会メンバーの男は袋から球をとりだし、床に投げ落とした。もうひとりの男性協会員が秤《はかり》と袋をとって、同じ手順をくりかえし、やはり金属球を床に投げ落とした。

少女はまた笑い声をあげ、今度は自分でビニール袋をとって、球を中に入れ、ばね秤にかける。そのとたん、秤の目盛りが一気にいちばん下まで落ちた。

爆発物処理官の笑みが凍りついた。そして、史強《シー・チアン》にささやいた。「くそっ！　ひとつは本物だ」

史強はなおも平然としている。

「すくなくとも、重元素が――核分裂性物質が――あの中に入っているのはたしかだ。起爆システムが機能するかどうかはわからない」爆発物処理官が説明した。

兵士たちの銃に装着されているライトの光が、核爆弾を持つ少女に集中した。TNT火薬に換算して一・五キロトンの破壊力を手にした少女は、スポットライトに照らされて舞台に立ち、拍手喝采を浴びているかのように華やかな笑みを浮かべた。

「ひとつ方法がある。あの球を撃て」爆発物処理官が史強の耳もとでささやいた。

「爆発しないのか？」

「外側の通常爆薬は爆発するだろうが、爆発力が分散するから、中心にある核分裂性物質が核爆発を起こすのに必要な爆縮は起きない」

史強は核爆弾を持つ少女を見つめたまま、口を開かない。

「狙撃手は？」

史強はほとんどわからないほどかすかに首を振った。「配置できる場所がない。それに、あの娘は勘が鋭い。狙撃手が照準を合わせれば、すぐに気づかれる」

史強は、兵士の列を押し分けてまっすぐ前に歩いていくと、フロアのぽっかり空いた場所の真ん中に立った。

「止まれ」少女が警告した。右手の親指を起爆スイッチの上に置き、史強をじっと見つめる。ネイルアートがライトの光にきらめいた。

「まあ、落ち着けよ。おまえが知りたい情報がある」史強は少女と七、八メートル離れた場所に立ち、ジャケットのポケットから封筒をとりだした。「おまえの母親が見つかった」

少女の熱っぽい目が曇った。このときだけは、彼女の瞳は、心の中が覗ける窓だった。

史強はその隙にさらに二歩近づき、少女との距離を五メートルくらいにまで縮めた。少女は核爆弾をかざして視線で警告したが、すでに注意力が削がれていた。さっき偽の核爆弾を投げ捨てた二人のうちのひとりが史強に歩み寄り、封筒を受けとろうと手を伸ばした。その陰になって少女の視線がさえぎられた瞬間、史強は電光石火の速さで銃を抜いた。少女に見えたのは、封筒をとろうとする男の耳のあたりで閃いたマズルフラッシュだけだった。次の瞬間、彼女が手にした金属球が爆発した。

くぐもった爆発音が聞こえたあと、汪淼《ワン・ミャオ》の目には暗闇しか見えなくなった。だれかにひっぱられてカフェテリアを抜け出すと、戸口から濃い黄色の煙が噴き出していた。カフェテリアの中は、叫び声と銃声が入り乱れている。ときおり人々が煙を抜けてカフェテリアから飛び出してくる。汪淼は身を起こし、カフェテリアに戻ろうとしたが、爆発物処理官が腰に手をまわして引き止めた。

「気をつけろ。放射性物質だ！」

混乱はやがて静まった。三体協会メンバーのうち十数名が銃撃戦で死亡し、残りは――文潔《ウェンジェ》を含む二百名以上が――逮捕された。爆発によって少女は血まみれの肉塊になりはてたが、核分裂に失敗した爆弾による死者は彼女ひとりだけだった。史強《シー・チアン》の封筒を受けとろうとした男は、爆発で重傷を負った。彼が盾になってくれたおかげで、史強は軽傷で済んだものの、爆発時にカフェテリアにいた他の人たちと同じく、核物質に曝露したことで強い放射線を浴びている。

救急車の中で寝台に横たわる史強を、汪淼は小さな窓越しに見つめた。史強の頭の傷は、まだ出血が止まっていない。傷口に包帯を巻いている看護師は、透明の防護服姿だった。汪淼は史強と携帯電話で話すことができた。

「あの少女の母親って、だれだったんだ？」汪淼はたずねた。

史強は歯を見せて笑った。「知るもんか。当てずっぽうだ。ああいう娘は、たいがい母親とのあいだに問題を抱えてる。こんな仕事を二十年以上もやってると、人の心が読めるようになるんだよ」

「自説が正しかったと証明されてうれしいだろ。ほんとうに裏で操っている黒幕がいたんだから」汪淼は車内の史強に見えることを祈りながら、無理やり笑顔をつくった。

「汪先生、正しかったのはあんたのほうだ」史強は笑って首を振った。「まさか本物のくそエイリアンが関わってるなんて、おれは思いもしなかったよ！」

25　雷志成《レイ・ジーチョン》、楊衛寧《ヤン・ウェイニン》の死

尋問者　姓名は？
葉文潔《イエ・ウェンジエ》　葉文潔です。
尋問者　生年月日は？
葉文潔　一九四三年六月です。
尋問者　職業は？
葉文潔　ある大学で天体物理学科の教授をしていましたが、二〇〇四年に退職しました。
尋問者　健康状態に鑑みて、尋問中、いつでも希望するときに休憩を認めますので。
葉文潔　ありがとうございます。でも、だいじょうぶです。
尋問者　いまこちらで行っているのは通常の犯罪捜査です。政治的に扱いのむずかしい問題には立ち入りません。こちらとしては、すみやかに捜査を完了したいと思っていますので、ご協力をお願いします。

葉文潔　言いたいことはよくわかります。ええ、協力しますとも。
尋問者　捜査によると、あなたには紅岸基地勤務時代に殺人を犯した疑いがあります。
葉文潔　二人の人物を殺害しました。
尋問者　いつですか？
葉文潔　一九七九年十月二十一日の午後です。
尋問者　被害者の姓名は？
葉文潔　基地政治委員の雷志成と、基地の技術者で、わたしの夫である楊衛寧です。
尋問者　殺人の動機を述べてください。
葉文潔　そちらでは……当時の状況について、基本的な背景を理解されていると考えてよろしいですか？
尋問者　基本的なことは理解しています。わからなければ質問します。
葉文潔　わかりました。地球外知性からのメッセージを受信し、返信したその日、メッセージを受信したのはわたしだけではありませんでした。雷政治委員も受信していたのです。

雷政治委員はその頃の典型的な政治幹部でしたから、政治に関してはアンテナがきわめて鋭敏で、あらゆる問題をイデオロギー的なフィルターを通して見ていました。彼は、紅岸基地の大部分の技術スタッフに内緒で、メインコンピュータのバックグラウンドで、長期にわたって、ある小さなプログラムを実行していました。そのプログラムは、送信と受信のバッファ領域をつねに監視し、その結果を暗号化した隠しファイルに保存していたのです。こうすることで、紅岸システムが送受信した情報すべてについて、彼だけが読めるコピーが残されることになります。このコピーによって、雷《レイ》政治委員は紅岸アンテナが受信した地球外知性からのメッセージを発見したのです。

わたしが夜明けの太陽に向かって返信を送ったその日の午後、医務室で妊娠を知らされたすぐあと、雷志成《レイ・ジーチョン》はわたしをオフィスに呼び出しました。彼のデスクのモニターには、前夜わたしが受信した三体世界からのメッセージが表示されていました。

「最初のメッセージを受信してから八時間以上経過しているのに、きみはまだなにも報告していない。そればかりか、オリジナルのメッセージを消去し、おそらくコピーを保存している。違うか？」

わたしは顔を伏せたまま、なにも言いませんでした。

「次の手もお見通しだ。返信するつもりなんだろう。わたしの発見が間に合わなかったら、人類文明すべてがきみの手で滅ぼされていたところだ！　もちろん、わたしが他星系からの侵略を恐れているというわけではない。百万歩ゆずって、もしほんとうに侵略が起こったとしても、宇宙からの侵略者は、人民による正義の戦争の大海に沈むだけだ」

それを聞いて、わたしがもうとっくに返信したことを彼はまだ知らないんだと気づきました。わたしが返信メッセージを送信バッファに入れたとき、たまたま通常のファイル管理システムを使わなかったことで、幸運にも雷政治委員の監視プログラムを回避することになったのです。

「葉文潔《イエ・ウェンジエ》、きみがいつかこんなことをしでかす可能性と能力があるのはわかっていた。党と人民に対して、きみはずっと深い憎しみを抱えて生きてきた。報復の機会があれば逃さないだろう。自分の行動の結果はわかるか？」

もちろんわかっていたので、うなずきました。しばらく沈黙がつづき、次に雷志成が発した言葉は予想外のものでした。

「葉文潔、きみに関しては――同情の余地はまったくない。きみは最初からずっと、人民を敵とする反動分子だった。しかし楊衛寧《ヤン・ウェイニン》は、わたしの長年の戦友だ。きみの道連れになって彼が破滅するのは見たくない。まだ生まれていない彼の子どもにまで累が及ぶことは、もちろん容認しがたい。きみは妊娠しているんだろう？」

雷政治委員の言葉は根拠のない推測ではありませんでした。その当時、もしわたしの行為が明るみに出たら、それに関わっていたかどうかに関係なく、夫は巻き添えになっていたでしょう。これから生まれてくる子どもも、当然、無縁ではありません。

雷志成《レイ・ジーチョン》は声を押し殺してこう言いました。「いまのところ、この件はわれわれ二人しか知らない。いまやるべきことは、きみの行動の影響を最小限にとどめることだ。きみはなにもなかったようにふるまい、だれにも他言してはならない。楊衛寧《ヤン・ウェイニン》にもだ。残りの問題は、わたしが処理する。葉文潔《イエ・ウェンジエ》、わたしを信じてくれ。きみさえ協力してくれれば、恐ろしい結果を避けることができる」

わたしはすぐに雷志成の本心がわかりました。彼は地球外知的生命を最初に発見した人物になりたかったのです。歴史の教科書に自分の名前を載せる千載一遇の機会でしたから。わたしは言われたとおりにすると請け合い、オフィスを出ました。そのときにはもう、すべてを計画し、決意をかためていました。

わたしは小さなスパナを持って、受信システム処理モジュール用の設備室に入りました。わたしはしじゅう設備の点検をしているので、だれも気に留めません。メインキャビネットを開けて、アース線の固定ボルトを慎重にゆるめました。その結果、アースの電気抵抗が0・6オームから5オームへと跳ね上がり、受信システムに対する干渉が急激に増大しました。

当直のオペレーターはすぐに問題に気がつきました。この種の不具合は前々から珍しくなかったので、アース線が原因だと診断することは簡単でした。ただし彼は、アース線のこちら側で問題が起きているとは思いもしませんでした。なぜならそこはしっかり固定されていて、だれも動かさない部分でしたし、わたしも「さっき点検した」と言ったからです。

レーダー峰の頂は、珍しい地質構造になっています。十数メートルの厚さの粘土層で覆われていますが、その粘土層は導電性が低く、アース線を深く埋めないと、接地抵抗が大きすぎることになります。かといって、あまり深くまで埋めることもできません。粘土層は導線に対して強い腐食作用があり、時間が経てば中間部分のアース線が腐食して、断線するからです。結局、唯一の解決策は、崖のへりからアース線を長く垂らし、先端が粘土層の下に届いたら、そこで崖の中に埋め込むことでした。この方法をとっても、アースはやはり不安定で、抵抗が基準値を超えることがしばしばありました。問題が発生するときはいつも、アース線を埋めた箇所が原因でした。そのたびに、メンテナンス担当者が、崖のへりからロープを伝って下に降りていって修理する必要があります。

このときも、当直のオペレーターがメンテナンス・チームに不具合を伝え、チームに所属する兵士のひとりが鉄柱にロープを結び、崖を降りていきました。下で三十分ほど苦労した挙げ句、汗だくになって上がってきて、故障が見当たらないと言いました。次の受信セッションを遅らせる必要が生じそうな雲行きだったので、基地司令部に報告に赴くしかありませんでした。わたしは崖のてっぺんの鉄柱のそばで待機していました。予想どおり、報告に行った兵士をともなって、雷志成《レイ・ジーチョン》が現場にやってきました。

正直な話、雷志成はきわめて仕事熱心で、この時代の政治幹部に求められることを忠実に遂行していました。すなわち、大衆の一部となり、つねに前線に立つことです。もしかしたら、すべてはうわべだけの演技だったのかもしれませんが、だとしても彼はほんとうに優秀な演技者でした。基地で急を要する作業、困難な作業、危険な作業、つらい作業があれば、雷志成はかならず、みずから進んでそれを引き受けていました。そして、だれよりも多く彼が率先して担当した作業のひとつが、アース線の修理という、危険でつらい仕事でした。この作業にそれほど高い技術は要りませんが、経験は必要です。故障にはさまざまな原因があります。アース線が地表に露出していることで生じる――検知しにくい――接触不良とか、アース線を埋め込んだ箇所の土壌が乾燥しすぎているために起きる導電性の低下とか。当時は、屋外メンテナンスを担当していた志願兵が異動したばかりで、現場スタッフのだれもが経験に乏しかったので、わたしは雷政治委員がやってくるだろうと予想していました。

雷政治委員はわたしには目もくれず、安全ベルトを結ぶと、ロープを伝って下に降りていきました。わたしは口実をつくって、雷を連れてきた兵士をその場から追い払うと、ポケットから折り畳み式の鋸《のこぎり》をとりだしました。長い鋸を三つに折って持ち運ぶタイプで、畳んだ状態のまま、三枚重なったブレードでロープを切ると、切断面がぼろぼろになり、あとから調べても、一見したところ、道具を使って切断したようには見えないはずでした。ちょうどそのとき、夫の楊衛寧《ヤン・ウェイニン》がやってきました。

事情を話すと、夫は崖の下を見ながらこう言いました。崖に埋め込んだアース端子を点検するにはまず掘り出す必要がある。雷政治委員ひとりだけでは手に余るだろうから、自分も降りて手伝おう。そして夫は、兵士が置いていった安全ベルトを装着しました。べつのロープを使ったほうがいいとわたしは言いましたが、彼は、そんな必要はない、このロープならじゅうぶん二人の体重を支えられると言いました。どうしてもべつのロープを使うようにとわたしが言い張ると、じゃあ、ロープをとってきてくれと彼は言いました。わたしがもう一本のロープを持って急いで崖に戻ってみると、夫はすでに、雷志成が使っているロープを伝って下に降りていました。見下ろすと、夫と雷志成はもう点検を終え、雷志成が上になって、同じ一本のロープを伝って登ってくるところでした。

このときを逃せば、もうチャンスはないでしょう。わたしは折り畳み式の鋸《のこぎり》をもう一度とりだして、ロープを切断しました。

尋問者　ひとつおたずねしたいのですが……答えは記録しません。そのとき、どのように感じましたか？

葉文潔《イエ・ウェンジエ》　冷静でした。なんの感情も交えずに行動しました。わたしはついに、自分を捧げることのできる目標を見出したのです。自分であれ他人であれ、そのためにどんな代償を払うことになってもかまいませんでした。この目標のために、全人類が前代未聞の大きな代償を支払うことになるのもわかっていました。この一件は、そのごく小さなはじまりでしかなかったのです。

尋問者　わかりました。つづけてください。

葉文潔　驚いたような短い叫び声が二度、それから体が崖の下の岩場にぶつかる音が聞こえました。しばらくして、崖の下を流れる谷川が赤く染まるのが見えました……この件についてわたしが話せることはこれでぜんぶです。

尋問者　わかりました。これは陳述書です。よく確認して、もしまちがいがなければ、ここにサインしてください。

26　だれも懺悔しない

雷志成《レイ・ジーチョン》と楊衛寧《ヤン・ウェイニン》の死は不慮の事故として処理された。基地の人間はみんな、葉文潔と楊衛寧が仲むつまじい夫婦だと思っていたので、文潔に疑いの目を向ける者はいなかった。

基地には新しい政治委員が着任し、生活はこれまでどおりの静かで落ち着いたものに戻った。文潔のおなかの中の小さな生命も日々成長し、同時に文潔は外の世界の変化も感じとっていた。

ある日、警備小隊の小隊長に呼ばれて、文潔は基地のゲート横にある守衛詰所に赴いた。中に入ると、驚いたことに三人の子どもたちがいた。男の子が二人と、女の子がひとりで、年齢は三人とも十五、六歳くらい。三人とも古い綿入れの服を着て、犬皮の帽子をかぶっている。地元の子どもだとすぐにわかった。小隊長によると、三人は斉家屯《せいかむら》の住人で、学のある人がレーダー峰にいると聞いて、学校の勉強でわからないところを教えてもらおうと思って訪ねてきたのだという。

よくもレーダー峰まで来られたものだと文潔《ウェンジエ》は驚いた。ここは軍が所有する立入禁止区域で、警備兵はみだりに近づく者に対し、一度警告するだけで発砲を許されている。文潔のいぶかしげな表情に気づいた小隊長は、紅岸基地の警戒レベルを下げるという命令書が届いたばかりだと説明した。現地の人々も、基地に無断侵入しようとさえしなければ、自由にレーダー峰に来ることができる、きのうもすでに何人かの農民が食事を届けにきたと教えてくれた。

ひとりの子どもが、使い込んでボロボロになっている中学の物理の教科書を一冊とりだした。その手は真っ黒で、まるで木の皮のようにひび割れていた。彼はひどい東北訛りで中学の物理の問題を聞いてきた。自由落下するものは、最初は加速するが、最後は等速度で落下すると教科書に書いてあるが、何日それを考えても、理解できなかったらしい。

「それを訊くために、はるばるこんなに遠いところまで歩いてきたの？」文潔がたずねた。

「葉《イエ》先生、知らねのが？　高考（普通高等学校招生全国統一考試）またはじまってるんだで」女の子が興奮気味に言う。

「高考？」

「大学の入学試験だべ！　勉強でぎるやづ、テストの成績がいちばんいいやづが入れるんぞ」

「もう推薦はいらないの？」

「いらね。だれでも受げられる。村の黒五類（文革初期に労働者の敵と見なされた五種類。地主、富農、反革命分子、破壊分子、右派）の子どもでも！」

文潔はしばし言葉を失った。この変化を知らされて、さまざまな感情が渦を巻く。やがて、目の前で本を持って待っている子どもたちを見てわれに返った。急いで彼らの質問に答え、それは重力と空気抵抗が釣り合ったときに起こるのだと教えてやった。そして、もしまた勉強でわからないことがあれば、ここに質問しにきていいと請け合った。

三日後、七人の子どもが文潔を訪ねてきた。前回の三人に加え、新たな四人はもっと遠くの村からやってきたのだという。三回目には十五人の子どもがやってきた。しかも、鎮《まち》の中学の教員までついてきた。

教員不足のため、彼はひとりで物理と数学と化学を教えていて、教育上の助言を求めて文潔のもとに来たのだった。その教師は五十歳を超える年齢で、顔はしわだらけだった。文潔と対面して上がってしまったのか、持っていた本をそこらじゅうに落とした。守衛詰所を出たあと、教師が生徒たちにこう言っているのが聞こえた。「おめら、ありゃ、科学者だ。ほんとうに正真正銘の科学者だぞ！」

それ以降、数日おきに子どもがやってきて、文潔《ウェンジエ》のもとで学んでいった。ときには大勢集まりすぎて、詰所に入りきらず、基地警備担当幹部の了解を得て、警備兵が先導して子どもたちを基地食堂に連れていき、そこで小さな黒板を使って授業をしたこともあった。

一九七九年の旧暦大晦日、文潔が仕事を終えると、空はもう真っ暗だった。大多数のスタッフは、三日間の休暇をとってすでに山を下り、基地はしんと静まりかえっていた。文潔は自分の部屋にいた。かつては楊衛寧《ヤン・ウェイニン》と暮らす家だったが、いまの家族は、まだ生まれていないおなかの子だけだった。寒い夜、大興安嶺の冷たい風が吹きすさぶなか、遠方の斉家屯《せいかむら》から、一年を締めくくる爆竹の音が風に乗って聞こえてくる。孤独が大きなてのひらのように文潔を締めつけ、自分がどんどん圧縮されて小さくなっていくような気がした。どんどん小さくなりつづけて、しまいにはこの世界の見えない片隅に消えてしまう……。

と、そのとき、ノックの音がした。ドアを開けると、警備兵の姿が目に入った。そのうしろでは、吹きすさぶ風の中、たいまつの炎が揺れている。たいまつを持っているのは子どもたちだった。みんな顔が真っ赤になり、犬皮の帽子からは氷柱《つらら》が下がっている。部屋に入れると、いっしょに冷気も入ってきた。二人の男の子はひどく凍えていた。彼らの衣服は薄っぺらかったが、分厚い綿入れを二着重ねてくるんだなにかを抱えていた。綿入れを開くと、陶製の大きな深皿が現れた。その上では、酸菜と豚肉入りの水餃子がまだ湯気を上げていた。

翌年、太陽に信号を送信した八ヵ月後、文潔は産気づいていた。胎位が正常ではなく、母体が衰弱していたため、基地の診療所では対処できず、文潔は最寄りの鎮《まち》の病院に搬送された。

文潔にとって、それはまさに地獄のはじまりだった。想像を絶する難産の痛みと大出血で文潔は意識を失った。朦朧とする目に映ったのは、自分のまわりでゆっくりと回転しながら容赦なく彼女の体をローストしてゆく三つの灼熱の太陽だけだった。その状態がしばらくつづき、文潔はたぶんこれが自分の末期《まつご》だと思った。ここがわたしの地獄。三つの太陽が燃やす地獄の炎で永遠に焼かれつづけること――それがあの恐ろしい裏切りに対する罰なのだ。文潔は恐怖に身もだえた。自分のためではなく、生まれてくる子どものために。子どもはまだおなかの中にいるんだろうか。それとも、すでにこの地獄に生まれ出て、いっしょに永遠の苦しみを味わっているんだろうか。

どのくらい時間が経ったのかわからないが、三つの太陽は少しずつ遠ざかりはじめた。ある距離に達したとき、それらはとつぜん小さくなり、水晶のような飛星に変わった。まわりの空気は涼しくさわやかになり、痛みも和らいで、文潔《ウェンジエ》はようやく目覚めた。

となりで泣き声が聞こえた。やっとの思いで首を動かすと、ピンク色に濡れた、かわいらしい赤ん坊の小さな顔があった。

文潔は医師から事情を聞かされた。二リットルも出血があったこと。斉家屯の何十人もの農民が文潔のために献血してくれたこと。文潔に勉強を教えてもらった子どもたちの親も多かったが、ほとんどは文潔とはなんの関わりもなかった人たちで、教え子やその両親から文潔の名前を聞いただけで献血に駆けつけてくれたこと。もし彼らがいなかったら、文潔は確実に死んでいただろうと、医師は言った。

出産後、生活をどうするかが問題だった。難産のせいで体がひどく弱っていたから、このまま基地に残ってひとりで子どもを育てるのは不可能だったし、世話をしてくれる親族もいなかった。

ちょうどその頃、斉家屯の老夫婦が基地の幹部を訪ねてきて、文潔と赤ん坊を自宅にひきとって面倒をみたいと申し出た。夫のほうは元猟師で、村ではいまも斉猟師と呼ばれている。漢方薬に使う薬草の採集もしていたが、周囲の森林面積がだんだん減ってきたため、この当時は夫婦で農業を営んでいた。文潔は彼らの子どもに勉強を教えたことはなかった。夫婦には息子と娘が二人ずついたが、娘たちはどちらも嫁にいき、息子の片方は兵士になって村を離れていた。もうひとりの息子は結婚後も実家で暮らし、その嫁は、つい最近、出産したばかりだった。

この頃、文潔はまだ政治的に名誉回復されていなかったので、老夫婦の申し出を受け入れていいかどうかは、基地上層部にとっても微妙な問題だった。しかし結局、ほかに解決策がないということもあって許可され、夫婦が文潔と赤ん坊をそりに乗せて病院から自宅に連れ帰った。

文潔はこの大興安嶺の農家に半年以上住んだ。文潔は産後の肥立ちが悪く、母乳もなかなか出なかったので、その間、赤ん坊の楊冬《ヤン・ドン》は、村のいろんな女たちの乳で育てられることとなった。いちばん多く母乳を飲ませてくれたのは、斉猟師の息子の嫁だった。大鳳《ダーフォン》という名の、頑強な東北娘で、毎日、高粱《コーリャン》のくずしか食べていなくても、二人の赤ん坊に乳をやれるくらい元気だった。村には他にも授乳期の嫁たちが何人もいて、楊冬に母乳を与えてくれた。この赤ん坊は、母親と同じく利口そうな目をしていると言って、みんな楊冬をかわいがった。

斉猟師の家は、しだいに、村の女たちの集会所のようになっていった。老いも若きも、嫁にいった者も未婚の娘も、暇になると好んでこの家にやってきた。彼女たちにとって、文潔は羨望と好奇の的だった。文潔のほうも、彼女たちとならうまく話せることに気づいた。

晴れた日には、白樺に囲まれた庭に楊冬《ヤン・ドン》を抱いて座り、村の女たちと、時間が経つのも忘れておしゃべりに興じた。温かな陽だまりのなか、かたわらには、めったに吠えない大きな黒い犬が寝そべり、まわりでは子どもたちが遊んでいる。

文潔《ウェンジエ》がとりわけ興味を持ったのは、銅製の煙管《きせる》を持つ女たちだった。ゆっくりと吐き出された煙草の煙が陽光の中に広がり、まるまるした腕のまわりで産毛のように柔らかな銀色の光がまとわりつく。あるとき、彼女たちのひとりが、気分がよくなるよと言って、羅《ら》宇《う》の長い白銅製の煙管をさしだしたが、文潔は二口吸っただけで目がまわり、それから何日もそのことをネタに女たちにからかわれた。

男たちとはほとんど話をしなかった。男たちの日々の関心事も、文潔の理解の外にあった。断片的な情報を集めると、いまは政府の締めつけがゆるいみたいだから現金収入のために朝鮮人参を栽培したらどうかとか、でもやっぱりその勇気がないとか、どうもそんな話をしているらしい。彼らはみんな、文潔を尊敬していて、文潔の前ではずいぶん礼儀正しかった。文潔は最初、そういう態度をとくに気にも留めなかったが、滞在期間が長くなるにつれ、夫たちが妻をひどく殴ったり、同じ村の寡婦に恥ずかしげもなくちょっかいを出して、思わず赤面するような言葉を平気でかけたりするのを見聞きする機会が多くなり、彼らの尊敬がどんなに貴重なものなのかがわかってきた。彼らはときおり、山で仕留めた野兎や山鳩を斉猟師の家に持ってきてくれたり、手造りの素朴で変わったおもちゃを楊冬にプレゼントしてくれたりした。

文潔の記憶の中で、人生のこの時期はまるで他人事のようだった。ひとひらの羽毛が家の中に舞い込むように、見ず知らずの他人の人生のひとコマが自分の人生に舞い落ちてきた気がした。この時期のことは、一連の古典的な絵画のように記憶されていた。なぜかそれは、水墨画ではなく、西洋の油絵だった。中国画には多くの空白があるが、斉家屯《せいかむら》での生活には空白がない。古典的な油彩画と同じく、絵の具がこってりと分厚く濃密に塗り込められて、すべてが温かく色濃かった。ヌマクロボスゲを厚く敷きつめたオンドル、銅製煙管の雁首に詰めた関東煙草と莫合煙草《マホルカ》、てんこ盛りの高粱飯《コーリャン》、アルコール度数が六十五度の高粱酒……そうしたすべてが、村の片隅を流れる小川のように、静けさとのどかさの中で過ぎていった。

文潔にとっていちばん忘れがたいのは、村で過ごした夜だった。この時期、斉猟師の息子は都会にキノコを売りに出かけて留守だった——金を稼ぐために村を離れたはじめての男だった。そのため、文潔は大鳳《ダーフォン》といっしょに彼の部屋で暮らしていた。当時、斉家屯にはまだ電気がなく、毎晩、二人は行灯《あんどん》のそばに寄り、文潔は本を読み、大鳳は針仕事をした。文潔は知らず知らずのうちに本を顔を行灯に近づけすぎて、よく前髪を焦がすことがあった。そんなとき、二人は顔を見合わせてくすくす笑い合った。大鳳《ダーフォン》は一度も髪を焦がしたことがなく、視力は抜群で、炭火の光だけでも細かい針仕事ができた。

まだ生後六カ月にもならない二人の子どもたちは、近くのオンドルで寝ている。文潔は子どもたちの寝顔を見るのが好きだった。部屋の中で聞こえる音といえば、子どもたちの規則正しい寝息だけだった。

文潔は、最初の頃こそ、オンドルで寝るのになじめなかったが、やがてすっかり慣れた。夢の中でよく赤ん坊に戻り、だれかの温かい胸の中で抱かれていた。この感覚はほんとうに生々しく残り、目が覚めるといつも涙をぽろぽろこぼしたものだった。抱きしめてくれる人物は、父親でも母親でもなく、死んだ夫でもなく、だれなのかわからなかった。

あるとき、文潔が本を読むのをやめて大鳳を見ると、大鳳は編んでいた靴底を膝の上に置いたまま、花のような行灯の火をぼんやり見ていた。文潔が自分を見ているのに気づいた大鳳がとつぜんたずねた。

「姉やん、空の星はなして落っこちてこないんだ？」

文潔は大鳳をじっと見つめた。行灯は卓越した画家だった。どっしりした色調と鮮やかな筆さばきで一幅の名画を描き上げている。大鳳が羽織る綿入れの下からのぞく赤い腹帯と、たくましく優雅な腕。行灯の輝きは彼女の顔を生き生きした温かな色彩で描く一方、背景となる部屋は、柔らかな薄暗がりに溶け込ませている。さらに仔細に眺めると、ぼんやりした赤い輝きも見えた。これは行灯の光ではなく、床に置かれた炭火の輝きだった。部屋の中の温かく湿った空気が外の寒さに触れて、窓ガラスに美しい氷の模様を描いている。

「星が落ちてくるのが怖いの？」文潔は静かにたずねた。

大鳳は笑って首を振った。「怖いもんか。あげにちっちゃいに」

文潔は天体物理学者として答えるかわりに、「星はとても遠い遠いところにあるの。だから、落ちてきたりしないのよ」とだけ言った。

大鳳はこの答えに満足したらしく、針仕事を再開した。しかし、文潔の心は波立っていた。本を置き、温かいオンドルの上に寝転んで、軽くまぶたを閉じた。行灯が小屋の大部分を暗闇に隠したように、想像の中で小屋のまわりの宇宙を消し、大鳳の考える宇宙と置き換えてみた。夜空は世界全体をすっぽり覆う巨大な漆黒のドームだ。ドームの内側には無数の星々が貼りついてきらきら銀色に輝いている。どの星も、ベッド脇の古いテーブルの上にある鏡ほどの大きさもない。世界は平らで、どちらの方角にもはるか遠くまで広がり、空と接するところが端になっている。この平面には、大興安嶺のような山脈が連なり、斉家屯と同じような村々が点在する森林がある……。おもちゃ箱のようなこの宇宙は、文潔にとって心の慰めになり、それがしだいに想像から夢へと移っていった。

大興安嶺の奥深くにあるこの小さな山里で、文潔《ウェンジエ》の心の中のなにかがすこしずつ溶け出し、心の中の氷原に雪解け水が小さな澄み切った湖をつくった。


文潔はやがて斉家屯を離れ、楊冬《ヤン・ドン》を連れて紅岸基地に戻り、不安と平穏のあいだで暮らしはじめた。さらに二年の歳月が過ぎた頃、ある通知を受けた。それは、文潔とその父親の双方について、政治的な名誉回復がなされたという連絡だった。ほどなく、出身大学から届いた手紙には、ただちにキャンパスに戻って、教壇に立つことができると書かれていた。手紙には大金の振込通知が同封されていた。未払いだった父親の給与が、名誉回復によって支払われたのだという。基地の全体会議でも、幹部たちは文潔のことをようやく葉《イエ》・文潔《ウェンジエ》同志と呼ぶようになった。

文潔は興奮することも狂喜することもなくこうした変化すべてを淡々と受け入れた。外の世界には興味がなく、できれば人里離れたこの基地でずっと静かに暮らしたいと思っていたが、子どもの教育のことを考え、骨を埋めるつもりだった基地を離れ、母校に戻った。

山奥から都会に下りてきて、文潔は春の訪れを肌で感じた。文革の厳しい冬の時代はほんとうに終わり、すべてが回復に向かっている最中だった。災厄が去ったとはいえ、どこを見渡してもまだ廃墟ばかりで、数え切れないほどの人々が黙って傷口を舐めていた。情熱の時代はすでに過去のものとなり、もう二度と来ることはないだろう。人々の目にはすでに、未来の新しい生活への希望の光が見えている。大学のキャンパスには子連れの学生も現れ、書店では人々が先を争って文学の名著を買い求めた。工場の技術革新はもっともすばらしいこととして評価されるようになり、科学研究はいまや神々しい光に包まれている。科学と技術は未来の門を開く唯一の鍵であるとされ、人々は小学生のように真剣に科学を勉強した。彼らの努力は、たしかにまだまだ幼い印象は拭えないにしろ、地に足をつけたしっかりとしたものだった。第一回全国科学大会（一九七八年に人民大会堂で六千名の参加者を集めて開催された）では、中国科学院の初代院長である郭沫若《グオ・モールオ》が科学の春の到来を宣言したほどだった。

これは狂乱の終結を意味するのだろうか？　科学と理性は復活するのだろうか？　文潔は何度もそう自問した。

あれ以来、三体世界からの通信は二度となかった。自分が送ったメッセージに三体世界から返信があるとしても、少なくとも八年は待たなければならないことはわかっていた。そして、紅岸基地を去ったいま、文潔にはもはや、地球外知性からの返信を受けとるすべがなかった。

あの一件は人類全体にとっておそろしく重大なことだが、文潔はたったひとりでそれを実行した。そのため、まるで現実の出来事ではなかったような気がした。時が経つにつれ、その非現実感はますます強くなり、あれは幻覚か、ただの夢だったのではないのかという思いが募った。太陽はほんとうに電波を増幅できるのか？　わたしはほんとうに太陽をアンテナにして、宇宙に向かって人類文明の情報を送信したのか？　わたしはほんとうに異星からのメッセージを受信したのか？　全人類を裏切ったあの血の色の朝は、ほんとうに存在したのか？　それに、あの二つの殺人は……？

文潔《ウェンジエ》は仕事に没頭することで心を麻痺させ、過去を忘れようとつとめ、ある程度までそれに成功した。ある種の奇妙な自己防衛本能が働いて、過去を回想すること、かつて自分が行った異星文明との通信について考えることにストップがかかった。文潔の人生は、こうして一日また一日と静かに過ぎていった。

大学に戻ってしばらくしてから、文潔は娘の楊冬《ヤン・ドン》を連れ、母親の紹琳《シャオ・リン》のもとを訪ねた。夫が惨殺されたのち、紹琳はほどなく心神耗弱状態から立ち直り、政治情勢の細い隙間を縫うようにして生き延びる道を見つけた。政治の風向きを見ながら適切なスローガンを声高に叫びつづけたことがとうとう報われて、のちの復課鬧革命《ふっかとうかくめい》に関する通知（一九六七年十月に出された、授

（業再開と復学を促す通知）によってふたたび教壇に戻ることになった。このとき、紹琳は思いがけない行動に出た。迫害を受けていた教育部の高級幹部と再婚したのである。当時、この高官はまだ、労働を通じて思想を矯正すべく、幹部学校の牛棚（文革時代につくられた知識分子の監禁施設）に閉じ込められていた。形勢を的確に判断できる、バランス感覚にすぐれた紹琳がどうしてそんな暴挙に及んだのか、だれにも理解不能だった。しかし紹琳には、深い思惑と長期的な計画があった。文革の混乱はそう長くはつづかないだろう。いま政権を握っている若い造反派に、国家を運営する能力などこれっぽっちもない。だから、現在は隅に追いやられている、もしくは迫害を受けている幹部たちが遅かれ早かれ政権に復帰して、実務を司ることになる――紹琳にはその未来がはっきり見えていた。

その後のなりゆきは、彼女がこの賭けに勝ったことを証明した。文革がまだ終わらないうちに、紹琳の夫は部分的に職務に復帰し、十一期三中全会（中央委員会第三回全体会議）後は、すぐに副大臣へと昇格した。紹琳はこれを足がかりに、知識分子がふたたび重用されるときが来るや、いちはやく出世して中国科学院の学部委員となり、賢明にももとの学校を離れ、すぐさまべつの有名大学の副学長になり、さらには学長へと登りつめたのである。

文潔が対面したこの新しいバージョンの紹琳は、自立した知的女性の模範のような人物で、迫害された過去の苦しみの痕跡などどこにもなかった。紹琳は、文潔と楊冬の母娘を熱烈に歓迎した。いままでどこでどう過ごしてきたかをたずね、楊冬《ヤン・ドン》が利発でかわいいことに驚いた顔を見せ、料理係のメイドに文潔《ウェンジエ》の好きなメニューを出すように細かく指示を出した。それらすべての立ち居振る舞いは流れるように自然で、さまになっていたし、わざとらしく見えることも大げさすぎることもなかった。しかし文潔は、母親とのあいだにあるわだかまりをはっきりと感じていた。二人とも、不用意に触れることのできない話題は避け、文潔の父のことについてもなにひとつ口にしなかった。

昼食後、紹琳《シャオ・リン》は夫とともに、文潔と楊冬を表通りまで送ってくれた。紹琳が家に戻っていったあと、夫である副大臣がちょっと話をしたいと言って文潔をひきとめた。さっきまでのやさしげな笑みは一瞬にして消え、まるで仮面を脱ぎ捨てたかのように冷ややかな表情に変わった。

「今後も、お嬢さんを連れてくることは歓迎する。ただし、ひとつだけ条件がある。過ぎ去った出来事の清算は求めないでくれ。きみの母親は、きみの父親の死になんの責任もない。彼女自身も被害者だった。きみの父親は信念に固執するあまり、道をはずれて、みずから袋小路にまっすぐ踏み込んでいった。家族に対する責任も放り出し、きみたち母娘に大きな苦しみを与えることになった」

「あなたに父のことをどうこう言う権利なんかない」文潔は怒気を含んだ声で言った。

「わたしと母の問題よ。あなたにはなんの関係もない」

「そのとおり」紹琳の夫は冷たくうなずいた。「わたしはただ、きみの母親のメッセージを伝えただけだ」

　文潔がふりかえると、高級幹部用の庭つきの一戸建ての中で、紹琳がカーテンの隙間からこちらを覗いているのが見えた。文潔は楊冬を抱いて無言で歩き出し、以後、二度と母の家を訪ねることはなかった。


　文潔は方々にあたって、父親を殺害した四人の紅衛兵に関する情報を集め、最終的に、四人のうち三人まで所在をつきとめることに成功した。三人とも、地方に送られたあと都市に戻ってきた知識青年（文革当時、都市部から農村に送られた青年たちの呼び名）だったが、そのうち二人は文革時代の悪行が祟って三種人（文革の間、林彪・江青のグループに加担して悪事を行い出世した人物などを指す）として逮捕され、二年間の服役後、刑期が明けるより早く釈放されていた。三人ともいまだに無職だった。文潔は彼女たちめいめいに宛てて短い手紙を出し、父親が殺されたグラウンドで話をする約束をとりつけた。

　復讐したい気持ちはなかった。紅岸基地で太陽に向けてメッセージを送信したあの朝、文潔はすでに、彼女たちも含めた全人類に対する復讐を果たしていた。ただ、殺人者たちの懺悔を聞きたかった。そして、彼女たちがわずかなりとも人間性をとり戻していることをたしかめたかった。

その日の午後の講義が終わってから、文潔《ウェンジエ》は大学のグラウンドで彼女たちを待っていた。もっとも、あまり期待してはいなかった。むしろ、来ないことをほとんど確信していたと言ってもいい。しかし、三人の元紅衛兵は約束した時刻にグラウンドに現れた。

三人が来たことは、遠くからでもすぐにそれとわかった。というのも彼女たちは、もはやほとんど見ることもなくなった緑色の軍服を着ていたからだ。もっと近づいてから、どうやらそれが、あの日、批判集会で彼女たちが着ていた軍服らしいことに気づいた。何度も洗濯されて布地が色褪せ、継ぎも当てられている。その軍服をべつにすれば、この三名の三十歳前後の女性たちに、当時の颯爽とした紅衛兵の面影はみじんもない。青春以外にも多くのものが彼女たちから消えたことは明らかだった。

当時は同じような姿かたちだった三人が、いまやそれぞれまったく異なる存在に変貌している。それが文潔の第一印象だった。ひとりはひどく痩せて小さくなり、以前の服がぶかぶかだ。背中が曲がり、髪の毛も黄ばんで、すでに老婆のような雰囲気さえある。もうひとりは逆にたくましくなり、服が小さすぎてボタンも留められていない。髪はぼさぼさで、顔は真っ黒だった。艱難辛苦《かんなんしんく》の歳月が女性的な細やかさをことごとく奪い去り、無関心と無骨さだけが残されたかのようだった。三人めはまだいくらか若さが残っているが、片方の袖の中はからっぽで、歩くと袖がぶらぶら揺れ動いた。

　三人の元紅衛兵は、葉哲泰《イエ・ジョータイ》に相対したあの日と同じように、文潔の前で一列に並んだ。とうの昔に忘れ去った威厳をとり戻そうとしているようだが、かつて彼女たちを突き動かしていた悪魔のような精神エネルギーはもうひとかけらも残っていない。痩せた女の顔にはネズミのような表情が張りつき、たくましい女の顔はただ茫然としている。そして、片腕の女は空を見上げていた。

「来る勇気はとてもないと思ってたんだろ？」たくましい女が挑戦的に口を開いた。

「会うべきだと思ったのよ。過去に決着をつける潮時だと」文潔が言った。

「過去にはもう決着がついた。知ってるくせに」痩せた女のとげのある口調には、ずっとなにかに怯えてきたような響きがあった。

「わたしが言っているのは、精神的な決着のこと」

「じゃあ、あたしらの懺悔が聞きたいと？」たくましい女がたずねた。

「そうすべきだと思わない？」

「じゃあ、あたしたちにはだれが懺悔してくれるの？」ずっと沈黙していた片腕の女が言った。

「あたしら四人のうち三人は清華大学付属高校の張り紙に署名をした（これが紅衛兵の始まりとされる）」た

くましい女が言った。「大検閲、大串連《だいかんれん》から大武闘まで参加したし、一司、二司、三司、聯動《れんどう》、西糾、東糾、新北大公社、紅旗戦闘隊、東方紅と、紅衛兵の最初から最後まですべて経験してきたんだ」

片腕の女もつづけた。「清華キャンパスの百日大武闘では、わたしたち四人のうち二人は井崗山《せいこうざん》、ほかの二人は四・一四に属していた。わたしは、井崗山の手製の戦車に手榴弾を持って突っ込んだとき、この腕をキャタピラに押し潰された。肉も骨もあっけなく地面の泥になった……そのときわたしは、たった十五歳だった」

「そのあと、あたしらは荒野に飛ばされた」たくましい女が両手を挙げて言う。「四人のうち二人は陝西省《せんせいしょう》へ、二人は河南省《かなんしょう》へ。どこも、いちばん辺鄙で、いちばん貧しいところだった。はじめのうちこそ意気揚々としていたけれど、日が経ってくると、一日じゅう農作業したあとは疲れはてて服も洗えなかった。雨漏りのするおんぼろ小屋で横になっていると、遠くから狼の遠吠えが聞こえてくる。だんだん夢から醒めて、現実が見えてきた。あたしらはどうしようもなく貧しい田舎に放り出されて、ほんとうにだれも助けてくれやしないんだって」

片腕の女がぼんやりと地面を見ながら話す。「ときたま、荒れはてた山の小道で紅衛兵時代の同志や敵に出くわすこともあった。おたがいぼろぼろの服を着て、土と牛糞にまみれて、なにも言えなかった」

「唐紅静《タン・ホンジン》」たくましい女が文潔《ウェンジエ》をにらみながら言った。「あんたの父親の頭にベルトで最後の一撃を加えた子の名前だよ。あの子は黄河で溺れて死んだ。部隊の羊が何頭か洪水にさらわれてね。部隊支部の書記が、知識青年たちに叫んだんだ。おまえたちが試されるときが来たぞってね。それで、紅静とあと三人の知識青年が羊を引き揚げるために川に飛び込んだ。早春のことで、川には薄く氷が張っていた。四人とも死んだよ。溺死なのか、凍死なのか、だれにもわからない。あの子たちの遺体を見たとき……あたしは……あたしは……ああくそっ、もうこれ以上は話せない」彼女は両手に顔を埋めて泣き出した。

片腕の女が話をつづけた。「紅静たちの水死体は、薪を縛って置いておくみたいに、小隊の倉庫の隅に放っておかれた。そばには白菜やジャガイモ、それに……いっしょに川から引き揚げられた羊の死骸があった」

痩せた女は目に涙を溜めて深いため息をついた。「そのあと、ようやく北京に戻された。でも、戻ったからといって、あたしたちになにがある？　やっぱりなにもなかった。田舎から帰ってきた知識青年たちはみんな、ろくな暮らしをしていない。あたしらなんか、最底辺の仕事すらない。仕事がなく、金もなく、未来もない。なにもないんだよ」

文潔は無言だった。

「最近、『楓』という映画が公開されてね」と片腕の女が言った。「あんたが観たかどうか知らないけど、映画の最後に、セクト争いのあの時代に死んだひとりの紅衛兵の墓の前で、大人がひとりと子どもがひとり、じっと立ってるんだ。『この人たちは英雄だったの？』と子どもがたずねると、大人は『いや、違う』と答える。『敵だったの？』と子どもがたずねると、大人はまた首を振る。『だったらこの人たちはなんだったの？』と訊かれて、大人はこう答える。『歴史だ』」

「聞いたか？」たくましい女が、文潔《ウェンジエ》に向かって興奮したように腕を振りながら言った。「歴史だ！　歴史！　いまは新しい時代なんだ。あたしらのことなんか、だれが思い出す？　あんたを含めて、だれがあたしらのことを考えてくれる？　みんな、なにもかもすっかり忘れちまうんだよ！」

　三人の元紅衛兵は去り、文潔ひとりがグラウンドに残った。十数年前の、あの暗い雨の午後、文潔はやはりいまのようにひとりで立ちつくし、死んだ父親を見ていた。さっき、元紅衛兵のひとりが残した言葉が、いつまでも果てしなく頭の中でこだましていた。みんな、なにもかもすっかり忘れちまうんだよ……。

　夕陽が文潔の痩せた体を照らし、長い影を落とした。文潔の心の中では、社会に対してようやく芽生えたわずかな希望さえも、強い直射日光を浴びた露のように蒸発した。そして、自分がおこなった史上最大の裏切りに対するわずかな疑念が、あとかたもなく消え去った。

文潔にはとうとう揺るぎない理想ができた。それは、宇宙の彼方からより高度な文明を人類世界に招き入れることだった。

27 エヴァンズ

大学に戻った半年後、葉文潔《イエ・ウェンジエ》はある大きなプロジェクトを担当することになった。それは、大規模な電波天文観測基地の設計だった。文潔は、プロジェクト・メンバーといっしょに全国各地を旅して、基地の候補地を探した。最初に考慮すべき問題は、純粋に技術的な条件だった。従来の天文観測と違って、電波天文観測は、大気の質や可視光線による干渉についての要求水準はさほど高くない一方、電波障害は最小限に抑える必要がある。いろんな地方をまわった中から選び出した、電磁環境的にもっともクリーンな場所は、西北地方にある辺鄙な山中だった。

山肌の黄土は、ほとんど植生がなかった。浸食によってできた無数の地溝のおかげで、山は老人の顔のようにしわだらけに見えた。いくつか候補地に目星をつけたあと、プロジェクト・チームは、休息のため、いまも住人の大部分が穴居生活を送っている村に立ち寄った。村の生産隊長は、文潔をインテリだと思ったらしく、外国語は話せるのかとたずねてきた。どの国の言葉ですかと訊き返すと、隊長は、それは知らないが、もし話せるのなら、人をやって山から白求恩《ベチューン》を呼んでくる、すこし彼と相談したいことがあるから、と言った。

「白求恩？」文潔は驚いてたずねた。

「本名がわからんきに、あの外人のことをそう呼んどる（白求恩は、一九三八年〜一九三九年に延安で医療活動に従事したカナダ出身の外科医の中国名）」

「医者なの？」

「いや、山に樹を植えとる。もう三年近くなっかな」

「植樹？　なんのために？」

「鳥のためだと。絶滅しかけとる鳥だとか」

文潔と同僚たちはその話に興味を惹かれ、隊長に案内してもらって現場を見に出かけた。山道を歩いて小高い山の頂上に登ると、隊長はあそこだと指さして教えてくれた。この痩せた黄土の山で、そこだけが緑の木々に覆われている——まるで、黄ばんだキャンバスの上に鮮やかな緑の絵の具をうっかりこぼしてしまったみたいだった。

文潔たち一行は、すぐに問題の外国人を見つけた。金髪で、青い目をしているが、着ているものはぼろぼろのデニムの上下だし、皮膚の色も、現地の人と同じように黄色がかった黒に日焼けしている。この地で生まれてずっと農業をしている村人と見た目は大差ない。男は、来訪者にほとんど興味がなさそうだったが、マイク・エヴァンズだと名乗った。国籍は告げなかったが、話す英語には明らかなアメリカ訛りがあった。

エヴァンズは、林の中にある二軒の崩れそうな土造りの家に住んでいた。部屋には、鍬《くわ》、スコップ、枝を落とすのに使う鋸《のこぎり》など、いずれもこの地方で使われている粗末な道具類がたくさん置いてあった。おんぼろベッドや簡単ないくつかの炊事道具の上に西北地方の砂埃が降り積もっている。ベッドに積み上がった大量の本は、その大部分が生物学関係のものだった。文潔《ウェンジエ》はその中に、ピーター・シンガーの『動物の解放』があることに気づいた。

現代的なものといえば、小さなラジオが一台あるだけ。内蔵の単三乾電池は切れているらしく、リード線で外部の単一乾電池につないである。そのほかには、古い望遠鏡が一台あった。

エヴァンズは、客に出せる飲みものがなにもないことを謝罪した。コーヒーはとっくに切れているし、水はあるが、自分のぶんしかコップがない。

「ここでどんな仕事をなさっているのか伺っても？」と文潔の同僚がたずねた。

「命を救う仕事だよ」

「命を救う……この村の人たちの？」とべつのひとりがたずねた。「たしかにここの生活環境は劣悪で――」

「あんたらはどうしてそうなんだ？」エヴァンズはとつぜん怒りをあらわにした。「人間の命を救うことだけが重要なのか？　人間以外の命を救うのは小さなことなのか？　だれが人類にそんな偉い地位を与えた？　いや、人間には救いなんか必要ない。人間はすでに、分不相応にいい生活を送っているんだから」

「鳥を救おうとしているそうですが」

「ああ。ツバメだよ。北西褐色ツバメの亜種だ。学名は長いから言わない。毎年春になると、彼らは昔から決まっている渡りルートを通って、南方から帰ってくる。そのとき巣づくりをする場所がここなんだ。だが、ここの緑は年々伐採されて減少し、巣をかけられる樹林が見つからなくなっている。ぼくが知ったときには、群れの数はすでに一万羽に満たない状態だった。この減少率でいけば、五年以内に絶滅していただろう。いまぼくが植えている樹林は、彼らの一部にとってねぐらになり、群れの数はすでに回復しつつある。当然、もっと多く植樹して、このエデンの園の面積を拡大するつもりだ」

　エヴァンズは文潔たちに望遠鏡を覗かせた。エヴァンズの導きによって、木々のあいだを矢のように飛ぶ、二、三羽の小さな黒い鳥をなんとか見分けることができた。

「あんまりきれいな鳥じゃないだろ。もちろん、パンダと違って、一般にはアピールしない。この惑星では、世間の興味を惹かない種が、毎日のように絶滅している」

「この木はみんな、あなたがひとりで植えたの？」

「ほとんどはね。最初のうちは現地の人間を雇っていたが、すぐに資金が尽きた。苗木や灌漑にとにかく金がかかるんだよ。でも、じつはうちの父親は億万長者なんだ。多国籍石油企業のＣＥＯだ。だが、もう二度と資金は提供してくれない。それに、こっちももう、親父の金を使う気はない」

エヴァンズの語りは、はじまったら最後、止まることなく滔々とつづいた。

「十二歳のとき、父の会社が所有する三万トンのタンカーが大西洋の沿岸で座礁して、二万トン以上の原油が海に流出した。そのとき、うちの一家は、事故が起きた海域からそう遠くないところにある別荘でバカンスを楽しんでいた。事故の一報を聞いた父が真っ先に考えたのは、どうやって責任を逃れ、自分の会社の損失を少なくするかだった。

その日の午後、地獄絵と化した海岸に赴いた。海はねっとりした分厚い油膜に覆われて黒くなり、波はなだらかで弱々しかった。あたり一面、黒い油に覆われたビーチをボランティアたちといっしょに歩き、まだ生存している海鳥を探しまわった。海鳥は汚い油の中でもがいていて、一羽一羽がまるでアスファルトでできた黒い彫刻のようだった。二つの目だけがまだ生きている証だった。黒い油の中の目は、何年経ってもまだ夢に見る。ぼくらは海鳥を洗浄液に浸して、羽根にこびりついた油を洗い流そうとしたが、たいへんな作業だった。油と羽毛はどうしようもなくくっついてしまい、少し力を入れてこすると、油といっしょに羽毛が抜けてしまう……夕方には、海鳥たちの大半が死んだ。油まみれになったぼくらは黒いビーチに座り込んで、真っ黒な海に夕陽が落ちていくのを眺めた。世界の終わりみたいだった。

　いつのまにかうしろに父が立っていて、小さな恐竜の骨格を覚えているかとたずねてきた。もちろん覚えていた。石油調査の際に発見された化石で、ほとんど完全に揃っていた。父は大金をはたいてそれを買いとり、きちんと組み立てて、祖父の邸宅の敷地に設置した。父はつづけて言った。『マイク、恐竜がどんなふうに滅びたか、話したことがあっただろう。小さな星が地球にぶつかり、世界は火の海になった。次に長い暗闇と寒気が訪れた……あの晩、おまえは悪夢にうなされて目を覚まし、夢の中で自分がその恐ろしい時代に戻ったと言っていたな。これから言うことは、あの夜おまえに言いたかったけれど言えなかったことだ。いいか、もしおまえがほんとうに白亜紀後期に生きていたら、そのほうがラッキーだった。なぜなら、いまのわれわれは、もっと恐ろしい時代に生きているからだ。いまの地球の生物種が絶滅する速さは、白亜紀後期の比ではない。この現代こそ、ほんとうの大絶滅時代だ。だから息子よ、おまえが見ているこの悲惨な光景は、たいしたことではない。はるかに大きなプロセスの中の些細な一エピソードにすぎない。海鳥がいなくなってもわれわれは生きていけるが、石油はそうはいかない。石油がなくなった世界を想像できるか？　去年の誕生日、おまえにプレゼントしたあのきれいなフェラーリを思い出せ。十五歳になったら運転してもいいと約束したが、もし石油がなければ、あれはただの鉄くずだ。永遠に運転できない。もしいま、おまえがおじいさんの家に行こうと思えば、プライベートジェットに乗って、海を越え、十数時間で着く。だが、石油がなければ、帆船で一ヵ月以上も航海しなければならない……。文明というゲームのルールがこれだ。人類の生存と快適な生活を保証することが最優先事項で、それ以外のすべては小さな問題だ』と。

父はぼくに大きな希望を抱いていたが、最終的にぼくは、父が望むような人間にはならなかった。あの瀕死の海鳥の目がいつも背後からじっと見つめていて、それがぼくの人生を決定した。十三歳の誕生日、将来なにをしたいか父に訊かれた。命を救いたいとぼくは答えた。そんなにだいそれた夢じゃない。絶滅の危機に瀕している種を、どれかひとつでも救いたいというだけのことだった。あんまりきれいじゃない鳥でも、冴えない色の蝶でも、だれも気づかないくらい小さな甲虫でも。その後、ぼくは生物学を専攻し、鳥類と昆虫類の分類学者になった。ぼくの理想にはそれだけの価値があると、自分では思っている。

鳥や昆虫のひとつの種を救うのと、人類を救うのとは、なんの違いもない。『すべての生命は平等』というのが、種の共産主義の基本綱領だ」

「なんの基本綱領？」文潔《ウェンジエ》にはその言葉が聞きとれなかった。

「種の共産主義。ぼくが発明したイデオロギーだ。宗教と言ってもいい。核になる信仰は、地球上のすべての種はもともと平等だということだ」

「それはただの理想でしょう。現実的じゃない。小麦や米だってひとつの生物種だけど、人類が生存するには、そんな平等は実現不可能よ」

「遠い過去には、領主は奴隷に対して同じように考えていただろうね。それに、テクノロジーと進歩を忘れちゃいけない。いつか、人類が食糧を合成できるようになる日が来る。そのずっと前から、イデオロギー的にも、理論的にも、きちんと準備しておく必要がある。実際、種の共産主義は、人権宣言の自然な延長と言える。フランス革命から二百年も経つのに、われわれはまだ、そこから一歩たりとも踏み出せていない。このことからも、人類という種のエゴとウソがわかる」

「いつまでここにいるつもり？」

「わからない。この仕事には一生を費やす覚悟だよ。すばらしい気分だ。もちろん、理解してはもらえないだろうけど」

エヴァンズは話し終えると、もう興味が失せたらしく、仕事に行かなければと言って、鍬《くわ》と鋸《のこぎり》を手にして立ち上がった。別れ際、エヴァンズは文潔《ウェンジエ》になにか特別なものでも感じたかのように、もういちど彼女に目を向けた。

帰り道、文潔の同僚が、毛沢東の随筆『白求恩を記念する』の一節を引用した。「『気高く、純粋で、徳が高く、世俗の興味を超えた人』。ほんとにそんな生活を送っている人間もいるんだなあ」とため息をつく。

ほかの者たちも、口々に賛同と感慨を述べた。文潔はほとんど独り言のように言った。「もし彼みたいな人がもっとたくさんいれば、いえ、ほんの少しでも多くいれば、歴史は違う道すじをたどっていたでしょうね」

もちろんだれも、文潔の言葉のほんとうの意味はわからなかった。

プロジェクトチームの責任者が話題を仕事に戻した。「この場所はだめだと思う。上が認めないだろう」

「なぜです？　四つの候補地の中で、電磁環境はここがベストですよ」

「社会環境はどうだ？　同志よ、技術的な側面だけ考えていればいいというものではない。ここの貧困ぶりを見てみろ。貧しければ貧しいほど、住民は反政府的になる。わかるかね？　もし観測基地がここに建設されたら、科学者と地元住民のあいだでトラブルが生じる可能性が高い。農民たちが天文観測基地のことを、いくらでも金を引き出せる財布だと考えるかもしれない」

この場所は、やはり承認されなかった。理由はチームの責任者が言ったとおりだった。

それからエヴァンズの消息を聞くことのないまま、三年の月日が流れた。

しかし、ある春の日、文潔はとつぜん一枚の葉書を受けとった。差出人はエヴァンズで、そこには一行だけ、こう書いてあった。

『来てくれ。この先どうすればいいか教えてほしい』

文潔は列車に乗り、そのあとまた何時間かバスに揺られて、まる一日がかりで西北地方の辺鄙な山村にやって来た。

小高い山のてっぺんに登ると、エヴァンズが植樹した森が見えた。樹木が成長したおかげで、三年前よりはるかに鬱蒼と茂っているように見える。しかし文潔は、その森が、かつてはもっとずっと大きかったことに気がついた。この二、三年で育った新しい区画が、すでに伐採されている。

伐採は猛烈な勢いで進行中だった。どちらの方角を見ても、木々が次々に切り倒されている。森全体が、カイコに食い散らされた桑の葉のようだ。この速度でいけば、遠からず消えてしまうだろう。

伐採作業に従事しているのは、付近の二つの村の住人だった。彼らは斧と鋸とで、成長したばかりの小さな樹木まで一本一本切り倒し、トラクターや牛車でそれを運び下ろしていく。きこりは大勢いて、あちこちで小競り合いが起きていた。

小さな木が倒されても大きな音は出ないし、チェーンソーのうなり声も聞こえない。だが、この光景はかつて見知っていたそれを思い出させて、文潔《ウェンジエ》の胸が痛んだ。

だれかが声をかけてきた――あの生産隊長だった。いまは村長になっていて、文潔に気づいて挨拶してくれたようだ。どうして森を伐採するのかたずねると、彼は言った。「この森は、法律の保護を受けねえからよ」

「どうしてそんなことが？　森林法がつい最近公布されたばかりじゃないですか」

「ほやけど、白求恩《ベチューン》が木を植えること、だれが認めた？　外人が勝手に中国の山に樹を植えて、なんで法律に守られる？」

「その理屈はおかしいでしょう。彼は荒れた山に木を植えていただけで、耕地を占有したわけでもない。それに、彼が植樹しはじめたとき、あなたたちはだれも文句を言わなかった」

「そうとも。それどころか、木を植えたことで白求恩は県から造林模範の称号までもろうとる。もとは村でも、あと何年かしてから木を切るつもりだったんだ。豚を太らせてから殺すんといっしょだ。ほやけど、南圪村のやつらが待ち切れなくなっちまって、ほたらおれらも、いま切らんとなにもなくなるきに」

「すぐにやめて！　政府にこのことを報告します！」

「無駄だ」そう言いながら、村長は煙草に火をつけると、遠くで材木を積み込んでいる一台のトラックを指さした。「あの車を見てみな。県の林業局の副局長のだ。鎮《まち》の派出所なんかのもある。木の数で言ったら、あいつらが運ぶほうが多いんだよ！　言ったろが、この林はだれのでもねえから保護を受けんて。それに葉《イエ》同志、あんた、大学の先生やろが。これとなんの関係があんだね？」

土でできたあの二軒の家は以前のままだったが、エヴァンズは不在だった。文潔は森の中でエヴァンズを探し当てた。彼は斧を持ち、真剣に木の枝を剪定していた。しばらく前からずっと作業しているらしく、疲労困憊したようすだった。

「無駄な努力かもしれないが、それでもかまわない。やめられないんだよ。やめたら、心が折れてしまうからね」エヴァンズはそう言って、慣れた手つきで曲がった枝を切り落としていく。

「いっしょに県に行って訴えましょう。それでも埒《らち》が明かないなら、省都に行けばいい。きっとだれかが、彼らを止めてくれる」文潔《ウェンジエ》は力をこめて言った。

エヴァンズは手を休め、驚いた顔で文潔を見た。沈む夕陽の光が林を抜けて射し込み、彼の瞳に反射している。「葉《イエ》さん、きみはぼくが、この森のためにこんなことをしていると本気で思っているのかい？」エヴァンズは笑いながら首を振ると、持っていた斧を投げ捨て、一本の木にもたれて座り込んだ。「彼らを止めようと思えば、簡単に止められるんだよ」エヴァンズはからっぽの工具袋を地面に敷くと、そこに座るように文潔に促してから、また口を開いた。「ぼくはアメリカから帰ってきたばかりだ。二カ月前に父が亡くなってね、遺産の大半はぼくが相続した。兄と姉は、たった五百万ドルずつしかもらえなかった。意外だったよ。父が最期にこんなことをしてくれるなんて、ほんとうに思いもよらなかった。父は心の中で、ぼくを――あるいは、ぼくの理想を――認めてくれていたのかもしれない。不動産をべつにして、いまぼくが自由にできる資産がどのくらいあると思う？　約四十五億ドルだ。この伐採をいますぐやめさせて、かわりに植林させることくらい造作ない。見渡すかぎりの黄土の山を人工林で覆いつくすこともできる。でも、そんなことをしてなんの意味がある？

いまぼくらの目の前にあるすべては、貧困の結果だ。でも、だったら豊かな国はどうだ？　彼らは自国の環境だけを守り、汚染源となるような産業は貧乏国に移転する。たぶんあなたも知っているだろうけど、アメリカ政府は最近、京都議定書の批准を拒否したばかりだ。……全人類が同じなんだよ。文明が発展しつづけるかぎり、ぼくが救おうとしているツバメも、そのほかのツバメも、遅かれ早かれみんな絶滅してしまう。時間の問題でしかない」

文潔は黙ってそこに座り、落日の木漏れ日を眺め、遠くから聞こえてくる伐採の音を聞きながら、二十数年前の大興安嶺の森を思い出していた。文潔はそこで、同じような会話をもうひとりの男と交わした。

「ぼくがなぜここに来たか知っているかい？」エヴァンズがつづけて言った。「種の共産主義思想は、もともと古代の東洋で芽生えた」

「つまり、仏教のこと？」

「そう。キリスト教は人間しか重視しないからね。すべての種をノアの箱舟に乗せはしたが、人間以外の生きものに、人類と同等の地位を与えようとはしなかった。でも、仏教はすべての生命を救おうとする。それでぼくは東洋に来たんだが……いまにして思えば、どこでも同じだったのかもしれない」

「そうよ、どこだって同じなのよ。人類はみんな同じ」

「いまのぼくになにができるだろう？　生きる支えはどこにある？　ぼくは四十五億ドルと、多国籍にまたがる石油会社を持っているが、それがなんになる？　絶滅に瀕した種を救うのに必要な資金が四百五十億ドルをくだらないのはたしかだし、悪化する生態環境を救うのに必要な金額は四千五百億ドルを超えるだろう。でも葉《イエ》さん、もしそれが可能だったとして、いったいなんの役に立つ？　文明はやっぱり、いままでと同じように、地球上の人類以外の生命を滅ぼしつづけるだろう。四十五億ドルで航空母艦一隻ぐらいは建造できるだろうが、千隻の空母があっても、人類の狂気を止めることはできない」

「マイク、まさにそれが言いたかったのよ。人類の文明は、もはや自力では矯正できない」

「でも、人類以外の力なんてどこにある？　神が存在したとしても、すでに死んでいるようなものだ」

「それがあるのよ。ほかの力があるの」

このとき、太陽はすでに山陰に隠れていた。伐採作業に従事していた人々もきょうの仕事を終え、森林と周囲の黄土の山は静けさに包まれている。文潔《ウェンジエ》はエヴァンズに、紅岸基地と三体世界のことをすべて話して聞かせた。エヴァンズは静かに耳を傾けていた。暮色に染まる樹林と周囲の黄土の山も、エヴァンズといっしょに、じっとその話を聞いているようだった。文潔が話し終えるころには、東から昇ってきた明るい月の光が森の中をまだらに照らしていた。

「いま聞いた話は、まだとても信じられない。あまりにも突拍子がなさすぎる。しかし幸運にも、ぼくにはそのすべてを検証する力がある。もしそれが真実なら」エヴァンズは文潔に手を差し伸べ、のちに地球三体協会《ETO》が新しいメンバーを受け入れるときにかならず言うことになる言葉を口にした。「われわれは同志だ」

28　第二紅岸基地

さらに三年が過ぎた。エヴァンズは、どこかに消え失せてしまったかのように、すっかり音信不通になっていた。文潔《ウェンジエ》の話を検証しようといまも努力しているのかどうかも、どうやって検証するつもりなのかもわからない。宇宙のスケールではきわめて近い四光年の距離も、短命な生物にとっては想像できないほどはるかに遠い。二つの世界は、宇宙を横断する川の水源と河口くらい遠く隔たっている。両者の関係は、蜘蛛の糸のようにかぎりなく細い。

その年の冬、文潔は西ヨーロッパのある大学から急な招聘を受け、客員研究員として半年ほど滞在することになった。ロンドンのヒースロー空港に到着すると、ひとりの青年が文潔を出迎えてくれた。二人は空港ロビーに出ないまま駐機場に戻り、文潔は青年の誘導でヘリコプターに乗せられた。

ヘリコプターが轟音をあげて、霧に包まれたロンドンの空へと飛び立ったとき、文潔は既視感に襲われた。時間が巻き戻ったような気分だった。何年も前、生まれてはじめてヘリコプターに乗ったとき、文潔は運命のターニングポイントを迎えた。今回の運命は、文潔をどこに連れていくのだろう？

「これから第二紅岸基地に向かいます」と青年が言った。

ヘリコプターは海岸線を越えて、大西洋のまっただなかへと飛んでいく。海上を三十分ほど飛行したところで、ヘリコプターは眼下の巨船に着陸した。その船をひとめ見て、文潔はすぐにレーダー峰を思い出した。もっとも、レーダー峰の形状が巨大な船そっくりだと気がついたのはこのときがはじめてだった。周囲の大西洋は大興安嶺の森林を彷彿とさせたが、ほんとうに紅岸基地を思い起こさせたのは、巨船の中ほどに、まるでまるい帆のように直立している巨大なパラボラアンテナだった。

船は、六万トンクラスの石油タンカーを改造したもので、鋼鉄の浮き島さながらだった。エヴァンズは自分の基地を船上に建設したのだ。ひょっとすると、受信と送信に最適な位置をつねにキープするためかもしれない。あるいは、探知を逃れるためかもしれない。文潔がのちに知ったところでは、この巨船の名は、〈審判の日《ジャッジメント・デイ》〉だった。

ヘリコプターを降りると、懐かしい音が聞こえてきた。海を渡ってくる風が巨大なアンテナに切り裂かれる音。その音が、文潔をふたたび過去へと連れ戻した。アンテナの下の広い甲板には、およそ二千人の人々がぎっしり並んで立っていた。

その中から進み出たエヴァンズが、文潔《ウェンジェ》に向かっておごそかに言った。「教えていただいた周波数と座標を使って、われわれは三体世界のメッセージを受信した。あなたの話はすべて真実だと証明されました」

文潔は穏やかにうなずいた。

「偉大なる三体艦隊はすでに出発した。目的地はこの太陽系です。艦隊は、いまから四百五十年後に到着する」

文潔の表情は穏やかなままだった。なにがあっても、もう彼女が驚くことはありえない。

エヴァンズが背後に密集する人々を指して言った。「彼らは、地球三体協会の初代メンバーたちです。われわれの理想は、三体文明に人類文明を矯正してもらうこと――人類の狂乱と邪悪に箍《たが》をはめ、ふたたびこの地球を、調和のとれた、罪のない、豊かな世界に戻してもらうことです。われわれの理想に賛同してくれる人はますます増えている。協会は急激に拡大中で、メンバーは全世界に広がっている」

「わたしになにができるのかしら？」文潔が静かにたずねた。

「あなたには、地球三体協会《ETO》の総帥になっていただきたい。これは、地球三体協会の戦士たち全員の総意です」

文潔は数秒沈黙してから、ゆっくりとうなずいた。「最善をつくしましょう」

エヴァンズが拳《こぶし》を高々と突き上げ、人の群れに向かって叫んだ。「人類の専制を打倒せよ！」

波音とパラボラアンテナが風を切るうなりに合わせて、ＥＴＯの戦士たちがいっせいに声高に叫ぶ。

「世界は三体のもの！」

後年、この日は地球三体運動が公式にはじまった日と認められることになる。

29 地球三体運動《アース・トライソラリス》

こんなにも多くの人々が人類文明に絶望し、みずからの属する種に憎しみと叛意《はんい》を抱き、自分とその子孫を含む人類すべてを滅亡させることを最高の理想とさえしている――この事実は、地球三体運動の持つもっともショッキングな面である。

地球《E》三体《T》協会《O》は、精神的貴族の組織とも言われている。メンバーの多くは高い知識階級に属し、政財界のエリートも相当数含まれているからだ。三体協会は一般庶民の会員を増やそうとしてきたが、そうした試みはことごとく失敗に終わっていた。一般庶民は、人類の暗黒面を、知識階級ほど深くは認識していなかった。もっと大きな理由としては、彼らの考えは現代科学と哲学にほとんど影響されていないため、みずからの属する種に対し、ゆるぎない本能的な共感を持っている。ゆえに、人類すべてを裏切るなど、彼らにはとても考えられないことだった。

しかし、知的エリートたちの場合は事情が違う。彼らの多くは、すでに人類以外の視点からの問題を考えはじめていた。ついに人類文明の中から、強い疎外の力が発生したのである。

ＥＴＯは目覚ましい速度でメンバーを増やしたが、その人数以上に大きな力を持っていた。なぜなら、会員の大多数が社会の高い階層に属し、それぞれが大きな権力と影響力を有していたからだ。

地球三体協会の総帥という地位は、たんに精神的な意味でのリーダーを意味していて、文潔《ウェンジエ》は協会の具体的な運営には参画しなかった。のちに膨大な数にまで膨れ上がったＥＴＯについて、どのように拡大してきたのかはおろか、会員のはっきりした人数さえ、文潔は把握していなかった。

会員数を迅速に増やすため、地球三体協会は半ば公然と活動してきたが、各国政府はしばらくのあいだ、協会に大きな注意を払ってはいなかった。各国政府の保守的な態度と想像力の欠如が、自分たちにとって防壁になることを協会はよく知っていた。国家権力を束ねる組織の人間は、だれもＥＴＯの宣言を真剣に受けとらず、たわごとを撒き散らすカルト集団のひとつと見なしていた。また、メンバーの社会的地位の高さから、各国政府はこの組織に対し、腫れものに触るように慎重に接していた。ＥＴＯが武力を拡充しはじめてから、ようやくいくつかの国家の安全保障機関が関心を寄せるようになり、この組織がふつうではないことに気づきはじめた。したがって、彼らがETOに対して実質的な攻撃を試みるようになったのは、わずかここ二年間のことにすぎない。

地球三体協会はけっして一枚岩ではない。その内部には複雑な派閥構造と意見の相違があり、主に次の二派に分かれる。

降臨派は、ETOのもっとも純粋かつ原理主義的な派閥であり、主に、エヴァンズの唱える〝種の共産主義〟の信奉者によって構成される。その理想はシンプルで単純だ。すなわち、人類文明を滅ぼすことである。彼らは人類の本性に徹底的に絶望している。この絶望は、現代文明がもたらした種の大絶滅に端を発している。エヴァンズのケースが代表だ。その後、降臨派にはさまざまな分派が現れ、環境汚染や戦争などの問題にかぎらず、人類文明の多様な面に憎しみを向けている。中には、きわめて抽象的かつ哲学的なレベルで憎悪を募らせる者もいる。後世の人々の想像とは異なり、彼らの大部分は現実主義者で、自分たちが奉じる異星文明に対してさえ、それほど大きな理想や希望を抱いているわけではなかった。彼らの叛意は、人類に対する絶望と恨みに根ざすものであり、マイク・エヴァンズの以下の言葉が降臨派のモットーとなっている。

「われわれは、異星の文明がどのようなものか知らない。だが、人類のことは知っている」

救済派は、ＥＴＯが誕生したあと、相当の時間が経過してから勃興した派閥である。その本質は一種の宗教団体であり、三体教の信者で構成されている。

地球外文明には、高度な知識階級の人間を強く惹きつける力があり、彼らはそうした異星文明に対し、美しい幻想をたやすく抱くことになった。人類のような若い種属にとって、より高度な異種文明に対する興味は、ほとんど拒絶しがたい。たとえばこんなふうに考えてみよう。人類文明は宇宙の砂漠をずっと孤独に歩みつづけてきた世間知らずの若者であり、彼（彼女）はいまはじめて、異性の存在を知った。その面影も姿かたちもまだ見たことはないが、はるか遠くにその相手がいるということはわかっている。その彼女（彼）に対して抱く美しい幻想は、野火のように激しく燃え広がっていく……。

遠い文明に対する幻想が募るにつれて、救済派は三体文明に対してスピリチュアルな感情を育むこととなった。ケンタウルス座アルファ《アルファ・ケンタウリ》星系は宇宙におけるオリンポス山、すなわち神々の住まう場所と見なされる。このようにして誕生した三体教は、人類のその他の宗教とは異なり、崇拝の対象が実在している。ほかの宗教と反対に、危難に瀕しているのは主であり、主を救済する責任を信徒たちが担う。

人類社会に三体文化を広める主要ルートは、ＶＲゲーム『三体』である。この巨大なソフトウェアは、ETOが莫大な資金をつぎこんで開発したもので、当初の目的は二つあった。ひとつは三体教を布教すること。もうひとつは、それまで知識階級に限定されていたETOメンバーの階層をもっと広げるべく、社会の中下層にいる若者をリクルートすることだった。

ゲームシナリオは、地球人類の社会と歴史から抽出した要素を下敷きに使いながら、三体世界の歴史と文化をその上に重ねて解説する内容になっていて、初心者にも入りやすくしてある。プレイヤーが一定のレベルに達し、三体文明の魅力に惹かれはじめると、三体協会が直接連絡をとる。プレイヤーの思想傾向をテストし、最終的な合格者を地球三体協会のメンバーとして迎え入れるのである。

だが実際には、ゲーム『三体』は、社会的に大きな注目を浴びるほどのブームにはならなかった。このゲームをプレイするには相当なレベルの背景知識と深い思考力が必要だったからだ。若いプレイヤーのほとんどは、一見ふつうのゲームに見える表層の下にあるショッキングな真実を発見するほどの忍耐力も技術も持ち合わせていなかった。『三体』に惹かれたプレイヤーの大部分は、やはり知識階級だった。

救済派となったメンバーのほとんどは、ゲーム『三体』を通じて三体文明を知り、最終的に地球三体協会に加わった。ゲーム『三体』は、救済派のゆりかごであると言ってもいいだろう。

救済派は三体文明に対し宗教的な感情を抱いているが、違いはそれだけではなく、人類文明に対する態度も、降臨派ほど極端ではなかった。救済派の最終的な理想は主の救済であり、主を生かすためなら、人類世界が一定の犠牲を払うのは当然だと考えている。しかし、主が太陽系を侵略せずに、このまま三体世界で生きつづける道が見つかるとしたら、それが理想的な解決だというのが、救済派の大部分の考えだった。三体運動の問題を物理学的に解決することで、この理想を実現し、三体と地球、二つの世界を同時に救えるのだと、彼らは無邪気に信じている。

とはいえ、この考えがナイーブで莫迦げたものと一概にかたづけることもできない。三体文明自体、はるか昔から、その道を模索してきた。三体問題を解こうとする努力は、勃興と滅亡のサイクルを二百回以上も経てきた三体文明を貫く一本の縦軸になっている。救済派のうち、物理学や数学に造詣の深い者は、だれもが三体問題の解決を試みてきた。三体問題に数学的な解が存在しないとわかってからも、その努力はやむことがなかった。三体問題を解くことが、三体教の一種の宗教儀式となっていたからである。救済派には第一線で活躍する世界的な物理学者や数学者が何人もいたが、彼らの研究は大きな成果をあげることがなかった。かえって、ＥＴＯや三体教となんの関係もない魏《ウェイ》・成《チョン》のような天才が、いつのまにかこの派閥の大きな期待を集める存在になっていった。

降臨派と救済派は、長らく激しい対立関係にある。降臨派は、救済派が地球三体運動の重大な脅威になるだろうと考えていた。この考えには根拠がないわけでもなく、救済派のうち強い責任感を持つ人々を通じて、各国政府は少しずつETO反乱分子の恐るべき背景を知ることになった。協会内での二つの派閥の力は同等であり、双方の武装部隊はすでに内戦をはじめるところまで来ていた。文潔《ウェンジエ》はみずからの威信を利用して協会のこの亀裂を埋めようとしてきたが、さしたる効果はなかった。

三体運動が発展するにつれて、地球三体協会には第三の派閥が生まれた。それが生存派である。太陽系に迫る異星からの侵略艦隊の存在が確認されて以降、この最終戦争で生き残ることが人類にとってもっとも自然で人間的な願望となった。もちろん、戦争は四百五十年後のことで、自分の人生とは関係ないが、人類が敗北したとしても、せめて自分たちの子孫だけでも、四世紀半後の世界で生き延びられることを願う人々は多い。三体世界からの侵略者に奉仕することは、この目標の実現にとって明らかに有利だった。ほかの二つの主流派と比べ、生存派は社会的な階級の低いメンバーで構成され、東洋人（とりわけ中国人）が高い比率を占めている。現時点での人数こそまだ少ないが、メンバーは急速に増加しており、三体文化が普及しているであろう未来において、無視できない派閥となることが予想されている。

人類文明そのものの欠陥がもたらした疎外の力、より高度な文明への憧れと崇拝、最終戦争後も子孫たちを生存させようとする強烈な本能的欲望。この三つの強大な力によって地球三体運動は急速に成長し、それが注目されたときにはすでに、燎原《りょうげん》の火のごとき勢いを持っていた。

このとき、異星文明はまだ四光年の遠い宇宙の彼方にあり、人類世界とは、四世紀半の長い航海によって隔てられていた。これまでに彼らが地球に送ってきたのは、電波のメッセージだけだった。

かくして、ビル・マザーズの〝象徴としてのコンタクト〟理論が正しかったことが、おそろしいほど完璧に証明されたのである。

30　二つの陽子

尋問者　これから本日の調査をはじめます。前回と同じように、ご協力をお願いします。

葉文潔《イエ・ウェンジエ》　わたしが知っていることは、あなたがたもすべて知っているでしょう。逆にわたしのほうこそ、教えてもらいたいことがたくさんある。

尋問者　いいえ。われわれがまず知りたいのは、三体世界が地球に送ってきた情報のうち、降臨派が独占し、差し止めていた内容とはなにかということです。

葉文潔　知りません。彼らの組織は結束がかたくて、わたしでさえ、彼らがいくつかのメッセージを横取りしていたということしかわからない。

尋問者　では、質問を変えましょう。三体世界との通信が降臨派に独占されてから、あなたは第三の紅岸基地を建設しましたか？

葉文潔　計画はありました。でも、受信施設が完成しただけで、建設はストップした。設備と基地はどちらも解体された。

尋問者　なぜですか？

葉文潔　アルファ・ケンタウリの方向からは、なんのメッセージも送られてこなかったから。どの周波数でもだめだった。そのことはあなたがたも確認済みだと思いますが。

尋問者　そのとおりです。言い換えれば——少なくとも四年前に——三体世界はすでに地球との交信を中止しています。それゆえ、降臨派が差し止めているメッセージが、より重要になるのです。

葉文潔　たしかに。でも、それについてわたしに話せることはほんとうになにもありません。

尋問者　（数秒の沈黙）それでは、話しやすい話題にしましょう。マイク・エヴァンズはあなたに嘘をついていた。これはほんとうですか？

葉文潔　そう言えないこともないでしょうね。彼はこれまで、わたしに本心をさらけだしたことは一度もなかった。ただ、地球上の、人類以外の種に対する使命感を表明しただけ。その使命感によって、人類に対する憎しみがこんなに大きくなっていたとは思いもよらなかった。つまり、人類文明を滅ぼすことを最終的な理想とするほど極端な立場をとるようになっていたとは知らなかったのです。

尋問者　地球三体協会がいま置かれている状況を考えてください。降臨派は異星文明の力を借りて人類を滅ぼそうとしている。救済派は異星文明を神のように崇め、生存派は人類文明を裏切って自分たちだけが生き延びようとしている。これらすべては、あなたが異星文明によって人類を矯正しようとした理想とは異なるものでしょう。

葉文潔《イエ・ウェンジェ》　火を熾《おこ》したのはわたしだけれど、その火がどんなふうに燃えるかはコントロールできなかった。

尋問者　あなたは、三体協会から降臨派を排除する計画を立てていたし、その計画を実行に移しはじめてさえいました。しかし、〈ジャッジメント・デイ〉は降臨派の中心的基地であり、司令センターでもあって、エヴァンズをはじめとする降臨派の主要メンバーはそこに常駐しています。あなたがたはなぜ、まず最初にあの船を攻撃しようとしなかったのですか？　救済派の武装グループの大部分はあなたに忠実なのですから、船を沈めたり、占拠したりすることはいとも簡単にできるのでは？

葉文潔　差し止められていた主のメッセージのためです。それらのメッセージは、第二紅岸基地、つまり〈ジャッジメント・デイ〉のどこかのコンピュータに保存されています。もし船を攻撃すれば、危険を察知した降臨派はすべてのデータを削除してしまうでしょう。それらのメッセージはわたしたちにとってきわめて重要であり、それを失うリスクはおかせなかった。救済派にとって、主からのメッセージを喪失することは、キリスト教が聖書を、イスラム教がコーランを失うようなもの。あなたがたも同じ問題に直面したんじゃないの？　降臨派は主のメッセージを人質にした。これが、〈ジャッジメント・デイ〉がいまだに無傷で存在している理由。

尋問者　その問題に関して、われわれになにかアドバイスはありますか？

葉文潔　ありません。

尋問者　あなたも三体世界を〝主〟と呼んでいます。これは、彼らに対して救済派のような宗教的な感情を抱いているか、もしくはすでに三体教に帰依《きえ》していることを意味しているのでは？

葉文潔　いいえ。ただの習慣です……それについてはもう話したくありません。

尋問者　それでは、降臨派に横取りされたメッセージについての話題に戻りましょう。あなたはそのくわしい内容についてはご存じないかもしれませんが、なにかひとつ二つ、中身についての噂を耳にしたことくらいあるのでは？

葉文潔　おそらく、ただの根拠のない噂でしょう。

尋問者　たとえば？

葉文潔　（沈黙）

尋問者　三体世界は、現在の科学技術を上回る技術を降臨派に授けたのではありませんか？

葉文潔《イエ・ウェンジエ》　それはありえないでしょう。そんなことをしたら、それらの技術があなたがたの手に渡ってしまう危険が生じる。

尋問者　最後の質問になりますが、これはもっとも重要な質問でもあります。いままでに、三体世界が地球に送ってきたものは、電波だけでしたか？

葉文潔　ほとんどは。

尋問者　ほとんど――とは？

葉文潔　現在の三体文明は、光速の十分の一の速度で宇宙を航行することが可能です。この技術的な飛躍は、地球時間で数十年前に成し遂げられた。それ以前は、三体文明の宇宙航行速度の上限は光速の何千分の一というレベルで停滞していた。彼らが地球に向けて送り出した小型探査機は、まだアルファ・ケンタウリと太陽系の間の距離の百分の一のところにも到達していないでしょう。

尋問者　では、ひとつ質問があります。すでに出航した三体艦隊が光速の十分の一で航行した場合、四十年後には太陽系に到達することになります。だとすれば、あなたがたはどうして、四百年以上かかると言うのですか？

葉文潔　実際にそのとおりだからよ。大型宇宙船によって編成された三体星間艦隊の質量は巨大で、加速にとても時間がかかる。光速の十分の一とは、彼らが出せる最高速度というだけ。この速度に達したとしても、地球に近づいたところで、ほどなく減速しなければならない。それに、三体宇宙船の推進力は、物質と反物質の対消滅です。宇宙船の前方部分に巨大な磁場があり、漏斗状の磁気シールドを形成して、それで宇宙空間から反物質粒子を収集する。このプロセスもかなりゆっくりしたもので、宇宙船が短期間加速できるだけの反物質を集めるだけでも長い時間がかかる。そのため、艦隊の加速は断続的にしか行われず、航海の大部分は燃料集めに費やされることになる。ですから、三体艦隊が太陽系に到着するまでに要する時間は、小型探査機の十倍になるのです。

尋問者　それでは、先ほどおっしゃった「ほとんど」とはどういう意味ですか？

葉文潔　いま話しているのは、ある特定の条件下における宇宙航行の最高速度です。この条件の範囲外でなら、たとえ後れた地球文明でも、すでに特定の物質を光速に近いスピードまで加速することに成功しています。

尋問者　（少し沈黙して）その特定の条件とは、マクロ・スケールのことですか？　ミクロ・スケールでは、人類はすでに高エネルギー加速器を使用して、亜原子粒子を加速して光速に近づけています。あなたの言う〝物質〟とは、こうした粒子のことですか？

葉文潔　あなたは聡明ね。

尋問者　（イヤホンを指しながら）わたしのうしろには世界最高クラスの専門家がついていますので。

葉文潔《イエ・ウェンジエ》　ええ、そう、原子よりも小さい粒子のこと。六年前、はるか彼方のケンタウルス座で、三体世界は二つの水素原子核を光速近くまで加速し、この太陽系に向けて射出しました。水素の原子核というのは陽子《プロトン》一個ですから、つまり彼らは、二つの陽子を送ってきたわけです。この二つの陽子は、二年前に太陽系に到達し、それから地球に来ました。

尋問者　二つの陽子？　どなにも送ってこなかったのと同じじゃないですか。

葉文潔　（笑）あなたも「ほとんど」と言いましたね。三体世界の技術力では、それが限界です。陽子くらいのサイズのものを、光速近くまで加速すること。したがって、四光年の距離を超えて彼らが送れるのは、陽子二つだけなのです。

尋問者　マクロ・スケールでは、二つの陽子はほとんどなにもないのと同じです。細菌の繊毛一本にも、陽子は数十億個含まれているでしょう。いったいなんの意味があるんですか？

葉文潔　それは、枷《かせ》なんです。

尋問者　枷？　なんの枷ですか？

葉文潔　人類科学の進歩を縛る枷。この二つの陽子の存在ゆえに、三体艦隊が到着するまでの四世紀半のあいだ、人類の科学に重要な進歩はなにひとつ見られないでしょう。エヴァンズがかつて述べた言葉を引用すれば、二つの陽子が地球に到達した日は、人類の科学が滅んだ日である、ということです。

尋問者　それはあまりにも……突拍子がなさすぎる。どうしてそんなことがありうるんです？

葉文潔　わかりません。ほんとうにわからない。三体文明にとって、われわれは野蛮人にも値しない。ただの虫けらのようなものかもしれません。

汪《ワン・》淼《ミャオ》と丁《ディン・》儀《イー》が作戦司令センターから出てきたのは、すでに真夜中に近かった。さっきまで彼らは、尋問者による葉文潔の聴取をひそかに聞いていたのである。

「きみは葉文潔の話を信じるか？」汪淼がたずねた。

「あなたは？」

「このところ、とても信じられないことがたてつづけに起きている。しかし、たった二個の陽子で人類の科学の進歩をすべて封じる？　いくらなんでも、それは……」

「まず注意しておくべきことがひとつ。三体文明は、アルファ・ケンタウリから四光年離れた地球めがけて二つの陽子を発射し、それが二つとも目標に到達した！　とても信じられない正確さだ。四光年のあいだには、星間物質の塵をはじめ、無数の障害物がある。それに、太陽系も地球も動いている。この部屋にいる一匹の蚊を冥王星から射ち落とす以上の正確性が必要だ。射撃手の腕前は、想像を絶している！」

射撃手という言葉を聞いて、汪淼《ワン・ミャオ》の心臓がぎゅっと締めつけられた。「それはなにを意味していると思う？」

「さあねえ。陽子や電子のような、原子よりも小さい粒子を、あなたはどんなふうにイメージしている？」

「ほとんどひとつの点だな。ただし、この点には内部構造がある」

「さいわい、ぼくの頭の中にあるイメージは、あなたの抱いているイメージよりもっと現実に近い」そう言いながら、丁儀《ディン・イー》は煙草の吸い殻をぽいと投げ捨てた。「あれはなんだと思う？」丁儀は吸い殻を指してたずねた。

「煙草のフィルター」

「そう。この距離からあの小さいものを見たとき、どんなふうに形容する？」

「ほとんどひとつの点だな」

「そのとおり」丁儀は煙草のフィルターを拾って、汪淼の目の前でばらばらに引き裂いた。

中から、黄色く変色したスポンジ状の綿が現れた。焦げたタールのにおいを嗅いで、汪淼は最近また戻りつつある喫煙の欲求がうずいた。「こんな小さなものでも、そのフィルター部分をほぐして吸着面を広げたら、リビングひと部屋くらいの面積になる」丁儀はまたフィルターを投げ捨てた。「パイプは吸う？」

「いまはもうなにも吸ってないよ」

「パイプに使われているのは、もっと高度なフィルターだ。ひとつ三元で売ってるけどね。直径は煙草のフィルターとそんなに変わらないが、煙草のフィルターよりはちょっと長い。活性炭を詰めた小さな紙筒で、中身は小さなネズミの糞のような黒い炭の粒。しかし、それぞれの内部には微細な孔が空いていて、吸着面積が広くなっているから、それをぜんぶ合わせるとテニスコート一面分ほどの広さになる。これが活性炭の持つ超強力な吸着性の理由」

「いったいなにが言いたいんだ？」汪淼は真剣な口調でたずねた。

「フィルターの中の綿や活性炭は三次元。吸着面は二次元。このことから、ひとつのちっぽけな高次元の構造が、非常に大きな低次元の構造を包含できることがわかる。しかし、マクロ世界では、高次元空間が低次元空間を包含する能力は、このあたりが限界になる。なぜなら、神様はけちんぼで、ビッグバンに際して、マクロ宇宙にたった三つの空間的な次元と、時間の次元ひとつしか与えてくれなかったから。でもこれは、もっと高い次元が存在しないという意味じゃない。七つに及ぶ付加的な次元がミクロ・スケールの中に折り畳まれていて、これにマクロ・スケールの四つの次元を加えると、基本粒子には十一次元の時空が存在することになる」

「だったらどうなるんだ？」

「ぼくはただ、次の事実を説明したいだけだよ。宇宙の技術文明のレベルを判定する重要な基準のひとつは、ミクロ次元の制御と操作が可能かどうか。ミクロ次元を活用せずに基本粒子を利用することは、長い毛を生やしたわれわれのご先祖が洞窟で焚火をしていたころにはじまった。化学反応の制御は、ミクロ次元に関係なく、ミクロな粒子を操作している。もちろんこの制御についても、原始的なものから高度なものへと進歩してきた。焚火から蒸気機関へ、そして発電機へ。マクロなレベルでミクロな粒子を操作することに関しては、現在の人類は、すでに頂点に達していると言っていいだろう。コンピュータがあり、汪《ワン》先生たちのナノマテリアルがある。しかし、これらすべてはどれも、多くのミクロ次元を解錠することなく行われている。宇宙のもっと高度な文明からすれば、コンピュータやナノマテリアルも、本質的には焚火となんの違いもない。すべて、同じひとつのレベルのものなんだ。だから彼らはいまだに、人類をただの虫けらと見なしている。残念ながら、彼らは正しい」

「丁儀《ディン・イー》くん、もっと具体的に説明してくれ。いまの話は、二つの陽子とどんな関係がある？　地球に到達した二つの陽子には、いったいなにができる？　さっき、あの尋問官がいみじくも言ったとおり、細菌の繊毛一本の中にも何十億個もの陽子が含まれている。だから、この二つの陽子がわたしの指の上ですべてエネルギーに変換されたとしても、せいぜいちくっと刺されたくらいにしか感じないだろう」

「だろうね。細菌の繊毛の上で陽子二個がすべてエネルギーに変換されたとしても、その細菌でさえ、きっとなにも感じない」

「だったら、なにが言いたい？」

「なにも言いたくない。ぼくはなにも知らない。一匹の虫けらになにがわかる？」

「しかしきみは、虫けらの中の物理学者だ。わたしよりよっぽどわかっているだろう。この二つの陽子の件については、少なくともわたしのように五里霧中ということはないはずだ。頼むよ。そうじゃないと、今夜は眠れそうにない」

「これ以上のことを聞いたら、ほんとうに眠れなくなるよ。終わりにしよう。心配したところで、どうしようもないんだから。魏成《ウェイ・チョン》や史強《シー・チアン》のように、達観することを学ぶべきだ。さあ、飲みにいこう。飲んで帰れば、虫みたいにぐっすり眠れるよ」

31 古《こ》箏《そう》作戦

「だいじょうぶだ、もうこの体に放射性物質は残ってないぞ」そばに座った汪淼《ワン・ミャオ》に、史《シー・》強《チアン》が言った。「この二日間、小麦粉袋を洗うみたいに裏も表も徹底的に洗浄されたからな。この会議は、もともと先生に参加してもらう予定じゃなかったが、おれがどうしてもと言い張ってねじ込んだんだ。賭けてもいい、いよいよおれたち二人の出番だぜ」

史強はそう言いながら、会議テーブルに置かれた灰皿の中から葉巻の吸いさしをつまみ上げた。火をつけてひと口吸うと、晴れ晴れとした顔で、会議の参加者たちに向かって煙を吐き出した。その中にいた、まさにその葉巻のもとの持ち主であるアメリカ海兵隊のスタントン大佐が、史強に軽蔑のまなざしを向けた。

きょうの会議には、前回以上に多くの外国の軍人が参加している。しかも全員、軍服姿だった。人類史上はじめて、全世界の武力をもって、共通の敵に立ち向かうのだ。

常偉思《チャン・ウェイスー》少将が口を開いた。「同志諸君。今回の会議に参加してくれたすべてのみなさん。現在の状況については基本的にすべて理解いただいているものと思う。史強の言葉を借りれば、情報は対等に共有されている。人類と異星の侵略者との戦争がはじまった。われわれの子孫が三体人の敵と実際に遭遇するのは、いまから四世紀半後のことになる。したがって、いまわれわれが対峙している相手は、同じ人類だ。それでも、本質的に言えば、これら人類に対する反逆者も、地球文明の外敵と見なしていいだろう。われわれは、歴史上はじめて、こうした敵に立ち向かうことになる。次の作戦行動の目的ははっきりとしている。すなわち、〈ジャッジメント・デイ〉に保存されている三体文明からのメッセージを奪取することだ。それらの情報は、人類文明の存続にとって重要な意味がある。

われわれはこれまで、〈ジャッジメント・デイ〉に対し、疑念を持たれるような行為はなにひとつしていない。あの船はいまもなお合法的に大西洋を航行している。〈ジャッジメント・デイ〉は四日後にパナマ運河を通過する予定で、運河管理局に航海計画書を出している。これは、われわれにとって千載一遇のチャンスだ。状況がこのままさらに進展すれば、おそらくこんな機会はもう二度とやってこないだろう。いま、世界各地の作戦司令センターで作戦案が検討されている。いまから十時間以内にそのうちのひとつを本部が選択する。この会議の議題は、ずばり、作戦案についてだ。ひとつひとつ検討して、実行可能性のもっとも高いものをひとつから三つ程度に絞り、本部へ上申する。同志諸君、時間はもうそれほど残されていない。われわれは最大限効率的に仕事をせねばならない。

注意しておきたいのは、〈ジャッジメント・デイ〉に保管されている三体人のメッセージの安全を担保しつつ、それを奪取するという一点に集中することだ。〈ジャッジメント・デイ〉はタンカーを改装した船で、船体の上層部と内部すべてが改造され、多数の新しい部屋や通路を持つ複雑な構造になっている。クルーでさえ、ふだんあまり立ち寄らないエリアに入る際には、船内マップで通路を確認する必要があるだろう。その構造について、われわれは彼らよりさらに知るところが少ない。いまのわれわれには、〈ジャッジメント・デイ〉のコンピュータ室の正確な位置はおろか、問題の三体メッセージがコンピュータ室のサーバ上に保存されているのか、いくつバックアップがあるのかさえわかっていない。

われわれが目標を果たしうるただひとつの方法は、〈ジャッジメント・デイ〉を全面的に占拠し、制圧することだ。その中間段階、つまり攻撃行動のあいだ、敵に三体メッセージを消去されるのをいかにして防ぐか。それがいちばんの難題だ。メッセージの削除はきわめて容易に、クリックひとつでできる。敵が緊急時に、ふつうの手順でファイルを削除するとは考えられない。現在の技術では容易に復元できてしまうからな。だが、サーバのハードディスクなり、ほかの記憶メディアなりを破壊するだけで、すべてが一瞬にして無になる。それには十秒もかかるまい。そこでわれわれは、敵に動きを察知されてから十秒以内に、記憶装置の近くにいる敵の行動能力を奪いたい。だが、記憶装置の場所もわからない、バックアップの数もはっきりしないと来ている。だから、ターゲットに察知される前に、ごく短時間で、〈ジャッジメント・デイ〉にいるすべての敵を殲滅《せんめつ》せねばならん。ただし、その内部のほかの施設——とりわけコンピュータ設備に重大なダメージを与えることは避けたい。そんなわけで、今回の任務はたいへんな困難をともなう。ある同志は、不可能だとさえ考えている」

日本の自衛隊の士官が口を開いた。「ただひとつ、成功の可能性のある作戦があります。それは、〈ジャッジメント・デイ〉内部に潜伏しているわれわれの仲間の力を借りて、作戦行動開始前に、三体メッセージを保存している記憶装置のありかを知る偵察者に記憶装置を確保させる、あるいは移動させることです」

すると、ある者がたずねた。「〈ジャッジメント・デイ〉の監視と偵察は、NATO軍の軍事情報機関とCIAがずっと担当してきた。そういうスパイは船内にいるのか？」

「いない」NATO軍の連絡将校が言う。

「じゃあ、その案はそこまでだな。まったく、くだらねえ話で時間を無駄にしやがって」

史強《シー・チアン》がひとことと口をはさむと、間髪いれず、大勢からぎろりとにらまれた。

スタントン大佐が言う。「目的は、設備を破壊することなく、船内の全人員を排除することだ。となると、真っ先に思いつくのは、球電兵器を使用することだ」

丁儀《ディン・イー》が首を振った。「それはどうでしょうね。あの手の武器は広く知られている。こちらとしては、船体に球電を遮蔽する磁場の壁が装備されているかどうかさえわからない。仮に装備されていなかったとして、球電が船内のすべての人員を殺せることは保証できても、それが一瞬で終わるかどうかまでは保証できない。しかも、球電が船の内部に進入すれば、おそらく空中で一定時間漂ってからエネルギーを放出することになる。この時間は短くて十数秒、長ければ一分か、もっとかかることも考えられます。敵に襲撃を察知されるうえ、メッセージを消去するなどの行動をとる時間的余裕まで与えることになる」

「では、中性子爆弾は？」スタントン大佐が言った。

「大佐、あなたなら、それも無理だとご存じのはずです！」ロシアの士官が言った。「中性子放射では、人間は一瞬では死に至らない。中性子爆弾攻撃のあと、船内の敵は、残された時間で、われわれがいまやっているような会議を開く余裕さえあるでしょう」

「もうひとつの手段は、神経ガスです。だが、船内で放出されたガスが拡散するには、ある程度の時間経過が必要だ。それに、少将がおっしゃる目標まで到達するのは不可能だ」とNATO軍士官が言う。

「残る選択肢は、振動弾か、低周波音だ」スタントン大佐が言った。みんな、大佐の次の言葉を待ち受けたが、つづきはなかった。

史強《シー・チアン》が口を開いた。「振動弾はおれたち警察が使うオモチャだ。たしかに建物の中にいるやつらを一瞬で昏倒させられる。だがそれは、部屋数がひとつ二つの場合だ。あんなにでっかい船の中にいるやつら全員を一瞬で倒せるか？」

スタントンが首を振った。「無理だな。仮にできたとしても、そんなに大きな爆発物なら、船内の施設が破壊されずには済まない」

「低周波音兵器は？」だれかがたずねる。

「まだ実験段階で、実戦には使えない。とくに、あの船はかなり大きい。いまテスト中の低周波音兵器の出力は、〈ジャッジメント・デイ〉全体を同時に攻撃したとしても、せいぜい中の人員にめまいを与えたり、気分を悪くさせるぐらいが関の山だ」

「はっ！」史強がピーナッツひと粒くらいの大きさになった葉巻を灰皿にこすりつけて消しながら、「言っただろ、残されたおれたちは、くだらねえ案ばかり検討させられている。少将が言ったことを忘れたのか。時間がいちばん重要なんだぞ！」それから通訳のほうを向いてにやっと笑った。通訳は美しい女性の中尉で、史強の言葉を聞いて浮かない顔をしていた。

「これは訳しにくいだろ、同志。だいたいの意味でいいぜ」

だが、スタントンは聞きとれたらしい。新しくとりだした葉巻で史強《シー・チアン》を指して言った。

「この警察官は、なんの資格があってわれわれにこんな口をきくんだ？」

「あんたの資格は？」史強が聞き返す。

「スタントン大佐は、経験も資質もかなりある、特殊作戦の専門家だ。ベトナム戦争以降、ほぼすべての重大な軍事行動に関与している」NATO軍士官が言った。

「なら、おれの資格を言ってやろうか。三十数年前、おれがいた偵察小隊は、ベトナム軍の背後数十キロメートルのところに侵入し、強固な防衛線が張られていた水力発電所を占拠して、やつらがダムを破壊するのを阻止した。友軍が進撃予定だった道路が通行不能にされるのを防いだんだ。これがおれの資格だ。おれは、おまえらが負けた相手に勝ったことがあるんだぜ」

「もういい、史強！」常偉思《チャン・ウェイスー》がテーブルを叩いて言った。「関係ない自慢話もたいがいにしろ。自分の作戦案を言ってもいいぞ」

「この警察官のために時間を使うのは無益だ」スタントン大佐が軽蔑したようすで言い、それから葉巻に火をつけた。

通訳が訳すのを待たずに、史強が立ち上がって言った。「ポリス――この言葉が二回も聞こえたぜ。なんだよ、警察を莫迦にしてんのか？　爆弾投げて、あんな大きい船を粉々にしたいんなら、おまえら軍人がやりゃあいいさ。だがな、中にあるブツを無傷で奪うってことになると、おまえらが肩にいくつ星をくっつけていようと、こそ泥にも及ばない。こういう作戦は、奇抜な手で行かないとな。徹底的に奇抜じゃないと！　それに関しては、おまえらは犯罪者に劣ってる。やつらは、奇抜さにかけては名人級だからな！　奇抜さの程度がどんなもんか知ってるか？　前に一度、おれが担当した窃盗の案件では、犯人は運転中の列車から、車両をひとつ盗み出した。盗んだ車両の前後の車両を完璧につないで、終着駅まできっちり動かした。使った道具ときたら、ごくふつうのワイヤロープと鉄のフック数個だけ。これこそ、まっとうな特殊作戦の専門家ってもんだ！　おれみたいに、現場で数十年も汗をかいてきた重大事件専門の刑事にとっちゃ、やつらがいちばんの先生だ。すげえトレーニングと教育を受けてる」

「おまえの作戦案を言え。さもなければ二度と発言するな！」常偉思が史強を指して言った。

「ここにはヘビー級の猛者が大勢おそろいだから、おれまで順番が回ってこないんじゃねえかと心配していたよ。発言しなけりゃしないで、昔の上司から、また礼儀がなってないとか言われそうだが」

「おまえはとっくに礼を失しているだろうが！　さあ、その奇策とやらをさっさと教えろ」

史強《シー・チアン》はペンを一本とりだすと、テーブルの上に二本の平行線をくねくねと書いた。「これは運河だ」灰皿をとって、その二本の線の間に置く。「これが〈ジャッジメント・デイ〉」。それから、テーブル越しに身を乗り出し、スタントン大佐がさっき火をつけたばかりの葉巻をさっととりあげた。

「もう許せん、この莫迦が！」大佐が立ち上がって大声で叫ぶ。

「大史《ダーシー》、出ていけ」常偉思《チャン・ウェイスー》が厳しい口調で言う。

「話はまだ終わってない。あと一分だ」史強はそう言いながら、スタントンのほうに手を伸ばした。

「なんだ？」大佐はぽかんとしてたずねた。

「もう一本よこせ」

スタントンはしばし逡巡したあと、凝った細工の木製の葉巻ケースからもう一本とりだし、史強に渡した。すると史強は、一本めの葉巻をテーブルにこすりつけて消してから、さっきテーブルの上に描いたパナマ運河の岸辺にそれを立てた。そして、もう一本の端を平らにして、運河の対岸に立てた。

「運河の両岸には、それぞれ柱が立っている。この柱と柱のあいだに、細いワイヤを何本も平行に張る。間隔は〇・五メートルくらい。この細いワイヤは、汪《ワン》教授たちがつくってる、〝飛刃《フライング・ブレード》〟っていうナノマテリアルだ。じつにぴったりの名前だよな、この作戦にとっては」

史強はそれから数秒のあいだ立ったままでいたが、やがて両手を上げると、まだなんの反応もない者たちに向かって、「以上」と言った。そして身を翻し、会議室を出て行った。

空気がかたまった。すべての者が石になったように動けずにいる。周囲のPCの冷却ファンさえ、なるべく静かに音を出しているように思えた。しばし時間が経ってから、ある者がおそるおそる静寂を打ち破った。

「汪教授、〝飛刃〟はワイヤ状なんですか？」

汪淼《ワン・ミャオ》がうなずいた。「現時点でのわれわれの合成技術では、ワイヤ状のナノマテリアルしか製造できませんが、だいたい毛髪の十分の一の細さです――それについては、会議の前に、史隊長からも確認を求められました」

「いまある数で足りますか？」

「運河はどのくらいの幅でしょう？」と汪淼はたずねた。「船の高さは？」

「運河はもっともせまいところで百五十メートル。〈ジャッジメント・デイ〉の高さは三十一メートル。喫水は水深八メートル程度です」

汪《ワン》淼《ミャオ》はテーブルの上の葉巻を見つめながら、ざっと計算した。「基本的には、じゅうぶん足りますね」

そしてまた、長い沈黙が降りた。みんな、なんとかショックから立ち直ろうとしているらしい。

「もし三体データが保存されているハードディスクや光磁気ディスクなどの記憶媒体まで切断されてしまったら？」ある者がたずねた。

「それほど大きな確率じゃないだろう」

「切断されること自体は、そう大きな問題にはなりませんね」コンピュータの専門家が口を開いた。「それだけ細いナノマテリアル製のワイヤなら、切断具としてはたいへん鋭利で、切り口もきれいに整っているはず。そのような状態であれば、ハードディスクであれ、CD‐Rであれ、ICメモリであれ、中の情報の大部分は復旧可能でしょう」

「ほかに実行可能性の高い作戦案は？」常偉思《チャン・ウェイスー》が部屋の中を見渡した。しばらく待ったが、だれからも発言がなかった。「よし。それではこのナノマテリアルを使う件について、さらに集中的に討議することにしよう。詳細について検討をはじめる」

ずっと沈黙していたスタントン大佐が立ち上がった。「あの警官を連れてこよう」

常偉思は手を振って、大佐に着席を促した。それから大声を張り上げて、「大史《ダーシー》！」と呼んだ。

するとたちまち史強《シー・チアン》が入ってきた。にやにや笑みを浮かべ、その場にいる人間たちを無遠慮に眺めまわす。椅子に座るなり、テーブルの上の運河の両側に置いたままだった二本の葉巻をとり、使用済みのほうを口にくわえ、もう一本はポケットにしまった。

ある者がたずねた。「〈ジャッジメント・デイ〉が通過する際、その二本の柱は〝飛刃〟を支えられるんですか？　よもや、柱が真っ先に切断されてしまうなんてことは？」

汪淼が言った。「その問題は解決できます。少量のプレート状の〝飛刃〟素材を使えば、ナノワイヤを柱に固定するさいのクッションになります」

以後の議論は、主に海軍士官と海運の専門家たちとのあいだで行われた。

「〈ジャッジメント・デイ〉は、パナマ運河を通行できる船としては最大の総トン数だ。喫水もたいへん深い。だから、ナノワイヤは水面下に敷設することも考えたほうがいい」

「それはおそろしく困難だろう。時間が足りないいまの状況では、それは考えないほうがいい。船底には、エンジン、燃料油、バラストなどが詰まっているから、激しい騒音や震動に見舞われる。コンピュータ室やそれに類する設備をそんな場所に置くわけがない。それだったら、水上の部分で、ナノワイヤの間隔をもっとせまくしたほうが、より高い効果が期待できる」

「では、運河の三つの閘門《こうもん》のどれか一カ所に仕掛けるのがベストですね。〈ジャッジメント・デイ〉はパナマックス船（パナマ運河では三十二メートルの幅の閘門を通過するため、一部の大型船舶は、最大幅三十一メートルで設計されており、それをパナマックスと呼ぶ）で、閘門をぎりぎり通れる船幅だから、〝飛刃〟のワイヤの長さは三十二メートル程度あれば済む。それに、閘門なら、柱を立ててワイヤを張り渡す作業も楽になる。とくに水面下では」

「だめだ。閘門のあたりはどんな状況になるか予測がつかない。それに閘門の内側では、船は、〝ミュール〟と呼ばれる、線路の上を走る四台の電気機関車に牽引される。速度はかなり遅いし、クルーがいちばん警戒するのも、船が閘門の内側にいるときだ。船を切断する作戦に、その時点で気づかれる可能性が高い」

「ミラフローレス閘門のすぐ外のアメリカ橋は？　両岸の橋台が、ワイヤを張り渡す柱に使える」

「無理だ。橋台の間隔が広すぎる。〝飛刃〟の材料が足りない」

「ではこうしよう。作戦現場は、ゲイラード・カット（パナマ運河の主要人工開削部分で、河道がたいへんせまい）のいちばんせまい箇所だ、幅百五十メートル。支柱を立てる余幅を考えれば、ワイヤの長さは百七十メートル」

「もしそれで行くなら、上下の間隔は最小で五十センチメートルですね」汪《ワン》・淼《ミャオ》が言った。

「それ以上間隔をせばめるには材料が足りない」

「ということは」史強《シー・チアン》が煙を吐き出して言った。「船は、昼間に運河を通過させるほうがいいな」

「なぜだい？」

「夜は船に乗ってる連中は寝てるだろ。みんな横になってる。五十センチの隙間は広すぎるが、白昼なら、たとえ座ったりしゃがんだりしていたとしても、五十センチあればじゅうぶんだ」

ぱらぱらと散発的に、ひとしきり笑いが起こった。重圧を感じている参加者たちは、血なまぐさい冗談でも、多少は緊張をほぐすことができた。

「あなたって人はほんとうに悪魔ね」国連の女性担当官が史強に言った。

「罪のない人も傷つける可能性がありますか？」汪淼がたずねた。その声は、だれにでもわかるほど震えていた。

海軍士官が答えた。「閘門を越える際には、船をつなぐ作業員が十数名、乗船しますが、船が通過したあとは下船します。パナマ領の水先案内人は、船に乗船して、八十二キロメートルの運河を同行する。確実に犠牲になります」

「それと、〈ジャッジメント・デイ〉に乗船している一部の船員も、船がなにをしているのか、おそらく知らないだろう」CIAの担当官が言う。

「教授、そういうことは、いまあなたが考えることじゃない」常偉思《チャン・ウェイスー》が言った。「そもそも、あなたがた科学者が関与すべきことではありません。われわれが得たい情報は、人類文明の存亡に関わるものだ。だれかが最後の決断をしなければならない」

会議が終わったとき、スタントン大佐が例の凝った細工の葉巻ケースをテーブルの上ですべらせて史強《シー・チアン》の目の前に押しやった。「警官、極上のハバナだ。プレゼントするよ」


四日後——パナマ運河のゲイラード・カット。

汪淼《ワン・ミャオ》には、異国にいるという感覚がまるでなかった。西側のさほど遠くないところに美しいガトゥン湖があり、東側には壮麗なアメリカ橋とパナマシティがあることは知っている。だが、汪淼に、それを見る機会はなかった。

二日前、汪淼は飛行機で中国からパナマシティ近くのトクメン軍用空港に直行し、それからヘリコプターで直接ここまでやってきた。目の前の景色は、ありふれたものだった。運河の幅を拡張する土木工事が進行中のため、両岸の山の熱帯雨林はまばらになり、黄土が露出した区画が斜面に大きく広がっている。その色合いは、汪淼にもなじみのあるものだった。運河も、それほど特別な感じはしなかった。たぶん、ここでは極端に幅がせまくなっているからだろう。しかしそれでも、運河のこの部分は、前世紀、およそ十万人の人々が鍬を振るって人力で掘削した箇所だった。

汪淼とスタントン大佐は、なだらかな斜面の中ほどにある四阿《あずまや》の長椅子に腰を下ろしていた。この位置からは、下の運河が一望できる。二人とも、ゆったりした花柄のプリントシャツを着て、現地の大きな麦わら帽子をそばに置いていた。見た目はどちらも、ふつうの観光客のようだ。

彼らがいる場所の真下にある運河の両岸には、長さ二十四メートルの鋼柱が二本、横倒しに置かれていた。二本の鋼柱のあいだには、長さ百六十メートルの超強度ナノワイヤ五十本が、上下約〇・五メートル間隔で張り渡されている。それぞれのナノワイヤの東岸の端には、ふつうの鋼線が連結されている。こうすることで、ナノワイヤに多少のたるみが生じ、ワイヤにとりつけられた小さな錘の重量で、ナノワイヤを運河の底に沈ませることができる。この仕組みにより、他の船がナノワイヤの上を安全に通過できるようになった。さいわい、運河の交通量は汪淼が想像していたほど多くはなく、通過する大型船舶の数は一日平均で四十隻程度だった。

二本の鋼柱の一端は、地面の基礎にあるギアにつながれている。〈ジャッジメント・デイ〉の前の、最後の一隻が通過するのを待ってから、鋼線を引き戻してたるみをなくし、ナノワイヤを東岸の鋼柱に固定したあと、最後に鋼柱を立たせることになる。

作戦のコードネームは、かたちが似ていることから〝古箏《こそう》〟（箏の原型にあたる、中国の伝統的な撥弦楽器）と決まり、ナノワイヤで構成される切断網は〝琴〟と命名された。

一時間前、〈ジャッジメント・デイ〉がガトゥン湖からゲイラード・カットに入ってきた。

スタントン大佐は、いままでパナマへ来たことがあるかと汪淼《ワン・ミャオ》にたずねた。ないと答えると、大佐は言った。

「わたしは一九八九年に来たことがある」

「例の戦争で？（その年十二月、米軍がノリエガ独裁体制のパナマに侵攻した）」

「そうだ。だがわたしに言わせれば、あれはもっとも印象の薄い戦争だった。記憶にあるのは、バチカン大使館の前で、包囲されていたノリエガ将軍のために、マーサ・リーヴス&ザ・ヴァンデラスの『Nowhere to Run』を流したことぐらいだな。あれはわたしのアイデアだった」

眼下の運河では、雪のように真っ白なフランスの遊覧船がゆっくりと航行しているところだった。グリーンの絨毯を敷きつめた甲板の上で、色とりどりの服装をした観光客たちがぶらぶら歩きまわっている。

「二号観察ポイントより報告。ターゲットの前方には一隻もありません」スタントンのトランシーバーから、報告の声が聞こえた。

「琴を立てろ」スタントンが命じた。

ヘルメットをかぶった作業員風の男たちが数名、運河の両岸に現れた。汪淼は立ち上がろうとしたが、大佐に引き戻された。「心配ないよ、教授。彼らはうまくやってくれる」

汪淼は、東岸にいる作業員たちが、ナノワイヤに連結されている鋼線をきびきびとウィンチで巻き上げるのを見守った。ぴんと張ったナノワイヤは、同じ〝飛刃〟素材でできたプレートで、鋼柱にしっかり固定されている。それから、両岸の作業員が同時に数本の長い鋼のワイヤをひっぱり、二本の鋼柱がゆっくりと立った。偽装のため、二本の鋼柱には航路標識と水位マークがかけられている。彼らは落ち着きはらって作業をやり遂げたばかりか、平凡でつまらない日常業務を面倒くさそうにこなしているようにさえ見えた。汪淼は鋼柱のあいだの空間に目を凝らした。なにもないように見えるが、そこにはすでに、死の琴がスタンバイしている。

「ターゲットから琴まで、あと四キロメートル！」トランシーバーの声が言う。

スタントンはトランシーバーを置いて、さっきの話を再開した。「二度目にパナマに来たのは一九九九年のことだ。運河の返還式にも立ち会うことができた。不思議なことに、われわれが管理局ビルの前までいくと、星条旗がもう下ろされていてね。聞けば、アメリカ政府が前日に旗を下ろすよう要求してきたらしい。公衆の前で旗を下ろすところなんか見せたくなかったんだな――あのときは歴史のひとコマを見たように思ったが、いま思えば、そんなのはとるに足りない問題だった」

「ターゲットから琴まで三キロメートル！」

「たしかに、とるに足りないことですね」汪淼が相槌を打ったが、スタントンの話などろくに耳に入っていなかった。いま、汪淼《ワン・ミャオ》の意識はすべて、まだ視界に現れていない〈ジャッジメント・デイ〉に注がれていた。世界の残りの部分は、汪淼にとってすでに存在しないも同然だった。

早朝、太平洋の方向から昇った太陽は、このとき、大西洋に沈んでいくところだった。運河の大西洋側は、夕陽を浴びて金色に輝いている。その手前、汪淼の眼下には、死の琴が静かに立っている。二本の鋼柱は真っ黒で、陽の光をまったく反射しない。それらのあいだを流れる運河よりもさらに古いもののように見えた。

「ターゲットから琴まで二キロメートル！」

スタントンは、トランシーバーの声が聞こえていないかのように、なおも滔々と話している。「異星人艦隊がまさに地球へ向かって航行していると聞いたときから、わたしは記憶喪失に悩まされている。妙なことに、思い出せないことが多いんだ。自分で経験した数々の戦争の細部が記憶から抜け落ちている。いま言ったとおり、そういう戦争なんてみんなとるに足りないものに思える。この真実を知ってから、だれもがみんな、精神的に新しく生まれ変わり、世界を新しい目で見るようになった。ずっと考えているんだが、もし仮に、いまから二千年前か、それよりもっとむかし、数千年後に宇宙から侵略艦隊がやってくると知っていたとしたら、いまの人類文明はどうなっていただろう。想像できるかね、教授？」

「いや、ちょっとそれは……」汪淼はうわのそらで答えた。

「ターゲットから琴まで一・五キロメートル！」

「教授、思うにあなたは、この新しい時代のゲイラード（パナマ運河を建設したエンジニア）になる。あなたの新しいパナマ運河が建設されるのを待ってますよ。軌道エレベーターは、まさに運河だ。パナマ運河が二つの大洋を結びつけたように、軌道エレベーターは地球と宇宙をつなぐことになる」

　汪淼はようやく気づいた。大佐がこういう無意味な話をくどくどしゃべりつづけているのは、いまこのときの汪淼の苦しい心情を思い、緊張をすこしでも和らげようとしてのことだったのだ。汪淼はいたく感激したものの、残念ながらその効果はさほど大きくなかった。

「ターゲットから琴まで一キロメートル！」

運河の西側から、〈ジャッジメント・デイ〉が姿を現した。夕陽を背にして、河面の金色の波の上に黒いシルエットが浮かんでいる。六万トンクラスのこの巨船は、汪森《ワン・ミャオ》が想像していたよりもかなり大きかった。船が見えてきたとき、西側にまた山の峰が現れたかと思ったくらいだ。この運河は七万トンクラスの船舶も通行可能だと知っていたものの、これほど巨大な船がこんなにせまい水路を航行しているのを目のあたりにすると、なんとも奇妙な感じがした。船の大きさにくらべて、船の左右の水面はほとんど存在しないも同然で、そのため、大きな山が陸地を移動しているように見えた。落日の光に目が慣れてくると、〈ジャッジメント・デイ〉の黒い船体の細部が見えてきた。上層部の構造物は雪のように白く、巨大なパラボラアンテナは消えている。巨船のエンジンの轟音も聞きとれた。さらに、そのまるい船首に押し分けられた波が運河の両岸にぶつかって大きな水音をたてている。

〈ジャッジメント・デイ〉と死の琴の距離が縮まるにつれ、汪森の心臓の鼓動も加速した。呼吸まで速くなってきた。すぐにでも逃げ出したい衝動にかられたが、体に力が入らず、筋肉を制御できない。そんな心の中に、とつぜん、史強《シー・チアン》に対する憎悪の念が湧き上がってきた。あの莫迦め、どうしてこんなアイデアを考えついたんだ！　あの国連の女性担当官が言ったように、あいつは悪魔だ！　だが、そんな気持ちもあっという間に過ぎ去っていった。もし史強がそばにいたら、自分の精神的な状況はだいぶよくなっていたのにと思う。スタントン大佐は史強も連れてこようとしたが、常偉思《チャン・ウェイスー》が同意しなかった。あちらではもっと切実に、史強を必要としているのだ。汪淼はふいに、大佐に腕を叩かれていることに気づいた。

「教授、すべては過去になる」

〈ジャッジメント・デイ〉が眼下にさしかかり、死の琴を通過してゆく。二本の鋼柱の間の、なにもないように見えるからっぽの空間に船首が触れたとき、汪淼の体が緊張にこわばった。だが、なにも起こらない。大きな船体は二本の鋼柱のあいだをゆっくりと過ぎていく。船体が半分ほど通過したとき、鋼柱のあいだのナノワイヤは、ほんとうは存在しないのでは――という疑念が兆した。

だが、ごくわずかなしるしが、その疑いを払拭した。船体構造物のもっとも高いところにある細長いアンテナが根本から折れ、切断された部分が転がり落ちていく。

ほどなく、ナノワイヤの存在を示す二つめの証拠が現れた。その光景に、汪淼の神経は悲鳴をあげた。〈ジャッジメント・デイ〉の広々とした甲板の後方では、ひとりのクルーがホースの先のノズルを持って、係船装置《ボラード》を洗浄していた。高いところにいる汪《ワン》・淼《ミャオ》の目には、すべてがはっきりと見えた。船のこの部分が鋼柱の間を通過した瞬間、その人物の体がとつぜん硬直し、ノズルが手から落ちた。それと同時に、蛇口に連結されていたゴムホースもその近くで真っ二つに切断され、白い花が咲くように水が噴き出した。クルーは数秒ほどそのまま立っていたが、ほどなく甲板に倒れ込んだ。その体は、甲板に触れると同時に二つに分かれた。ホースから噴き出ている水が甲板に広がる鮮やかな赤い血を洗い流す。クルーの上半身が、切り株になった二本の腕を使って血の海を這っていく。手は両方とも、すっぱりと切り落とされていた。

船尾が二本の鋼柱のあいだを通過したあと、〈ジャッジメント・デイ〉はなおも変わらぬ速度で前へと進みつづけた。いまのところ、なんの異常もないように見える。だが、汪淼の耳には、エンジン音に異様なかん高い雑音が混じっているように聞こえた。やがてその音が、でたらめなノイズに変わった。大型モーターの回転子の中にたくさんのスパナを放り込んだような音。エンジンの回転部分が切断されたせいだと、汪淼は思った。耳をつんざく破裂音が響き渡ったかと思うと、巨大な金属材が〈ジャッジメント・デイ〉の船殻を突き破り、船尾の片側に大きな穴が空いた。金属材はその穴を突き抜けて水中に落下し、高々と水柱を上げた。その一瞬で、汪淼はそれがエンジンのクランクシャフトの一部だと見てとった。

　穴からもくもくと大量の煙が噴き出し、東岸沿いを航行していた〈ジャッジメント・デイ〉は煙をたなびかせながら方向転換しはじめ、ほどなく西岸にぶつかった。岸の斜面に衝突した巨大な船首が急激に変形し、斜面を水のようにやすやすと切り裂いて、土の波が四方八方にあふれた。それと同時に、〈ジャッジメント・デイ〉自体も四十以上のひらべったい板にスライスされて、ばらばらに分かれはじめた。各片の厚さは五十センチ。この距離から見ると、ただの薄い板のようだが、上部の板のほうが下部の板よりも速く前に進んでいる。その結果、下のほうがだんだんずれてきて、巨船はトランプの山を前へ押しくずしたような姿になった。この四十数枚の巨大な金属片が動くとき、たがいの摩擦でかん高いノイズが発生する。まるで無数の巨大な指がガラスを引っかいているような音だった。

　その耐えがたい音が消え去ったあと、水平にスライスされた〈ジャッジメント・デイ〉は、皿の山をトレイに載せて運んできたウェイターがうっかり蹴つまずいてカウンターの上に皿をぶちまけたような状態で、岸にぶちまけられていた。上のほうにある皿ほど遠くまですべっていっている。それぞれの断片は布のように柔らかく見え、かつては船の一部だったとは想像もできないような複雑な形状に、みるみるうちに変形した。

　兵士が大挙して斜面から岸壁へと突進していく。こんな近くに、こんな多くの人間がいつのまに潜んでいたのだろうと、汪淼《ワン・ミャオ》は驚いた。ヘリコプターの群れが轟音とともに運河に沿って飛んでいく。色とりどりの油膜で覆われた水上に出ると、〈ジャッジメント・デイ〉の残骸がある上空で滞空し、大量の白い消炎剤と泡を散布して、残骸の中で燃え広がる火をたちまち食い止めた。他の三機のヘリコプターが、ワイヤロープを残骸に下ろし、人員の捜索を開始した。

スタントン大佐はもう四阿《あずまや》にいなかった。汪淼は大佐が麦わら帽子の上に放り出していった双眼鏡を手にとり、腕の震えをなんとか抑えようとしながら、〝飛刃〟で四十数枚にスライスされた〈ジャッジメント・デイ〉を観察した。このときにはもう、その半数以上が消炎剤と泡に覆いつくされていたが、まだ露出している部分の断面をみると、まるで鏡のようになめらかで、空の真っ赤な夕焼けをきれいに映していた。その鏡面に、深紅色の染みがひとつついているのが見えた。それが血なのかどうか、汪淼にはわからなかった。

——三日後。

尋問者　あなたは三体文明を理解していますか？

葉文潔《イエ・ウェンジエ》　いいえ。われわれに得られた情報は限られています。三体文明の詳細について確実に知っているのは、彼らからのメッセージを独占しているマイク・エヴァンズ及び降臨派の主要メンバーだけです。

尋問者　だとしたら、あなたはなぜ三体文明にあれほど大きな期待を抱き、彼らが人類社会を改善して理想の社会をつくれると考えたのですか？

葉文潔　もし彼らが恒星間宇宙を渡ってこの地球にやってこられるのなら、それは三体文明の科学がきわめて高い水準にあることの証拠になる。それだけの科学力を有する社会なら、必然的に、高度な文明と道徳水準を持っているはずです。

尋問者　その推論は、科学的なものだと思いますか？

葉文潔　（沈黙）

尋問者　これはわたしの推測ですが——あなたの父親は、科学だけが中国を救えるという、あなたの祖父の信念に大きな影響を受けています。そしてあなたは、父親から大きな影響を受けている。

葉文潔　（静かにため息をついて）わかりません。

尋問者　われわれは、降臨派が保存していた三体世界からのメッセージをすべて入手しました。

葉文潔　そうですか……エヴァンズは？

尋問者　彼は、〈ジャッジメント・デイ〉制圧作戦中に死亡しました。当時、彼は〈ジャッジメント・デイ〉の指揮センターにいて、その体は、〝飛刃〟により、三つに切断されました。しかし、彼の体のいちばん上の部分は、一メートルほど前まで這い進み、死亡したとき、その目は前方の一点を見つめていました。まさにその方向にあった一台のPCの中に、三体世界のメッセージが保存されていたのです。

葉文潔《イエ・ウェンジエ》　データはたくさんあったんですか？

尋問者　ええ。約28ギガバイトにのぼります。

葉文潔　そんなことありえない。星間通信は転送効率がきわめて悪い。どうしてそんなに大量のデータを送信できるの？

尋問者　われわれも最初はそう考えました。ですが、事態はわれわれの想像を――もっとも大胆な想像さえ――はるかに超えていました。こうしましょう、これから、確保したデータの予備分析の一部を読んでいただきます。そうすれば、三体文明の真実がわかるでしょう――ご自身の美しい幻想の中にある三体文明と、いったいどう違っているかも。

三体世界からのデータには、三体人の生物形態に関する情報はいっさい含まれていなかった。地球人類が三体人の姿をその目で見るのはいまから四百年以上先のことだから、葉文潔はメッセージを読みながら、三体人を人類のイメージに重ねて想像することしかできなかった。

32　監視員

1379号監視ステーションは、千年以上前から存在している。このような監視ステーションの数は、三体世界全体で数千に及ぶ。彼らはあらゆる神経を集中させて、宇宙におそらく存在するであろう知的文明の情報を一心不乱に聞いているのだった。

当初、この監視ステーションには百名以上の監視員がいたが、技術の進歩によって、いまではただひとりで監視業務を行っていた。監視員という職業は、卑しいものとされていた。気温が一定に保たれ、生活物資の供給が保証されている監視室に身を置けるうえ、乱紀に脱水する必要もなかったが、このせまい空間に閉じ込められて生活しなければならず、享受できる恒紀の喜びは、ほかの人々よりはるかに少なかった。

1379号監視員は、小さな窓から外の三体世界を見た。いまは乱紀の夜だ。巨大な月はまだ昇ってこない。社会の大多数の人々はみな脱水して冬眠中だし、地上の植物さえも脱水中で、地面に横たわる生命のない乾燥繊維の束と化している。星の光のもとで、大地は氷で冷えかたまった金属のように見えた。

しんと静まりかえった真夜中、いちばん孤独で寂しくなるこの時間帯の宇宙は、その音に耳を澄ます者たちにとって、広大無辺な荒野のようだった。監視員がいちばん嫌いだったのは、ディスプレイ上をゆっくりと動く曲線を見ることだった。それは、監視ステーションが宇宙から受信した無意味なノイズの視覚的な記録だった。この無限に長い線こそ、宇宙の純粋な姿だと監視員は思っていた。一方は無限の過去へ、もう一方は無限の未来へとつながり、その中間はただランダムに上がり下がりしているだけ——生命も法則性もなく、大きさが不揃いな砂粒の集まりのように、さまざまな高さの山と谷が連なっている。その曲線はまるで、すべての砂粒を一列に並べた一次元の砂漠のようだ。寂しく、荒涼として、耐えられないほど長い。その線に沿って、前にもうしろにも、お好みのままいくらでも遠くまで行けるけれど、永遠に終わりにはたどりつかない。

　しかしこの夜、波形ディスプレイに目をやった監視員は、おかしなことに気づいた。専門のスタッフでも、目で見ただけでは波形が情報を持っているかどうかは判別しづらいものだが、宇宙のノイズの波形を熟知している彼には、いま目の前で動いている波形に、特別ななにかがあることがわかった。上がったり下がったりするその細い曲線には、魂があるように見えた。目の前にある無線信号が知性によって変調されているのはまちがいない。

　監視員はもう片方の端末に飛びつき、いま受信していることの信号の有意度ランクをコンピュータがどう判定しているかチェックした。ランクは赤の10。いままでに監視システムが受信した宇宙からの電波は、有意度ランクが青の2を超えたことは一度もなかった。赤は、届いた電波が意味のある情報を含んでいる可能性が九〇パーセント以上であることを意味する。赤の10となれば、受信した情報に自動解読システムが含まれていることを意味する。解読翻訳を行うコンピュータが、フルパワーで稼動している。

　激しいめまいがするほどの動揺のなか、監視員は波形ディスプレイをじっと見つめた。信号は、宇宙から監視システムのアンテナへとなおも流れ込んでくる。自動解読システムによって、コンピュータはリアルタイム解読が可能になり、受信した情報はすぐに表示された——史上はじめて、三体文明が宇宙のもうひとつの文明からの情報を読みとった瞬間だった。

このメッセージを受信された世界のみなさんに、お喜びを申し上げます。

以下の情報から、みなさんは、地球文明に関する基本的な理解を得られると思います。

人類は、長年にわたる労働と創造を通じてすばらしい文明を築き、豊かで多様な文化がたくさん花開きました。われわれはまた、自然界及び人類社会の発展を支配する法則についても理解しはじめています。

しかし、われわれの世界にはなお、大きな問題が横たわっています。憎悪や偏見や戦争が存在し、生産力と生産関係の矛盾により、富の分配は著しく不均衡であり、多くの人類の生活が貧困と苦難の中にあります。

人類社会は、みずからが直面するさまざまな困難や問題を解決しようと努力し、地球文明をひとつの美しい未来にすべく苦闘しています。このメッセージを送信した国家は、まさにその努力に加わっています。われわれは理想の社会を建設し、それぞれの人類のメンバーの労働と価値がすべてじゅうぶんに尊重され、すべての人の物質面と精神面での需要をじゅうぶんに満たせるような、さらに完全で美しい地球文明を目指して努力しています。

われわれは美しい理想を抱き、宇宙の他の文明社会との関係を確立すること、またあなたがたとともに、広大な宇宙において、さらにすばらしい生を築いていくことを願っています。

三体時間でそれから二時間のあいだに、監視員は地球という世界の存在を知った。そこにはひとつの太陽が存在し、恒紀が永遠につづいている。そして彼は、つねに気候が温暖で、作物がよく育つそのパラダイスに誕生した人類文明について学んだ。

太陽系からの送信が終わった。解読システムはなおも無駄な処理をつづけ、たえまなくエラーコードを吐き出しつづけている。監視システムから聞こえてくるのは、またも宇宙の荒野のノイズだけになった。

しかし1379号監視員は、いましがた経験したことが夢ではないと確信していた。もちろん、世界各地に分布する数千もの監視ステーションすべてで、三体文明が何億年も待ちわびてきたこの情報を受信していることは、彼にもわかっていた。三体文明が、漆黒のトンネルの中を這いつづけ、二百回の興亡をくりかえした挙げ句、いまようやく前方にひとすじの光が見えたのだ。

監視員は地球からのメッセージにもういちど目を通した。けっして凍りつくことのない青い大洋と、緑の森や野原に思いを馳せ、暖かな陽光と涼しいそよ風を想像して楽しんだ。なんと美しい世界なんだろう、二百サイクルを経た文明が幻想の中で夢見てきた楽園がほんとうに存在するなんて！

だが、スリルと興奮はすぐに冷めて、残ったのは喪失感と物悲しさだけだった。過去、あまりにも長く孤独で寂しい時を過ごすうち、監視員がずっと自分に問いつづけていたことがあった――ある日、ほんとうに異星文明のメッセージを受信したとして、それが自分とどんな関係がある？　パラダイスが見つかったとしても、それは自分のものではない。この孤独で卑しい生活に、なんの変化もない。

だが少なくとも夢の中でなら、それを自分のものにできる！　監視員はそう思い、眠りについた。過酷な環境の中で、三体人は睡眠のスイッチ機能が進化し、数秒以内ですぐ眠ることができる。

だが彼は、望む夢など見られなかった。青い地球はたしかに夢の中に出てきた。しかし、地球の美しい大陸は、巨大な宇宙艦隊の砲火を浴びて燃えはじめ、スカイブルーの海が沸騰し、蒸発していく――

悪夢から醒めた監視員は、さっき昇ったばかりの巨大な月が、小さな窓に冷たい光を投じているのを見た。窓の外の寒々とした大地を眺めながら、彼は自分の孤独な一生をふりかえった。いま、彼はすでに三体時間にして六十万時間を生きている。三体人の寿命は一般的に、七十～八十万時間である。大部分は、寿命がつきる前に、仕事をする能力をなくしてしまう。そうなると、強制的に脱水させられる。脱水したあと、乾燥繊維となった体は火にくべられて焼かれる。三体社会では、役に立たない者は生きていけないのだ。

ふいに、監視員はもうひとつの可能性に思い当たった。異星文明からのメッセージを受信したことが、自分に影響しないわけがない。事実を確認したら、三体世界はおそらく、一部の監視ステーションを整理するだろう。そして、自分のいるこんな時代遅れのステーションなど、真っ先に整理対象になるに決まっている。このとき、彼はまさに失業の危機に直面していた。監視員の技能はしごく簡単なもので、マニュアル化された操作と決まりきったメンテナンスだけだ。だから、ほかの仕事を探すのはとてもむずかしい。もし五千時間以内に新しい仕事が見つけられなければ、強制的に脱水され焼却される運命に直面することになる。

この運命から逃げる唯一の道は、異性と結合することだ。結合すると、両者の体を構成する有機物質が溶け合い、ひとつの激しい生命プロセスが生じる。このうち三分の二をエネルギー源として生化学反応が進行し、残りの三分の一の細胞がそっくり新しい細胞と入れ替わり、ひとつのまったく新しい体が生成される。その体はやがて分裂しはじめ、三つから五つの新しい小さな生命となる。これこそが彼らの子どもだ。子どもたちは父母の記憶の一部を受け継ぎ、彼らの生命を継続する存在として、ふたたび新たな人生を歩みはじめる。だが、監視員という社会的に低い地位と、孤独で閉ざされた環境での仕事、さらにはこの年齢――すべてを考え合わせると、自分を見初めてくれる異性など、どこにもいそうにない。

老いが近づいてきたここ数年、監視員は何千万回も自分に問いつづけた。これが自分の一生なのか？　そしてまた、何千万回も答えつづけた。そう、これこそおまえの一生だ。この一生にあるのは、監視室というこの小さな空間の中の果てしない孤独だけ。

はるか彼方のあのパラダイスを失いたくない。たとえ夢の中であったとしても――。

監視員にはわかっていた。宇宙的なスケールでじゅうぶんに長い測量用の基線がとれないため、宇宙からの低周波電波については、発信源の方向しかわからず、距離までは知るすべがない。あのメッセージの発信源は、遠距離で高出力かもしれないし、近距離で低出力かもしれない。あの方向には、何十億個もの恒星がある。それぞれが、あらゆる距離の星々からなる星の海を背景にしている。発信源の距離がわからなければ、そもそも座標が確定できない。

距離――。鍵となるのは距離だ。

実際、発信源との距離を確定するには、簡単な方法がある。メッセージに返信するのだ。もし相手がその返事を受信してから短時間のうちに応答してくれれば、往復にかかった時間と光速から、距離を知ることができる。問題は、相手が応答するかどうかだ。あるいは、かなり長い時間が経ってから応答するかもしれない。そうなると、三体側では、先方が費やした時間がどれだけになるのかを確定できない。だが、この発信源は、みずから主体的に、全宇宙に向かって呼びかけているのだから、三体世界からの返信を受けとったら、彼らがそれに応答する可能性はかなり高い。きっと、三体政府はすでに、あのはるか彼方の世界に向かって、すぐにも応答したくなるような返信を送るよう、科学執政官に命令を下しているだろう。監視員はそう確信していた。返信は、もしかしたらすでに送信済みかもしれないし、まだかもしれない。もしまだなら、自分のこの卑しい生命を燃やすいい機会だ。

地球の紅岸基地と同じく、三体世界の大部分の監視ステーションも、電波を受信するのと同時に、おそらく存在するであろう異星文明に呼びかけるべく、宇宙に向かって電波を送信することが可能だった。三体の科学者も、恒星の電波増幅機能を早々に発見していたが、残念なことに、アルファ・ケンタウリの三つの太陽は、地球の太陽とは構造が大きく違っていた。周囲にたいへん大きなプラズマ気体層があり（まさにこの気体層のために、三体世界の太陽は一定の距離でとつぜん飛星に変わったり、飛星からもとの姿に戻ったりする）、この気体層が電磁波に対し、たいへん強い遮蔽力を持っている。その結果、電波が太陽エネルギー鏡面に到達するにはきわめて大きな出力が必要になるため、太陽をアンテナとして利用することができず、三体人は地上のアンテナを用いて、目標に向かって直接送信するしかなかった。さもなければ、人類はとっくに三体文明の存在を知りえていただろう。

監視員は操作スクリーンに飛びつくと、コンピュータ上でシンプルな短いメッセージを書き、コンピュータに指示して、受信した地球のメッセージと同一の言語に翻訳させた。それから、監視ステーションの送信用アンテナを、異星文明のメッセージがやってきた方向に向けた。送信ボタンは長方形で、色は赤だった。監視員の指は、そのボタンから二センチメートルのところにあった。

三体文明の命運が、この細い二本の指にかかっている。

監視員は、ためらうことなく送信ボタンを押した。短いながらも、おそらくもうひとつの文明を救うであろう情報を載せた高出力の電波が、暗黒の宇宙へと送信された。

この世界はあなたがたのメッセージを受けとった。

わたしはこの世界の、ある平和主義者です。この情報を最初に受けとったのがわたしだったことは、あなたがたの文明にとって幸運でした。あなたがたに警告します。応答する

な！　応答するな!!　応答するな!!!

あなたがたの方向には数千万もの恒星があります。応答しないかぎり、われわれのこの世界は、送信源を特定できません。

しかし、もし応答したら、送信源の座標はただちに特定され、あなたがたの惑星は侵略される。あなたがたの世界は征服される！

応答するな！　応答するな!!　応答するな!!!

三体世界の元首公邸がどんな外見なのか、われわれにはわからないが、この世界の過酷な気候に耐えられるよう、外界と厚い壁で隔てられていることはまちがいない。ゲーム『三体』に出てくるピラミッドは、ひとつの想像である。もうひとつの可能性としては、それは地下深くに建設されているかもしれない。

異星文明からのメッセージを受信したという報告が元首にもたらされたのは、三体時間で五時間前だった。そして二時間前に、次の報告が入った。それは、1379号監視ステーションが、発信源の方向に向かって、警告メッセージを送信したというものだった。

この二つの報告に対し、元首は狂喜することも、落胆することもなかった。警告メッセージを送った監視員に対してさえ、元首は怒りや憎しみをまったく感じなかった。それらを含めたすべての感情は――恐怖、悲しみ、幸福、美的センスなどは――三体文明が忌避し、排除しようとしてきたものだった。そうした感情は、個人及び社会の精神的な弱体化を招き、この世界の苛酷な環境下での生存にとって不利に働く。三体世界に必要な精神は冷静さと無感覚であり、過去二百サイクルの文明史からもわかるとおり、この二つの精神的資質を主体とした文明の生存能力がもっとも高い。

「なぜこんなことをした?」元首が、眼前に立つ1379号監視員に向かってたずねた。

「一生を無駄にしないためです」監視員は落ち着いて答えた。

「おまえが送信した警告メッセージは、三体文明から生存の機会を奪うかもしれない」

「しかし、地球文明には生存の機会を与えました。元首閣下、どうかお許しをいただいて、ひとつ、こんな話をさせてください。およそ一万時間前の乱紀のさなか、監視ステーションの巡回供給車が、わたしのいる1379号ステーションに寄ることを忘れました。これは、以後百時間にわたって食糧供給が断たれることを意味しています。わたしは、ステーションの中にあるもののうち、食べられるものはなんでも食べました。自分の衣服さえもです。こうして飢えをしのいでも、次に供給車が来たとき、わたしは餓死寸前の状態でした。そのため、上司はわたしに、一生のうちでもっとも長い休暇を与えてくれました。供給車に同乗して都市に戻る途中、わたしはずっと、ある強烈な欲望を抑えつけていました。

それは、車内にあるすべての食べものを独占したいという欲望です。車内で他人がなにか食べているのを見るたびに、わたしの心は憎悪と恨みでいっぱいになりました。食べている人たちを殺してやりたいと本気で思いました。それでわたしは、車内の食べものを盗み、盗んだものを衣服や座席の下に隠しました。車内の作業員は、わたしのこんなようすを見て、面白いと思ったのか、プレゼントだと言って、食べものをくれました。そのおかげで、都市に着いて車を降りたとき、わたしは持てるかぎりの食べものを大きな袋に入れて背負っていました――当然ながら、わたしの精神状態は、のちのち回復しました。ですが、あの強烈な独占欲は、わたしの心の奥深くにいまも根を下ろしています。

三体文明もまた、生存の危機にあるといっていいでしょう。三体文明の生存空間に対する独占欲と、あのときのわたしの食べものに対する渇望は、同じように強烈で、とどまるところを知りません。三体人が地球人とともにあの世界を共有するなど、ありえないことです。三体文明は迷うことなく地球文明を滅ぼし、あの星系の生存空間を独占することしかできないでしょう。わたしの考えは正しくありませんか？」

「たしかに正しい。しかし、地球文明を滅ぼす理由はもうひとつある。彼らは戦いを好む種属であり、きわめて危険だ。もし彼らと同じひとつの惑星に共存することを選んだら、彼らはほどなくわれわれの技術を学習するだろう。そんな状態がつづけば、二つの文明はどちらも繁栄することができない。われわれがすでに決定している政策とは、三体艦隊が太陽系及び地球を占領してからも、地球文明に対して過度の干渉はしないということだ。地球人はこれまでどおりの生活ができる。つまり、三体世界の占領軍などは存在しないかのような生活だ。ただし、ひとつだけ永遠に禁じられることがある。出産だ。

ひとつ質問がある。おまえは地球の救世主になることを望んでいる。しかし、自分の文明に対してはまったく責任を感じないのか？」

「三体世界にはもううんざりなのです。われわれの人生にも精神にも、生存のために戦うこと以外、なにひとつありません」

「それのどこが悪い？」

「もちろん、どこも悪くありません。生存は、他のすべての前提ですから。ですが閣下、われわれの生活をごらんください。すべてが生存という目的に捧げられています。文明を生き延びさせるために、個人はほとんどまったく尊重されていません。働けなくなった者には死が与えられます。三体社会は極端な専制のもとに存在しています。法には二つの結果しかありません。有罪か無罪か。有罪ならば死、無罪ならば釈放。わたしにとってもっとも耐えがたいのは、単調で枯渇した精神生活です。精神的な弱さにつながる可能性のあるものは、すべて邪悪なものと見なされます。われわれには文学も芸術も、美の追求も娯楽もありません。愛について語ることさえできません……元首閣下、このような人生に意味があるのでしょうか？」

「おまえが憧れるようなタイプの文明は、かつて三体世界にも存在したことがある。彼らは民主的で自由な社会を築き、豊かな文化遺産を残した。おまえたちはそれについてほとんどなにも知らない。彼らの文化のほとんどは封印され、閲覧を禁止されているからだ。三体文明の全サイクルの中で、そういうタイプの文明がもっとも脆弱で、もっとも短命だった。それほど大きくもない乱紀の天災ひとつであっさり滅亡した。おまえが救いたいと願う地球文明を見るがいい。あの永遠の春のような美しい温室で甘やかされて育った社会が、もし三体世界に移植されたら、百万時間も生き延びられまい」

「その花はか弱いかもしれませんが、このうえなく華やかで美しいものです。穏やかな楽園で、自由と美を享受しています」

「三体文明がついにあの世界を手に入れた暁には、われらもあのような生活を創造できるだろう」

「閣下、それは疑問です。金属のごとき三体精神は、われわれの細胞ひとつひとつに染みこんで、すでにこちこちに固まっています。閣下は、それをほんとうに溶かせるとお考えでしょうか？　わたしは、社会の最下層で生活する庶民です。だれからも気にかけられず、ひとりで暮らしてきました。財産も、地位も、愛情も、さらに言えば希望もありません。もしわたしが、はるか彼方の美しい世界を救えるのなら、この一生は少なくとも無駄ではありません。もちろん、そのおかげで——こうして元首閣下にお目にかかる機会を得ました。今回のようなことを起こしていなければ、わたしのような者は、ただTVに映る閣下の姿を崇めるだけでした。ですから、この栄誉に感謝することをお許しください」

「おまえが有罪であることに疑いの余地はない。おまえは三体文明の全サイクルの中で最大の犯罪者だ。だがいま、三体の法にひとつ例外をつくろう。おまえは自由の身だ」

「なぜです？」

「おまえに対する罰として、脱水と焼却は、まったく不足している。おまえの年齢では、どのみち地球文明の最終的な破壊を生きて見届けることはかなわないだろう。しかしそれでも、地球を救うことなどできないと、おまえが確実に思い知るようにしてやりたい。地球がすべての希望を失うその日まで、おまえを生かしておいてやりたい。よし、もういい。行け」

1379号監視員が退出したあと、元首は監視システムを担当する執政官を呼び入れた。彼に対しても、元首は怒りを示すことはなかった。彼はただ日常業務をこなしたにすぎない。

「あのように弱く邪悪な者を、おまえはなぜ監視システムに入れた？」

「元首閣下、監視システムには数十万名もの作業員がおります。厳格に選別するのは非常に困難です。１３７９号監視員は監視ステーションでの業務に一生のほとんどを費やしてきましたが、なんのまちがいもありませんでした。当然ながら、今回のもっとも重大な過失の責任はわたくしにあります」

「三体世界宇宙監視システムのうち、今回の事態になんらかの責任を有する者はほかに何人いる？」

「初期調査によりますと、上から下までの全レベルで、およそ六千名です」

「全員有罪だ」

「かしこまりました」

「六千名すべてを脱水せよ。首都中心広場で焼け。おまえについては、焚きつけとなることを認める」

「ありがとうございます、元首閣下。これでわれわれの良心の呵責もずいぶん軽くなることでしょう」

「刑を執行する前にひとつ聞いておくが――例の警告メッセージはどのくらい遠くまで届

く？」

「1379号は小型監視ステーションです。送信出力はさほど大きくありません。到達最大距離はだいたい千二百万光時（約千二百光年）でしょう」

「じゅうぶん遠いな。三体文明が次にどうすべきか、おまえからなにか提案はあるか？」

「あの異星文明に対して、応答を誘うように念入りにつくりあげたメッセージを送信するのはいかがでしょう？」

「だめだ。それは、さらに事態を悪くする可能性がある。さいわい、監視員が送ったあの警告メッセージはたいへん短いものだった。彼らが見落とすか、その内容を誤解してくれることを祈るしかない……もういい、行け」

執政官が退出したあと、元首は三体艦隊総司令官を呼び入れた。

「艦隊第一陣の最終出航準備が完了するまで、あとどのくらいかかる？」

「元首閣下、艦隊は、まだ建造の最終段階にあります。出航可能になるまでには、少なくともあと六万時間が必要です」

「執政官合同会議にまもなくわたしの計画書を提出し、承認を得る。艦隊は、建造後ただちに出航せよ。あの方角へ」

「元首閣下、受信したメッセージの周波数からすると、発信源の方角さえ、正確に特定できたとは申せません。艦隊の航行速度は光速のわずか百分の一ですし、減速は一度しか行えません。そのため、与えられた方角について、広い範囲を捜索することは不可能です。目標までの距離が不明確ですと、艦隊は宇宙の深淵をさまようことになります」

「だが、われわれの星系の三つの太陽を見てみろ。どれかひとつの太陽の気体層が、いつなんどき膨張して、最後に残ったわれわれのこの惑星を呑み込まないともかぎらない。われわれにほかの選択肢はない。これに賭けるしかないのだ」

33　智子《ソフォン》

三体時間にして八万五千時間（地球時間で約八・六年）後。

元首が三体惑星全土のすべての執政官を集める緊急会議を招集した。異例のことだった。なにか重大な事件が発生したのだ。

三体艦隊は二万時間前に出航した。彼らは目的地のおおよその方向は知っていたものの、距離はまったく知らなかった。もしかすると、目的地は一千万光年の彼方かもしれないし、銀河系の反対の端という可能性さえある。茫々たる星の海を渡る、絶望的な遠征だった。

執政官会議は巨大振り子モニュメントのもとで行われた。［汪淼《ワン・ミャオ》はこのくだりを読んで、ゲーム『三体』での国連総会を自然と思い出していた。実際、巨大振り子モニュメントは、ゲームに登場するもののうち、三体世界に実在する数少ないひとつである］

元首がなぜここを会議の場所に選んだのか、ほとんどの会議参加者にとって謎だった。

乱紀はまだ終わっていないため、いま空に昇りかけている小さな太陽は、いつ沈んでもおかしくない。異常な寒さをしのぐべく、参加者は完全密封型の電熱服の着用を余儀なくされていた。巨大な金属製の振り子はすさまじい迫力で振れつづけている。冷たい空気を切り裂く小さな太陽の光を浴びて、振り子の影が長々と大地に伸び、まるで雲を衝く巨人が歩いているように見えた。大勢が注視するなか、元首は巨大振り子の足もとまで行くと、赤いスイッチレバーを引いた。それから、執政官たちに向かって言った。

「たったいま、巨大振り子の電源を切った。振り子の動きは空気抵抗によってしだいに減衰し、やがて停止する」

「元首閣下、なぜそのようなことを？」ひとりの執政官がたずねた。

「巨大振り子の歴史上の目的は、周知のとおり、神を催眠術にかけることだった。しかし、神が覚醒していることは、三体文明にとって有利であると判明した。なぜなら、神はわれわれを守りはじめたからだ」

執政官たちは押し黙り、元首の言葉の意味をじっと考えている。巨大振り子が三往復したのち、だれかがたずねた。「地球文明は返信してきたのですか？」

元首がうなずく。「うむ。半時間前に報告を受けた。例の警告に対する返答が届いた」

「そんなに早くですか？　警告メッセージが送信されてから、まだ八万時間あまりしか経っていません。ということはつまり……」

「つまり、地球文明との距離が、わずか四万光時だということを意味する」

「ここからもっとも近い、あの恒星だということでしょうか？」

「しかり。さっき言ったとおり、神は三体文明を守護している」

恍惚とした喜びが会場に広がったが、感情表現が抑圧されているため、彼らは噴火寸前の火山のような状態になっていた。こういう脆弱な感情の爆発は危険だ。そこで元首は、すぐさま火山に冷水を浴びせた。

「早急にその恒星へ向かうよう、三体艦隊に命じた。しかし、状況は諸君が想像するほど楽観できるものではない。現在入っている情報から判断すると、艦隊はいま、墓場に向かっている」

元首のこの言葉を聞いて、執政官たちは一瞬で冷静になった。

「この意味がわかる者は？」元首がたずねる。

「はい、元首閣下」科学執政官が発言した。「われわれは地球からの最初のメッセージをくわしく研究しました。その中で、もっとも注目すべきは、彼らの文明史です。地球人類は狩猟時代から農耕時代まで、十数万地球年を費やしています。また、農耕時代から蒸気機関時代までは、数千地球年を要しました。しかし、蒸気機関時代から電気時代までは、わずか二百地球年です。その後の数十地球年で、彼らは原子力と情報化の時代にまで到達しました。つまり、地球文明の技術的発展は、すさまじく加速しているのです！

それに対し、三体世界はどうでしょう。われわれの現文明も含め、すでに存在した文明が二百ありますが、このような加速度で発展したものはひとつとしてありません。すべての三体文明の科学技術はなだらかに、ときには減速しながら進歩してきたのです。三体世界のそれぞれの技術時代は、どれも基本的には同じような、長い発展過程が必要でした」

元首はうなずいた。「つまり、いまから四百五十万時間後、三体艦隊が地球の属する星系に到着したとき、地球文明の技術レベルは、加速度的な発展の結果、われわれの文明をはるかに凌駕してしまっているだろう。他方、三体艦隊は長い航行の途中、二つの小惑星帯を通過しなければならない。到着時には激しく損耗し、多くの艦船が失われて、半数しか太陽系に到着できない可能性も高い。その場合、三体艦隊は地球文明の前に、もろくも壊滅することになる。われわれは征服しにいくのではなく、死ににいくのだ！」

「もしそれが事実なら、元首閣下、もっと恐ろしい事態も考えうるのでは」軍事執政官が言った。

「さよう。容易に想像できるとおり、三体文明の場所を知った以上、地球は未来の脅威をとりのぞくべく、われわれの星系に星間艦隊を差し向け、攻撃してくるだろう。膨張した太陽がこの惑星を呑み込む前に、三体文明は地球人に滅ぼされてしまうかもしれない」

燦然と輝いていた未来が、突如として暗澹たるものに変わり、会場はしばらく沈黙に包まれた。

「したがって、次になすべきことは、地球文明の科学的発展を抑えることだ。最初のメッセージを受信したときから、われわれはそのための計画を練りはじめた。いまのところ、この計画の実現にとって有利な条件が見つかっている。われわれがついさっき受信した返信は、地球文明を裏切った人間が送信したものだった。ということは、地球文明内部には、多くの疎外された勢力が存在していると信じる根拠になる。われわれは、そうした勢力を最大限に利用しなければならない」

「元首閣下、ことはそう簡単ではありません。地球との通信は糸のように細く、たった一度のやりとりに八万時間以上を要します」

「しかし、忘れるな。われわれの場合と同様、異星文明が存在するという事実は、地球社会にとてつもない衝撃を与え、彼らの文明の内部に大きく深い影響をもたらすだろう。それゆえ、地球文明内部の疎外された勢力は、将来的には集結し、拡大すると予測できる」

「彼らになにができると？　破壊工作ですか？」

「四万時間のへだたりがある以上、戦争やテロにおける従来型の戦術は、どれも向こうに回復の時間を与えることとなり、戦略的意義が乏しい。これほどの長い時間をへだてた異星文明を向こうにまわして、その発展を効果的に妨害し、武装解除させるには、方法はただひとつしかない。彼らの科学を壊滅させることだ。われわれがすでに策定している三つの計画については、科学執政官のほうから簡単に紹介してもらおう」

「第一の計画は、コードネーム〝染色〟です」科学執政官が説明しはじめた。「科学技術の副作用を強調することで、大衆が科学に対して恐怖と嫌悪を抱くように仕向けます。たとえば、われわれの社会で技術の発展にともなって生じる環境問題ですが、これは地球上にも存在するはずです。染色計画はこの要素をフルに活用します。第二の計画は、コードネーム〝奇跡〟です。地球世界に奇跡を顕現させます。つまり、地球人にとって超自然的としか思えない力を見せるのです。この計画は、いくつかの奇跡を通じ、科学の論理では説明できない、いつわりの宇宙をつくりだすことが目的です。そのようなまぼろしを一定期間でも維持できれば、地球世界では、三体文明が宗教的崇拝の対象となるかもしれません。地球の思想界では、非科学的な思想や方法論が科学的な論理を圧倒し、すべての科学的な思考体系を瓦解《がかい》させるでしょう」

「そんな奇跡をどうやって実現する？」

「奇跡が奇跡となるかなめは、地球人に絶対にタネを見破られないことです。そのため、地球上の疎外されている勢力に対し、地球文明の水準よりも高い技術をこちらから供与する必要があるでしょう」

「それは危険すぎる。その技術をだれが最後に手に入れるか、わかったものではない。危険な火遊びだ！」

「もちろん、どのレベルの技術によって奇跡を生み出すか、より一層の研究と分析が必要ですが……」

「ちょっと待っていただきたい、科学執政官！」軍事執政官が立ち上がって言った。「元首閣下、わたしにも意見を述べさせてください。人類の科学の発展を止めるという観点からは、この計画はほとんど無益だと思われます」

「しかし、なにもしないよりはまだましではないでしょうか」科学執政官は、元首が答える前にみずから反論した。

「かろうじて」軍事執政官は軽蔑したように言った。

「わたしもその考えに同意する」元首は軍事執政官に向かって言った。「染色と奇跡の二つの計画は、地球の科学的発展にとって、ごく些細な障害をもたらすだけだろう」それから、すべての会議参加者のほうに目を向けて、「われわれは、地球の科学的進歩を完全に停滞させ、現在のレベルにとどめるため、決定的な行動をとる必要がある。その目標にとって、もっとも重要な点に話を絞ろう。すなわち、科学全般の発展は、基礎科学の進歩によってもたらされるということだ。基礎科学の基盤は、物質の本質を探求することにある。もしこの分野でなんの発展もなければ、科学技術全般において、重大な発見や進歩がなされることはない。われわれのこの方針は、実際、地球文明だけに適用されるのではなく、三体文明が征服しようとするすべての目標に関係する。地球からはじめて情報を受信する前から、われわれはずっと、そのために努力してきた。しかし最近では、その努力をさらに加速させている。その象徴があれだ」元首は空を指さした。「諸君、あれはなんだと思う？」

　執政官たちがその方向を見上げると、宇宙にひとつの丸いリングが見えた。太陽の光を浴びて、金属的なきらめきを発している。

「星間艦隊第二陣を建造するためのドックでは？」

「いや、あれは、現在われわれが建造している巨大粒子加速器だ。星間艦隊第二陣の建造計画は白紙に戻された。その資金はすべて智子計画《プロジェクト・ソフォン》に使われている」

「智子《ちし》プロジェクト？」

「そうだ。ここにいる者の少なくとも半数は、この計画について、いまはじめて聞いたはずだ。このあと、科学執政官から全員に説明してもらう」

「聞き及んではおりましたが、ここまで進んでいたとは」工業執政官が言う。

文部執政官も口を開いた。「わたしも存じておりましたが、いままでは神話のように思っていました」

「智子プロジェクトとは、簡単に言えば、陽子をスーパーインテリジェントなコンピュータに改造するという計画です」科学執政官が説明をはじめた。

「それは、前々から噂されている科学的な夢物語だ。われわれの大部分が、一度は聞いたことがある」農業執政官が発言する。「しかし、ほんとうにそれが実現できるのか？　突拍子もない話だ。たしかに、三体世界の物理学者は、ミクロスケールの世界の十一次元のうち、九次元まで操作できる。それでも、やはり信じられない。陽子にピンセットを突っ込んで、大規模集積回路を構築できると？」

「もちろん、そんなことは不可能です。ミクロ集積回路のエッチングは、マクロスケールの、それも巨視的な二次元平面上でしか行えません。したがって、陽子を二次元に展開する必要があります」

「九次元構造を二次元に展開する？　そのために必要なエリアは、どれほどの大きさになる？」

「たいへんな大きさです。いずれ、その目で見られますよ」科学執政官はそう言ってにっこりした。

時間が飛ぶように過ぎ、あれから六万時間が経過した。宇宙空間で巨大加速器が完成してから二万時間を経て、三体惑星の静止軌道上で陽子の二次元展開が行われようとしていた。

うららかで気候の穏やかな、恒紀の一日だった。空はきれいに晴れ渡り、八万時間前に艦隊が出航したときと同じように、三体世界の人々はみな空を仰ぎ、巨大なリングを眺めていた。やがて、元首とすべての執政官が、巨大振り子モニュメントの下へとふたたび集合した。振り子はずっと前から止まったままだった。巨大支柱のあいだに固定された振り子は、まるで安定を象徴する巨石のように見える。こうして見ると、かつて動いていたとはとても信じられない。

科学執政官は、陽子を二次元に展開するよう命令した。宇宙では、リングのまわりに三つの立方体が浮かんでいる——加速器にエネルギーを供給する核融合発電機だ。長い翼のようなその放熱板が、しだいに暗紅色の光を発しはじめた。科学執政官は元首に対し、現在、展開が進行していますと報告した。人々は熱心に宇宙の加速器を見つめていたが、なにも起こらないようだった。

十分の一時間後、科学執政官がイヤピースを耳に押しつけ、じっと聞いてから、こう報告した。「元首閣下、遺憾ながら、展開は失敗しました。一次元余分に次元を減らしてしまったようです。陽子は二次元ではなく、一次元になってしまいました」

「一次元？　一本の線か？」

「はい。一本の無限に細い線です。理論的には、長さは一・五光年に達するはずです」

「星間艦隊ひとつ分のリソースを費やして、得られたのはこんな結果か？」軍事執政官が嘲《あざけ》るように言った。

「科学実験には、問題点を洗い出すためのプロセスが不可欠です。結局のところ、陽子の展開を試みたのは、これがはじめてなのですから」

人々は失望を胸にして帰っていったが、実験はまだ終わっていなかった。一次元に展開された陽子は、静止軌道上に永遠に残ると考えられていたが、太陽風によって生じた摩擦のため、糸の一部が大気圏内に落下しはじめた。六時間後、戸外にいるすべての三体人は、空中の奇妙な光に気づいた。蜘蛛の糸のように細い光が、瞬くように消えたりまた現れたりしている。展開された一次元の陽子が重力にひっぱられて落ちてきたのだということを、人々はニュースを通じて知った。糸はかぎりなく細いが、それでも可視光線を反射する場を発生させるため、肉眼で視認することができた。原子でつくられていないものが目撃されたのは、史上はじめてのことだった——絹糸のような線は、陽子一個のごく小さな一部でしかない。

「これはまったく鬱陶しいな」元首は、ひっきりなしに顔を手で撫でながら言った。元首は、科学執政官とともに、政府ビルの広い階段に立っている。「いつも顔がかゆくなる」

「閣下、それは心理的なものにすぎません。すべての糸を合わせたとしても、その質量は陽子一個分ですから、マクロスケールの世界に対してなにか作用することは不可能です。もちろんなんの実害もなく、存在していないも同然です」

しかし、空から落ちてくる糸はどんどん増え、密になってきた。高度が下がるにつれて小さなきらめく光が空気を満たした。太陽や星々は、銀色の光背《ハロー》に包まれているように見える。それらの糸は屋外にいる人々にからみつき、歩くと無数の光の線が背後にたなびいた。屋内に戻ると、照明を反射して線がきらきら光り、動いたとたん、その動きによって乱された室内の空気の流れが、反射光の糸によって描かれた。一次元の糸は、光を浴びると目に見えるというだけで、たしかになんの感触もなかったが、それでも人々に不快感を与えた。

一次元の糸の滝は、それから二十時間あまり降りつづいてからようやくやんだが、糸がすべて地面に落ちたためではなかった。糸の質量は想像を絶するほど小さいが、ゼロではないから、ふつうの物体と同じように重力加速度に支配される。しかし、大気圏内に入ると、気流に支配されて、地面にはいつまでも落ちてこない。一次元に展開されたあと、陽子内部の強い核力は大幅に弱まったため、糸はもろくなった。しだいに糸はばらばらになり、細かい断片に分かれて、反射する光が肉眼では見えなくなった。そのため消え失せたように思われたが、一次元の糸の断片は三体世界の大気中に永遠に漂いつづけている。

五十時間後、陽子を二次元に展開する、二度めの実験が実施された。地上に集まった人々は、ほどなく奇妙なものを目にした。核融合発電機の放熱板が赤く輝きはじめたかと思うと、加速器のそばに、多数の巨大な物体が出現した。それらはすべて、球、四面体、立方体、円錐など、規則正しい幾何学的なかたちをした立体だった。表面は複雑な色合いだが、じっくり観察してみると、実際は無色だった。幾何学的立体群の表面は完全な鏡面で、人々が目にしたのは、三体世界の地表の歪んだ反射像だったのである。

「今度は成功したのか？」と元首がたずねた。「あれは、二次元に展開された陽子なのか？」

「元首閣下、今回も失敗です」と科学執政官が答えた。「加速器管制センターから、たったいま入った報告によれば、今回は、展開する次元が目標よりひとつ高すぎて、陽子は三次元に展開されてしまいました」

鏡面に覆われた巨大な幾何学立体群は大量にどんどん出現しつづけ、形状はさらに多様化した。リングや十字、メビウスの輪のようなかたちの帯まである。すべての立体は、加速器の位置から離れて空中を漂っていった。約〇・五時間後には、これらの立体が空をほとんど埋めつくした。まるで、巨人の子どもが、積み木の入った箱の中身を空にぶちまけたかのようだった。鏡面が反射する光で、地上に降り注ぐ光は倍になったが、その強さはたえず変化した。巨大振り子の影はちらちらゆらめきながら動いている。次に、すべての立体が変形しはじめ、熱で溶けたかのごとく、規則的な形状を少しずつ失っていった。この変形はしだいに加速し、変化した形状もますます複雑になってきた。いま空にあるかたちは、もはや積み木には似ていない。どちらかと言えば、ばらばらにされた巨人の手足や、その体からとりだされた内臓のようだ。かたちが不規則なので、それらが反射する光は前より柔らかになったが、鏡面の色合いは前よりもさらに奇妙で、予測できない。

空にあふれたこれら雑多な三次元物体の大群の中で、地上の観察者たちがとくに目を惹かれたものがあった。最初は、それらがたがいにそっくりなかたちをしているというだけの理由だった。しかし、じっと眺めているうちに、人々はそれがなんなのかに気づき、三体世界に恐怖の波が広がった。

それらはすべて、目だった。

「三体人が実際にどんな目をしているか、われわれは知らないが、どのような知的生命体であろうと、自分たちの目にそっくりなものに対しては、まちがいなく敏感に反応するはずだ」

元首は、冷静さを保っている数少ないひとりだった。元首は科学執政官にたずねた。

「原子よりサイズの小さい粒子の内部構造を、いったいどれほど複雑にできる?」

「それは、何次元の視点から観察するか次第です。一次元の視点から観察すれば、ただの点――一般人が思い浮かべる粒子と同じです。二次元もしくは三次元の視点から見れば、粒子は内部構造を持つものとなり、四次元から見れば、粒子は広大な世界です」

「陽子のような亜原子粒子に対して〝広大な〟という言葉が使われると、どうにも違和感があるな。とても信じがたい」

科学執政官は元首の言葉を無視し、半分ひとりごとのように先をつづけた。「より高次の次元では、粒子内部の複雑さと構造の数は劇的に増加します。かならずしも正確ではありませんが、スケール感をわかっていただくために言えば、たとえばこんな具合です。七次元の視点から見た粒子は、三次元空間における三体星系に匹敵する複雑さを持ち、八次元になると、ひとつの粒子が天の川銀河全体と同等の存在になります。九次元にまで上がると、ひとつの亜原子粒子の内部構造と複雑さは、全宇宙に匹敵します。それ以上の高次元についてはわれわれの物理学はまだ探究できていませんから、複雑さの度合いを想像することすらまだできません」

元首は空に浮かぶ巨大な目を指さした。「あれは、微小宇宙《ミクロコスモス》に知的生命が存在し、展開された陽子の中にそれが含まれていることを示しているのか？」

「われわれの〝生命〟の定義は、おそらく高次元ミクロコスモスにはあてはまらないでしょう。より正確には、その宇宙には知性もしくは知恵が含まれていると言うことしかできません。この可能性を科学者たちははるか以前から予測していました。こんなに複雑で広大な世界に、もし知性に似たものがなにも現れていなかったとしたら、そのほうが不思議です」

「彼らはどうして目に変化してわれわれを見ているのだ？」元首は空を見上げながらたずねた。宇宙の目は、美しい、本物そっくりの彫刻のようで、そのすべてが、眼下の惑星を無関心に見下ろしている。

「ただ、みずからの存在を示したいだけかもしれません」

「ここに落ちてくることはありうるのか？」

「まさか。元首閣下、どうかご安心ください。万一、落下した場合でも、あれらの巨大な立体群すべての質量を合わせても、陽子一個分にすぎません。前回の、一次元に展開された細い糸と同じく、われわれの世界になんの影響も及ぼすことはありません。必要なのは、奇妙な眺めに慣れることだけです」

しかし今回、科学執政官はまちがっていた。

空を埋めつくす立体群のうち目のかたちをしたものは、他の立体よりも高速で移動し、ひとつの場所に集まりはじめた。やがて、まず二つの目が融合してひとつのもっと大きな目になった。この大きな目に、ほかの目もどんどん合流し、体積を増していった。最後には、すべての目がひとつに融合した。その目はあまりにも大きく、まるですべての宇宙が三体世界を見つめる、その視線を体現しているかに見えた。瞳は澄みきって明るく、その中心には太陽が映っている。眼球の広大な表面には、さまざまな色彩が洪水のように流れていた。ほどなく、巨大な目に映された像は次第にディテールを失い、やがて消えていった。巨大な目は、瞳孔のない、めしいた目となったかと思うと、今度は変形しはじめた。とうとう目のかたちを失って、真円となった。円がゆっくりと回転しはじめたとき、それが平面ではなく放物面だということがわかった。巨大な球体から切りとられた一片。ゆっくりと回転する巨大な物体を眺めていた軍事執政官は、とつぜんなにかに気づいたように、大声で叫んだ。

「元首閣下、みんなといっしょに、いますぐ地下シェルターに入ってください」上方を指さし、「あれは……」

「放物面反射鏡だ」元首が冷静に言う。「ただちに宇宙防衛軍に命じてあれを破壊させよ。われわれはここに残って見届ける」

反射鏡が集めた太陽の光は、すでに三体世界に投射されていた。最初のうち、集光された光の円は面積が非常に大きく、命に関わるほどの熱は持っていなかった。光の円は大地を移動し、標的を探している。やがて反射鏡が三体世界最大の都市である首都を発見し、光の円がそちらに移動しはじめた。まもなく、首都はその円にすっぽり包まれた。

振り子モニュメントの下に集まった人々は、宇宙のすさまじい眩しさしか見えなかった。その光は他のすべてを圧倒し、同時に激烈な熱波をもたらした。反射鏡が光の焦点をさらに絞ると、首都を包む光の円が急速に縮小しはじめた。宇宙の眩しさがさらに強まり、だれも顔を上げられなくなった。そして、光の中に立つ人々は、温度の急激な上昇を感じた。熱に耐えきれなくなったそのとき、光の円の端が巨大振り子モニュメントを通り過ぎ、あたりがにわかに暗くなった。人々の目が通常の明るさに慣れるのにしばらく時間がかかった。

彼らがようやく頭を上げたとき、最初に目に入ったのは、天まで届くような光の柱だった。円錐を逆さに立てたようなかたちで、宇宙にある反射鏡が光の円錐の底面をなしている。円錐の頂点は首都の中心に突き刺さり、その光に触れたものすべてを一瞬で白熱させている。あちこちからもくもくと煙の柱が立ち昇りはじめた。光の円錐が地表にもたらした温度差によっていくつも竜巻が発生し、巻き上げられた土の巨大な柱が天と地をつなぎ、光の円錐のまわりでねじれながらダンスを踊っている……。

と、そのとき、いくつかのまばゆい火球が、反射鏡のあちこちで炸裂した。その青い色は、反射鏡に映る光の中でくっきりと目立つ。それらは、三体世界の宇宙防衛軍が発射した核弾頭が標的上で爆発したことで生じたものだった。大気圏外で爆発したため、音は聞こえなかった。火球が消えたとき、反射鏡にはいくつもの大きな穴が現れていた。次に、鏡面全体にひびが走り、割れて、最後には数十のかけらに砕けた。

同時に光の円錐も消失し、世界はまた、ふだんの明るさに戻った。一瞬、空は月夜のような薄暗さになったように思えた。ばらばらになった放物面鏡の、すでに知性を失ったかけらはなおも変形しつづけ、まもなく空の他の立体と混じって区別がつかなくなった。

「次の展開実験では、いったいなにが起きることやら」元首は嘲《あざけ》るような表情を浮かべて、科学執政官に向かって言った。「次は陽子を四次元に展開するのか？」

「元首閣下、もしそうなっても大きな問題ではありません。四次元展開したあとの陽子は、体積がかなり小さいのです。宇宙防衛軍が迎撃態勢を整えて待ち受け、四次元空間から三次元空間に投射されたものを攻撃すれば、さきほどと同じように破壊することができます」

「元首閣下をあざむく気か！」軍事執政官が激怒して、科学執政官を怒鳴りつけた。「ほんとうの危険に口をつぐんでいるではないか！　もし陽子がゼロ次元で展開されたらどうなる？」

「ゼロ次元？」元首は興味を惹かれた。「それは大きさのない点だろう」

「そう、特異点です！」軍事執政官が言った。「陽子一個は、それと比べると無限に大きなサイズになります。陽子の質量全体がこの特異点に含まれ、その密度は無限大になります。元首閣下でしたら、それがなんなのか、もちろんご想像になれるかと」

「ブラックホールか」

「さようでございます」

「元首閣下、説明させてください」科学執政官があわてて口をはさんだ。「われわれが中性子ではなく陽子を使って二次元展開することにしたのは、まさにその危険を避けるためなのです。万が一、ほんとうにゼロ次元に展開したら、陽子が持つ電荷も、展開されたブラックホールに引き継がれます。したがって、われわれは電磁力を使ってブラックホールを捕捉し、制御できます」

「万が一、ブラックホールをまったく捕捉できなかったり、制御できなかったりした場合は？」軍事執政官が追及する。「そうなれば、ブラックホールがこの惑星に落ちてきて、途中、すべての物質を吸い込んで急激に質量を増やし、やがてこの惑星の中心にまで達して、最後は三体世界すべてを呑み込むことにもなりかねないぞ！」

「そんなことはぜったいに起きない。わたしが保証する！　おまえはなぜいつもいつもわたしの邪魔をする？　言っただろう、これは科学実験であって――」

「もういい」元首が言った。「次の実験が成功する確率は？」

「ほぼ百パーセントです。信じてください、閣下。この二回の失敗から、われわれはすでに、ミクロスケールからマクロスケールへの低次元展開の法則を理解しました」

「わかった。三体文明の生存のためにも、このリスクは冒す必要がある」

「ありがとうございます。元首閣下」

「だが、もし次も失敗だったら、おまえも、智子プロジェクトに関わったすべての科学者も、すべて有罪だ」

「はい、もちろん、全員有罪です」もし三体人に汗をかくことができたら、科学執政官は冷や汗をかいていたことだろう。

静止軌道上にある、三次元展開した陽子の清掃は、一次元展開の陽子と比べてずっと簡単だった。小型宇宙船を使って、陽子物質の断片を惑星近傍から引き離し、大気圏に侵入しないようにすることができたからだ。断片の中には、山ひとつ分のサイズのものもあったが、質量はゼロに近い。巨大な銀色のまぼろしみたいなもので、赤ん坊でも簡単に運ぶことができる。

後刻、元首は科学執政官にたずねた。「今回の実験で、われわれはミクロコスモスの文明ひとつを滅ぼしたのか？」

「少なくとも、ひとつの知性体は滅ぼしました。それに閣下、われわれが滅ぼしたのは文明ひとつではなく、ひとつのミクロコスモス全体です。その微小宇宙は、高次元では広大なものでした。おそらく複数の知性もしくは文明が含まれていたでしょう。彼らには、マクロ宇宙と関わるチャンスが一度としてありませんでした。もちろん、それほどミクロなスケールの高次元空間において、知性や文明がどのようなかたちをとるかは、われわれの想像が及ぶところではありません。われわれとはまったくべつの存在です。それに、こうした破壊は、おそらく過去に何度となく起きています」

「というと？」

「科学が発展してきた長い歴史において、物理学者たちは加速器でいったいいくつの陽子

——いくつの中性子と電子を衝突させたでしょう？　また、いくつの中性子と電子を衝突させたでしょう？億回以上になるでしょう。ひとつひとつの衝突は、ミクロコスモスの知性あるいは文明にとって、すべて壊滅的なものです。実際、自然状態においても、ミクロコスモスの壊滅はしじゅう発生しています。たとえば陽子と中性子の崩壊によって、あるいは大気圏に降り注ぐ高エネルギー宇宙線によって、そのような微小宇宙が数千単位で破壊されているかもしれません。……閣下は、よもや今度のことで感傷的になっていらっしゃるわけではありますまい」

「おまえはユーモアのセンスがあるな。ただちに宣伝執政官に通知して、この科学的事実を全世界にくりかえし宣伝させよう。三体人民にとって、文明の壊滅とは、実際は宇宙でつねに起きているごくありふれたことでしかないと知らせなければならない」

「それにどのような意義があるのですか？　三体文明に起こりうる壊滅に対して、人民に冷静に向き合わせるためですか？」

「いや、地球文明に起こるであろう破滅に対し、三体人民に冷静に向き合わせるためだ。おまえも知ってのとおり、地球文明に対する基本政策が公布されてから、感情的で危険な平和主義の動きがある。いまわかっていることは、三体世界には１３７９号監視員のような者がたいへん多いということだ。この種の脆弱な感情については、制御と消去が必要だ」

「元首閣下、その種の感情は、主に最近になって地球から届いた新たなメッセージによって生じたものでしょう。閣下の予測どおり、地球内部の疎外分子は、勢力を拡大しつつあります。彼らは自分たちで完全にコントロールできる送信基地を建設し、われわれに向かって、地球文明に関する情報を継続的に大量に送ってきています。地球の文化が三体世界にとって大きな訴求力を持っていることは認めざるを得ません。われわれ三体人にとっては、天上の聖なる音楽のようなものです。地球人の人文思想は、多くの三体人を精神的な逸脱に誘うでしょう。地球では、すでに三体文明が一種の宗教となっていますが、三体世界でも、地球文明がそうなる潜在的な可能性があります」

「おまえは重大な危険を指摘した。地球からのメッセージが民間に伝わらないよう、きびしく取り締まる必要がある。とりわけ、文化的な情報に関しては」

陽子の二次元展開の三度めの実験が、三十時間後に実施された。今回は夜間なので、地上から宇宙の加速器リングを見ることはできない。ただ、そばにある核融合発電機の赤く輝く放熱板の光で、その位置がわかった。加速器が起動して少し経ってから、科学執政官が展開の成功を発表した。

人々は夜空を仰いだが、はじめはなにも見えなかった。しかしすぐに、奇跡のような現象に気づいた。星空が二つの部分に分かれている。両者は星々の配置が一致していない。大小二枚の星空の写真を、小さいほうを上にして重ねたように見える。天の川銀河が、両者の境界線で途切れている。星々をちりばめた二つの夜空のうち、小さいほうは円形で、ノーマルな夜空を背景に、急速に広がりつつある。

「あの星座は南半球のものだ！」文部執政官が、拡大しつつある円形の星空を指して言った。

惑星の裏側でしか見えないはずの星空が、どうして北半球の夜空に重なって見えているのか。人々がその理由を求めて想像力を最大限に働かせていたそのとき、さらに驚くべき光景が出現した。拡大しながら移動しつづける南半球の星空の隅のほうに、巨大な球体の一部が現れたのだ。球体は褐色で、描画速度が極端に遅いディスプレイに映し出される画像のように、一度に縦縞一本ずつ出現する。

その球体がなんなのかは、空を見上げている全員にわかった。見慣れた大陸のかたちがその上にはっきり見てとれたからだ。球全体が姿を現したとき、それは星空の三分の一を占め、細部まではっきり見分けられた。茶色がかった大陸にしわのようにのびる山脈、その大陸のところどころに雪の冠のように点在する雲。

だれかがとうとう口に出して言った。「この惑星《ほし》だ！」

そう、宇宙にもうひとつ、三体惑星が出現したのだ。

それから、空が明るくなってきた。第二の三体惑星のとなりで、拡大しつづける南半球の星空の端から太陽がまたひとつ現れた。いままさに南半球を照らしている太陽と同じものだが、本物の半分くらいの大きさしかない。

このときになってようやく、だれかが真実をさとった。「鏡だ！」

三体惑星の上空に出現した巨大な鏡。それは、二次元平面に展開された陽子だった。厚さのない、正真正銘の幾何学平面だ。

二次元展開が完了するころには、空は南半球の夜空を映した鏡にすっぽり覆われていた。天頂には三体惑星と太陽の鏡像。それから、地平線近くの空が全方位で変形しはじめた。星々の鏡像が、まるで溶けたように長く伸び、ねじれている。変形は鏡のへりではじまり、中央に向かって昇っていった。

「元首閣下、いま、陽子平面がこの惑星の引力で曲げられているところです」科学執政官がそう説明しながら指さしたのは、星空にちりばめられた無数の光の点だった。まるで、無数の人々がてんでに懐中電灯の光をドーム天井に向けているように見える。「地表から電磁ビームを投射し、惑星重力のもとで、陽子平面の曲率を調整しています。最終的な目標は、展開した陽子によって三体惑星を完全に包み込むことです。そのあとは、無数の電磁ビームを投射しつづけることで、それらがスポークの役割を果たし、この巨大な球を支え、安定させます。こうして三体惑星は、二次元に展開された陽子をしっかり固定した作業台となり、陽子平面に電子回路をエッチングする仕事にとりかかれます」

三体世界を二次元の陽子平面ですっぽり包み込むプロセスには長い時間がかかった。鏡像の変形が、天頂に位置する三体惑星に到達したときには、星々はすべて消え失せていた。というのも、いまや惑星の裏側までカーブして広がる陽子平面が、星々の光を完全にブロックしていたからである。太陽に関しては、まだかろうじて、湾曲した陽子平面の内側に射し込んでくる光があり、宇宙空間に広がる凹面鏡に映された三体惑星が原形をとどめないくらい歪んでいるのを見ることができた。しかしとうとう、太陽の最後の光もふさがれてしまい、三体世界はじまって以来、もっとも暗い夜の中にすべてが沈んだ。下向きの重力と上向きの電磁ビーム投射がたがいにバランスを保ち、陽子平面は三体世界の軌道上で巨大な球殻を形成した。

それにつづいて、極寒が訪れた。全反射の陽子平面は、惑星に降り注ぐすべての太陽の熱量を宇宙に反射するため、三体世界の気温は急激に低下し、過去に多くの文明を滅ぼした三飛星出現に匹敵するレベルに達した。すべての三体人が脱水して貯蔵され、暗黒に包まれた大地には、死の静けさだけが残った。空には、陽子の巨大膜を支える電磁ビームの微弱な光がゆらめいているだけだった。同期軌道上でまれに見える小さな明かりは、巨大膜に集積回路をエッチングしている宇宙船のものだ。

ミクロスケールの集積回路の原理は、マクロスケールの集積回路のそれとはまったく異なる。素材は原子でできた物質ではなく、一個の陽子だ。回路の〝pn接合〟は、陽子平面上で強い核力を局所的により合わせることで実現される。導線は、核力を伝えることのできる複数の中間子から成る。回路の平面は極大なので、回路そのものも非常に大きい。回路線はどれも髪の毛のように太く、近づけば肉眼でも見分けられる。もし陽子平面の近くに飛べば、精密で複雑な集積回路から成る広大な平原を見渡すこともできる。回路の総面積は、三体惑星の陸地面積の数十倍にも達する。

陽子回路のエッチングは途方もなく大がかりな工程で、千隻以上の宇宙船が一万五千時間を費やしてようやく完成し、ソフトウェアの調整にはさらに五千時間を要した。そのようにして、ついに、智子《ソフォン》の第一回試験運行の時を迎えた。

地下深くにある智子管制センターの大スクリーン上で、システム自動検査プログラムの長い処理が終わり、モニターシステムのダウンロードプロセスを経て、最後に青いスクリーン上に、大きく一行の言葉が現れた。

マイクロ知性2・10ローディング終了、智子一号《ソフォン・ワン》はコマンドを待っています。

「いま、智子が誕生しました」科学執政官が宣言した。「われわれはひとつの陽子に知恵を授けたのです。これは、われわれが製造することのできる、最小の人工知能です」

「だが、いまのところ、これは史上最大の人工知能に見えるが」元首が言う。

「この陽子の次元を上げれば、非常に小さくなります」科学執政官はそう答えると、端末を通じて質問を入力した。

『智子一号、空間次元の調整機能は正常か?』

『正常です。智子一号はいつでも空間次元調整機能を起動できます』

『空間次元を三次元に設定せよ』

このコマンドが出たとたん、三体世界を包み込む二次元陽子の巨大な膜は急速に縮み、巨人の手がカーテンを引き開けたかのように、たちまち陽光が大地を照らした。陽子は二次元から三次元へと折り畳まれ、静止軌道上の巨大球体へと変化した。それは巨大な月くらいの大きさで、惑星の夜の側に位置している。だが、その鏡面が反射する太陽の光は、暗い夜を白昼に変えてしまった。それでも、三体世界の地表はまだ極寒の中にあり、管制室の人々はスクリーン上で変化を観察するしかなかった。

『次元調整に成功しました。智子一号はコマンドを待っています』

『空間次元を四次元に設定せよ』

宇宙空間では、巨大球体がみるみる縮みはじめ、最後は、地上から見て飛星ほどの大きさになった。惑星のこちら側に、また暗い夜が訪れた。

「元首閣下、われわれがいま目にしている球体は、智子の完全な姿ではありません。三次元空間に投影された断面です。実際の智子は四次元の巨人であり、われわれの世界は薄い三次元の紙です。智子はこの紙の上に立っていて、われわれに見えるのは、智子の足裏が紙と接触している部分だけです」

『次元調整に成功しました。智子一号はコマンドを待っています』

『空間次元を六次元に設定せよ』

宇宙から小さな球体が消失した。

「六次元の陽子はどのくらいの大きさだ？」元首がたずねる。

「半径約五十センチメートルです」科学執政官が答えた。

『次元調整に成功しました。智子一号《ソフォン・ワン》はコマンドを待っています』

『智子一号、われわれが見えるか？』

『見えます。わたしは管制室を見ることができます。その中にいるすべての人を見ることができます。また、それぞれの人の内臓や、内臓の内側を見ることができます』

「どういうことだ？」元首は驚いてたずねた。

「智子は六次元空間から三次元空間を見ています。ちょうどわれわれが二次元平面上にある一枚の絵を見るように、われわれの内部を見ることができるのです」

『智子一号、管制室に入れ』

「あれは地面を通り抜けられるのか？」元首がたずねる。

「通り〝抜ける〟のではありません、閣下。高次元から入るのです。智子はわれわれの世界の、どんなに密閉された空間にも自由に入れます。三次元にいるわれわれと、二次元平面との関係に置き換えて言えば、つまりこういうことです。われわれは、平面上にある円の中に、上から簡単に入ることができます。しかし、平面上にいる二次元生物が閉じた円の中に入ろうと思えば、円を壊すしかありません」

科学執政官がそう言い終えるのと同時に、管制室の真ん中に鏡面の球体が出現した。宙に浮かんでいる。元首はそれに近寄り、全反射する球面に映る、変形した自分の鏡像を眺めた。「これがひとつの陽子なのか？」驚きと感嘆の念がこもった口調でたずねる。

「元首閣下、これは、六次元空間にある陽子を三次元空間に投影したものにすぎません」

元首は手を伸ばし、科学執政官が止めようとしないのをたしかめてから、智子の表面に触れた。手が軽くさわると、智子はちょっとだけ押されて動いた。

「とてもなめらかだ。陽子一個の質量というが、わたしの手には多少の抵抗が感じられたぞ」元首が解せないようすで言った。

「球体に空気抵抗が作用しているためです」

「十一次元まで移行させて、本来のサイズの陽子に戻すこともできるのか？」

元首がそう言い終える前に、科学執政官はあわてて智子《ソフォン》に叫んだ。

『注意、これはコマンドではない』

『智子一号《ソフォン・ワン》、了解しました』

「元首閣下、もし十一次元まで移行させて、陽子が元のサイズに戻ってしまったら、われわれは永遠に智子を失ってしまいます。智子が亜原子粒子のサイズにまで縮めば、内部センサーと入出力インターフェイスは、どんな電磁波の波長よりも小さくなります。つまり、智子がマクロ世界を感知できなくなり、われわれのコマンドも受けつけなくなるということです」

「しかし、最終的にはあれを亜原子粒子に戻さねばならない」

「そのとおりです。しかしそれには、智子二号、三号、四号の完成を待たなければなりません。複数の智子は、量子効果を通じてマクロ世界を感知するシステムを構築できます。たとえば、ある原子核に二つの陽子があるとしましょう。それら二つの陽子は相互作用し、一定の法則にしたがいます。スピンを例にとりましょう。二つの陽子は、たがいに反対向きのスピンを持っています。この二つの陽子を原子核からとりのぞいたとき、陽子と陽子の距離がどれほど離れていても、このスピンの法則は効力を失いません。片方の陽子のスピンの向きを変えれば、もう片方の陽子のスピンの向きも変わります。双方の陽子を智子にした場合、この量子効果に基づいて、相互感知システムが構築されます。智子の数をさらに増やせば、相互感知フォーメーションを組むことも可能です。このフォーメーションのスケールは、いかなるサイズに調節することもできますし、いかなる周波数の電磁波でも受信して、マクロ世界を感知することができます。もちろん、そうした智子フォーメーションを実現するために必要な量子効果は非常に複雑で、いまの説明はただのたとえにすぎませんが」

つづく三つの陽子の二次元展開はどれも一回で成功を収めた。それぞれの智子の構築時間も、一号のときの半分で済んだ。智子二号、三号、四号が構築されたのち、四体の智子によって作られる量子感知フォーメーションも順調に構築された。

元首と全執政官が、ふたたび巨大振り子モニュメントの前に集合した。上方には、すでに六次元にまで折り畳まれた智子が四体浮かんでいる。それぞれの球のクリアな鏡面には、いま昇っている太陽が映し出されている。それは、かつて空に出現した三次元の目を思い出させた。

『智子《ソフォン》フォーメーション、十一次元に移行せよ』

コマンドと同時に、四つの球体が消失した。

「元首閣下」科学執政官が言った。「智子一号と二号は地球へ旅立ちました。ミクロ回路に保存した膨大な知識データベースによって、智子たちは空間の特性を明確に把握しています。彼らは真空からエネルギーを引き出して、瞬時に高エネルギー粒子となり、光速に近い速度で飛行します。エネルギー保存の法則に反しているように見えるかもしれませんが、実際には、智子は真空構造からエネルギーを〝借りて〟いるだけです。しかし、このエネルギーを返済する期限ははるかな未来――陽子が崩壊するときです。その時点では、宇宙の終焉もそう遠くなっているでしょう。

地球に到着したあと、二体の智子の第一の任務は、人類が物理学研究に用いる高エネルギー加速器を見つけ出し、その中に潜伏することです。地球文明の科学水準では、物質の構造を探究する基盤は、加速した高エネルギー粒子をターゲットとなる粒子にぶつけ、そのターゲット粒子が壊れたのち、結果を分析して、物質の基本構造を示す情報を見つけ出すという方法です。実際の実験では、ターゲット粒子を含む物質を衝突目標としますが、物質の内部はほとんど空の状態です。たとえば、ひとつの原子が劇場と同じくらいの大きさだとすれば、原子核は劇場内に浮かぶクルミ一個のサイズです。それゆえ、衝突が成功する確率はきわめて低く、たいていの場合、長時間にわたって大量の高エネルギー粒子を目標物質に向かって投射しつづけた挙げ句、ようやく一度の衝突が生じるのです。このような実験は、夏の豪雨の中で、色が少しだけ違う雨粒を探し出すようなものです。

智子にとっては、そこが付け目です。智子がターゲット粒子のかわりに衝突されるのです。智子には高度な知性がありますから、量子感知フォーメーションを通じて、加速された粒子がとるコースを瞬時に予測し、適切な位置に移動します。その結果、智子が衝突される確率は、ターゲット粒子の数十億倍になります。衝突されたあと、智子は意図的にまちがった結果を出し、地球人物理学者を混乱させることができます。もし仮に、正しいターゲット粒子に衝突するケースがときおり発生するとしても、無数の誤った結果から正しい結果を区別することは不可能でしょう」

「衝突によって、智子も破壊されてしまうのでは？」軍事執政官がたずねた。

「いいえ。智子が衝突されてばらばらになった場合、ばらばらになった数だけの新しい智子が生じます。それらの新しい智子は、たがいのあいだに強い量子もつれ《エンタングルメント》を維持しつづけます。一個の磁石を半分に割ったとき、二つの磁石ができるのと同じことです。割れた智子《ソフォン》のかけらは、もともとの完全な智子とくらべてたしかに機能が劣りますが、修復ソフトウェアの指示にもとづいて、かけらは一カ所に集まり、衝突前とまったく同じ完全な智子に再結合します。このプロセスは、高エネルギー加速器の中で衝突が起き、智子のかけらが泡箱もしくは乳濁感光性フィルムに誤った結果を残したあと、一マイクロ秒のあいだに完了します」

「地球人科学者がなんらかの方法で智子を探知する可能性はないのか？」またべつのだれかが質問した。「そのあと、強力な磁場を使って智子を捕獲するとか。陽子は正の電荷を持っているからね」

「それはもっとありえませんね。地球人が智子を探知するには、物質の基本構造の研究において大きなブレイクスルーが必要です。しかし、高エネルギー加速器がすべてただの鉄くずになってしまっている状態で、そんな研究に進展は望むべくもない。猟師の目が、獲物にひっかかれて見えなくなっているようなものです」

「地球人は物量作戦に訴えるかもしれない」工業執政官が発言した。「われわれが智子をつくるのを上回る速さで地球人が大量の加速器を建設すれば、すくなくとも地球上の加速器のいくつかは智子の潜伏が間に合わず、正しい結果が得られることになる」

「そこが智子計画《プロジェクト・ソフォン》のもっとも興味深い点なのです！」この質問は科学執政官を興奮さ

せた。「工業執政官殿、大量の智子をつくるために三体世界の経済が崩壊するのではないかという心配は無用です。そんな必要などないのです。あと二、三体はつくるかもしれませんが、そう多くはありません。それどころか、いまの二体でじゅうぶん以上です。なぜなら、それぞれの智子はマルチタスクが可能だからです」

「マルチタスク？」

「古いシリアル・コンピュータの専門用語です。当時のコンピュータのCPUは、一度にひとつのプログラムしか実行できなかったのですが、処理速度の速さと、短い時間で複数のプログラムを切り換えるスケジューリングを活用することにより、低速度のユーザーの視点からは、コンピュータが同時に多くのプログラムを実行しているように見えました。ご承知のとおり、智子は光速に近い速度で運動します。地球世界は、光速という観点からすれば、とてもせまい場所です。地球上のさまざまな加速器のあいだを智子が光速で巡回すれば、地球人の目からは、智子がすべての加速器に同時に存在し、誤った結果を同時に出しているように見えるでしょう。

われわれの計算によれば、智子一体で一万基の高エネルギー粒子加速器をコントロールできます。一方、地球人が加速器を一基建設するには四、五年の歳月を要し、経済的にもリソース的にも、大量につくることは不可能です。もちろん、加速器間の距離を離すという対策も考えられます。たとえば、彼らの星系にある他の惑星に加速器を建設したとすると、たしかにそれは、智子《ソフォン》のマルチタスク処理の障害になるでしょう。しかし、それを実現するには、長い時間がかかります。そのあいだに、三体世界が新たに十個もしくはそれ以上の智子をつくりだすことは、さほど困難ではありません。

あの星系にいる智子の数はどんどん増えることになります。それらをすべて合わせたとしても、質量の合計は、やはり細菌の繊毛一本の一億分の一にもなりません。それでも智子は、地球の物理学者たちが物質の基本構造の秘密に迫ることをけっして許さず、地球人類はミクロ次元にアクセスすることができず、物質を操作する彼らの能力は、四次元以下に制限されるでしょう。四百五十万時間はおろか、四百五十兆時間かけても、地球の科学が根本的なブレイクスルーをなしとげることはなく、地球人はいつまでも永遠に初歩の段階にとどまることになります。地球の科学はすでに完全に封じ込められています。科学を縛る鎖は堅固で、地球人類の力では、永遠に解くことはできません」

「すばらしい！　智子プロジェクトに対する、これまでの非礼な言葉の数々をお許しください」軍事執政官が心から謝罪した。

「実際、地球ではいまのところ、重要な研究成果を出せるレベルにある加速器は三基だけです。地球に到着した智子一号と二号は、能力があり余っています。その力をフルに活用するため、三基の加速器に干渉すること以外に、新たな任務を与える予定です。そのうちのひとつは、〝奇跡〟計画の主役となることです」

「智子は奇跡をつくりだせると？」

「地球人から見れば、ええ、そのとおりです。みなさんご存じのとおり、高エネルギー粒子はフィルムを感光させることができます。これは、地球の原始的な加速器がかつて個々の粒子を検出するために採用していた方法のひとつでもあります。智子が高エネルギー状態でフィルムを一回通過すれば、フィルムに一点の感光が生じます。何度もくりかえし往復すれば、それらの点をつないで、文字や数字、図形までも、刺繡のように自在に描き出すことができます。このプロセスも、きわめて高速です。地球人が写真を撮影するさい、フィルムを感光させる速度の比ではありません。さらに、地球人の網膜は三体人のそれとよく似ています。高エネルギーの智子は、同じ方法を使って、地球人の網膜に文字や数字や図形を映すことができます。

……これらの小さな奇跡が地球人を惑わし、怯えさせるとしたら、次の巨大な奇跡は、虫けら科学者たちを凍りつかせるでしょう。智子は彼らの目に見える宇宙背景放射全体をちらつかせることができるのです」

「そんなことができたら、われわれの科学者でも凍りつくだろう。どうやって実現するのだね？」

「簡単なことです。智子《ソフォン》にはすでに、二次元に展開するためのソフトウェアが書き込まれています。展開が完了すれば、智子はその巨大な平面で地球全体を包み込むことができます。ソフトウェアには、この膜を透明にする機能もあり、宇宙背景放射の波長に合わせて透明度を調節することも可能です。

……もちろん、智子が他の次元に折り畳まれたり展開されたりすれば、さらに驚くべき〝奇跡〟を見せることもできます。それを実装するソフトウェアはまだ開発中ですが、こうした〝奇跡〟は、人類の科学思想をまちがった方向に導くのにじゅうぶんでしょう。このように、物理学以外の科学的営為も、奇跡計画によって効果的に妨害することができます」

「最後にもうひとつ質問がある。完成した智子を四体とも地球に送らなかったのはなぜだ？」

「量子もつれは、距離に関係なく作用しますから、四体の智子を宇宙の両端に置いたとしても、智子はたがいを瞬間的に感知して、四体のあいだの量子フォーメーションを維持します。したがって、智子三号と四号を三体世界に残しておけば、智子一号と二号が送ってくる情報を瞬時に受けとり、リアルタイムで地球を監視することが可能になるのです。それに、智子フォーメーションを通じて、地球文明の疎外された勢力とリアルタイムでコミュニケートすることもできます」

「そこでわれわれは、戦略的に重要な一歩を踏み出すことになる」と元首が口をはさんだ。

「智子フォーメーションを通じて、われわれ三体人の真の意図を、地球人に告げるのだ」

「それは、三体艦隊が長期間にわたって地球人の誕生を禁止し、人類という種を地球上から消し去るという事実を、彼ら自身に伝えるということですか？」

「そうだ。そうすれば、二つの可能性が生じる。ひとつは、地球人がすべての幻想を捨てて、決戦を挑んでくる可能性。もうひとつは、彼らの社会が絶望と恐怖に支配され、堕落と崩壊に陥るという可能性。これまでに集まった地球文明に関するデータを細かく研究した結果、後者の可能性が大きいとわれわれは判断した」

昇ったばかりだった太陽は、いつのまにか、また地平線の下に隠れ、日没になった。三体世界に、新たな乱紀が訪れたのだった。

葉文潔《イエ・ウェンジエ》が三体世界からのメッセージを読んでいたとき、作戦司令センターでは、降臨派から奪取したデータをさらに細かく分析すべく、重要な会議が開かれていた。開会に先立ち、常偉思《チャン・ウェイスー》少将が言った。「同志諸君、われわれの会議は、現在すでに智子の監視下にある。今後は、なんの秘密も存在しない」

このとき、周囲の光景は見慣れたものだった。閉ざされたカーテンには、夏の陽射しを浴び、風に揺れる樹木が影を落としている。

しかし、会議の参加者たちの目に映る世界は、すでにこれまでのそれとはべつの世界になっていた。あらゆる場所に遍在しつづける目が自分を見つめていて、この世界のどこへ行こうと、その目から逃れられない。この感覚は彼らの一生につきまとい、彼らの子孫さえもそれを逃れることができない。人類の精神がこの状況に慣れるには、長い長い年月を要するだろう。

常偉思《チャン・ウェイスー》少将がこう話した三秒後、ETO以外の人類と、三体世界とのあいだで、はじめてのコミュニケーションが成立した。これ以降、三体世界はETO降臨派との通信を中止し、この会議の参加者たちが生きているあいだには、三体世界からいかなるメッセージも二度と届くことはなかった。

このとき、作戦司令センターの全員は、汪淼《ワン・ミャオ》がカウントダウンを見たときと同じように、彼らのメッセージをその目ではっきり見た。メッセージは二秒間あらわれ、そして消えたが、全員がメッセージを理解した。それは、たったの十文字だった。

『おまえたちは虫けらだ』

34　虫けら

「これに最後まで目を通したら、三年前、きみが球電研究からマクロ原子を発見したときのことを思い出すに違いない。きみがいちばん輝いていた時代だ」汪淼は、丁儀《ディン・イー》に向かって言った。彼らはこのとき、丁儀の家の広いリビングで、ビリヤード台のそばに立っていた。

「そう、あれからずっと、マクロ原子に関する理論を構築しようと考えてきたけど、いま閃いた。マクロ原子は、通常の原子が低次元に展開されたものである可能性が高い。この展開は、われわれが知らない自然力によってひきがねを引かれる。それが起こったのはビッグバン直後かもしれないし、いまもずっと継続して起こりつづけているのかもしれない。もしかすると、この宇宙のすべての原子は、悠久の時間の果てに、最後は低次元に展開するのかもしれない。だとしたら、われわれの宇宙の最期の姿は、低次元の原子で構成されたマクロ宇宙ということになる。これもまた、エントロピー増大の法則のひとつと言えなくもないね。

……当時、マクロ原子の発見は、物理学にとって重大な出来事だと思われていたけど、いまにして思えば、それほどたいしたことでもなかった」丁儀《ディン・イー》はそう言うと、立ち上がって、書斎になにかを探しにいった。

「なぜだい？　マクロ原子を捕えることができれば、高エネルギー加速器を使わず、マクロ原子そのものからダイレクトに物質の基本構造を探ることができるんじゃないか？」

「当初はそう思っていたけど」書斎から出てきた丁儀の手には、銀縁の凝った写真立てがある。「いまとなってはお笑いぐさだ」丁儀は腰をかがめて、汚れた床に落ちている煙草の吸い殻を拾い上げた。「このフィルターを見て。前に、このフィルターの中身をほぐして二次元に広げたら、このリビングほどの面積になるという話をしたよね。でも、もしほんとうにそうやって展開したとしたら、その平面の状態からもとの三次元構造のフィルターに戻せるか？　いくら研究を重ねたところで、どうやっても無理だ。もとの三次元構造の情報は、低次元に展開したとき、すでに失われている。割れたコップがもとに戻らないように、原子の低次元展開は不可逆的な変化なんだ。

三体人科学者がすごいのは、亜原子粒子を低次元に展開するのと同時に、高次元の情報を保持することによって、すべての過程を可逆的にしたこと。それに対し、われわれが物質の基本構造を研究する場合、まだ十一次元のミクロ次元からしかスタートできない。つまり、加速器なしでは手も足も出ない。たとえて言うなら、地球文明にとって加速器はそろばんと計算尺だ。それらを使ってはじめて、われわれは電子計算機を発明することができる」

丁儀は汪淼《ワン・ミャオ》に、写真立ての写真を見せた。ひとりの若く美しい女性士官が、ひとクラスぶんほどの子どもたちのあいだに立っている。澄み切った女性の瞳は、魅力的な笑みをたたえていた。彼女と子どもたちはきれいに刈られた緑の芝生に立ち、芝生の上では白い小さな犬が何匹か遊んでいる。彼女たちのうしろには、工場のような大きくて高い建物が見える。その壁には、色鮮やかな塗料で、動物たちや花や風船の絵が描かれていた。

「楊冬《ヤン・ドン》の前の恋人か？　きみはリア充だったんだな」汪淼は写真を見ながら言った。

「彼女は林雲《リン・ユン》、球電研究とマクロ原子の発見に際して、鍵となる貢献をした人物だ。もし彼女がいなければ、あの発見はなかったと言っても過言じゃない」

「聞いたこともないな」

「だろうね。あなたが聞いたこともない事情のせいだ。しかしぼくはずっと、彼女に対して不公平だったと思ってきた」

「彼女はいま、どこにいるんだい？」

「ある場所に……もしくは、あるいくつかの場所にいる。……ああ、もし彼女が現れてくれたら、どんなにいいことか」

丁儀《ディン・イー》は不思議な答えを返したが、汪淼《ワン・ミャオ》は気にも留めなかった。写真の女性になんの関心もなかったので、汪淼は写真立てを丁儀に返すと、手を振って言った。「どうでもいい。なにもかもどうでもいいよ」

「そう、すべてはどうでもいい」丁儀はビリヤード台の上にていねいに写真立てを置いて、それを見ながら、台の隅に置いてあった酒瓶をとった。

史強《シー・チアン》がドアを押し開けて入ってきたときには、二人とも酔っ払い、ほとんどできあっていた。二人は史強の顔を見て、さらに感情のボルテージを上げた。汪淼は立ち上がり、史強の両肩を抱くと、「ああ、大史《ダーシー》、史隊長……」と声を詰まらせた。

丁儀はよろよろしながらグラスを探し、ビリヤード台に置いてから酒を注いだ。「あんな奇策は思いつかないほうがよかったんだ。あのメッセージをぼくらが読もうが読むまいが、どっちみち四百年後の結果は同じだろうよ」

史強はビリヤード台の前のソファに腰を下ろすと、二人に交互に目をやった。「ほんとにそうなのか？　もうどうしようもないのか？　ゲームオーバー？」

「もちろん。ゲームオーバーだ。なにもかもおしまい」

「加速器が使えないと、物質の構造が研究できない。それでゲームオーバーだと？」

「はあ？　……じゃあ、どうしろと？」

「技術はまだ進歩をつづけている。汪院士《ワンせんせい》たちはナノ素材を開発したばかりだし――」

「古代の王国を想像してみてくれ。彼らの技術は進歩している。兵士のために、よりよい刀や剣や長矛をつくってきた。やがては、マシンガンみたいに自動連射できるクロスボウさえつくれるかもしれない。しかし……」

史強が思案にふけるような顔でうなずいた。「しかし、もしそいつらが、物質は原子でできていることさえ知らずにいたらどうなるか。ミサイルも人工衛星もずっとつくれないし、科学技術の発展のレベルもたかがしれたもんだっただろう」

丁儀が史強の肩を叩いた。「ぼくは前から、史隊長は頭がいいと見抜いていたよ。要するに……」

汪淼が話をひきとった。「物質の基本構造の研究は、すべての科学の基礎の基礎だ。もしこの研究に進展がないとしたら、それこそなにもかも――きみの言う〝くだらねえ話〟だよ」

丁儀は汪淼を指して、「汪院士はこれから死ぬまでずっと忙しいはずだ。今後も、刀やら剣やら長矛やらの改良をつづけることになる。でも、ああくそ、ぼくはいったいなにをすればいい？　だれにもわかるもんか」酒の空き瓶を台に放り出し、ビリヤード球をそれに投げつけた。

「好都合じゃないか！」汪淼《ワン・ミャオ》がグラスを掲げて言った。「おれたちはこいつの力で人生をやり過ごせる。退廃と堕落の立派な口実ができたんだ。おれたちは虫けらだ！　そのうち滅びる虫けらさ。ははは……」

「そのとおり！」丁儀《ディン・イー》も杯を掲げる。「虫けらに乾杯だ！　三体人はぼくらのことなんかなんとも思ってないから、計画を偽装するどころか、なにもかもそのまま降臨派に伝えた。人間が殺虫剤のスプレー缶を虫から隠したりしないのと同じことだ。まったく、世界の終わりがこんなに気分のいいものだとは思わなかったよ。虫けら万歳、智子《ソフォン》万歳！　終末の日、万歳！」

史強《シー・チアン》は首を振って目の前のグラスを一気に飲み干すと、また首を振った。「情けない」

「じゃあどうしろと？」丁儀が酔っぱらった目で史強をにらみつけた。「ぼくらに活を入れてくれるのか？」

史強が立ち上がった。「行くぞ」

「どこへ？」

「活力源を探しに」

「いいから、アニキ。座れって。飲もうじゃないか」

史強は二人の腕をつかんでひっぱった。「行くぞ。なんなら酒も持ってこい」

下へ降りると、三人は史強の車に乗り込んだ。車が動き出すとき、汪淼はようやく、どこへ行くのかたずねた。「おれの故郷さ。すぐ近くだ」と史強が答えた。

車は北京市街を出て、京石高速道路を西に向かって突っ走る。河北省に入ったあたりで高速を出て、しばらく走ってから止まった。史強は車を降りると、車内の二人を呼んだ。丁儀と汪淼も車を降りた。さんさんと降り注ぐ午後の陽射しに二人は目をしばたたいた。

華北大平原に、見渡すかぎりの麦畑が広がっている。

「いったいなんのためにこんなところまで連れてきたんだ？」汪淼がたずねた。

「これを見せるためさ」史強はスタントン大佐からもらった葉巻に火をつけて、その葉巻で目の前の麦畑を指した。

汪淼と丁儀は、ようやくそれに気づいた。バッタだ。バッタの群れがびっしりと畑を覆いつくしている。麦一本につき最低でも数匹のバッタがたかり、地面にもたくさんうごめいて、まるでねっとりした液体が広がっているように見える。

「この地方にも蝗害《こうがい》があるのか?」汪淼《ワン・ミャオ》はバッタを追い払って畦《あぜ》に腰を下ろした。

「砂嵐みたいだろ。十年前からだ。だが、今年はいちばんひどい」

「それがどうした? なにもかも、もうどうだっていいんだよ、史強《シー・チアン》アニキ」丁儀《ディン・イー》は
まだ酔いが醒めていないらしい。

「あんたたち二人に、ひとつ質問がある。地球人と三体人のあいだの技術力の差と、バッタと地球人のあいだの技術力の差。両者をくらべてみて、どっちが大きい?」

二人の酔っ払い科学者にとって、これは、頭から冷水を浴びせられるような質問だった。バッタの大群を見ているうち、二人はだんだん真剣な表情になってきた。二人とも、史強がなにを言いたいのか理解していた。

「見てみろよ。これが虫けらだ。こいつらとおれたちの技術力の差は、おれたちと三体文明の技術力の差よりずっと大きいよな。そして、おれたち地球人は、この虫けらをなんとか滅ぼそうと、全力を傾けてきた。殺虫剤をヘリから散布したり、天敵を育ててけしかけたり、卵を探し出して処分したり、遺伝子操作で繁殖を防いだり、火で焼きつくしたり、水で溺れさせたり。どの家庭にも殺虫剤のスプレー缶があるし、どのデスクの下にも蠅たたきがある。この果てしない戦争は、人類文明の開闢《かいびゃく》以来ずっとつづいてきた。しかし、まだ結果は出ていない。虫けらどもはまだ絶滅してないどころか、わが物顔でのさばって

いる。人類が出現する前と比べても、虫の数はまるで減ってない。

地球人を虫けら扱いする三体人は、どうやら、ひとつの事実を忘れちまってるらしい。すなわち、虫けらはいままで一度も敗北したことがないって事実をな」

小さな黒い雲がひとつ、太陽の前を横切り、移動する影を大地に落としている。それは、ふつうの雲ではなかった。たったいまやってきた、バッタの大群だ。群れは近くの畑に降りてきた。三人は生きたシャワーのただなかで、地球上の生命の重さを感じていた。丁儀と汪淼は手にした瓶の酒を華北大平原に注いだ。それは、虫に対する乾杯だった。

「大史《ダーシー》、ありがとう」汪淼は史強に片手をさしだした。

「ぼくも感謝するよ」丁儀が史強のもうひとつの手を握った。

「早く戻らないと」汪淼が言った。「やることがいっぱいある」

35　遺跡

葉文潔《イエ・ウェンジエ》が自力でレーダー峰に登頂できるとは、だれも思っていなかった。しかし最終的に、文潔はやりとげた。いまはもう使われていない山腹の歩哨小屋で二度ほど休んだだけで、道中だれの助けも借りることはなかった。文潔は、とり戻すことのできない活力を惜しみなく消費した。

三体文明の真実を知ってから、文潔は貝のように口を閉ざして、ほとんどしゃべらなくなった。だが、ひとつだけ、あることを要望した。それが、紅岸基地の跡地を再訪することだった。

一行がレーダー峰に登頂したとき、その頂は、ちょうど雲から顔を出したところだった。白い靄《もや》の中を一日がかりで歩いてきたあと、西のほうに輝く太陽と紺碧《こんぺき》の空を目にすると、新しい世界へ足を踏み入れた気がした。頂上から四方を見渡すと、陽の光のもと、白銀の雲海が広がっている。なだらかに起伏する雲の波は、その下にある大興安嶺を白く映したまぼろしのようだった。

　一行が想像していたような基地の廃墟は存在しなかった。基地は完全に解体され、峰に残るのは荒れた草地だけだった。建物の基礎や道路はその下に埋もれてしまい、ただの荒野にしか見えない。紅岸プロジェクトなど、最初から存在しなかったかのようだ。

　だが、文潔は、ほどなくあるものを見つけた。背の高い岩のそばに歩み寄り、岩を覆っていた蔓《つる》植物を引きはがすと、まだらに錆びた表面が現れた。他のメンバーは、そのときようやく、岩だと思っていたものが、大きな金属製の土台だということに気がついた。

「これはアンテナの土台」と文潔が言った。地球外知性がはじめて聞いた地球文明の叫びは、まさにこの場所にあったアンテナから太陽に向かって送信され、太陽で大きく増幅されてから、全宇宙へと放送されたのだった。

　徐冰冰《シュー・ビンビン》は、その土台の横に、小さな石碑を発見した。雑草にほとんど隠れていたが、そこにはこう書かれていた。

紅岸基地跡地（一九六八年―一九八七年）
中国科学院　一九八九年三月二十一日

石碑はごく小さく、記念のためというより、忘却のためのもののように見えた。

文潔《ウェンジエ》は崖のほうに歩き出した。ここは、文潔がその手で二人の軍人の命を奪った場所だった。他の同行者が雲海の向こうを眺めているあいだ、文潔の視線はべつの方向をじっと見つめていた。その雲の下には、斉家屯《せいかむら》という小さな村がある。

文潔の心臓が苦しくなり、いまにも切れそうな琴の弦のように鳴りはじめた。目の前に黒い霧がかかったような気がした。文潔は生命の最後のエネルギーをふりしぼってなんとか耐えた。すべてが永久に暗闇へ入ってしまう前に、もう一度、紅岸基地の日の入りを見たいと思った。

西の地平線の向こうでは、雲海の中へゆっくりと沈む夕陽が、まるで溶けていくように見えた。雲とひとつになった太陽の光が、空の大きな一画を壮大な血の赤で染める。

「これが、人類の落日――」文潔は静かにつぶやいた。

訳者あとがき

大森 望

たいへん長らくお待たせしました。

現代SFの歴史を大きく塗り変えた劉慈欣《りゅう・じきん》（刘慈欣《リウ・ツーシン》）の長篇『三体』の文庫版をお届けする。中国語版原文からの全訳で、単行本は二〇一九年七月に早川書房から刊行された。

小説のテーマは、異星文明とのファーストコンタクト。カール・セーガンの『コンタクト』とアーサー・C・クラークの『幼年期の終り』と小松左京の『果しなき流れの果に』を一緒にしたような、超弩級の本格SFである。

題名の「三体」とは、作中でも説明されているとおり、天体力学の〝三体問題〟に由来する。三つの天体がたがいに引力を及ぼし合いながらどんなふうに運動するかという問題で、一般的には解けないことが証明されている（ただし、限定された条件のもとでは解けることもあり、『機動戦士ガンダム』でおなじみのラグランジュ・ポイントも、そうした特殊解のひとつ)。もしもこの三体問題に命運を左右される世界があったとしたら——というのが本書の(あるいは、本書に始まる〈三体〉三部作の)基本設定。

にもかかわらず、いきなり文化大革命当時の激しい内ゲバと壮絶な糾弾集会から始まるので面食らうかもしれませんが、これは主役の片方である天体物理学者・葉文潔《イエ・ウェンジエ》の〝ある決断〟を描くための前フリ(それと同時に、三部作全体の宇宙観、人間観を象徴する場面でもある)。

やがて時代が現代に移り、もう一方の主役、ナノマテリアル研究者の汪淼《ワン・ミャオ》(日本語読みだと「おう・びょう」)が登場すると、物語はがぜんエンターテインメント色が強くなり、超一流の理論物理学者たちの相次ぐ自殺や、不可思議な〝ゴースト・カウントダウン〟をめぐって、それこそ鈴木光司『リング』ばりにぐんぐんサスペンスが加速する。作中のVRゲーム『三体』がやたらめったら面白いのも本書の特徴。物語の中盤では、汪淼のまさに目の前で驚愕の大事件が起こり、読者を茫然とさせることになる。

なお、文革に始まる冒頭の過去パート(第一部)から読み出して、「なんか思ってたのと違う……」と本を閉じてしまった方がいたら、いったんページを飛ばして、汪淼が登場する現代パート(七七ページ)から読みはじめることもできる(理由は後述)。人によっては、そのほうが物語に入りやすいかもしれない。

ともあれ、この圧倒的なスケール感と有無を言わさぬリーダビリティは、ひさしく忘れていたSFの原初的な興奮をたっぷり味わわせてくれる。たとえて言えば、山田正紀『神狩り』やジェイムズ・P・ホーガン『星を継ぐもの』を初めて読んだときのようなわくわく感。おいおい、そんなのありかよ——と思うような終盤の展開は、バカSFの奇才バリントン・J・ベイリーを彷彿とさせる。それでいて、現代エンターテインメントらしい娯楽性、（文潔の過去パートに代表される）強固な日常的リアリティと文学性、鋭利な問題意識を失わないところが『三体』の強味。著者がほぼ同世代のSFファンとあって、国の違いを超えてものすごくよくわかる部分があるが、その反面、英語圏や日本のSF作家には絶対に書けない、驚くべき蛮勇の産物であることもまちがいない。いやもう、とにかくすごいんだから！

と、つい興奮して話が先走ったが、本書はもともと、中国のSF専門誌《科幻世界》に二〇〇六年に連載され（五月号～十二月号）、第18回中国科幻銀河賞特別賞を受賞。〇八年一月に重慶出版社から単行本が刊行された。

六年後の二〇一四年、アメリカの大手SF出版社トー・ブックス（Tor Books）から、「紙の動物園」などで知られる中国系アメリカ人のSF作家、ケン・リュウによる英訳版

The Three-Body Problem が出版されると、これが大方の予想を覆すスマッシュ・ヒットとなり、いくつかの幸運なめぐりあわせも手伝って、二〇一五年のヒューゴー賞長篇部門を受賞した。世界SF大会で授与されるヒューゴー賞は世界最大のSF賞とも言われるが、アメリカで生まれ、基本的には英語圏に軸足を置いている。したがって、『三体』の受賞はアジア初の快挙。それどころか、英語以外で書かれた作品がヒューゴー賞長篇部門を受賞すること自体、これが史上初めてだった。この歴史的な事件をきっかけに中国SFの世界的な大ブームが巻き起こり、二〇二三年十月には四川省の成都で中国初の世界SF大会が開催され、劉慈欣がゲスト・オブ・オナー（主賓）をつとめることになるのだが、それはまたべつの話。

英語圏における『三体』ブームにさらに拍車をかけたのが、バラク・オバマ米国大統領だった。大統領在職中の二〇一七年一月、ニューヨーク・タイムズに掲載されたミチコ・カクタニによるインタビュー記事「オバマがホワイトハウスの日々を生き延びた秘訣：書籍篇」の中で『三体』に触れ、「とにかくスケールがものすごく大きくて、読むのが楽しい。これに比べたら、議会との日々の軋轢なんかちっぽけなことで、くよくよする必要はないと思えてくるのも（本書を楽しんだ）理由のひとつだね」と語ったことで、『三体』は全米の注目を浴びる本になった。メタ社CEOのマーク・ザッカーバーグや映画監督のジェイムズ・キャメロンも『三体』を絶賛し、読者層が大きく広がった。
しかし、反響の大きさでは日本版も負けていない。原書から十一年、英訳から五年後れての日本語版刊行となったこともあり、日本の読者の期待は出版前から最大限に高まっていた。二〇一九年七月、ついに本書単行本版が発売されると、文字どおり飛ぶように売れて、増刷に次ぐ増刷。その後も継続的に売れつづけ、電子版を合わせると三十万部を超える驚異的なベストセラーとなっている。単行本がいつまでも売れるせいで文庫化が通常より遅れたんじゃないかという話もあるくらいだが、売れ行きのみならず反響のほうもすさまじく、主な活字メディアだけでも百を超える書評が出た。そのほんの一部を抜粋して紹介すると――
「この枠組みの中にありとあらゆる趣向をぶちこもうとする、その徹底したサービスぶりは尋常ではない。その点で、この作品は単に中国産のSFというだけにとどまらず、世界文学として読まれる資格を備えている」（毎日新聞、若島正氏）
「まず本作の面白さというのは、理学、工学、社会学に人間ドラマとあらゆるものが息もつかせず押し寄せてきて積み重なっていくところにあり、かつて日本で小松左京がこの技法を駆使して傑作を生みだし続けたことを彷彿《ほうふつ》とさせる。／進むごとに広がり続けるお話が一体どれほどの大きさになるのかについては、まず間違いなく大半の人々の予想を遥かに超えることになるはずである」（共同通信、円城塔氏）「高邁《こうまい》な物理学の知識をベースにした圧倒的なスケールの小説。中国には三国志や水滸伝などスケールが大きい物語が多い。本書はそれらに匹敵するだろう。中国は小説でも世界を支配するのか」（読売新聞、江上剛氏）

——という具合。

さらに『三体』は、日本SF大会参加者の投票で決まる星雲賞海外長編部門を受賞。SF作家・評論家などの投票で決まる年間ランキング「ベストSF2019」海外篇でもぶっちぎりの1位を獲得した。「週刊文春ミステリーベスト10」2019年海外部門4位、「2020年本屋大賞」翻訳小説部門3位と、SF外のランキングでも上位に食い込んでいる。

日本国内だけではなく、中国でも『三体』日本語版は高い評価を得た。二〇二二年には、中国の二大SF賞のひとつ、華語科幻星雲賞の特別賞として新設された「星橋賞」を〈三体〉シリーズ日本版が受賞（対象は、刊行実現に尽力した《科幻世界》編集長の姚海軍氏と、『三体』監修の立原透耶氏、早川書房および翻訳者陣）。また、二〇二三年には、重慶釣魚城科幻センターが新設した第一回百万釣魚城科幻大賞の外国語翻訳部門最優秀作品に（並み居る各国語版を押しのけて）『三体』日本語版が選ばれている。日本での『三体』大ヒットは、中国のSFファンやSF関係者にとっても喜ばしい出来事だったらしい。日本の著名なクリエーターが本書単行本に寄せたコメントのいくつかは、中国でも大きく報じられた。たとえば――

「本作は、中国で生まれた突然変異ではない。普遍性と、娯楽性、そして文学性の、まさに〝三体〟の重力バランスの絶妙なるラグランジュ点でこそ生まれた、奇跡の〝超トンデモSF〟だ。本作の世界的なヒットは、SFの軌道を変えるだろう」（小島秀夫氏）

「面白い物語を求めているのならば、この本で間違いない。SFの快楽がほしいのならば、この本は十全に応えてくれる。魅力的な人物に出会いたければ、この本の中にいる。『三体』の世界的なヒットの理由はとてもシンプルで、だからこそ達成しがたい奇跡だ」（新海誠氏）

『三体』日本語版の読者層は、英語版と同様、SFファン以外にも大きく広がった。ビジネス誌《ダイヤモンド》やカルチャー誌《STUDIO VOICE》が山西省にある著者の自宅に赴いてインタビューを敢行したり、《日経サイエンス》が「『三体』の科学」なる大特集を組んだり、ふだんはSFを扱わないような媒体もこぞって『三体』をとりあげたのがその証拠。

この『三体』ブームを受けて、二〇一九年十月には、著者の初来日も実現した。ハヤカワ国際フォーラムの公開インタビューは台風19号のあおりで中止になったものの、早川書房で開かれた歓迎会では多くの日本人SF作家や翻訳者、編集者らと交流。台風通過後には、埼玉大学創立70周年記念事業・第5回リベラルアーツ連続シンポジウム「Sai-Fi：Science and Fiction　SFの想像力×科学技術」に招かれ、藤崎慎吾、上田早夕里の両氏を含むパネリストたちと活発な議論を交わした。

『三体』はこうして二〇一九年の日本を席巻したわけだが、原書初刊から十六年以上を経たいまもなお世界にファンを広げつつある。二〇二三年一月にはテンセントビデオが制作した中国版ドラマ『三体』全三十話が放送されて、原作ファンからも熱い支持を集め、中国全土にセンセーションを巻き起こした（日本ではソニー・ミュージックソリューションズの配給により、二〇二三年十月から十二月にかけてWOWOWが日本語字幕版を放送した。現在はさまざまな動画配信サービスで見られる）。また、二〇二四年三月からは、『ゲーム・オブ・スローンズ』のチームが集結したNetflix版ドラマの配信が予定されている。

前述したとおり、本書は、地球文明と三体文明の関わりを描く〈三体〉三部作（〈地球往時〉三部作）の第一作で、壮大な物語の言わばプロローグにあたる。エンターテインメント的にすばらしく盛り上がる第二作『黒暗森林』（二〇〇八年）を経て、完結篇となる第三作『死《し》神永生《しんえいせい》』（二〇一〇年）では、広げに広げた大風呂敷が太陽系をはるかに超えるスケールにまで広がり、想像を絶する領域に突入する。分量で言うと、『Ⅱ』が本書の五割増し、『Ⅲ』にいたっては本書の倍くらいある。質量ともに、まさに桁違いのモンスター小説なのである。

　それにしても、こんなものすごいSFが、いったいどこから生まれたのか。

『三体』英訳版に著者が寄せたあとがきによれば、本書の出発点のひとつは、劉慈欣が七歳のときに経験した出来事だという。時は一九七〇年四月二十五日の夜。場所は、一族が先祖代々暮らしてきた河南省羅山県の小村。大人も子どもも、村人がおおぜい池のほとりに集まって見上げる夜空を、ちっぽけな星がゆっくりと横切っていった。それは、中国が初めて打ち上げた人工衛星、東方紅1号だった……。

　当時、その地方の生活はとても貧しく、子どもたちはいつも腹ぺこだった。劉慈欣は靴を履いていたが、友だちのほとんどは冬も裸足で、春になってもしもやけが治らない。村に電気が通ったのは八〇年代のことで、それまで、明かりは灯油ランプが頼りだった。両親は千キロ以上離れた炭鉱で働いていたが、ちょうど文革の嵐が吹き荒れはじめたこの時期、幼い息子が内乱に巻き込まれることを心配して、郷里の村に預けることにしたのだった。当時、村人たちはスプートニクもアポロの月着陸も知らず、少年には人工衛星と恒星の区別もついていなかった。しかし五年後、少年は一般向けの天文学解説書で光の速さと〝光年〟という言葉を学び、宇宙に魅せられる。同じ一九七五年、河南省では、人類史上最大の人災とも言われる板橋ダム決壊事故が起き、それに続く大洪水によって二十四万人の死者が出た。

人工衛星、空腹、灯油ランプ、天の川銀河、文革期の内戦、光年、洪水──少年時代のこうした経験が、自分のSFの土台になっていると著者は言う。本書を読み終えた読者なら、『三体』のあちこちにそれらの実体験がちりばめられていることに気づくだろう。

同様に、〈三体〉三部作の随所に政治的なメタファーや社会的メッセージを読みとることも可能だが、著者いわく、「SFファン上がりのSF作家として、わたしは、小説を利用して現実社会を批判するつもりはない。SFのいちばんの醍醐味は、現実の外側にある想像の世界を無数につくれることだと思う。（中略）SFのワンダーは、ある世界を仮構したとき、現実世界では悪／闇とされるものを、正義／光へと（もしくはその逆）変えられることにある。わたしがこの三部作で書いているのも、ただそれだけのことでしかない。そして、想像力の力でどんなに大きく現実をねじ曲げても、突き詰めるとその根っこには現実が残っている」

この姿勢は、映画化されて大ヒットした著者の短篇「流浪地球」にも共通する（ただし映画『流転の地球』は、基本設定をのぞけば、ストーリーもキャラクターも原作とはまったく別物なのでご注意ください）。

本書を楽しむために中国に関する知識はとくに必要ないが、「第一部　沈黙の春」の背景についてのみ、ごく簡単に説明する。文革（文化大革命）とは、封建的文化や資本主義文化を批判し、新たな社会主義文化を築くという名目で、毛沢東国家主席主導のもと一九六六年〜七六年に実施された革命運動／政治闘争。紅衛兵と呼ばれる青少年たちが、〝造反有理〟（反逆には理がある）のスローガンを掲げて伝統文化を破壊し、知識人や芸術家や旧地主の子孫たちを吊し上げて暴力をふるい、中国全体を大混乱に陥れた。毛沢東が提唱した上山下郷《じょうさんかきょう》運動によって都市部の青少年は農村に送られ（下放）、肉体労働に従事した。文革による中国の死者は、間接的なものも含め、一千万とも二千万とも言われる。七六年に毛沢東が死去し、江青ら四人組が逮捕されて、十年余に及んだ文革は終結した。著者によれば、葉文潔《イエ・ウェンジエ》が人類に絶望するきっかけとなりうるような悲劇とは何かと考えてたどりついたのが文革だったという。中国共産党は、八一年の歴史決議で、文革は指導者が誤って引き起こし、党と国家と各民族に大きな災難をもたらした内乱だったと認めている。

著者のプロフィールや、中国SFにおける本書の位置づけについては立原透耶氏の解説をごらんいただくとして、このあたりで本書の翻訳について少々。翻訳にあたっては、光吉さくら氏とワン・チャイ氏の二人が共同で中国語版テキストから日本語訳を作成。原文及びケン・リュウ氏による英訳を参照しつつ、その原稿を大森が全面的にリライトし、最終稿をつくりあげた。

ちなみに英訳では、「34　虫けら」の冒頭が三ページほどカットされている。ここは、主要キャラとして丁儀《ディン・イー》（および林雲《リン・ユン》）が登場する長篇『球状閃電《きゅうじょうせんでん》』の内容に触れた部分。『三体』英訳版刊行時には同書の英訳がまだ出ていなかったため、未読の英語圏読者に配慮して削除したものと思われるが、日本語版ではそのまま残してある。同書は『三体』の前日譚にあたり、その後『三体0《ゼロ》　球状閃電』のタイトルで邦訳されたので、この意味ありげな記述はいったいどういう意味だろうと首をひねった人は、そちらをご一読ください。

それともうひとつ、中国版『三体』には、英語版及びこの日本語版と比べて、一目瞭然の大きな違いがある。中国版は、なんと現代パート（本書七七ページ）から始まっているのである。文革当時を描く過去パートの開幕は、9章の途中（本書一九一ページ）から。中国版では、この章が「宇宙がまたたく（一）」と「宇宙がまたたく（二）」に分割され、その間に本書第一部が挿入される構成になっている。葉文潔《イエ・ウェンジエ》の教え子である沙瑞山《シャー・ルイシャン》が文潔の過去について語りはじめたところで章が変わり、回想シーンのように過去パートが入ってくるかたちだ。

この訳者あとがきの最初のほうで、本書を七七ページから読みはじめてもいいと書いたのはそのためで、中国人読者の大多数は、おそらくその順序で読んでいる。ただしこれは、著者が本来意図していた順序ではなく、《科幻世界》連載時は、本書と同じく一九六七年から始まっている。二〇〇八年に単行本化するさい、当時の中国の政治・社会状況に照らして、文革の場面から語り起こすのは得策ではないという判断が下り、苦肉の策として順序を入れ替えたらしい。

著者とケン・リュウ氏が協議のうえ、それを本来の順序に戻したのが英訳版。その後はこちらの順序が海外版のスタンダードとなっているため、この日本版もそれに準拠したという次第（原著者側から提供された中文ファイルも英訳版と同じ順序になっている）。

中国版単行本と同じ順番にこだわりたい人は、第二部（七七ページ）から読みはじめて、一九一ページ一五行めまで来たら第一部（一三〜七三ページ）を読み、そのあと一九一ページ一五行めに戻ってください。かなり印象が変わるはず（英訳版の訳者あとがきでケン・リュウも語っているとおり、エンターテインメントとしてはそちらのほうがリーダビリティが高いかも）。

また、本書の一部（人列コンピュータが登場する第17章）は、主人公を荊軻《けいか》に置き換えるなどの改稿を経て独立した短篇「円」に仕立て直され、ケン・リュウ編訳の英訳アンソロジー『折りたたみ北京』に収録されている（中原尚哉訳）。この作品は、のちに中国語版から新たに邦訳され、『円　劉慈欣短篇集』に収録されている。本書第17章はとんでもない結末を迎えるが、「円」にはまた違うオチがついているので、ぜひ読みくらべてみてほしい。

ともあれ、光吉さくら氏とワン・チャイ氏が敷いてくれたレールのおかげで、なんとかこうして『三体』日本語訳のゴールにたどりつくことができた。すばらしい英訳を参考にさせていただいたケン・リュウ氏にも併せて感謝したい。

最終的な訳稿は、作家であり中国SFの紹介に長年尽力されてきた翻訳家でもある立原透耶氏に監修していただき、登場人物名のカタカナ表記のご指導と巻末解説のご寄稿をいただいた。天体物理学など科学的な記述と用語については、旧知の林哲矢氏の知恵を拝借し、いくつかの恥ずかしいまちがいを未然に防ぐことができた。作中では、物理学的にちょっとどうなのかと思うようなことも起きているが（とくにゲーム内世界を描いた「三体」パートと、三体世界パート）、それについては作者も重々承知の上の横紙破りだろう。

本書はまぎれもない本格SFだが、行儀のいい狭義の（科学的に正確に記述された）ハードSFではないことはお断りしておく。もちろん、この日本語版に翻訳上の誤りがあった場合は、すべて、アンカーとして最終的な訳文を作成した大森の責任である。

末筆ながら、本書に関わる機会を与えてくれた早川書房の山口晶氏と《ミステリマガジン》編集長の清水直樹氏に感謝する。二〇一八年の暮れ、某所の飲み会で『三体』邦訳のあるべき姿について山口氏相手に熱弁をふるったときは、まさか自分がそれにタッチすることになるとは夢にも思っていなかったが、おかげでこの歴史的な出版に立ち会うことができた。また、編集実務に関しては、早川書房《SFマガジン》編集部の梅田麻莉絵氏、校正に関しては単行本では永尾郁代氏に、文庫版では佐々木園子氏にお世話になった。ありがとうございました。

最後に、この日本語版のカバーに関しては、世界的コンセプト・アーティストの富安健一郎氏に、力のこもった作品を描いていただいた。富安氏には〈三体〉シリーズすべての日本語版でお世話になり、日本における〈三体〉のイメージの確立に大いに貢献していただいている。

それともうひとつ、本書および〈三体〉シリーズすべて（『三体0　球状閃電』『三体X　観想之宙《かんそうのそら》』含む）には、声優の祐仙勇《ゆうせんいさむ》氏の朗読によるAudible版がある。聴いていると自分の翻訳が名文に思えてくるたいへんありがたい朗読で、活字を読むのとはまた違った感動が味わえる。通勤やウォーキングや就寝時のお供にぜひどうぞ。

本書に続く第二部『黒暗森林』文庫版は、同じハヤカワ文庫SFから、二〇二四年四月刊行予定。人類文明の最後の希望となる〝面壁者〟とは何者か？　お楽しみはこれからだ。

二〇二四年一月

監修者解説

立原透耶

中国では長らく伝統的に文学とは純文学を指すものであって、SFやホラーやミステリといったジャンルは「文学以外のもの」という立ち位置が続いていた。それをみごとに打ち破り、中国文学での価値観を根底からひっくり返したのが劉慈欣の『三体』である。

劉慈欣は一九六三年生まれ。デビュー当時はエンジニアが本職で、兼業作家として小説を執筆していた。発電所のコンピューター管理を担当していたこともあってか、作品にはしばしば科学者と技術が登場する。壮大なスケールと深い経験に裏打ちされた確かな科学知識、古今東西に及ぶ文化や歴史への造詣の深さなど、従来は中国で「子供向けの読み物」とされていたSFに新たな地位を確立させた立役者でもある。国内の様々なSF賞を総なめにし、二〇一五年には華語科幻文学最高成就賞と特級華語科幻星雲勲章を受賞した。

二〇〇六年に老舗SF雑誌《科幻世界》に〈三体〉三部作の第一部『三体』を連載、そして同年の中国科幻銀河賞（中国国内作品を対象としたSF賞）特別賞を受賞。二〇〇八年に単行本として出版されるとじわじわと読者を増やし、やがてそれは中国全土に知れわたる社会現象となる。SFとしての評価を超えたムーブメントによって、『三体』は様々な国内の文学賞を受賞し、二〇一五年、ケン・リュウによる英訳版でヒューゴー賞（世界的なSF賞のひとつ）長篇部門を受賞。これはアジア人としても、翻訳小説としても初の受賞となった。そのことでさらに中国国内で本作への注目度が高まり、劉慈欣はもとよりそのほかのSF作家たちも文学界で「再発見」され「再評価」されるようになる。今やSFはメジャーな新聞や文芸雑誌に当たり前のように掲載され、特集やインタビューも掲載されるようになっており、まさに隔世の感がある。

劉慈欣の中国国内での評価はヒューゴー賞受賞によって決定的なものとなり、中国国家がSFを戦略の一つとして認め、「中国文化を世界に知らしめる」手段として大いに支持するようになった。例えば、四川省の省都である成都はSF都市宣言を行い、今後はSFの聖地として都市を挙げて協力、推進していく予定で、すでにさまざまな施設などが計画されている（《科幻世界》編集部が成都にあり、その関係で成都は以前から国内的にSFファンが集う場所でもあった）。また劉慈欣は、これまで純文学作家が中枢であった国家組織の重要な役職についたり（これは中国では非常に名誉なこととされる）、二〇一六年には科学分野におけるニュース性のある人物に与える「二〇一五中国科学年度新聞人物（科技伝播者部門）」や、中国の科学技術プロジェクトのイメージ大使である「火星大使」に任命されたり、「世界に影響を与えた世界華人大賞」を受賞したりしている。そのほかにも山西省作家協会副主席、陽泉市作協副主席、全球華語科幻星雲賞組織委員など、数々の役職についている。また二〇一八年には投資ファンドのIDG資本が、彼をIDG資本の「首席暢想官」として正式に招聘した。これはSF領域にまたがって未来志向の開発を協力する、という考えに基づくものである。

このように劉慈欣は中国国内では、SF界のみならず、文学、企業、国家と多岐にわたる分野で高い評価を受けており、同時に多大な影響を与える人物なのである。

なお二〇一八年の中国人作家収入ランキングでは、劉慈欣が日本円約三億五千万円近くでトップに躍りでたが、彼がランキングに入るのは初めて。二〇一九年に映画化され大ヒットした「流転の地球」（原題「流浪地球」）の影響がかなりあったものと思われる。こういったことを受けてか、経済界でもSFに投資する傾向が盛んになっており、SF小説の版権は書き上げるや否や飛ぶような勢いで売れるばかりか、メディアミックス化の計画が続々と発表されるような状況となっている。かつてはファンが中心だったSFイベントも、企業による資金提供が相次ぎ、年々豪華になってきていて、ある意味中国国内では一種のSFバブル期が到来している感さえある。

『三体』の国際的評価はいまだに続いており、二〇一八年にはアーサー・C・クラーク財団が授賞している「芸術による社会貢献賞」（ちなみに劉慈欣は好きな作家としてよくクラークの名前を挙げている）を、二〇一七年に〈三体〉三部作の第三部『死神永生《ししんえいせい》』でローカス賞長篇部門を受賞している。また英訳をもとに世界各国の言語に翻訳された本作は、それぞれの国でも高い評価を得ている。

『三体』人気は中国だけにとどまらず、アメリカのオバマ元大統領が愛読し、のちに北京に来て作者の劉慈欣と対面したことでも有名なように、全世界で人気が沸騰している。日本では、中国・テンセント版ドラマ全三十話が放映され、二〇二四年にはアメリカ・ネットフリックス版ドラマの放映が予定されている。中国での発行部数はシリーズ累計二千百万部を突破しているという大ベストセラー。先に映画化された「流浪地球」も爆発的人気となったいま、『三体』もますます勢い盛んになるのは間違いないだろう。

劉慈欣邦訳書リスト（原書刊行順。括弧内は原題と原書刊行年）

『超新星紀元』（超新星纪元／二〇〇三年一月）大森望、光吉さくら、ワン・チャイ訳／早川書房二〇二三年七月刊

『白亜紀往事』（当恐龙遇上蚂蚁／二〇〇四年六月［別題「白垩纪往事」］）大森望、古市雅子訳／早川書房二〇二三年十一月刊

『三体0《ゼロ》　球状閃電《きゅうじょうせんでん》』（球状闪电／二〇〇五年六月）大森望、光吉さくら、ワン・チャイ訳／早川書房二〇二二年十二月刊

『三体』（三体／二〇〇八年一月）大森望、光吉さくら、ワン・チャイ訳／立原透耶監修　早川書房二〇一九年七月刊↓ハヤカワ文庫ＳＦ二〇二四年二月刊　＊本書

『三体Ⅱ　黒暗森林』上下（三体Ⅱ：黑暗森林／二〇〇八年五月）大森望、立原透耶、上

原かおり、泊功訳／早川書房二〇二〇年六月刊

『三体Ⅲ　死神永生《ししんえいせい》』上下（三体Ⅲ：死神永生／二〇一〇年十月）大森望、光吉さくら、ワン・チャイ、泊功訳／早川書房二〇二一年五月刊

『火守《ひもり》』（焼火工／二〇一六年六月）池澤春菜訳／KADOKAWA二〇二一年十二月刊（絵：西村ツチカ）＊絵本

『円　劉慈欣短篇集』大森望、泊功、齊藤正高訳／早川書房二〇二一年十一月刊→ハヤカワ文庫SF二〇二三年三月刊　＊日本オリジナル短篇集
（収録作：鯨歌／地火《じか》／郷村教師／繊維／メッセンジャー／カオスの蝶／詩雲／栄光と夢／円円《ユエンユエン》のシャボン玉／二〇一八年四月一日／月の光／人生／円）

『流浪地球』大森望、古市雅子訳／KADOKAWA二〇二二年九月刊→角川文庫二〇二四年一月刊　＊日本オリジナル短篇集
（収録作：流浪地球／ミクロ紀元／呑食者／呪い5・0／中国太陽／山）

『老神介護』大森望、古市雅子訳／KADOKAWA二〇二二年九月刊→角川文庫二〇二四年一月刊　＊日本オリジナル短篇集
（収録作：老神介護／扶養人類／白亜紀往事［短篇版］／彼女の眼を連れて／地球大砲）

※他に、劉慈欣作品ではないが、〈三体〉シリーズのスピンオフとして、宝樹《バオシュー》『三体X　観想之宙《かんそうのそら》』（大森望、光吉さくら、ワン・チャイ訳／早川書房二〇二二年七月刊）が出ている（原題《三体X　观想之宙》二〇一一年六月刊）。

訳者・監修者略歴

大森《おおもり》 望《のぞみ》
1961年生，京都大学文学部卒　翻訳家・書評家
訳書『息吹』テッド・チャン
著書『21世紀SF1000』（以上早川書房刊）他多数

光吉《みつよし》さくら
翻訳家
訳書『超新星紀元』劉慈欣（共訳、早川書房刊）他多数

ワン・チャイ
翻訳家
訳書『超新星紀元』劉慈欣（共訳、早川書房刊）他多数

立原《たちはら》透耶《とうや》
1969年生，作家・翻訳家
著書《ひとり百物語》シリーズ
訳書『人之彼岸』郝景芳（共訳、早川書房刊）他多数

本書は、二〇一九年七月に早川書房より単行本として
刊行された作品を文庫化したものです。

折りたたみ北京

現代中国ＳＦアンソロジー

INVISIBLE PLANETS: CONTEMPORARY CHINESE SCIENCE FICTION IN TRANSLATION

ケン・リュウ編
中原尚哉・他訳

〔ヒューゴー賞／星雲賞受賞〕 十万桁まで円周率を求めよと始皇帝に命じられた荊軻は三百万の軍隊を用いた人間計算機を編みだす。『三体』抜粋改作にして星雲賞受賞作「円」、三層都市を描いたヒューゴー賞受賞作「折りたたみ北京」などケン・リュウが精選した七作家十三篇を収録のアンソロジー　解説／立原透耶

ハヤカワ文庫

ケン・リュウ短篇傑作集1

紙の動物園

The Paper Menagerie and Other Stories

ケン・リュウ
古沢嘉通編・訳

泣き虫だったぼくに母さんが作ってくれた折り紙の動物は、みな命を吹きこまれて生き生きと動きだした。魔法のような母さんの折り紙だけがぼくの友達だった……。ヒューゴー賞／ネビュラ賞／世界幻想文学大賞という史上初の3冠に輝いた表題作など、第一短篇集である単行本『紙の動物園』から7篇を収録した、胸を震わせる短篇集

デューン 砂の惑星〈新訳版〉（上・中・下）

Dune

フランク・ハーバート
酒井昭伸訳

〈ヒューゴー賞／ネビュラ賞受賞〉アトレイデス公爵が惑星アラキスで仇敵の手にかかったとき、公爵の息子ポールとその母ジェシカは砂漠の民フレメンに助けを求める。砂漠の過酷な環境と香料メランジの摂取が、ポールに超常能力をもたらし、救世主の道を歩ませることに。壮大な未来叙事詩の傑作！　解説／水鏡子

ハヤカワ文庫

HM=Hayakawa Mystery
SF=Science Fiction
JA=Japanese Author
NV=Novel
NF=Nonfiction
FT=Fantasy

三《さん》体《たい》

〈SF2434〉

二〇二四年二月二十五日　発行
二〇二四年三月二十五日　三刷

（定価はカバーに表示してあります）

著者　劉《りゅう》　慈《じ》欣《きん》
訳者　大《おお》森《もり》　望《のぞみ》
　　　光《みつ》吉《よし》さくら
　　　ワン・チャイ
監修者　立《たち》原《はら》透《とう》耶《や》
発行者　早川　浩
発行所　株式会社　早川書房
郵便番号　一〇一 - 〇〇四六
東京都千代田区神田多町二ノ二
電話　〇三 - 三二五二 - 三一一一
振替　〇〇一六〇 - 三 - 四七七九九
https://www.hayakawa-online.co.jp

乱丁・落丁本は小社制作部宛お送り下さい。
送料小社負担にてお取りかえいたします。

印刷・中央精版印刷株式会社　製本・株式会社明光社
Printed and bound in Japan
ISBN978-4-15-012434-2 C0197

本書は活字が大きく読みやすい〈トールサイズ〉です。